剑仙在此

第一卷

乱世狂刀 著

中国出版集团有限公司

研究出版社

图书在版编目(CIP)数据

剑仙在此. 第一卷 / 乱世狂刀著. —北京：研究
出版社，2023.2
ISBN 978-7-5199-1423-3

Ⅰ.①剑… Ⅱ.①乱… Ⅲ.①长篇小说－中国－当代
Ⅳ.①I247.5

中国国家版本馆CIP数据核字（2023）第030379号

出 品 人：赵卜慧
出版统筹：丁　波
责任编辑：谭晓龙

剑仙在此（第一卷）

乱世狂刀　著

研究出版社 出版发行

（100006　北京市东城区灯市口大街100号华腾商务楼）

河北文福旺印刷有限公司印刷　新华书店经销
2023年2月第1版　2023年2月第1次印刷
开本：710毫米×1000毫米　1/16　印张：23
字数：413千字
ISBN 978-7-5199-1423-3　定价：58.00元
电话（010）64217619　64217652（发行部）

很早就想要写的一个创意，带着一部手机穿越到异世界，手机中的各种app都会赋于你不同的异能，那会发生什么样有趣的故事！这是我从事网文写作十年以来，写的最轻松，创作思路最充捷顺畅的一部作品，希望大家能喜欢

乱世狂刀

2022.12.21

目　录

目 录

序章　**手机穿越**

"少年，我是死神，刚才过马路的时候，多亏你拉了我一把，不然我就被车撞死了。"

"啊？大叔，你……认真的？"

"看我眼神，百分之百认真。"

"可你分明是在侮辱我的智商，死神也会死？闯红灯被车撞死？"

"你读书少，我不怪你，死神当然也是会死的，而且死神一旦死了，后果不堪设想……"

"行吧行吧，我信了。那你倒是说说，会有什么后果？"

"一旦死神死了，那这个世界上，将不会再有死人。"

"我……我刚才就不该在斑马线上，拉你这个精神病一把。"

"我不管，我就是要报答你。"

"怎么报答？"

"这个手机给你。"

天降横祸

光明纪元8888年。

东道真洲，北海帝国，风语行省。

云梦城，省立第三初级剑士学院。

风和日丽，万物生长，微风习习。初夏，正值云梦城一年之内气温最舒适的时节。温暖的金色阳光穿过玻璃，照进宽敞的教舍。

二年级九班的课堂上，坐在教舍第一排的林北辰，正沐浴在这美好的阳光中。

这位十四岁的少年，长相极佳，剑眉星目，五官俊雅中带着英气，黑发浓密，面颊丰盈。他将双手捧在眼前，全神贯注、聚精会神地看着掌心，时不时手指搓动，好像是自己的手上长着花儿一样。

从上课开始，他就保持着这个"看手"的姿势，几乎一动不动。坐在第一排最显眼的座位上，还如此毫无遮掩、光明正大地上课开小差，简直嚣张。

这要是换作别人，讲台上的资深剑术教习丁三石，分分钟一套最拿手的基础剑术近身三连教他做人。

但既然是林北辰的话……

"不能生气，不能生气。"

"他脑子有病，我又没病。"

"不能和一个有脑疾的纨绔一般见识。"

以脾气火爆闻名第三初级剑士学院的资深教习丁三石，在心中一遍遍地默念，努力让自己无视这个全城最大的纨绔败家子，继续上课。

其他学员看到"暴躁教习"丁三石如此"忍气吞声"的样子，都是忍俊不禁，却也不敢笑出声。

只是老师和同学们不知道的是，林北辰并不是脑疾犯了在"看手"，而是在看手机。一部除了林北辰自己之外，其他人绝对看不见的智能手机。

"救命啊！"此时的林北辰，正在心里哀嚎，他这是造了什么孽啊。

只不过是在马路上拉住了一个闯红灯差点儿被大卡车撞死的神经病，结果就被这个自称是"死神"的家伙，强行塞了这部没有品牌LOGO（商标）的智能手机，再然后他……灵魂穿越了！

他来到了这个叫作东道真洲的奇怪世界，成了北海帝国"十大名将"之一的"战天侯"林近南的嫡子，一个云梦城全城闻名的纨绔败家子。

这让他找谁说理去？

距离穿越已经过去了三天，林北辰依旧无法接受这个事实。他想要回去。

虽然这个世界武道昌盛，充满了奇迹。传说中顶级强者欺山赶海，飞天遁地，无所不能，加之寿命悠长，和神仙没什么两样……

但是，这些都和他林北辰没有关系啊。先不说有没有修炼的天赋。就算是有天赋，前世不过是一个普通游戏宅男的他，也没那毅力坚持啊。

整天辛辛苦苦地修炼，冬练三九，夏练三伏，还要流血战斗，最终活下来，才能成为一代强者。这和空调、WIFI（无线网络）、美团、B站比起来，简直差远了好吗？

受虐狂才想九死一生地去成为强者，正常人只想宅在家里吹着空调打着游戏撸猫撸狗，顺便点外卖看"鬼畜"视频当咸鱼。更何况，地球上还有那一大群暖暖的家人和朋友啊。

所以……去他的穿越，老子不稀罕，老子要回地球。

林北辰结合穿越的前因后果，思来想去，理论上回去的唯一的可能性，貌似就在这个奇怪的智能手机上了。它能把我带到这个世界，应该也可以带回去吧？

应该可以吧？

抱着这样的念头，林北辰在疯狂地研究这部智能手机。迄今为止，他发现了这么几件怪事——

第一件，这部手机可以"收入体内"。只要林北辰想要，这手机就会自动出现在他手里，不想要的时候，就会消失不见。这就很荒谬了啊，正经手机哪个会有这样的功能？

第二件，就是除了自己之外，在任何情况下，其他所有人都看不到这个手机的存在。就比如现在，他明明是手捧手机在疯狂研究功能，但是在老师和同学们的眼中，他则像一个脑残一样盯着自己空无一物的手掌在发呆。

这是一部银色金属外壳的全屏手机，当前状态为——

电量21%，信号看起来像是4G，但只有一格。

话费……

林北辰尝试打过110、120、119和10086，也试着打过所有能够想起来的亲友们的电话号码，结果提示音统统为"您拨打的电话号码为空号"。

手机主屏幕上，只有电话簿、短信箱和应用商店三个图标。电话打不通，所以短信自然也发不了。

林北辰唯一的希望，都在应用商店里面，然而他不止一千遍地点开这个图标，现实只有一个——

商店里没货，里面一个APP（手机应用程序）都没有。这也配叫商店？配吗？

林北辰气得想要吃掉这破手机。

这时——

当当当！课间休息的钟声响起。

"好了，刚才已经为大家解析了初等玄气凝练术的完整版，现在我们休息一刻钟，然后继续上课。"老教习丁三石端起杯子喝了一口水，润了润嗓子，"大家都知道，三日之后，就是咱们学院的年中大比了，这次大比的重要性，不用我再多强调吧？好了，提前预告一下，下一节课，我为大家准备了一节精选课程，是我的独门秘籍——基础剑术近身三连。"

老教习丁三石说着，目光又看向了林北辰。见这个纨绔子弟还是一副魂游天外的样子，他不由得失望地摇摇头。

"林北辰，下节课你要好好听，这套基础剑术近身三连，最适合你这样基础差的学员。"丁三石忍不住特意多说了一句。

然而林北辰依旧是呆若木鸡毫无反应。唉，朽木不可雕也。老教习一脸无语地转身出了教室。

对于老教习的怨念，林北辰丝毫不以为意，他对这个世界缺乏认同感。对于自己的新身份，也是毫无代入感。现在的他，一门心思想的，是如何回到原来的世界中去。

因此对于什么狗屁年中大比，什么晋升和前途，什么初等玄气凝练术，什么基础剑术近身三连，都一边儿去吧。

他继续默默地研究手机。

相对于林北辰的死猪不怕开水烫，同班的其他学员，对于即将到来的年中大比，可就兴奋多了。一群人七嘴八舌地讨论了起来。

"大好机会啊，同学们，这一次，我一定要在年中大比中，冲入年级前三十……"

"哈哈，我的基础剑法已经练到了第六层，三级武士在望，只要再将丁教习的独门秘籍基础剑术近身三连融会贯通，一定就可以脱颖而出，成为代表年级的正选，代表咱们省立第三初级学院，参加云梦城的天骄争霸赛了。"

"幼稚，进入天骄争霸赛又能怎么样？"

"就是呀，先不提汇集了云梦城所有顶级天才的国立皇家初级学院，单单只是统计六大省立初级学院，还有各种私塾以及野路子传承的适龄选手，就不下五百多人，每一个都是天才中的天才。你就算是基础剑术九层大圆满、三级武士巅峰，真进入天骄争霸赛，也是送菜，在那些天才面前，你只是个弟弟。"

"马千军你嘴巴真的有毒，我的雄心壮志，终于被你的毒舌无情地击碎了。"

"唉，说起来，咱们第三学院好像已经连续三年，在云梦城天骄争霸赛预选赛就折戟了。"

"是啊，真是让人伤心又绝望的战绩啊。"

"这算什么，只要想一想，我们学院已经连续十年没有学员获得省级天骄争霸赛的参赛资格这个事实，你会更加绝望。"

"说起来，一班的吴笑方、五班的司新林、六班的木心月和九班的武玺这四个，都号称是咱第三学院二十年一遇的天才，也许他们有机会？"

学员们热烈地讨论。

十二岁的少男少女们，三三两两围在一起，有说有笑，让整个教舍中充满了团结友爱、活泼欢快的气氛。

只有林北辰身边三米之内，却是空荡荡，一片真空地带。没有任何一个人愿意靠近他。准确地说，是不敢。

没办法，名声早就臭大街了。

被魂穿之前的这具身躯，是北海帝国十大名将之一的战天侯林近南的嫡子。战天侯林近南中年丧偶，膝下有一女一子。

长女林听禅。这个女孩子，是个妖孽，天赋无双，可以算作云梦城中走出去的活传奇。

她三岁成为一级武士，六岁成为三级武士，十岁就达到了满级，晋入武师级。

她今年十六岁，已经是北海帝国皇家战争学院一年级有史以来最年轻的新生。

从林听禅上学的第一天开始，但凡是有她参加的各城、省、国三大级别的天骄争霸赛，每次的冠军必定是她，当真璀璨夺目得就像是一轮冉冉升起的骄阳一般，被称之为"整个帝国都在等待她长大"的绝世天才。

而小儿子林北辰，今年十四岁。和他姐姐相比，可就是云泥之别了。

贪玩、懒惰、好色、嚣张、跋扈……任何用来形容二代纨绔的词语，砸在林北辰的身上，一点儿都不会冤枉他。

更惨的是，林北辰从小就有脑疾。说得直接一点，就是精神病、脑残。他发病的时候，经常做一些匪夷所思的事情。

换作其他的帝国贵族世家，生下这样一个好吃懒做的废物，早就自认倒霉再生一个，开小号重新练级了。

但偏偏杀伐果断的一代英豪战天侯林近南，对于这个不争气的儿子，却宠溺得要命，舍不得打也舍不得骂，捧在手中怕摔着，含在嘴里怕化了，要星星不给月亮，要月亮不给太阳。

林近南几乎是倾尽全力满足这个败家子的一切合理的和不合理的要求。

所以，哪怕林北辰连续被云梦城省立第一、第二初级学院开除，老侯爷也没舍得骂一句，拉下老脸，将他送进了省立第三初级学院。

一年前，北海帝国与极光帝国发生战争，战天侯林近南率军奔赴边境。林听禅也从云梦城国立皇家中级学院毕业，前往皇家高级战争学院深造。

于是，没有人管束的林北辰，立刻就像是脱了缰的野狗，彻底放飞自我了。不到一年时间，偌大的战天侯府，就被他败了个七七八八，差不多只剩下了一座空宅子。别说是第三初级学院了，就连整个云梦城，都被他搅得鸡飞狗跳。

夸张一点说，走到云梦城中任何地方，只要大喊一声"林北辰来了"，瞬间就可以让一条原本熙熙攘攘的街道"嗖嗖嗖"就变得干干净净，一人不剩。

于是人送林北辰外号"净街虎"。

这就是林北辰穿越之后的身份。

全班学员，不论男女，没有一个是不被林北辰捉弄过、欺负过的。这样一个祸害，谁敢靠近他？所有同学，都像是躲着瘟疫一样躲着他。

不过，对于这样的局面，林北辰反而是乐得自在。

没有朋友好啊，和这个世界的人接触得越少，暴露身份的概率就会越小。

魂穿而来的这三天，林北辰已经大致掌握了一些关于这个世界的基础信息。

比如，这个世界不但有很多掌握大神通的强者，据说还有无所不能的神灵的存在。一旦自己灵魂"鸠占鹊巢"的事情暴露，下场只有一个——

那就是被扣上一个"邪神"的罪名，拉到城中央的"剑之主君神殿"，用火刑净化。通俗点说，就是烧死。

所以，还是谨慎点好。

一刻钟之后，当当当！

钟声响起，课间休息结束。老教习丁三石进入教舍，走上讲台，重新开始上课。

"继续上课。"

"同学们，上一节课已经说过，接下来我将传授你们基础剑术近身三连。再强调一遍，这三连虽然依旧属于基础剑术范畴，但却是本教习的独创秘术，是基础剑术的巅峰技，上手快、威力大、可以速成，而且一旦能够完全融会贯通，三级武士之内，所向披靡，可以帮助你们在大比中，取得好成绩，提升合格率。"

所有学员都在认真听讲。唯有坐在第一排最中间的林北辰，毫无意外地没有听课，他依旧在疯狂地研究手机。

然而令人悲伤的是，又一节课下来，他非但没有研究出来什么新功能，也没有找到回去的线索，反而手机的电量从21%下降到了19%，处于黄色电量警告状态。

电量告急。林北辰简直有一种想死的感觉。这样下去，手机迟早要没电关机。

返回地球的路，岂不是要断绝？他显得忧心忡忡。

时间流逝，一节课的时间，很快就到了尾声。下课钟声响起，终于到了放学的时间。

"好了，今天的课就到这里。"老教习丁三石习惯性地喝了口水润了润嗓子，"同学们，基础剑术近身三连都已经全部讲解演示完毕，大家一定要在这三天里勤加练习，争取在年中大比中，取得一个好成绩。大家也都知道，这次大比可是学院遴选天骄争霸赛参赛资格的唯一参考标准，只要你们能够在大比中崭露头角，就有希望代表学院，参加我们云梦城年轻武士的最高荣誉战斗序列……"

学员们都被老教习的话，说得热血沸腾了起来。

天骄争霸赛啊，云梦城所有少男少女的梦想啊，也是北海帝国无数少年少女的梦想，代表着年轻一代武士的最高荣耀战场。

老教习丁三石满意地点点头，这时，他目光一扫，又落在林北辰的身上。

这个林北辰，还在发呆。是可忍，孰不可忍！

老教习瞬间差点儿暴走，冲过去将这个脑残按在地上摩擦一百遍。但一想到战天侯临行前对他的嘱托，丁三石只好强压怒吼。

他清了清嗓子，强行和颜悦色道："林北辰，你插班入学一年以来，数次月考，理论课每次都是零分，实战课更是一塌糊涂零胜绩。全班你年龄最大，却还只是一个一级武士，文不成，武不就，上课还不认真听讲，你难道不觉得羞耻吗？"

"并不觉得啊。"林北辰专心致志地研究手机，头也不抬心不在焉地随口回答。

"你……"丁三石被噎住。

这小崽子。啊啊啊啊，快忍不住了。

他声音提高了八度，怒声道："你父战天侯是帝国十大名将，为国戍边，流血流汗；你姐姐林听禅也是我们风语行省年轻一代剑士的传奇和骄傲；而你，身为侯爷的嫡子，创下这种耻辱记录，竟如此无动于衷？"

"那我要怎么样？"林北辰很不耐烦地反问道，"创下这种记录，我骄傲了吗？并没有啊。"

"你……"老教习丁三石再次噎住。

听听！这说的是人话吗？

"林北辰，别忘了，你已经先后被省立第一初级学院和省立第二初级学院开除过了，如果再被我们第三学院开除，按照帝国法律，你将再无资格进入任何学院学习。"老教习怒发冲冠地咆哮道。

嘎巴嘎巴嘎巴，那是他紧紧握住拳头的声音。他生怕自己一个忍不住，冲过去一拳打死这个纨绔。

这个时候，林北辰终于放下手机。他站起来，掷地有声地反驳起来。

"开除就开除，有什么关系？

"我是谁？

"战天侯嫡子！

"什么叫作嫡子，懂吗？

"我林北辰，可是早晚都要继承战天侯爵位的美男子。嘿嘿，到时候，就算什么也不用做，照样锦衣玉食，妻妾成群，护卫如林，每天睡觉睡到自然醒，数钱数到手抽筋……我还用得着辛辛苦苦学习修炼？

"修炼是不可能修炼的，这辈子都不可能修炼的。

"我林北辰，就算饿死，死外面，从这里跳下去，我也不会像你们一样没出息地天天修炼。"

慷慨激昂的宣言，回荡在教舍里。

于是，在这初夏美好的阳光下，神圣而又庄严的二年级教舍里，在全班六十名学员瞠目结舌的注视下，拥有十五年丰富教学经验的老教习丁三石，就这样，在这个云梦城头号纨绔的面前，毫无胜算地败下阵来。

教舍里仿佛久久地回荡着林北辰慷慨激昂的宣言。

丁三石捂着心脏，扶着讲台。

就在这时——

吭当！门被撞开了。

"少爷，少爷不好了……"干号声刺破教舍里的宁静，一个五十多岁、贼眉鼠眼的干瘦老头子，慌慌张张地冲了进来。

"王管家？"林北辰一愣。他认出来，冲进来的这老头，是战天侯府的大管家。

"少爷，不好了！祸事，天塌了啊……"王管家看到林北辰，不由分说地冲过来，抱着林北辰的大腿就哭了起来。

"狗一样的东西，给我滚开！鼻涕都抹到本少爷校服上了……莫挨老子。"林北辰一脸嫌弃地将这老头踹开，"什么天塌了？说清楚，不然把你腿打断。"

他表现得很凶残。没办法，他现在的人设，是嚣张纨绔大少。不"本色演出"的话，人设就崩了。人设一崩，就会被人怀疑，就有被拉去神殿广场烧死的危险。

"少爷，老爷出事了！刚才府中来了钦差，带着大队人马，宣读了圣旨，说老爷在前线不遵号令，一意孤行，中了埋伏，五万精锐全军覆没，老爷畏罪潜逃……侯府被查封，奴婢仆人被遣散，侯爷的爵位也被褫夺啦……"王管家哭丧一样哀嚎着。

什么？林北辰大吃一惊。

"等等，你个狗东西，先别急着哭丧……快说，圣旨中提到本少爷了没有？"他忙不迭地问道。这是抄家灭族的节奏啊！自己是罪臣嫡子，不会是要给狗皇帝捉住凌迟处死了吧？要是这样，就得赶紧逃命了。

王管家哀嚎："提到了，说念在少爷是个脑残，贬为平民，不予追究，任少爷在云梦城中自生自灭……"

林北辰松了一口气，如此说来，狗皇帝还有点儿人性。没想到，前身的"脑疾"之症，在关键时刻，竟然救了自己一命。

那就不用怕了啊。

"少爷，这可怎么办呀，少爷，林家要完啊……"安静的教舍里，王管家抱着林北辰的大腿干号。

"慌什么？还有我姐。"事不关己的时候，林北辰十分冷静。

那个十六岁的小悍妞，可是一个百年一遇的天才，被称之为"整个帝国都在期待她长大"的妖孽，不但实力高强，据说还是出了名的心狠手辣。

最直接的例子近在眼前。

这次魂穿，一半就是林大小姐的杰作。

三天前，听闻败家弟弟斑斑劣迹的林大小姐，专门从帝都皇家战争学院赶回来，将"前身"吊在房梁上一顿打，导致"前身"一不小心就被打成了重伤，连痛带吓，一命呜呼。哪怕后来请神殿的祭师治好了血肉伤，但灵魂却是救不回来了，所以被地球上的林北辰占据了身体。

有这个狠人在，云梦城中，照样没有人敢招惹他林北辰。

王管家仿佛是才想起了什么，犹犹豫豫地道："那个……忘了告诉少爷了，下午申时收到消息，大小姐在返回皇家战争学院的路上，遭遇大队凶兽袭击，下落不明，凶多吉少……"

嗯？林北辰的表情，呆滞了一下。

"还有啊，少爷，消息已经传到全城了。刚才我来通知你的时候，隐约看到有很多你的仇人，拎剑提刀，朝着第三学院来了，堵在校门口，说只要你敢从学院门口走出去，就要砍死你……"王管家又补充了一句。

林北辰的嘴角，抽搐了一下。

接下来，让全班学员都瞠目结舌的一幕发生了——

同样是在明媚的初夏阳光里，林北辰一脚踹开抱着自己大腿的王管家，很认真地整理了一下自己的校服，又不慌不乱地捋了捋自己的头发，揉了揉僵硬的脸，挤出笑容，走出座位，来到老教习丁三石的面前，恭恭敬敬地鞠躬行礼。

"教习，我想修炼。"

那充满了天真纯良的眼神！那充满渴望的表情！

此时的林北辰，虔诚得仿佛是一个醉心于修炼的学霸。

教习丁三石呆住了。世上还有如此厚颜无耻之人？是谁刚才慷慨激昂地说，就算是饿死，死外面，也不可能修炼来着？还能更不要脸吗？

这时，教舍外面突然传来了一阵骚乱之声。

隐约中，似乎能听到有学员在大声地喊："战天侯府被查封了，小崽子林北辰没有靠山了，大家有怨报怨，有仇报仇啊，此时不报，更待何时……"

然后一阵脚步声，如同潮水一般，就朝着二年级九班的教舍方向涌来。

林北辰一个激灵，这……不会吧？落井下石来得这么快吗？

教习丁三石也面色一变，冲了出去，准备把群聚而来的学员们挡住。毕竟林北辰平日里拉了太多的仇恨，如果没有人阻拦一下的话，他绝对有可能被群情激奋的学员们，堵在教室里活活打死。

很快，外面出来了丁三石的大呼声，但是似乎并没有什么用。学员们愤怒的咆哮声此起彼伏，犹如越燃越高的烈焰。

"林北辰，滚出来！"

"冲进去，打死他！"

"林北辰，你要为你以前的恶行，付出代价……"

"你父林近南，犯下弥天大罪，竟还敢畏罪潜逃，你们林家，是帝国的罪人……"

"丁教习，你别拦着我们，不然休怪我们对你也不客气！"

"把那个纨绔杂碎拖出来，烧死他！"

群情激奋，似是决堤之水，局面渐渐失控，眼看着教室外面的老教习丁三石，已经快要挡不住愤怒的学员。

教室里，王管家瑟瑟发抖。他盯着林北辰，眼珠子滴溜溜地乱转，心中衡量着，万一真的局面失控，是不是先把这个罪魁祸首推出去平息众人怒火，反正是死道友不死贫道。

结果林北辰竟是自己先主动朝教舍外走去，走到门口，他回头看了一眼王管家。

两道目光对视，两个人在心中不约而同地在心里骂了对方一句"蠢货"。

"这个脑残，主动出去送死，又犯病了？"王管家是这么想的。

"这个瓜皮，还不出去外面，要是被堵在教舍里，关门打狗，逃都没法逃……"林北辰是这么想的。

他来到教室外面，看到黑压压地堵了一群人。一个个看着林北辰的目光，仿佛是在喷火。

汹涌愤怒的人群，短暂的安静一瞬之后，瞬间就有爆发的趋势。一个个学员红着眼睛，仿佛是看到了杀父仇人一样，咬牙切齿地朝着林北辰疯狂地冲过来。

老教习丁三石的阻拦，如巨像面对行军蚁，苍白无力，毫无作用。眼看着林北辰的脑袋就要开花。

这个时候，一个空灵的声音，在人群中响起："等一等。"

仿佛是施了魔法一样，人群骤然停顿，瞬间安静了下来。那几个就要呼在林北辰脸上的砂锅大的拳头，也都停住了。

"大家听我说几句。"一个身穿着青色学院剑士服的少女，走了出来。

她的话，就像是圣旨一般，所有的学员，哪怕是再愤怒，竟都齐刷刷乖乖地退了开去，让开一片空地。

林北辰的目光，自然是落在了这个少女的身上。他的脑子里，冒出来了两个字——

真美。

一个美得有点不太真实的少女。普通的青色制式剑士袍，在她的身上却穿出了云梦城当季最时尚服装的效果。她就像是行走在人间的公主，仿佛全身都散发着光彩，令夕阳中站立的林北辰有一种忍不住想要抬手在眉毛前做护目状的冲动！

黛眉如画，肤若凝脂。飒爽扎起的马尾，平添几分平常女子罕有的英气。

"简直太美了。"林北辰忍不住赞叹了一句。然后，他就一阵心痛。心，很痛很痛。

因为一段记忆洪水般骤然爆发，澎湃在他的脑海中。

这个惊为天人的美丽少女，名叫木心月，省立第三学院"丽人榜"排名第一、"天赋榜"排名第二，在整个学院里拥有着巨大人气，被称之为"平民公主"，是无数年轻学员的梦中情人。其影响力甚至突破学院，辐射整个云梦城。

当然，她还有另外一个身份——前身的前女友。

如果说被称之为云梦城祸害的前身曾经真心呵护过一个人的话，那这个人，肯定就是"平民公主"木心月。

一年时间里，前身为了讨好这个女孩，做了无数错事，得罪了无数人，花了无数的钱。别人眼里那些荒谬、离奇和愚蠢的败家子脑残行径，有九成九都是他默默地为了这个女孩子做的。

他自己背负骂名，从不辩解。短短一年时间，前身几乎掏空了整个战天侯府的财富，兑换成各种修炼资源，用在木心月的身上，将这个曾经很普通的少女，捧成了万众瞩目的"平民公主"。

但在三天之前，就是这个女孩，却在索要一瓶价值五百金币的培玄药剂失败之后，以林北辰"名声太臭"为理由，坚决地选择了分手。

这件事对于前身的打击，实在是太过于巨大。以至于此时的林北辰，在看到木心月之后，脑海深处未曾融合的记忆，骤然翻滚呼啸而出，悲伤逆流成河，几乎将他淹没。

"唉，没想到，我们再次见面，会是这种情况。"木心月叹了一口气。

这幽幽一口气，差点儿把周围许多男学员的心都叹碎了。女神之叹息啊。很多男学员痴痴地看着她，眼中尽是痴狂和迷恋。

"你父林近南，曾经是云梦城的骄傲，是帝国的英雄，可他犯了错，害死了那么多无辜的士兵，从英雄变成了罪人，从此你和林听禅，都将活在深深的罪孽之中，永世难以洗脱……"

木心月看着林北辰，用一种无比惋惜的口吻说道："不过，你放心，我不会因此就对你落井下石，毕竟你曾帮助过我，今天我也帮你一次……"

说到这里，她看着周围的学员，柔声道："诸位同学，希望大家今天不要为难林北辰，毕竟他对我有恩，我不能知恩不报，就当我欠大家一个人情。以后需要我木心月帮忙的地方，可以尽管提……当然，过了今天，无论大家想怎么样，我都不会再管了。"

"啊，木女神客气了。"

"心月女神你就是太善良了，这种恶人，以前那样纠缠于你，你还帮他……"

"大家都散了吧。"

"谁不给心月女神面子，就是不给我面子。"

"好，今晚放过他，明天一早，咱们收拾林北辰这个小崽子。"

无数的男学员，带着迷恋和讨好的笑，一步三回头地离开散去。

一边的老教习丁三石看得瞠目结舌，他想要用头砸墙。

自己身为一名老资历的教习，十五年教学铸就的老师威望，刚才声嘶力竭都拦不住的学员们，被一个十几岁的丫头轻飘飘几句话，竟是轻描淡写地化解了。

丢人啊。他意兴萧索地看了一眼沉默中的林北辰，叹口气，摇摇头，转身离去。

"林北辰，你不用谢我，从今以后，我们两不相欠。我给你一个忠告，做一个普通平凡的人吧，忘记我们之间的一切，管好自己的嘴巴，忘记以前的贵族生活……这对于你来说，也许是一种幸运。"木心月留下一句话，马尾辫潇洒地一甩，转身离去。

林北辰看着"前女友"的背影，突然就笑了起来。

高。这段位，真是高。

三两句话，就彻彻底底的和前身撇开了关系，获得了一个知恩图报的好名声，而且表达得很清晰——过了今天，学员们再想要怎么对付林北辰，她不会再管了。

前身掏心掏肺身败名裂的付出，换来的仅仅只是今夜免于被打。这是遇到高段位"绿茶"了啊。林北辰感慨一番，然后在零点零一秒后，就把这件事情抛之脑后。

一点儿都不伤心好吗？漂亮女朋友有什么用？能吃能喝吗？不能？

那就滚。

他满脑子想的，都是如何回地球，也不知道想了多久时间——

"不对，现在最重要的是……学校太危险了，明天还有很多人要揍我，我得逃走。"林北辰猛地一个激灵，反应过来，自言自语道。

这时，王管家像鬼一样冒出来。他凑过来，幽幽地道："少爷，你怕是想多了，外面更危险，不信你看。"

林北辰僵硬地扭动脖子，远远地朝着校门的方向看去。

看到了……

一片刀光剑影，寒芒闪闪。省立第三初级剑士学院的大门口，依旧是人山人海，刀光剑影，寒气森森。

"林北辰你个小杂种，给老子滚出来……"

"我张振眉就算是堵校门十年，也要截住你林北辰，吃你的肉，喝你的血！"

"林北辰，还记得我向坤吗？滚出来受死！"

"有种你出来，你这个纨绔败家子！"

各式各样的挑衅怒骂声不绝于耳，凶神恶煞的各色人等将省立第三初级学院的前门、后门、侧门全部都堵了个严严实实。别说是一只鸟，就连一只苍蝇都飞不出去。

吓得林某人和老管家立刻朝着校园深处狂奔。

第二章

初露峥嵘

校园深处，教舍门口。

林北辰蹲在台阶上，一脸痛苦。身边，蹲着同样一脸痛苦的王管家。

"少爷，你在想什么？"

"滚。"

"少爷不愧是少爷，能屈能伸，当场向那老教习服软，成功留在了学校里。就连那木心月，也垂涎少爷的美色，为少爷说话……外面的那些仇人，不敢进入学院，今夜是绝对拿你没办法。"

"闭嘴。"

"但是少爷，你得有个心理准备……"

"不想和你说话。"

"少爷，真的，我有个不太好的预感，等到消息传开，明天上学的时候，可能会有很多你以前得罪过的学员，要堵着教舍门排队打你……"

"你这蠢货……不会说话就少说点。"林北辰忍无可忍地站起来踹了这个猥琐老头一脚。

这一次，不是为了维持人设，纯粹就是想踹。

"哎，我可太难了。"林北辰踹完，悲叹一句。

他想要回到地球，但在回去之前，起码得先活下去。

唯一的好消息是，北海帝国极为重视后备人才的教育，所以自开国皇帝以来，就在法律上严格规定，为了保护校园的纯净性，各大国立、省立学院中，绝不允许任何教习和学员之外的人，闯入校园里闹事，否则严惩不贷。

换句话说，只要在校园里，林北辰就是安全的。一旦走出校园，那可就真的是生死难料了。

都是前身惹的祸，却要我这个无辜的小可怜来背锅，真是没天理呀。再有三天就是学院年中大比，一旦大比的成绩再次不及格，是要被驱逐出学院的。没有了学校的庇护，那下场……啧啧，想一想都不寒而栗。

返回地球的办法还未找到，自己可千万不能就这么不明不白地，在异世界做一个孤魂野鬼啊。

林北辰思来想去，眼下只有一个办法——

争取在三日后的学院大比中，拿到及格分，延长自己留在学院的时间，有学校的庇护，毕业之前的这一段时间里，他都可以好好研究那破手机，找到返回地球的方法。

说起手机……林北辰下意识地掏出手机一看，脸都黑了。

还剩下18%的电了。

啊啊啊啊啊啊啊！林北辰要抓狂了。这可怎么办？

没有关机键，想要关机省电都关不了！

"必须在电量耗光之前，找到回去的办法……唉，这个狗屁应用商店，还是没有……咦？"林北辰的脸上，突然浮现出一丝极为错愕的表情。

当他这一次点开手机屏幕上的应用商店，竟然发现有了新的变化。原本空无一物的应用商店里，竟然多出了一个应用APP的图标。

有货了？

林北辰大喜，他仔细一看，表情瞬间变得古怪起来。这个应用APP的名称，竟然叫作……呃，基础剑术近身三连？

这是……老教习丁三石上课讲述的剑术秘籍？可是怎么会变成APP，出现在应用商店里面？

林北辰心中，又喜又惊。喜的是，三天以来，这破手机终于出现了新的变化，这是一个好的征兆，说明它的功能的确是可以和这个世界产生某种联系的；惊的是，操控这种功能的方法，还没有被林北辰完全发现和掌握。

"唉，这手机要是像华为手机一样，有个玩机技巧说明程序就好了……这个基础剑术近身三连APP，到底是下载呢，还是不下载呢？"林北辰有点儿纠结。

思忖再三之后，他还是决定下载看看，也许会有什么新发现。

手指点击APP图标，一个提示框出现在手机屏幕上——

"下载本程序需要流量为250MB，您当前拥有的最大流量值为254BM，是否确定下载本程序？"

这破手机还有流量？

林北辰选择了"是"。

下一刻，林北辰只觉得一阵天旋地转的眩晕。紧接着，他感觉到自己的体内有一股奇异的能量流被唤醒，突然开始涌动。

是玄气。

这个世界的武士，依靠修炼玄气而强大。

前身是一级武士，体内早就修炼出了玄气。不过林北辰魂穿之后，根本无心修炼，所以对于体内那微弱的玄气，毫无感知，三天以来都是任其生灭。

但是这一刻，林北辰清晰地感觉到，体内这股属于一级武士的微弱玄气，顺着经脉，游走一周之后，顺着自己的手臂，涌向了手机。

手机屏幕上出现了APP的下载进度条。

"我明白了，原来手机所谓的流量，竟然是武士体内的玄气值？"林北辰福至心灵般恍然大悟。

幸运啊。前身的一级武士玄气，刚好够下载这个APP的流量。

眩晕感越来越严重。被强行抽取玄气的感觉，就像是劣质假酒喝多了想吐一样。

大约过了五分钟，就在林北辰体内微弱的玄气几乎被榨取干净的时候，终于——

叮！一声清脆的提示音响起。手机屏幕上，基础剑术近身三连APP终于下载完毕，进入安装过程。

林北辰大口大口地喘着气，好像是被人套了一个虚弱BUFF（效果）一样。

安装很快就完成了，他毫不犹豫地点击图标启动。

伴随着一段侠影舞剑的水墨动画开屏，基础剑术近身三连APP正式启动，画面极为简单，是一个手持长剑的虚影人物，开始舞剑。令他感觉到意外的是，这个虚影，赫然正是他自己。

身形、五官、气质都一模一样。

就好像这段影像，是他刚刚亲自出镜拍摄的一样，而所施展的招式，正是基础剑术近身三连。一遍又一遍，循环往复，不断施展。

林北辰盯着手机屏幕看了半个小时，陷入了沉思。这是什么意思？这个APP到底有什么功能？

他连续尝试，都没有发现这个APP还有其他类似于设置、权限、存档等的功能，而且好像根本都停不下来，也无法退出。

林北辰一头雾水，盯着手机发呆。

"少爷？你又犯病了？少爷你没事吧少爷？"王管家谄笑着凑过来，一副"我很关心你"的样子。

在他的视角里，看不到手机的存在，所以林北辰的一系列动作，绝对就是标准的脑疾发作时的症状——双眼发直，双手蜷曲，对着空气自言自语，像是个傻子一样。

"滚开。"林北辰随后一巴掌拍出去。

王管家忙不迭地闪开。

咔嚓。旁边一棵小儿手腕粗的小树，应声而断。

林北辰愣住了，一边的王管家也愣住了。

这老头忽地又像是发现了什么，大喜道："少爷，你果然英明神武！原来你刚才在修炼啊，这一招是剑式吧？徒手斩断小树，这至少也是二级武士的实力了，少爷，你突破了，少爷！"

林北辰看了看自己的手，再看看断裂的小树。断口处颇为平滑，像是钝剑斩过一样。

自己刚才明明只是随手一拍，怎么这小儿手臂粗细的小树，就被斩断了？关键是自己分明没有用力啊。

诚如王管家所说，徒手斩断这棵小树，需得是具备二级武士的实力才行。而林北辰不过勉强算是个一级武士，刚才还被手机抽干了玄力。

"难道是……"林北辰的脑海里，冒出一个极为荒唐的念头。他收回手机，折下一根树枝，握在手中作剑，然后猛地刺出。

咻！破空声响起。

他施展的正是基础剑术近身三连，一共三招，分别为突、破、击。

今日上课，林北辰根本就没有听老教习丁三石的演示和讲析。但此时他施展出来的，却是三招连环，融会贯通，娴熟无比，仿佛已经练了数月一般，"咻咻咻"的破空声响起，空中幻化出重重树影。

咔嚓！手中的树枝最后承受不住，直接断裂。

而林北辰仿佛是没有察觉一般，握着剩下的半截树枝，继续施展。一直到身体关节各处传来的清晰的酸痛和疲倦之感，林北辰才从这种诡异的状态中退出来。

他大口大口地喘着气，眼睛却是前所未有的明亮。

"手机上那APP，竟然是用来替代练功的。"

他终于弄明白了这个APP的作用。

软件里那个和自己一模一样的虚影人影，可以代替现实之中的自己修炼武道。APP中的人影每施展一遍，自己对于基础剑术近身三连的领悟和掌握，就加深一分。其效果甚至远超他自己在现实中亲自修炼。

只不过是半个小时而已，林北辰已经完全掌握了号称基础剑术巅峰必杀技的基础剑术近身三连。整个过程，没有瓶颈。

这样的速度、这样的效率，便是学院二年级中有着"二十年一遇的天才"之称的司新林、武玺和吴笑方三人，也远远不如。

这么说来，我现在变成一个修炼天才了？

"哈哈，哈哈哈……"林北辰双手顺着前额往后一抓，强行将自己浓密的黑色长发弄成大背头，然后双手叉腰，神经病一样仰天大笑了起来。

原来这手机的真面目，竟然是一个练功神器？有点意思啊。

如此一来，自己不管学任何功法战技，只需在手机里下载相应的APP，就可以躺着变强啦？一机在手，天下我有？

"哇哈哈哈哈！"校园里回荡着林北辰夜枭一样的鬼笑。

十几只夜宿的飞鸟被惊醒，扑棱着翅膀惊慌失措逃一般地飞走了。

不好，少爷又发疯了。王管家捂着额头，一脸惊恐，下意识地站远了一点。

"不过，为何这手机上单单出现了基础剑术近身三连，而没有出现其他的功法？"狂笑了一会儿，林北辰左手托着右手肘，右手捏着下巴，琢磨了起来。

今日上课时，老教习丁三石总共讲了两门课——初等玄气凝练术和基础剑术近身三连。却只有后者出现在了手机的应用商店中。

随机出现？还是说……有什么其他原因？林北辰更倾向于后者，他仔细思考一会儿，猛地想起了一件事情。

"丁三石教习第一节课讲解初等玄气凝练术的时候，我没有认真听，而是在研究手机，第二节课演示基础剑术近身三连的时候，我依旧没有认真听，不过却做了另外一件事情……"

他当时打开了手机自带的摄像功能，将丁三石演示剑术的过程，拍下了一段视频。当时只是想要试试通过拍摄录像，看能不能触发什么新功能。

难道是因为这个？

所以说，在教习演示功法的时候进行偷拍，就可以将功法内容摄入手机中，由某种未知的神秘力量，加载变化成练功APP？

"这么科学而又合乎逻辑的推断，一定就是事实真相。嘿嘿，这具身体长得这么帅，再配合我优秀的智商，简直是完美的搭配啊……哇哈哈哈！"林北辰又捂着额头狂笑了起来。

不过，伟人曾经告诉我们：实践是检验真理的唯一标准。所以，为了以防万一，明天上课的时候，需要再验证一下，再拍摄一下其他课程内容，看能不能在手机的应用商店里生成新的APP。

三天之内，迫在眉睫的事，是一定要通过第三初级学院的年中大比，成功留在学校，再低调"发育"一段时间。

这需要实力。

眼下，自己掌握了基础剑术近身三连，单挑任何一个本学校的二级武士应当不成问题。但，这还不够。因为二级武士范围内无敌，并不能保证百分百通过年中大比，得是三级武士范围之内无敌才可以。

"这个世界，战技和玄气相辅相成，就好像是前世地球的招式和内功的关系，内功不够，再精妙的招式发挥出的威力也有限，内功强横，没有精妙的招式配合，威力也大打折扣。"

"所以，还得想办法赶紧提升玄气等级。"

林北辰的思路，越来越清晰。

而提升实力的钥匙，就是这手机了。明天上课时好好偷拍一下，争取拍到一门用来修炼玄气的功法。

林北辰下意识地拿出手机一看。

我的天！他一个蹦子跳了三丈高。

电量还剩下15%。手机电量的消耗速度在加快，必定是因为后台运行了基础剑术近身三连APP的原因。

很简单的常识，手机运行的程序越多，耗电量就越多。

"怎么办怎么办怎么办？"刚才还仰天狂笑的林北辰，现在又有点慌。

手机APP修炼，的确是霸道。但如果没有了电，一切都是扯犊子。

可到底该怎么充电？到现在他还没有丝毫的头绪。

这时——

"少爷？你没事吧少爷？"王管家见林北辰在狂笑、呆滞、狂笑、呆滞之中连续切换状态，总觉得自己少爷是不是受到了太大的刺激，脑疾加大频率发作了，越想越觉得不对，凑了过来。

林北辰从沉思中清醒过来。看着凑过来的三角脸，林北辰心中一动，问道："你个狗东西，侯府倒了，树倒猢狲散，账房、家丁、护卫和奴婢都跑光了，你为什么还不跑？"

王管家一听，立刻拍着胸脯，义愤填膺地道："少爷你这是什么话？我王忠的名字里，带着一个忠字，是出了名的忠诚，生是林家的人，死是林家的鬼，在少爷落难的时候，怎么能不管不顾？那岂不是畜生不如？"

林北辰将信将疑："你竟有如此忠心？"

"那当然！更何况我是看着少爷你长大的。"王管家的表情，瞬间又变得慈祥和蔼，"在我心中，少爷就是我的儿子一样，我岂能抛弃自己的儿子？"

林北辰顿时有点儿感动。疾风知劲草，板荡识忠臣啊。

不过，下一刻，他猛地反应过来。欸？不对！这老家伙占我便宜，还想当我爹？

"你个狗东西，还想骗我？平日里狐假虎威，在城里仗势欺人，做的坏事不比我少，有多少人想要打死本少爷，就有多少人想打死你。你一定是自知没地方逃了，才到学校里找我，想要利用本少爷的身份，在学校里躲着，是不是这样？"林北辰大骂道。

王忠脸上的正义凛然，瞬间化作谄笑："少爷不愧是天资聪颖，智慧无双，一下子就看穿了小人这点儿小心思。嘿嘿……不过，少爷，你将小人留在身边，好歹也多一个端茶倒水伺候你的人，岂不是更好？"

这话倒也有几分道理。林北辰冷哼了一声，伸手道："身上有没有钱，给我点。"

王忠苦兮兮地道："钦差抄家的时候全被没收了，一个铜板都没有。"

"我……"林北辰气道，"要你何用？"

他目光在老管家身上上下打量，突然定在其腰间，眼睛一亮，道："你的剑给我。"

王忠神色垮塌，道："这剑是我的传家宝，我……"

"狗东西，给我。"

"噢，好的。"

几乎是同一时间。

校外，云梦城的某个幽静处。

"心月，你竟然主动约我了？我太开心了。"

"冯仑，你真的爱我吗？"

"心月，我当然爱你，我愿意为你做一切事情。"

"好，那你证明给我看。"

"怎么证明？"

"让林北辰永远闭嘴。"

"永远闭嘴？杀了他？这……他父亲可是战天侯。"

"怕什么，他现在只是一个平民了。"

"我……好，我答应你了，如果我做到了，你能做我的女朋友吗？"

"什么？你竟然还向我提要求？冯仑，真没想到你是这种人，你以前信誓旦旦地说，会不计回报为我做一切事情，都是骗我的吗？现在是在用这种事情要挟我吗？太让我失望了。"

"不不不，心月你千万不要误会，我愿意为你做一切，不敢奢求别的，只要你愿意和我说几句话，多看我几眼就行……心月，你放心，明天早上一开学，我立刻就去找个机会弄死林北辰那个小杂碎，证明给你看。"

"好，我等着你带给我好消息。"

"放心吧，心月，我冯仑愿意为你做任何事情，不惜一切代价。"

"嗯，我很感动，冯仑，你走吧，小心点，别让人看到。"

叫作冯仑的男学员无比兴奋地离去。

片刻后。

一个安静而有格调的酒楼包间里。

相同的女主角，不同的男主角。

又是一段相似的对话。

"吴师兄，我知道你对我的心意，我对你也非常有好感，你能不能帮我想个办法，彻底摆脱林北辰这个人渣。"

"你们不是已经分手了吗？"

"吴师兄，你不了解这个人渣，他表面上答应了，但是私底下一定会死缠烂打，用尽手段威胁我，我真的是受够了。"

"哦，这倒也是……不过，心月你的意思，是想要林北辰的命？"

"是啊，吴师兄，我不想我和他之间的事情，被人传得沸沸扬扬，如果能够让他永远闭嘴，那就最好了。"

"其实有比让他死，更有趣的玩法。"

"更有趣的玩法？"

"比如，把林北辰变成你的奴隶，那他的生死，都会掌握在木师妹你的手中，岂不是更好？这样一来，你不但可以摆脱他，还可以随意玩弄他、操控他、掌握他的生死，想怎么发泄，都可以，呵呵。"

"这……如果能够这样的话，那自然是求之不得，可是，怎样才能让他变成我的奴隶呢？帝国的法律，对于平民的保护力度不轻，就算他被驱逐出学院，想让他变成奴隶，也是不可能的吧？"

"呵呵，云梦城中，还没有我吴笑方做不到的事情。"

"请吴师兄赐教。"

"心月，你觉得，林北辰这个人渣，现在最缺的是什么？"

"什么？"

"钱。"

"吴师兄的意思是？"

"你想一想，一个生活奢靡无度，习惯了锦衣玉食的败家子，突然之间，变成了穷光蛋，他能适应吗？由俭入奢易，由奢入俭难啊，饿一两天肚子，林北辰就会发疯，愿意做任何事情，如果这个时候，有人主动给他借钱，他会不会接受呢？"

"肯定会接受。"

"那借钱的时候，顺便提点儿要求，是不是也合情合理呢？"

"啊，我明白了，比如……让他签订一份契约，规定期限之内，如果不能还钱，就以身抵债当奴隶？"

"哈哈，木师妹真的是蕙质兰心，聪明绝顶，一点就透。"

"可是，万一他不答应呢？"

"契约当然要签得隐蔽一点，让他看到希望，然后又绝望。何况这个人渣，不但疯，而且蠢，挖个坑让他跳，实在是太简单了。木师妹，放心吧，这件事情，交给我去做。"

"吴笑方师兄乃是二年级第一天才，交给师兄去办，我当然放心。"

"呵呵，也就是看在木师妹你的面子上，否则，我吴笑方岂会放下身段去对付这样一个上不得台面的下流坏子。"

"我会永远记得师兄你对我的好。"

第二日。

阳光明媚，空气PM2.5指数为零。

哨哨哨！开校的钟声响起，第三学院的校门缓缓打开。

少男少女学员们像是出栏的鸭群一样，吵吵闹闹地涌入校园，顿时给安静的校园注入了一种青春的活力。吵闹喧嚣的人群像是大海分出了支流，朝着不同班级的教舍走去。

校园里，演武场边的小树林中。

"王伯，就这么说定了啊，一会儿你可一定得好好配合我。"林北辰将王忠的长剑悬在自己的腰间，又叮嘱了一遍。

老管家王忠拍着胸脯保证："少爷，您放心吧，我王忠的名字里，带着一个忠字，办事是出了名的靠谱，到时候一定给你演得比真的还真，绝对唬人。"

"嗯，很好，那我就放心了。"林北辰点点头。

掐算着时间，他朝着班级教舍走去。虽然明知道有很多学员今天可能会找他的麻烦，但这课还是得去上。毕竟知识就是力量，想要变强，就得拿着手机去上课呀。

主仆两人，仿佛是上战场的战士一样，朝着教舍走去。

同一时间。

三年级教务大楼的二层楼道中。

一个黑色马尾长发的美少女，站在栏杆前，冲着下方眺望。青色的宽松剑士长袍也难以遮掩她修长的身形。倩影凭栏，宛如遗落在凡间的仙子一样。

"呵呵，木学妹，听说你跳级到三年级的申请，教务处已经接受了？"一个温润的声音从身后传来。

身穿着三年级学院服的关飞渡从旁边的办公室里走出来，微笑着看向女剑士，这个平民出身的女孩子，真的是学院里最靓丽的一道风景线，看一眼都令人觉得心旷神怡。

木新月回过头来，微微一笑，道："是呢，多亏了关学长帮忙。"

关飞渡今年十五岁，一米八的身高，修长挺拔，面目白净，给人一种温文尔雅的感觉，加上天赋不俗，是很多女学员心目中的男神之一。

他摇头笑道："呵呵，这我可不敢居功，是三年级组的潘主任力排众议，接受了你的申请。接下来，只要你在年中大比夺得二年级第一名，跳级申请应该就可以彻底通过了。"

木心月道："我可是听说，关学长在潘主任面前，替我说了不少好话哦，谢谢师兄呢。"

笑靥如花的女子，精致无瑕的脸上带着感激之色。

关飞渡被这种美丽所侵，心中一荡，微微失神，不愧是省立第三学院最美丽的一朵花呀。

听闻以前曾经和林北辰那个臭名昭著的人渣有过一段纠葛，还好两个人终于分手了，也算是及时回头。

"对了，木学妹刚才在看什么？"关飞渡不动声色地转移话题，拉近距离。

木心月指着下方，道："有人好像遇到麻烦了。"

关飞渡顺着所指的方向看去，那是二年级九班的教舍门口。

十几个学员堵住了另外一个学员，看样子好像是产生了什么冲突，要准备动手。

"好像要打起来了，十几个人欺负一个，有点过分了……咦？"关飞渡皱了皱眉，正要去阻止，突然"咦"了一声，发现那个被堵住的倒霉鬼，好像有点儿眼熟。

仔细一看，不是那个臭名昭著的败家子林北辰又是谁？一下子，他就明白怎么回事了。

战天侯府一倒，今天果然是有一堆人迫不及待地来找林北辰的麻烦了。

"木学妹，听说你昨天要护着这个败家子。"关飞渡熄灭了去劝架的念头，手扶栏杆，貌似漫不经心地提了一句。

木心月叹了一口气，道："是呀，毕竟他曾经也帮过我，我不能知恩不报，昨天帮他一次，当是报恩。"

关飞渡赞道："木学妹恩怨分明，让人敬佩，可现在林北辰好像是又遇到麻烦了，你……"

木心月微微摇头，淡淡地道："这件事情，我不能再管啦，毕竟林北辰平日里作恶多端，也该尝点儿苦头，为他以前做过的错事赎罪，也许只有这样，他才能成长吧。"

说完，她侧过脸，朝着下方看去。一抹淡淡的讥诮笑意，出现这张清丽无双的脸上，微微勾勒出酒窝的嘴角，彰显着主人此时的开心。

昨夜，她先后找了两个人。双保险。

两个结果，不管是哪一个成为现实，她都会很满意。

冯仑这条"舔狗"，果然没有让她失望，一大早就带着人去堵林北辰了。冯仑，将你身为"舔狗"的真正价值，发挥出来吧。

木心月笑得更加开心了。

二年级九班教舍门口。

"林北辰，别说我不给你机会，拔剑吧，公平一战。"来自二年级六班的冯仑，不依不饶地道。

林北辰被堵在距离教舍不到十米的地方，很尴尬。来教舍之前，他已经尽自己所能地小心翼翼了，谁知道竟然还是在教舍门口被截住。

"唉。"他叹了一口气，"冤冤相报何时了，更何况，冯仑同学，如果我没有记错的话，我以前并未戏弄欺负过你，反而是你，一直以我的朋友自居，胡作非为，你的名声比我好不到哪里去，就算是找我报仇，也轮不到你吧？"

"呵呵，我以前做的那些错事，都是被你这个败类逼的……林北辰，你是不是怕了？呵呵，说那些废话，都没用，这样吧，你要是怕了，就老老实实从老子的胯下钻过去，今天我就饶你一次。"冯仑嘴角翘起毫不掩饰的轻蔑弧度，双脚分开，朝着自己胯下指了指。

他以前的确是在处处巴结林北辰，以林北辰的小弟自居。现在这个战天侯府倒台了，他必须第一时间和林北辰划清界限。

更何况，他答应了心中的女神，一定要弄死林北辰。

他的计划很简单：激怒林北辰，让其疯狂，然后在比斗中，假装失手，将其杀死。

自己大不了被学院开除。只要能够得到女神的青睐，又有什么关系？

胯下之辱。林北辰这个败家子，绝对受不了吧？

所以，还等什么呢？林北辰，你这个人渣，冲过来吧。快恼羞成怒地拔剑吧，疯狂冲过来，然后被我"失手"杀死，一切就都结束了。

"我有一个很好的提议。"林北辰又叹了一口气，很认真地道，"说实话，我们两个以前都不是什么好人，不如我们放下彼此之间的成见，携手一笑泯恩仇，一起改过自新，重新做人……"

"闭嘴。你才不是好人……你钻不钻？"冯仑不耐烦了。

林北辰一看，得，装疯卖傻没什么用，真是人善被人欺。

"我钻你×啊。"他直接翻脸，破口大骂了起来，"冯仑，你是给脸不要脸啊，既然你这么咄咄逼人，那我就只好摊牌了……真的以为我林北辰落魄了，可以随意欺辱吗？呵呵，不怕告诉你，我的身边，还有一位忠心耿耿的护卫跟着我，是我父亲挑选的人物，他可是大宗师境界的强者，原本并不准备暴露的，但是现在嘛……"

说到这里，林北辰挥了挥手，姿态十足地道："王忠，你过来好好教教这个小家伙做人……"

没有回应。林北辰一愣："王忠？咦？这狗东西……人呢？"

他扭头一看。原本跟在自己身后的老管家王忠，早就不见了踪影。

这狗东西，还说自己忠心耿耿。

之前不是商量好的吗？要是遇到有人找事，就由他来扮演一个护卫高手，唬一唬这些没有经过社会毒打还天真烂漫的学生。当时这狗东西还拍着胸脯信誓旦旦地表示，别说是装高手，就算是挨打，也一定挡在林北辰身前。

结果现在？这狗东西竟然溜了？没义气啊。

林北辰顿时就茫然了，这可怎么办？难道真的拔剑打一架？

虽然昨夜靠着手机直接精通了基础剑术近身三连，但他前世毕竟是一个游戏宅男，毫无打架经验，身为一个在法治社会的文明人，他心理上并未做好抡刀片的准备啊。

周围一片幸灾乐祸的哄笑。

"是啊，快钻吧。"

"钻过去，再把我们所有人靴子上的尘土都舔干净了。"

"看什么？快钻。"

"你以为你还是战天侯府的小侯爷吗？"

跟随冯仑一起来的学员早就得到了授意，立刻配合着用各种羞辱的语言，大声地喝骂起来。

冯仑见状，更是得意。他决定更进一步，于是直接"锵锒"一声，拔出腰间的长剑，指向林北辰，道："小杂种，你爹是个逃兵，你更是个孬种，要不是学校纪律不许杀人，我今天已经把你……"

话音未落，异变骤起。

咻！一道白色的剑光闪过。

叮！冯仑眼前一花，只觉得手腕一震，半条手臂都酸麻了，手中长剑脱手飞出。

咻！又是白色剑光一闪。

他胸前一凉，低头看到银色的剑尖已经刺破了胸前的衣物，浅浅地刺入了肌肉之中，一抹淡淡的殷红，顺着剑刃，渗出衣物，渲染开来，仿佛是一朵缓缓绽放的红色花朵……

而长剑的剑柄，正握在……林北辰的手中？！所以，刚才到底……发生了什么？

我……败了？被林北辰击败了？这个败家子，他……竟然有这么可怕的实力？冯仑的心，突然不可遏止地战栗起来。他呆呆地看着林北辰。

而林北辰，比冯仑还呆。刚才发生了什么？他也一头雾水。然而这样的表情落在吓破了胆的冯仑的眼中，完全又是另外一种感觉——

表情冰冷不带丝毫感情，仿佛是一个冷血的杀手。尤其是那一双眼睛，根本没有焦距一般空洞，仿佛任何生命在这样的眼睛里都已经是没有了生命的尸体一样。

可怕、恐怖。这种状态的林北辰，简直如同一个杀过无数人的冷血金牌杀手。我竟然与这样一个人为敌？

"林……同学，别……有话……好好说……"冯仑的心态，一下子就崩了。什么女神啊，什么为爱付出一切啊……全都抛到了九霄云外。

活着，最要紧。

他腿都软了，想要跪下求饶，但不敢动，因为胸膛上插着剑呢。冯仑生怕自己一动，引起林北辰的误会，手中的剑稍微往前递一寸，就可以刺穿他的心脏，要了他的小命。

周围的人，也都懵了。尤其是刚才那些幸灾乐祸落井下石的学员，脸上的表情，彻底凝固了。

什么情况？

冯仑是三级武士啊。虽然只是三级初阶，但也是实打实的三级。但他竟然被二年级九班，不，应该是被整个二年级的吊车尾，瞬间就给吊打了？刚才都没有人看清楚，林北辰到底施展的是什么战技。

因为太快了。林北辰出手的速度太快了，就像是一道闪电。所有学员都觉得眼前一花，反应过来的时候，林北辰的剑，就戳在冯仑的胸前了。

这是什么实力？

"林……林北辰，你千万不要冲动……"

"学院里禁止杀人……"

"林同学，快住手，有话好好说。"

冯仑的几个小伙伴，也都吓傻了，不敢靠近，慌慌张张、结结巴巴地求情，生怕林北辰真的一时冲动，把冯仑给杀了，那学院追究起来，他们也难辞其咎。

什么？你赌林北辰不敢杀人？

拜托！这个败家子可是一个脑残。脑疾发作，他什么事情做不出来？所有围观学员的心，都悬在了嗓子眼。

而这时，惊悚制造者林北辰同学，终于慢慢地回过味来。呃？刚才……好像是在冯仑抽剑指过来的时候，自己的身体感受到了某种威胁，突然就变得完全不受控制一样，不等大脑的命令，身体就直接就做出了反应。

抽剑，反击。突，破，刺……那好像是……基础剑术近身三连的连招？

突，是指在最短的时间，用最快的速度，突进到对手的身边。

破，是指用最合理、最有效、最省力的角度和力度，破开对手的防御。

刺，是指用最简单、最直接、最致命的方式，刺杀击败对手。

这一突一破一刺，就是基础剑术近身三连的核心奥义所在。

看似简单，实则极难。

实际上在战斗中，若是一味拘泥于形式，招是死的，就会毫无威胁。所谓运用之妙，存乎一心，需将这三击练习千万遍，直接使之成为身体的本能，战斗时灵活使用，才能发挥出最大的效果。

刚才林北辰出手破敌，如白驹过隙一般迅速，这是他的身体已经形成了本能。施展出来的威力强得可怕，远超林北辰自己的预计。

"我的天啊，手机APP练功，也太霸道了吧？"林北辰内心狂喜。

如果说昨夜自己对于基础剑术近身三连的掌握，不过是初步的登堂入室，那眼下此刻，绝对是已经到了信手拈来的地步。

这三剑的威力之强，超出了他的想象。便是三级初阶武士冯仑，也显得如弱鸡一般，不堪一击。所以，到底是自己小看了基础剑术健身三连，还是小看了手机APP的修炼威力？

不管怎样……美滋滋！

"有话好好说？"林北辰当场就笑了起来，"可是，刚才我好言好语好商量的时候，有人好像并不领情啊，现在我的剑它生气了，你却反过来要领情了？"

"是是是，领情，领情，绝对领情。"冯仑挤出笑容，心里在哀嚎。大哥你别笑啊，你一笑就手抖，手抖剑也抖。这剑，可还刺在我的肉里呢。

我……疼啊。冯仑内心深处哀嚎着。

"绝对领情？是吗？"林北辰一副恍然大悟的样子，道，"那好，既然领情，那你想个办法，让我的大宝剑消消气吧。"

得理不饶人。这是林北辰的座右铭。

这个时候，就得硬。如果你软一点，别人还以为你又不行了，又得欺负你。

冯仑怔住，让剑消消气？这怎么消气？难道对这把剑说声对不起？还是说，自己主动从林北辰的胯下钻过去？那以后还怎么在第三学院里见人？

他茫然了。

这时，一个听起来就无比猥琐的声音突然在林北辰的身后响起："少爷，我发现一件很恐怖的事情，我刚才去买早点，突然发现咱们身上，一个铜板都没有，咱们没钱了……"

是王忠。这个王八蛋竟然又出现了。

买什么早点？我信了你的邪。你分明是跑路了。林北辰在心内无声地破口大骂。

冯仑却是眼睛一亮，一下子想到了办法，道："我愿意赔钱，五十枚铜币，怎么样……"

"欸？这样啊，我不是一个很在意金钱多少的人，但不知道为什么，好像我的剑，还在生气啊。"

"啊，不对，是八十枚铜……不，一枚银币，一枚银币怎么样？"

"剑啊剑，你为什么还生气？"

"二十枚，二十枚银币，我只有这么多了……"

"咦，好奇怪，我的剑，它突然就不生气了呢。"

"银币给你……林同学，你能让把剑撤回吗？"

"哦，不好意思，差点儿忘了，对了，我这应该不算是强迫你吧？"

"不算，不算。"

"不要太勉强哦。"

"不勉强，不勉强。"冯仑都快哭了。你用剑插在我的肉体中，我敢说勉强吗？

林北辰将长剑从冯仑的胸前拔了回来。

噗呲！是伤口飙血的声音。还好插得不深，只是皮肉伤而已。单手捂住心脏位置，冯仑有一种劫后余生的感觉。

就在这时——

咣咣咣！上课的钟声响了起来。

冯仑和他的小伙伴们，如逢大赦一般，撒丫子一溜烟全跑了，他们都是外班的学员。

其他外班的学员也都急匆匆赶回各自的教舍，一个个心里还在努力地消化着刚才看到这一幕的震惊。不过，有一点在所有人心中不约而同地达成了共识——

林北辰这个败类，竟然意料之外地有点硬。接下来，谁要找他的麻烦、要报仇，最好先掂量掂量自己的分量。否则，偷鸡不成蚀把米的冯仑同学，可就是前车之鉴。

林北辰松了一口气。有惊无险，暂时过关。说起来，自己现在也算是一个小高手了？

他回头看向王忠："你个狗东西，刚才躲到哪里去了？竟敢出卖我……"

"少爷，先别生气，我刚才真的是去给你买早点了，顺带着半路上有点儿尿急……"

"尿急？你信不信我让你永远都尿不出来？"

"少爷，冷静。"

"我冷静不了。"

"少爷，请忽略这些很重要的细节，赶紧去上课吧，不然迟到了，教习会找你麻烦，如今不比往日，你已经没有靠山了，那些平日里被你气得死去活来的教习，估计一个个都憋足了劲儿要找理由弄你呢。"

"你个狗东西，你给我等着。"

林北辰眼睛的余光，果然看到老教习丁三石已经朝着教舍里走去。于是他只好先放过这个临阵脱逃的猥琐管家，连忙大踏步朝着教舍跑去。

昨天将这老教习气得够呛，今天一定要好好表现。他像是尾巴着火的兔子一样，窜进了教室。

教务楼，二楼。

木心月脸上的微笑表情，慢慢地凝固了。

怎么回事？那个败类，竟然打败了冯仑？

用的好像是剑术。可这个败类的剑术，什么时候，变得这么强了？几乎是一瞬间就击败了冯仑这个三级武士。

货真价实地秒杀。

要做到这一点，岂不是得需要三级武士的巅峰修为才能做到？这个败类是三级武士巅峰？这个境界，在整个二年级中，也都可以算是佼佼者了。

他，怎么做到的？不可能啊。

一连串的问号，在木心月的脑子里面冒出来。这让她的心情，一下子变得很差，非常差。

这个废物，他竟然有这样的本事？被自己抛弃的他，不应该是老老实实地彻底沉沦，然而等待死亡的命运吗？他竟然想要反抗？

不可饶恕。

木心月心中一种莫名的怒意，几乎要无法遏制地爆发。

"木学妹，你没事吧？"关飞渡看她表情不对，出声问道。

"啊？"木心月回过神来，意识到时间地点不对，顿时将种种负面情绪强压下去，平民公主的完美女神人设，瞬间稳稳维持住，回头微微一笑道，"当然没事，只是没想到，林北辰竟然一直以来，都隐藏了实力，让我有些意外。"

关飞渡点头道："我也很惊讶，林北辰竟然能够将丁三石教习的基础剑术近身三连，修炼到如此纯熟的程度，想来他只怕是已经在暗中悄悄练习数月了。"

"嗯?学长是说，林北辰刚才施展的，是基础剑术近身三连?"

"是的，这三式连招是丁三石教习的招牌教学剑技，虽然还不入品，是基础剑术的范畴，但却有很强的实战能力，哪怕是二级武士，掌握这三式之后，都可以在一瞬间爆发出媲美三级武士的战力。"

"原来是这样。"

"怎么，莫非木学妹没有修炼过基础剑术近身三连吗?"

"实不相瞒，是我太傲慢了，当时听课时，觉得这三式剑法太过简单粗糙，所以没有放在心上，现在想来，还真的是有眼无珠，不应该呢。"

"木学妹如此坦诚自己的错误，真的是令人敬佩。不过，这基础剑术近身三连，也并非是无解，我这里有一本详解，其上不但记载了基础剑术近身三连的修炼心得和诀窍，也记载了破解之术，木学妹若是有兴趣，可以拿去参悟。"

"啊?是谁如此惊才绝艳，竟然编出这样一本详解?"

"呵呵，木学妹过奖了，惊才绝艳不敢当，是我闲时无聊编纂出来的册子。"

"啊，真的吗?关学长不愧是三年级能够参加天骄争霸赛的天才呢，我实在是太佩服学长您了，以后若是有什么修炼难题，能够向学长您请教吗?"

"呵呵，欢迎之至。"

看着木心月拿着详解册子一脸感激地离开，关飞渡俊逸的脸上露出一丝淡淡的笑容。

身为三年级学员的他，还有半年就要毕业了。以他的成绩，通过中考，进入云梦城排名前三的中级学院，是没有任何问题的。只是回首三年的初级学院生涯，一切都顺风顺水，未免太无趣了一些。如果可以在毕业之前，将木心月这朵学院之花，采摘下来一亲芳泽，将会是对自己这三年最完美的一个奖励吧?

第三章

立下赌约

省立第三初级学院共有三个年级，每个年级十个班，每个班四十人，偶有人数空缺。

年级组设置年级主任，直接向三位常务校长负责。每个班设置班主任，班主任直接向年级主任负责。

从形式上来看，这和林北辰前世的地球学校，并没有太大的区别。

但如果论实质的话，这种上下级之间的隶属关系则要更加明确。比如年级主任的权力就非常大，可以直接决定许多班主任的任免、待遇以及评价和擢拔。

学员们的学习内容和地球相比，则有着巨大的差别。整个云梦城的初级学院，传授的课业，总共都有五门，分别是——玄气修炼、武技修炼、草药学、玄纹学以及北海帝国近代史。

这也就意味着，每个班都有五个授课教习。当然，一个教习兼授一门以上课业的情况也很常见。比如老教习丁三石，他不仅是一名资深武技教习，也是一名理论基础深厚的玄气教习。

清晨的阳光，总是带着金子般的明媚光彩。

二年级九班的教舍里，丁三石站在讲台上，开始授课："昨天我讲解了初级玄气凝练术，不知道大家都参悟得如何了？

"今天这一节玄气课程，我要讲的内容，要在初级玄气凝练术的基础上更进一步，名为中级玄气凝练术。

"这节课是为班里修为达到二级武士以上的、在玄气修炼中碰到瓶颈的学员准备的，可以帮助你们在最短的时间里击碎瓶颈，争取在年中大比之前，将自己的状态，调整到最佳。"

表面上看起来，老教习和平日里没有什么两样，但实际上，他的心中，却充满了震惊。因为，他刚才远远地看到了林北辰击败冯仑的过程。

那一瞬间的剑光闪烁，绝对是对于基础剑术近身三连真正炉火纯青级别的掌握。

任何战技，对于初学者来说，都要经历"初窥门径""登堂入室""信手拈来""炉火纯青"和"巅峰圆满"五个级别的过程。

丁三石可以确定，自己昨日是第一次在九班教授基础剑术近身三连。所以按理来说，也应该是林北辰第一次学习这三式剑技。

一夜时间，就直接达到了"炉火纯青"这个级别？

不可能。

这样的速度，太过于耸人听闻、惊世骇俗。就算是二年级最为卓越的几个天才学员，也不可能做到。

这个林北辰，他是怎么做到的？难道他以前就练习过？

这似乎是唯一的解释。

毕竟这三式剑技，并不是什么独传之秘，三年级有很多的学员也曾修炼过。如果林北辰以前就学习过这三式剑技，默默修炼，倒还说得过去。

但是，这不是重点。重点是，很多学员哪怕是修炼了这三式剑技，也只是囫囵吞枣而已，自以为已经彻底掌握，实战中也取得了不错的效果，但实际上并未真正领悟到这三式剑技的核心精髓。

以至于十五年以来，哪怕丁三石将这三式可以称得上是大道至简的剑技向无数学员都传授过，但却从未有人真正发挥出属于它的璀璨锋芒，便是那些所谓的天才学员也不曾做到。

而在刚才，丁三石在林北辰这个败家子的身上，隐约看到了那种光芒。难道这个败家子，竟然是一个剑技天才？

丁三石心中这么想着，表面上不动声色，继续授课，暗中则是仔细观察着林北辰。然而令他感觉到失望的是，今天的林北辰和昨日似乎并没有什么太大的变化。

唯一的区别是，这个败家子不再是低头看手，而是双手举在眼前，眼睛盯在双手之间，瞳孔的焦距显然并不在讲台上。

从表情和其他动作来判断，丁三石很容易就得出一个结论——这个小畜生，还是没有认真听课，只不过是换了一个发呆走神的姿势而已。

这能算进步？朽木不可雕也。老教习被气得吹胡子瞪眼。

一节课，总共是一个时辰，也就是两个小时的时间。

丁三石在前半个小时就将中级玄气凝练术的原理、诀窍、关卡、修炼注意事项、破关心理以及技巧都详尽地讲解了一遍。剩下的一个半小时就留给学员们现场参悟、修炼和提问。

教舍里突然变得静悄悄的。

林北辰也放下了举手机举得严重发酸的手臂。

之前的半个小时，他一直都认认真真地举着别人看不见的手机拍摄视频，将丁三石讲解中级玄气凝练术的过程都录到了手机里。

现在录制完毕，见证奇迹的时刻，到了。到底昨夜自己的猜测对不对，可以揭晓答案了。

林北辰屏住呼吸，点开了只剩下9%电量的手机应用商店。然后只看了一眼，他整个人就陷入到了狂喜之中。

"哈哈哈！"他仰天大笑，"我果然没有猜错。"

标准反派的鬼笑声。周围的学员都被这一幕吓了一跳。咋回事？这是脑疾又发作了？而且这一次，好像疯得更厉害了。

"肃静。"丁三石不满地道。

很多好奇的目光悄悄地投向林北辰。上课前在教舍外发生的事情，九班的所有学员都看到了。林北辰的表现，无疑是震惊了班里的所有人。

现在很多学员都想要知道，在这个败类的身上到底发生了什么，让他一下子变得那么强。尤其是那神乎其神的剑术，整个九班，怕是只有排名前五的尹易、程苦、薛岳和林雪吟等几个班级小天才才可以与之一战，其他人根本不行。

也就是说，这个吊车尾，一下子就要杀入全班前六了？那岂不是咸鱼翻身？

一些青春年少的女学员，看向林北辰的目光中，不知不觉地开始有小星星闪耀。这个渣男败类，一旦变强了，其实也蛮吸引人的嘛。

尤其是这种家道中落、个体崛起的故事，充满了浓浓的狗血味道，更是能够激起许多涉世未深的小姑娘浓郁的"母爱"和同情，然后在不知不觉之间，转化为某种很奇怪的感情。

当然，这一切都建立在一个绝对前提下——

高颜值。

而恰巧林北辰在这方面，从来都不输于人。

要知道，当初他刚刚转学来第三学院，还未暴露出脑疾、败家、懒惰、仗势欺人等一系列恶劣属性的时候，仅凭着那张脸，就曾引起过整个学院的轰动，让无数班花级别的女学员都为之痴狂过一段时间。

那时，有好事者将林北辰评为学院第一校草，甚至断言往前追溯五十年，这个败家子的颜值都是整个第三学院历史上的男子第一。

只是后来林北辰的一系列骚臭操作，就让自己彻底自绝于人民了。超高的颜值，也拯救不了他恶臭的名声。但是现在，一切都变了呀。

一些女学员，甚至都开始脑补一出浪子回头金不换的戏码了。

然而此时的林北辰同学，根本就没有注意任何其他人的表情。他的眼睛，已经被应用商店里出现的第二个APP图标完完全全地吸引了。

那是一个盘坐姿势的古装卡通小人儿图标，下面七个大字，清晰分明——

中等玄气凝练术。

猜对了，自己的猜测完全正确。

果然是要将教习的授课内容录制到手机之中，手机才能通过某种奇妙的神改功能，将视频加工成为修炼APP，出现在应用商店之中。

哈哈哈！我果然是一个又帅又聪明的天才。林北辰嘴都快笑歪了。

他毫不犹豫，直接点击图标下载。

只要利用这个APP，将自身的玄气，修炼到三级，再配合那三式剑技，林北辰相信，自己绝对可以在年中人比中，横扫一切对手，成功合格，留在学校。

一个醒目的提示框，出现在了手机屏幕上——"下载本程序需要的流量为100MB，您当前拥有的最大流量值为200MB，是否确定下载本程序？"

嗯？下载中等玄气凝练术APP，竟然只需要100MB的流量？这比基础剑术近身三连要少得多，这意味着什么呢？

在手机的系统之中，三剑式的评级，要比中等玄气凝练术高许多？

林北辰有所明悟。

至于昨夜自己拥有254MB的流量，今天却只有200，这很简单。

流量，就是宿主的玄气。

因为昨天下载基础剑术近身三连消耗了林北辰体内几乎所有的玄气，而他又没有掌握凝练玄气的法门，一夜时间，只是依靠玄气自动运转，恢复到200MB流量值，已经很不错了。

林北辰选择了"是"。

下一刻，熟悉的感觉传来。体内的玄气疯狂地朝着手机聚涌，让林北辰有一种被榨干的错觉，虚弱感如期而至。

手机屏幕上也出现了一个绿色的下载进度条。

约三分钟后，"叮"！APP程序下载完毕，进入安装程序，很快就安装完成。

林北辰退出应用商店，来到手机的主界面，看到中等玄气凝练术的APP图标出现在了三剑式APP的旁边。

林北辰毫不犹豫，点击打开。伴随着一个水墨身影盘坐在草地上的动态开屏画面地出现，APP正式启动。

不出林北辰所料，这个坐在青青草原上修炼的水墨身影，赫然与自己一模一样，只是它的身体并不凝实，而是有一道亮色纹路，在体内仿佛是灵蛇一般，沿着一个固定的路线，从丹田到胸腔，到四肢，再到丹田，不断地游走。

"这是……"林北辰一怔之后，立刻就明白了，那是玄气运行路线。

这个APP的主要功能，就是修炼玄气。

几乎是在同一时间，林北辰感觉到自己的体内，那股微弱的玄气热流竟然不需要自己的操控，就非常主动地在体内运转了起来。

"啊……"他无法遏制地呻吟了一声。这种感觉很玄学，不能用具体的语言描述。

手机APP练功开始了，林北辰闭上眼睛，假装也在修炼，实际上却是在仔细体会这APP练功的奥妙。

这个世界的武道理论认为，在天地之间，有一种无形无色的宇宙之力始终存在，犹如空气一般，支撑着天地万物、大道规律的运转。

它玄之又玄，神秘莫测，被称之为：玄气。生灵通过修炼，可以将玄气纳入体内，既可滋养肉身，又可发力伤敌。

种种武道战技、阵法玄纹，甚至培育药剂等，都建立在玄气的基础之上。

林北辰此时就感受到了玄气滋养肉身的妙处。

暖烘烘的感觉由内而外，充溢着全身上下，让所有的虚弱、烦躁、疲倦都一扫而空，简直比吃了十全大补丸、蓝色逍遥丸和金刚不倒丸还有效。

转眼之间，一个时辰过去了。那种玄气热流顺着周身流转的感觉已经消失了，但舒适感依旧。

林北辰想了想，猜测这大概是因为身体已经适应了玄气的运转，不再有那么明显的感觉。他睁开眼睛，再度打开手机，一下子又成了苦瓜脸，因为电量又降低了，现在只剩下了6%的电量。

一下子，万般愁绪又涌上林北辰的心头。苍天啊，大地啊，哪个天使大娘告诉我一下，这破手机，到底怎么样才能充电啊？

林北辰有一种直觉，这个手机一定可以用某种非常规的方式来补充电量。但是到目前为止，只是他没有发现而已。

林北辰想了想，在手机后台关掉了基础剑术近身三连APP。这样一来，就只有中等玄气凝练术一个APP运转，可以降低单位时间内的耗电量。

他现在最大的缺点，是玄气等级不足。只要玄气等级达到三级，配合基础剑术近身三连，就可以度过年中大比。

所以，电量有限的情况下，玄气修炼是第一位的。

他现在面临的两大问题，第一是现有电量下，玄气的增长速率，6%的电量是否足够让他修炼到三级玄气；第二是必须尽快找到给手机充电的方式。

"形势虽然紧迫，但还是可以抢救一下。"林北辰揉了揉脸蛋。

这时，一阵饥饿袭来，肚子开始咕咕咕乱叫。从昨夜到现在，他什么东西都没吃，肠胃已经开始抗议了。

林北辰收起手机，趴在桌子上，准备先睡一觉，睡着了也许就不觉得饿了。

这时，突然

叮！脑海中传来一道轻微的手机提示音。

嗯？林北辰一个激灵。

奇怪。自己刚才并未下载东西，怎么出现了提示音？

他连忙召唤出手机，点亮屏幕，只见主屏幕上，跳出来一个提示框——

"检测到宿主身上有可以为手机充电的金属物质，是否立刻进行能量转化，为手机充电？"

充充充……充电？林北辰愣住，旋即狂喜。充电两个字映入眼帘的时候，他的心脏都快剧烈跳动地要爆炸了。

根本不用考虑，他直接选择"是"。然后就看手机屏幕亮了起来，出现了虚拟电池，进入充电状态。

6%、7%、8%……

电量开始增长。

但还没等林北辰高兴太久，当电量冲到8%的时候，手机屏幕上跳出来一个"充电结束"的提示框。

这……就结束了？只充了2%的电量啊！

林北辰太难受了。太少了啊。

自己需要手机APP来修炼，提升修为。所以在接下来的数天时间里，一定要保证手机处于运行状态，而刚才多出来的2%的电量，根本就是杯水车薪。

"冷静，一定要冷静。让我聪明睿智的大脑来分析一波，刚才这一次充电的原理，到底是什么？"林北辰强迫自己冷静下来，然后闭上眼睛开始思考。

刚才手机的提示信息为"检测到宿主身上有可以为手机充电的金属物质"，这句话代表着什么呢？

自己身上的金属物质？只有一把剑，不对！还有……

"啊，我明白了。"仿佛是福至心灵一般，一个念头瞬间像是一道闪电，出现在了林北辰的脑海之中，驱散了一切迷茫。

银币。一定是从冯仑的手中夺来的那二十枚银币。

他伸手在兜里一掏，果然空空如也。二十枚银币都不见了，一定是通过所谓的"能量转化"，变成了手机的电量。这个破手机，竟是个万恶的氪金产品。

这可怎么办啊，当初给自己手机的是死神，也不是大富豪啊。所以，我的问题，只要充值就可以解决？

林北辰哭笑不得。

呃，不对啊。

林北辰转念一想，穿越过来的前四天，侯府还未被查抄，自己也接触过大量的银币金币，那个时候为何手机没有发出充电提醒？难道说，只有自己亲手赚来的钱币，才可以转化为电量？

应该是这个原因。想通了这其中的关键，林北辰真的是哭笑不得。

这下子就很尴尬了，没想到来到这个世界，还是得为金钱发愁。

二十枚银币，为手机充了2%的电量。也就是说，十枚银币为一个电量单位。想要将手机充到100%的电量，就需要足足九百二十枚银币，换算成金币的话，至少也得十枚金币。

这是一笔巨款啊。云梦城一个中产之家，一年的收入，也就是十枚金币而已。如果强行换算成地球华夏的货币的话，就是十万块啊。

这个世界的一枚铜币，购买力相当于地球华夏的一块钱，一百枚铜币等价一枚银币，一百枚银币等价一枚金币。

换作之前的林北辰，拿出十枚金币，问题不大，但现在侯府被抄，他是个穷光蛋了。

钱，对他来说，就是大问题了。

"所以说，接下来，我又得想个办法搞钱？"林北辰单手托着自己的下巴，开始筹划起来，脑海之中冒出了前世看网络小说时见到的无数搞钱桥段，比如造玻璃、造肥皂、造内衣、造火药……

但是，根本不可能啊！别说他一个游戏宅男不会造这些东西，就算是会，时间也来不及啊。

其他办法？赚钱肯定来不及了。想来想去，千万种可能，汇集成为一个字——借。

凭本事借到的钱，应该也可以充电吧？但是，该找谁借，怎么借呢？

自古以来，锦上添花者多，雪中送炭者少。何况，就以他这恶臭至极的名声，只怕是整个第三学院，一千多名学员，宁愿把金币扔了，也不愿意借给他。

难道要去卖身？现在这个身体的卖相，倒是对得起一句英俊无双。但问题是，就算是林北辰愿意去卖，可他也没办法出学校啊。

咍咍咍！在林北辰无限哀愁的感慨之中，下课钟声响起，时间已经到了中午。

观察了整整一节课的老教习，眼见林北辰这个败家子依旧一副不可救药的样子，又失望又生气，摇着头，叹着气，离开了教舍。

看来是自己想多了，这小子根本不是什么天才。

周围响起一阵窃窃私语，九班的学员们悄声议论了起来。话题的焦点人物，当然是林北辰。尤其是几个女生，偷偷地看着林北辰，目光中又是好奇，又是敬畏，但依旧没有人敢上来和他说话。

教室里的人，逐渐少了许多，因为到了午餐时间。

学校有餐厅，统一提供午餐，但对于林北辰来说，有点儿尴尬。

因为他没有餐卡。

在转校来到第三学院的第一天，林北辰就丢掉了餐卡，放话说学院食堂提供的饭菜，都是猪食，他就算是饿死，也绝对不会吃食堂。

之后每日中午，都有战天侯府的仆人，准备好了丰富的佳肴，送到学校，供林北辰享用。

结果现在……悲剧啊。

校园里，僻静处。

"真没想到，林北辰这个人渣，竟然隐藏实力，击败了冯仑。"

"的确是意外，不过，他比冯仑强得有限。"

"吴师兄，这个人渣竟然懂得隐藏实力，没有表面上那么简单啊。你真的可以让他跳入陷阱，签下契约，成为你的奴隶吗？"

"呵呵，不简单才好啊，才值得我亲自出手对付他，放心吧，心月师妹，我有一百种方法，让这个自以为是的蠢货乖乖跳进陷阱里。"

"好，那我就等吴师兄的好消息了。"

正午时分的初夏阳光，已经非常炙热。

午餐时间，二年级的食堂内外，到处都是正在进餐的学员。

林北辰和老管家王忠两个人，蹲在距离食堂门口百米之外的台阶上，俩人都在悄悄吞口水。无数正在进餐的学员，从四面八方投来幸灾乐祸的目光。

林北辰你这个败家子，也会有今天，活该！这一幕简直是喜闻乐见，喜大普奔。

时间一点点过去，林北辰只觉得一阵阵眩晕，太饿了，饥饿的滋味，简直让他抓狂。不管了，抢！学校总不能因为我抢了同学的饭，把我开除吧？

林北辰咬着牙，怒从心头起，恶向胆边生。就在他要豁出脸面付诸行动的时候，突然——

"咦，林同学，你这样蹲着的姿势，很是别致啊。"一个听似温和的声音传来。

林北辰抬头一看，有个学员，面带微笑，朝着自己走过来。这是一个剑眉星目的少年，面目白净而又英俊，眉心有一点红痣，应该是胎记之类的东西。

这颗痣，非但没有破坏他的相貌，反而让他看起来，俊朗中带着一种贵气，神情举止都充满了自信。

"林同学，我想，你应该认识我吧。"少年微微一笑，很骄傲的开场白。他有骄傲的理由，因为当他现身之后，周围所有正在用餐的二年级学员，都露出了崇拜而又炙热的眼神。

这种目光，林北辰穿越前在那些参加歌星演唱会的粉丝眼中见到过。林北辰站起来，心想，这人是谁？又一个来看老子热闹的？维持败家子人设的话，我要不要现在就直接弄他？

三个问号，在林北辰的脑子里，一瞬间都冒了出来。但很快，他决定，还是低调一点。于是林北辰瞥了一眼，漫不经心地道："不认识，你谁啊？"

少年继续微笑，依旧保持着很好的风度，道："我的名字，叫作吴笑方。"

吴笑方？省立第三初级学院二年级三大天才之一。还真的是如雷贯耳。

吴笑方似笑非笑地道："林同学，我是来帮你的。"

"哦？来帮助我？"林北辰双手抱胸，好奇地问，"怎么，咱们以前交情很好吗？"

都怪记忆融合不彻底啊，难道自己以前和这个人，关系很好吗？

少年摇摇头，淡淡地笑着，道："那倒不是……只不过，我帮助一个人，从来与交情好坏无关。"

"那和什么有关？"

"和我的心情有关。"

"心情？"

"心情不好的时候，就算是有人跪下来哀求，我也不会动一丝恻隐之心，而心情好的时候，呵呵，就算是看到路边一只快要饿死的流浪癫皮狗，我也会帮它。"

"你个狗东西，竟敢戏弄本少爷？你是说，本少爷就是一只快要饿死的癫皮狗？"林北辰很配合地表现出一副暴怒抓狂的样子。

吴笑方笑着摇摇头，连忙解释道："不要误会，我不是这个意思……事实上，在我眼中，你连那只狗都不如。"

周围顿时一片哄笑声。吴师兄果然还是这么犀利啊，骂人不带脏字。

"你这是找死！"林北辰继续让自己看起来暴怒。但实际上，林北辰却是兴奋的，因为他确定了一件事情——这个吴笑方，果然不是自己的朋友。

明明很厌恶自己的样子，却主动走过来说要帮助自己？很违背常理，对吗？

有内鬼，中止……呸，继续交易。对于林北辰来说，绝对不能放过任何一个机会。

"别着急撕破脸嘛，呵呵呵，我想林同学，你现在一定很缺钱，对不对？要不要我借给你一点钱呢？"吴笑方继续笑着道。

"嗯？借钱，真的吗？哈哈哈，好说，好说……"林北辰立刻装作一副欣喜若狂、迫不及待的样子，配合着对方的演出，非常卖力。

吴笑方笑得更开心了。这么顺利吗？果然是个无脑败类啊，见钱眼开。我这坑才刚刚来得及挖第一锹土，你就要迫不及待地跳进去把自己埋了？

"呵呵，当然是真的，林同学，说吧，你想借多少？"吴笑方淡淡地道。

"嗯，也不用借太多，先来二十枚金币吧。"林北辰道。

周围众人一听，都吓了一跳。这个败家子还真的是狮子大开口，二十枚金币，亏他说得出口。

谁知吴笑方竟然还真的点头，道："二十枚金币吗？可以，但我有条件。"

"什么条件？"林北辰的眼睛眯了起来。真借？这就有意思了。

"我借你二十枚金币，一个月之后，你得还我四十枚，如何？"

"噢，原来你个狗东西，是想要落井下石放高利贷啊。"

"的确是高利贷，可是林同学，你好像也没有别的选择。除了我，整个第三学院、整个云梦城，都没有人愿意借钱给你这个败类，而没有钱，就算是像乌龟一样躲在学校里，你也活不下去。"

"利息太高了。"

"既然林同学不愿意的话，我可以提供你另外一个选择。"

"什么选择？"

"不如我们来打个赌，如果林同学可以在后天的年中大比中夺魁，那这钱就不用还了，当我送给你的。如果做不到的话，二十枚金币你也不用还了，但是，需要你和我签署一份奴隶合约，从此以后，做我的私奴……呵呵，你觉得，这个提议怎么样？"吴笑方微笑着说。

林北辰表面上，看起来像是陷入了沉思，内心里，实际上都快要笑死了。他算是弄明白了。这个阴毒的吴笑方，果然没什么好心，原来是在这里挖坑呢。

按照北海帝国的法律，一旦卖身为奴，生死就全部掌控在主人的手里，毫无尊严。别说是日常打骂折磨，哪怕是主人将奴隶剁碎了喂狗，也不犯法。

用心歹毒啊，不过……自己有手机这个逆天金手指，如果使用得当的话，夺得年中大比二年级组第一名，也并非是没有可能啊。

他假装思考，实际上已经拿定了主意。

一边的老管家王忠见势不妙，连忙拽了拽林北辰的衣袖，连连摇头，低声道："少爷，千万不要上当，不能借……"

吴笑方见状，微微一笑："林同学，你今天能够那么轻松就击败冯仑这个三级武士，可见以前是藏了拙的，想必是抱着在这一次的年中大比里夺取一个不错的名次好继续留校的目的吧，毕竟外面想要杀你的人，太多了，只有学校里才是安全的……"

"可是，你没有钱吃饭，还没有等到大比，就已经饿晕了，还怎么冲名次？"

"呵呵，横竖都是个死，不如接受我的帮助，也许还有机会。"

"人嘛，只要活着，就有翻盘的可能。"

"你觉得呢，林同学？"

一口气不急不缓地说完所有的话，吴笑方笑眯眯地等待回答。他对于自己的口才，非常有自信，对于自己的计划，更有信心。

因为，这是阳谋。

就算林北辰这个脑残，看出来其中有诈，也得捏着鼻子乖乖跳下来，别无选择。

而林北辰在装模作样地纠结片刻之后，脸上浮现出了孤注一掷的赌徒神态。

"吴笑方，他这哪里是在帮我，根本就是在用计挖坑害我，你以为我是个傻子吗？你这么简单的陷阱，我难道看不出来吗？呵呵，你小看我了，你以为我真的会答应你这个借钱的条件吗？"他慷慨激昂地道。

听到这里，王管家放心地笑了起来，还好少爷终于机灵了一回。

谁知道就在这时，林北辰突然话锋一转，大声地道："没错，你猜对了……我借。"

吴笑方一呆。这个脑残，这话里的转折，有点让人跟不上啊。神经病的脑回路，一般人果然是跟不上。

王管家还要阻拦，林北辰直接一脚踹开，继续维持脑残败家子的人设，佯怒道："狗一样的东西，滚远点，别妨碍少爷我的好事。"

"既然如此，那就签契约吧。"吴笑方直接拿出一份早就草拟好的标准契约。

这种契约，只要双方按下手印，就会生效，受帝国法律保护。两人按下手印，吴笑方直接拿出二十枚金币，丢给林北辰，林北辰毫不犹豫地接下。

"呵呵，好好享受你最后的自由时光吧，林同学。"合同签订，吴笑方也不再掩饰了，他用怜悯的眼神，看着林北辰，缓缓地说，"明知道是陷阱，你还这么勇敢地跳进来，我真不知道该夸你果断，还是该说你愚蠢。"

林北辰惦着手里的金币，笑得更加开心："你个狗东西，觉得吃定本少爷了吗？"

吴笑方一脸骄傲，笑道："难道有什么不对吗？"

林北辰道："本少爷记得，你号称是年级三大天才之一吧？上一次的年终大比综合排名第一，对不对？"

"哈哈，上一次大比，我只是随便玩玩，谁知道一不小心，就得了第一。"吴笑方耸耸肩。

"哈哈哈，好，够会吹。不过，本少爷这人，最喜欢踩的就是你这种牛皮大王。"林北辰表现出一副嚣张至极的样子，仰天大笑，"哈哈，后天就是大比了，到时候，你会知道自己到底有多愚蠢。我希望，到那个时候，你还能像今天一样笑得这么开心、这么骄傲。"

吴笑方道："踩我？好呀，拭目以待。"说完，转身离去。

"唉，林北辰，其实……你真不该签这一份契约。"木心月缓缓从远处走来，当着所有学员的面，看着林北辰，一脸的惋惜，"别说吴笑方，就是武玺、司新林、岳红香这几个人，你都根本没有赢的机会。"

女神果然是又漂亮又善良啊。很多学员看到这一幕，不由得在心里暗暗地赞叹道。

又是这个女人？林北辰看着吴笑方的背影，若有所思。

"滚一边玩去！"他冲着木心月比了一个中指。然后也不等木心月反应，直接兴冲冲地拉着哭丧着脸的管家王忠，冲进食堂，疯狂开吃。

木心月僵住。

半个时辰之后，两个人扶着墙走出了食堂。

"少爷，你不该……嗝，不该卖身啊，我……一想到这是在花你的卖身钱，我就……嗝，一点儿东西都吃不下了。"猥琐管家打着饱嗝道。

"你个狗东西，刚刚吃了整整一头烤全羊，还说没胃口？"林北辰无语。

"我这是化悲愤为食欲，嗝！"

"呸，本少爷信了你的邪，刚才我签契约的时候，你心里面一定是乐开了花，巴不得我赶紧按手印吧……"

"少爷你怎么能这么想我？我王忠的名字里，有一个忠字，是出了名的忠心……"

"狗东西，别废话，这二十枚银币拿着，想办法弄点儿帐篷牙刷等生活用品，这几天，咱们要在校园里野营了……"

"好的，少爷。"老管家屁颠屁颠地离开。

林北辰没有犹豫，直接拿出金币，将手机的电量，充到了100%。看着满格的电量，他心中第一次觉得前所未有的安全，还将基础剑术近身三连和中等玄气凝练术两个APP全部点击运行。

万事俱备，只欠东风。

下午的课，共有两节，分别是草药丹剂和玄纹，都是理论性质的课程。

林北辰当然没有认真听讲，他在拍摄这两门课程的所有教材，为明日大比的文考做准备。

第四章

文试出彩

时间一晃而过，转眼就到了第三日。

这一次的年中大比，是整个云梦城中所有初级学院联考。所谓联考，就是用同一套试卷和同一套比武规则，这样就可以选拔出整个云梦城最优秀的初级学员。

第三初级学院一大早就召开了一次非常隆重的仪式。

平日里神龙见首不见尾的校长凌太虚，也难得地露面，出席了典礼，只是这位号称酒色仙人，常年流连风花雪月之地的老校长，全程都在座位上闭目养神，偶尔发出鼾声，风一吹，就有一股酒气飘荡在演武场中……

三个年级的年级主任，也都做了慷慨激昂的考前动员，然后，年中大比分年级进行。

第一天都是文试，上午考帝国近代史。二年级总共四百一十名学员，统一在大考场中一起进行。座位号打乱，十个班级的学员错乱排序。

林北辰抽到自己的座位号，是109。当他找到109号座位，坐下之后，才发现自己的左边座位上坐的是木心月，右边座位上坐的则是吴笑方。

"呵呵，林同学，这么巧？"吴笑方看着林北辰，眼神中满是戏谑。

"你谁啊？我们很熟吗？"林北辰道。

吴笑方顿时呆住了。这个败类，前天才借自己的钱，今天就装作不认识了？你等着。

吴笑方一脸阴沉地道："等你成了我的奴隶，我会让你知道，什么是残忍。"

林北辰直接比了一个中指，那你就等着吧。

很快，考试开始了。林北辰在身前的白石桌子上，注入了玄气。

桌面一阵蔚蓝色光波涌动，隐藏在桌内的玄纹阵法激活，一个微型结界将他整个人都笼罩在其中，隔绝了视线和声音。

这是学院的防作弊体系。玄纹阵法的运用，已经深入到了人们日常生活的方方面面。

桌面上，一张试卷徐徐展现。这种感觉，有点儿像是地球的平板电脑。

帝国历史试卷上的考题，共分为选择题、判断题、地图补全题、材料纠错题和历史事实分析题五种。

林北辰扫了一眼，得出一个结论——自己全部都不会。

不过没关系，他拿出手机，点开了已经下载在到手机桌面的帝国近现代史APP。

考试之前，他早就将这一门理论课从一年级到三年级的全部教材，用手机拍摄了一遍，果然是在手机的应用商店里，生成了教材APP，下载才不到10MB的流量，很显然这种纯粹记忆性的东西，在手机的评价体系里不值一提。

用APP自带的扫描功能扫描试卷，不到三分钟，APP就自动生成了答案。林北辰只需要照着抄就行了。

十分钟，完成答题。没有任何犹豫，林北辰按下了桌面上的交卷按钮。

嘀嘀！交卷提示音中，玄纹阵法撤去。

正在监考的年级主任楚痕，立刻就被惊动，眼中闪过一丝惊讶之色："是谁交卷这么早？"

一眼扫过，就看到了109号座位上的林北辰。原来是这个败家子，楚痕眼中的惊讶散去。看来是根本不会做，胡乱答题直接放弃了。

这个不学无术的败家子，以前也是这么做的，很多教习都已经见怪不怪了。楚痕面无表情地收回目光。

其他几个负责监考巡场的教习，也都仿佛是没有看到林北辰交卷一样，把他当成了空气。林北辰直接起身，离开了考场。

时间流逝，转眼又半个小时过去。

嘀嘀。交卷提示音再度响起。

110号座位的玄纹阵法撤去，吴笑方答题完毕。

"呵呵，这一次的历史考卷，还真的有点儿意思，地图补全题出了两张激光帝国的边境图，要不是我考前刚好看过，差点儿答不出来，此外，资料纠错题中，也有好几处陷阱，一般人绝对察觉不到，呵呵，可惜难不住我。"吴笑方心里想着，不由得充满了欣喜。

他对自己的表现，非常满意。

年纪主任楚痕走过来，笑着问道："怎么样，笑方？这么早交卷，有没有把握拿到90分以上？"对于这个天才学员，他非常看好。

吴笑方信心十足地道："95分以上是肯定的，如果运气好，100分也不是不可能。"

"好。"楚痕赞赏道，"我就欣赏你这种自信，咱们二年级这一次，能不能有人进入天骄争霸赛的预选名单，就要看你们几个了。"

"谢谢楚主任……咦，林北辰也交卷了？"吴笑方扭头看到旁边109号座位已经空空如也，有点儿吃惊。

"唉，这个不学无术的纨绔，已经无可救药了，不用管他。"楚痕笑着道，"既然交卷了，就好好去准备下一门考试吧，我很看好你哦。"

吴笑方道："好的，谢谢楚主任，我不会让你失望的。"说完，离开了考场。

楚痕满意地点点头。

时间继续流逝，陆陆续续又有人交卷。

五十分钟之后，考试结束时间到，所有人强制交卷。

"啊，这一次的题，是哪个老师出的啊，太难了……"

"地图补全题，根本就不会做。"

"材料题处处是陷阱，啊啊啊，我要挂了。"

"哈哈，我觉得挺简单啊，80分以上，不成问题。"

考场外，很多学员都在交流考题，有好有坏，神色各异。

此时在考场内，二十名经验丰富的教习，已经开始紧锣密鼓地进行阅卷工作。按照云梦城联考的规矩，每一科的考试结束之后，就要立刻就进行阅卷，公布成绩，然后才进行下一门考试。

一个小时后，阅卷结束。

"看来这一次的考题，的确是有点儿难，我这一组考卷的成绩，普遍都不太行，最高分才79。"

"我这边倒是有一个88分的考卷，但其他人……惨不忍睹啊。"

"奇葩，真的是奇葩，我这里竟然阅出来一个11分的超低分，想必就是那个提前交卷的败类林北辰……"

"那个败类，考0分都不足为奇。"

"我这里倒是有一份不错的试卷，考了92，相当不错的成绩。"

"快，解除匿名看看，是吴笑方，还是木心月，还是武玺？"

听到这样的高分，一下子很多教习都激动了起来。

就在这时——

"什么？这……这怎么可能？"一声难以遏制的惊呼，刺激了所有人的耳膜，从一个平日里极为稳重的老教习口中发出，他整个人处于一种极度亢奋和激动的状态之中，彻底失神了。

"老侯，怎么了？"年级主任楚痕奇怪地问。

叫作老侯的教习颤声道："我……我这里阅出来一个100分。"

一句话，像是在油锅里撒了一把盐。

"什么？"

"满分？"

"不会吧，这次的题……竟然能够出现满分？"

"是哪个妖孽？"

一下子，其他所有的教习都惊了，整个阅卷室炸了窝。

年级主任楚痕的脑海中，一下子浮现出了吴笑方的影子，不由得大笑道："哈哈，一定是吴笑方，这个臭小子，我问他的时候，还谦虚地说运气好的话100分有可能，哈哈，快打开看看。"

出了一个100分，虽然只是文试的一门，但也可以拿出去炫耀了。老侯教习颤抖着手，打开玄纹阵法的匿名禁制，看到了一个名字。

他脸上的表情，一下子变得非常古怪。

"不……不是吴笑方。"老侯教习看向楚痕。

"哦？"楚痕一惊，道，"那是谁？"

老侯教习沉默了一下，道："楚主任，还是你自己过来看吧。"

楚痕心中奇怪，过来一看，当下整个人也呆住了。

其他教习见状，心中更加好奇。怎么回事？如果不是吴笑方的话，那也许是木心月，或者是武玺这些天才，但楚主任这是什么表情？

"开榜了，开榜了，大家快来看啊。"有学员大声地道。

哗啦啦，无数学员，都朝着考场外的石榜围了过去。榜单上，水纹一般的蔚蓝色涟漪闪烁。

一个学员伸手，迫不及待地将自己的手掌，按在石榜上，一行字幕，在石榜上出现：二年级二班侯小超，68分。

"哇哈哈哈，我及格了，我及格了，哈哈哈！"叫作侯小超的学员，顿时狂喜，仰天大笑了起来。

后续又有一个个学员，读取自己的成绩，有悲有喜。

等到大部分的学员都读取得差不多了，那些真正的年级组风云学员，才缓缓地来到了石榜下。

"二年级一班冷烨，81。"

"哇，81，是第一个上八十的。"

"这么难的题，能够得到81分的人是怪物吧。"

"不愧是二年级一班的小天才啊，真的是厉害。"

周围一片惊呼声。

冷烨缓缓地收回自己的手掌，脸上的傲然之色难以掩饰。他转身对吴笑方说道："吴师兄，多亏你的考前指导，才让我拿到了这样的高分，吴师兄你一定考得更好，不如现在就揭晓谜底，让我们见识见识吧。"

"是啊，吴师兄，让我们看看你的成绩吧。"

"一定是90以上。"

"那还用说，吴师兄毕竟是上一次大比的第一名。"

周围也是一片恭维之声。

吴笑方微微一笑，道："也好。"他手掌按在石榜上，一行字幕出现：二年级一班吴笑方，92。

周围顿时听取哇声一片。

"服了。"

"我的天啊，92，就差8分就满分了。"

"吴师兄，你也太厉害了吧，这一次的第一名，只怕又是非你莫属了。"

很多学员都直接惊呆了。这就是上届大比年级第一的天才的实力吗？

吴笑方淡淡地笑了笑，虽然和他的估分有点儿差距，但考虑到这一次的题，难度极高，所以92分这个成绩，完全可以接受。

"可惜了，竟然还是丢了8分，我原本以为可以是满分的，唉，看来还是大意了，以后得戒骄戒躁，考试的时候要认真对待，不能再随便应付了。"吴笑方笑着说。

"不愧是吴师兄，这样的高分，还如此谦虚。"冷烨在一边感慨着。

吴笑方微微一笑，心中越发地得意起来。92分的成绩，这一次的帝国近现代史的文试成绩，应当稳坐第一了。

他眼神在人群中一扫，突然看到了旁边的林北辰，顿时心中一动，道："咦？那不是林同学吗？呵呵，听楚主任说，这一次你是全年级最早交卷的一个，想必一定考得很好吧。"

无数道目光，一下子就落在林北辰的身上。林北辰分开人群走进来，也不多说废话，直接把手掌，按在了石榜上。一行字幕，徐徐展开——二年级九班林北辰，100分。

瞬间，周围鸦雀无声。空气突然安静，画面突然静止，所有人都仿佛是被按下了暂停键一样，呆在原地。

吴笑方脑子里"嗡"的一声，直接就懵了。他以为自己看错了，揉了揉眼睛，仔细看。

"100分？满分？这个败类，竟然考了满分，这不可能……"他无法相信自己看到的数字。

林北辰表情很夸张地道："咦？这怎么可能，我闭着眼睛随便乱答一气，竟然100分……哎，真没有意思，都怪这次的考题，实在是太简单了，一点儿挑战性都没有。"

所有人都呆住了。听听，这说的是人话吗？

林北辰又笑嘻嘻地看向吴笑方，贱兮兮地问道："92分？很高吗？"

吴笑方怒道："你……什么意思？"

"没什么意思，就是看不惯某些人，才考了区区92分，尾巴就要翘到天上去，还故作姿态地说什么随便应付，呵呵，你是还在吃奶的小孩子吗？这么幼稚。知不知道，你这种故作姿态的炫耀，真是让人恶心啊。"林北辰毫不留情，言语如刀，直接就当场打了吴笑方的脸。

“你……你……”吴笑方只觉得林北辰说的每一个字，都像是利刃一样，狠狠地插在了自己的心脏上。他的脸色一阵青一阵红，激怒攻心之下，瞬间就失态了，大声地吼道：“你……你老实说，是不是作弊了？不然的话，你这种垃圾，怎么可能考得这么高？”

林北辰一脸的鄙夷，道：“这么简单的题，我用得着作弊？”

“狡辩，你这种垃圾，也能考100分？也配考100分？”吴笑方大声地冷笑道，“林北辰，你一定是作弊了，快说，你是怎么作弊的？还不赶紧向教习们去承认错误？你不可能考这么高……”

“没错，这个败类，肯定是作弊了。”

“你这种废物、垃圾，居然能考100分，绝无可能。”

“我们联名去向年级组举报。”

“对，大家一起去。”

许多学员也都义愤填膺地喧哗了起来。

群情激奋。

就在这时——

“他没有作弊。”一个声音传来。年级主任楚痕来到了石榜前。

学员们立刻安静了下来。

楚痕面色复杂地看了林北辰一眼，对所有人道：“一个个吵吵闹闹成何体统？年中大比的考试，何其隆重，全程都有玄纹阵法监测，绝无任何作弊可能，而且我们阅卷教习组，已经通过阵法，重放查看了全部的答题过程，排除了一切作弊的可能，林北辰的帝国近现代史成绩真实有效。”

“什么？”

“竟然……没有作弊。”

“这个败家子，他……怎么做到的？”

很多学员都懵了，更懵的是吴笑方。他没想到，年级主任竟然会亲自现身，来为林北辰作证。

没有作弊？凭什么啊。林北辰这个人渣、败类、垃圾，凭什么考这么高的分数？凭什么骑在自己这个天才的头上？他也配？

吴笑方咬牙切齿，还是一脸的不服。

年级主任楚痕看在眼中，不由得微微失望。这个他本来很看好的年级天才，竟然如此心浮气躁，竟然质疑联考大比之中有人能作弊？这不是在怀疑他楚痕吗？

再想到之前吴笑方交卷时，曾信誓旦旦地说最少也在95分以上，运气好满分……当时还以为是谦虚，现在看来，根本就是自大骄傲了。

越看越不顺眼。

"好好反思，好好沉淀。"楚痕对吴笑方道。

"啊？我……楚主任，我……"吴笑方心中一慌。

年级主任楚痕不再理会他，转而对林北辰道："你跟我来一下。"

林北辰笑了起来，对着吴笑方道："听到了吗？好好反思哦。哈哈哈。"

吴笑方面色阴沉无比。没想到连素来对自己青眼有加的楚主任，都因为林北辰而训斥自己了。这可不是一个好兆头啊。

这时——

"快看，最终总排名出来了。"有人指着石榜大声地道。

果然，在所有人都查看完自己的成绩之后，到了最后排名的阶段，一个个名字在石榜光幕上出现，从高到低，正是这一次帝国近现代史的考试排名。

林北辰三个字高居榜首。

而令人意外的是，92分的吴笑方也并不是第二名，因为女天才木心月93分。吴笑方、司新林和武玺三人，都是92分，并列第三。

"这一次的竞争，很激烈啊。没想到，这么多的天才，被一个败家子给吊打了。"有人感慨道。

吴笑方看着石榜上的排名，一张脸阴沉得几乎要滴出水来。他没有想到自己被林北辰打脸了不说，还被木心月压了一头，更有两人与他并列第三，这让他的优势，荡然无存。

"哼，文试的成绩，算不得什么，这才刚刚开始而已。"他眼神闪烁，恨恨地想着。

考务室里。

"林北辰，你是怎么做到的？"楚痕问道。

其他的教习，也都眼神灼热地盯着林北辰。他们看完了卷子，发现在这一次的试卷中，有几处巨大的必杀陷阱，设计得极为隐蔽，就算是历史类的专职教习也会上当，拿满分根本不可能。

结果这个全校臭名昭著的败家子，竟然全都做对了，简直匪夷所思。而且，刚才他们已经将林北辰的试卷看了几十遍。不得不承认，这个败家子的答题，完全就是标准答案。

"因为我学习很认真。"林北辰道。

他毫无心理负担。别人是将知识记在脑子里，他是记在手机里，手机和他是一体的，随时可以调用，就相当于是记在脑子里一样。

楚痕等人无语了。全年级一千多号人，就你最没有脸说自己认真。能不能认清你自己？但没有任何作弊的证据，身为年级主任，他也不能训斥什么。

"接下来是草药学课程考试，好好发挥。"楚痕道，"切不可骄傲自满，知道吗？"

"哦。"林北辰道。

"好了，马上就要开始考试了，回到考场中去吧。"另一位教习道。

林北辰转身离开。

"诸位，怎么看？"楚痕问道。

其他教习纷纷摇头，拿不定主意。

"看不出来什么，但至少可以确定，不是作弊。"

"难道他以前考那么差，都是装的？"

"可是，为什么要装呢？"

"谁知道呢，不过，接下来还有草药丹剂和玄纹理论两门考试，我们继续观察吧，不知道这个败家子，还能不能给我们惊喜。"

"好。"

教习们很快就达成了共识。下一场考试的重点，绝对会放在林北辰的身上。

考场中。

林北辰回到自己的109号座位。

其他学员也都陆陆续续地重回考场。

吴笑方坐在110号座位上，他眼睛像是两把刀一样盯着林北辰，冷冷地说："垃圾，不要以为你侥幸赢了一场，就有什么了不起，大比才刚刚开始。"

林北辰竖起了中指："蠢货。"

吴笑方差点儿气吐血，他咬牙切齿地冷笑威胁道："你这个满分，毫无意义，你想要成为大比第一，那是根本不可能的，不要忘了那份契约。呵呵，到时候，你还是得成为我的奴隶，我会让你知道，激怒我的下场，有多凄惨。"

"是吗？"林北辰一脸招牌式的贱笑，道，"你刚才也说了，大比才刚刚开始，不着急，慢慢看，还有更多惊喜等着你哦。"

另一边坐着木心月。

她像是一道美丽动人的风景，目不斜视，安安静静地坐着，表情非常平静，仿佛身边发生的一切，和自己无关。但实际上，她的心里，掀起的惊涛骇浪，还未平息。

林北辰为什么能考100分？她想不通，从任何一个角度，都想不通，也无法接受。

但还好，一切都在掌控之中。她不相信林北辰真的可以夺得大比第一。所以，这一次的历史成绩满分，在她看来，意义并不大。

很快，考场钟声响起，考试开始。

林北辰在石桌上注入玄气，启动了玄纹阵法，结界出现，将他笼罩在其中。

桌面上，光幕波纹流转。草药丹剂课程的考卷，徐徐展开。

这一门课程，也多为理论性质的东西，尤其是初级学院的教学内容，大多集中在辨认草药，辨别药性，避免药性相冲，以及各种种植、栽培的基础知识，并未涉及配药、炼丹、配剂等高深理论。

林北辰直接拿出手机，点开了二年级草药丹剂教程APP。APP扫描试卷，一分钟得到完美答案，十分钟誊抄，然后直接交卷。

嘀嘀！交卷提示音响起。

玄纹阵法结界撤去。

"你……这么快就答完了？"年级主任楚痕，早就已经等在结界外。

林北辰老老实实地道："嗯。"

"……"他问道，"考得怎么样？"

林北辰道："还行。"

楚痕摆了摆手。问不出来个所以然，还是等阅卷吧。

片刻之后，吴笑方交卷，扭头一看，109号座位已经是空空如也，顿时冷笑一声。

林北辰，我不信你这一门还能考高分。草药丹剂学的难度，可要比帝国近现代史高多了。后者是纯粹记忆内容，而前者，除了记忆之外，还需要各种理解、判断和推理，甚至还需要一些实践基础，这可不是临时抱佛脚就能够把成绩提上去的。

等着被我碾压吧，败类。吴笑方信心十足地离开了考场。

又过半个小时，学员们陆陆续续交卷。

时间飞逝，交卷时间到，考场中一片哀嚎。

"啊，我没有答完……"

"比帝国近现代史还难。"

"别说了，我已经裂开了。"

在教习的催促之下，学员们陆陆续续地离开考场。

年级主任楚痕迫不及待地说："快，快阅卷，我要第一时间拿到结果……"

谁都知道，他所谓的"结果"指的是什么。不用他催促，阅卷教习们已经开始投入"战斗"。

这一次，从考试一开始，他们就用玄纹投影，全过程地看完了林北辰的答卷过程，虽然无法看到桌面试卷上的内容，但可以确定的是，并没有什么明显的作弊。不论是答题姿势，还是答题速度，都和上一场几乎一模一样。

所以，他还可以考满分吗？谁都想要知道答案。

时间过得飞快。一个小时之后，阅卷结束。

"我这里，真的出了一个满分。"老侯教习难以置信地站起来，颤声道。

楚痕直接道："快，撤去匿名，看看是谁。"

石榜区。

"天啊，我一定是眼花了……"

"又……又是满分？"

"他怎么做到的？"

"比第二名高了整整十二分，这有点儿夸张啊。"

"恐怖如斯。"

二年级学员们的惊呼声此起彼伏，现场气氛仿佛炸裂。所有人都看到了，那高高挂在石榜最顶端的名字。

三个字——林北辰。还有那高不可攀的恐怖分数——100分。又是满分。

而排在第二名的木心月，才88分而已，第三名武玺，87分。第四名司新林，85分，第五名高旻，84分，第六名才是吴笑方，82分。

谁都看得出来，这一门考试，吴笑方失误了。

"这不可能，不可能的。"吴笑方面色煞白，喃喃自语。

他非但没有碾压回去，反而比林北辰差了整整18分。这18分，简直就像是18个响亮的耳光一样，反复抽打，将他的脸都打肿了。

站在不远处的木心月，内心中的震惊和愤怒，并不比吴笑方差多少。她依旧是第二名，听起来只差一个名次，但是却足足差了12分。这12分好像是一个巨大的不可逾越的天堑，将她和林北辰分开，赤裸裸地昭示着两个人之间的巨大差距。

这个人渣，他到底是怎么做到的？以前他的成绩，根本就是差得不堪入目，怎么突然之间就……

难道以前，他都是装的？他其实是一个天才？木心月心中一片冰凉，隐隐约约中，一丝丝的悔意，浮现心头。

"不，我绝对不能后悔。"

"我没有做错什么。"

"要怪，就怪林北辰这个人渣。"

"呵呵，林北辰，你也别得意太早，文试成绩只占综合排名的三成，你就算是拿两个满分又怎样，等到武试的时候，你终将原形毕露！"

木心月握紧了拳头。

而其他的二年级天才们，看着石榜上公布出来的成绩和排名，同样的，眼中也都露出了不甘之色。输给其他的天才，可以接受，但是输给一个臭名昭著的垃圾，却是谁也无法忍受的。

这一刻，林北辰这个名字，成了所有二年级天才学员心目中的共敌。

然而，三个小时之后。当大比第一天的文试内容全部结束，天才们的内心，却不免有些苦涩。因为文试最后一门玄纹理论课的考试成绩公布了。

林北辰这个名字，仿佛是一个挥之不去的梦魇一样，再度高高居于石榜第一，依旧是一以贯之的100分。

这个臭名昭著的败家子，拿到了他在文试之中的第三个满分。文试总共三科，三科全是满分。

成绩公布的这一刻，很多经验丰富的教习，甚至都有些恍惚。因为太惊艳了，这样的表现，实在是太惊艳了。

纵观云梦城诸大初级学院，能够在联考大比之中，三科文试全部都拿到满分的人，往前推十年，都不曾有。

这是一个纪录，一个前无古人的恐怖纪录。

所有的二年级学员，都感觉到自己被碾压了。一种彻彻底底、毫无道理、无法反抗的绝对碾压。

就连最心高气傲的吴笑方、木心月、高旻、司新林、武玺等二年级天才，也不得不承认，再给他们一次，不，再给他们十次机会，他们也不可能在联考的理论考试之中，考出全部满分的妖孽成绩来。

所以，他们只能老老实实地站稳挨打。

想要反击？没可能的。这一日，他们注定是林北辰万丈光芒之下的卑微踏脚石。

"立刻将林北辰参加三门考试的玄纹投影全部封存，上报云梦城联考委员会。这样的成绩，太过于骇人听闻了，各大初级学院一定会怀疑有作弊嫌疑，会反复确认考试过程，不能让他们找到任何质疑的理由。"会议室里，年级主任楚痕一脸亢奋地道。

没办法不亢奋。一直以来，在云梦城初级学院联考大比中，被其他学院以各种力度花式按在地上摩擦的第三学院，终于出现了一个妖孽，考出了前无古人的高分记录，终于可以光明正大地扳回一城了。

扬眉吐气啊，哪怕只是权重最小的文试高分记录，但也值得庆贺。蚊子再小也是肉，再小的纪录，那也是纪录啊。有种你来打破？

楚痕已经可以想象，在学术交流会中，自己面对其他学院的年级主任时，终于可以挺直腰杆撑回去的那种酸爽了。所以，这一次的考试记录，一定要保存完整。让那些想要质疑的人，挑不出一点点的毛病。

"放心吧，楚主任，已经都封存好了，谁要来查都可以，绝对没有任何问题。"老侯教习兴奋地道。说来也是邪门，今天的三张满分考卷，都是从他的手中阅出来的。

这是一种荣耀，日后说起，也是一段佳话。他已经不知不觉之中，将林北辰当成是自己的学生一样来偏爱了。

"是啊，这个败家子，没想到竟然能够一鸣惊人，创下这种纪录，对于我们第三学院来说，是一项足以载入史册的荣耀。"

"以前怎么没有发现，这个败类，在理论课方面，竟有如此造诣。"

"话说起来，大家应该还记得林听禅吧。"

"当然记得，林北辰的亲姐姐，曾经云梦城中的超级天才，名震帝国。不过，我记得林听禅理论课的最高成绩纪录，是两个满分，一个99分吧，也没有林北辰这么妖孽啊。"

"林家这是出了两个妖孽啊，可惜了，战天侯他……唉。"

说到战天侯，会议室里突然陷入一阵沉默。和少不更事的学员们不同，教习们是知道这位出身云梦城的侯爷，对于帝国做出过何等巨大的贡献。

林近南曾经一次次力挽狂澜，一次次救民于水火。他是帝国十大名将之中最年轻的一个，也是唯一出身平民的一个。战天侯三个字，曾经代表着一个战场神话。

可惜突然就……世事难料啊。

年级主任楚痕道："战天侯的事情，与学院无关，诸位都不要再议论了……林北辰今日在文试中异军突起，是一个意外之喜，明日武试，多关注一下他，不知道还有没有惊喜出现。"

"怕是很难啊。"

"文试临时突击可以起到效果，对于一些过目不忘的天才来说，短时间内提升成绩，非常容易，但是武试的话……"

"是啊，武试两门考试，玄气和战技，都需要长年累月的积累，不可能一蹴而就，林北辰不过才一级玄气而已。"

其他教习们都议论猜测着。

第二日。
空气清新，PM2.5指数0，阳光特别好。
二年级演武场。
一千多名学员，以班级为单位，列队成为方阵。

年级主任楚痕，站在观战席高台上，目光扫过所有学员，在林北辰的身上微微停留，然后又移开，没有多说废话，直接示意武试开始。

武试大比，分为两项。第一项是玄气测试，第二项是分组实战。和可以全年级同时进行的文试相比，武试所需的时间更多，需要足足三日，才能结束。

今日上午进行的考核，是玄气等级测试。

这一项相对简单。

全年级的学员，班级打散，进行抽签，然后按照抽签结果，分为不同的小组，排队在不同的擂台上，接受测玄石的检测。

抽签的时候，林北辰251号石牌，被分到了第六组。

按照分组，林北辰来到六号擂台前，排队等候检测。

谁知道检测还未开始，就看老教习丁三石径直走了过来，道："林北辰，因为上次大比年级第一吴笑方使用一次特权，加上其他诸多天才联名请求，所以你的测试分组临时调整，跟我去一号擂台参加测试吧。"

一下子，无数道目光，都落在了林北辰的身上。

好奇、同情，还有一丝怜悯。

一号擂台，在历次的大比中，都有特殊的意义，那是被校领导和诸多教习所看好的年级天才接受测试的位置。

昨天林北辰在文试中大出风头，拿到了破纪录的三门满分，果然是引起了其他天才们的敌视，否则，按照林北辰以往的成绩记录，是绝对没有资格到一号擂台接受测试的。

学员们已经可以想象到，李北辰在武试之中，被年级组的各大天才，轮番按在地上摩擦的画面了。

那简直是惨不忍睹。

林北辰跟在丁三石的身后，朝着一号擂台走去，低声问道："丁教习，怎么上一次的大比第一名，还有特权吗？"

丁三石没有回头，边走边说道："只是在考试次序、考点选择等形式方面，有自主选择权，是大比第一的荣耀象征之一，并没有实质性的加分等特权。"

林北辰"哦"了一声。

顿了顿，丁三石边走边道："你这个臭小子，昨天三门满分，已经惊动了云梦城各大学院，今天的武试，联考委员会已经派遣了一位特别观察员来巡视第三学院，主要是来观察你，一会儿规矩一点。"

林北辰又"哦"了一声。他明白，丁教习这是在暗示自己，不要再胡来，不要由着性子乱搞。怎么可能啊，自己因为打赌，必须拿第一，被迫而已。只要别人不招惹我，我乐得当一条咸鱼。

走了几步，丁三石忍不住又压低声音问道："怎么样？今天武试，有几分把握？"

林北辰道："马马虎虎吧。"

"这是什么话？"

"哦，就是说，随便拿个第一应该没有什么难度。"

"臭小子，别开玩笑，我是在很正式地问你呢。"

"我没开玩笑。"

"算了，我不问了……相信你此时心里也不好受，武试不像是文试，临时突击没有意义，你毕竟基础差，好好努力就行了，及格过关，留在学院，问题应该不大。"

"呃……丁教习好像很关心我？"

"看在你爹的面子上。"

"丁教习和我父亲关系很好？"

"以后你就知道了……到了。"

说话之间，两人已经来到了一号擂台下面。

年纪主任楚痕和四名资深教习，都在一号擂台上，陪着一个身着青色锦袍的中年人，有说有笑，议论着什么。几人注意到了台下的动静，齐刷刷六道目光，全部都落在了林北辰的身上。

其中一道目光，特别凌厉，正是那青色锦袍的中年人。想必就是丁三石口中所说的联考委员会的特别观察员吧。

不知道是不是错觉，林北辰隐隐感觉到，这位特别观察员，对自己好像有着很大的敌意一样，真是莫名其妙。他心中腹诽着。

第五章

玄气测试

"今天，云梦城联考委员会的李青玄观察员，也来到了考试现场为大家加油助威。你们这一组的学员，都是我第三学院二年级最优秀的天才，一定要发挥出自己的风采，不要紧张……好了，现在我宣布，考核开始。"年纪主任楚痕大声地说。

旁边一位监考教习大声地宣读第一位上台接受测试的学员名字，道："087号，二年一班冷烨，上台接受测试。"

白白净净，相貌颇为俊逸的冷烨，是二年级一班的小天才，人气颇高。他没想到自己竟然是第一个接受测试的人，连忙出列，顺着台阶登上擂台。

擂台的中央，摆着张一米高的四足正方形黑石大案。其上有一块宽半米、高一米的正方形白玉柱，其上有一道道明显的刻纹，从林北辰的视角中来看，好像是地球上大号版的温度计一样。

这个白玉柱，有个名字，叫作测玄石，是玄纹阵法物品，可以测试玄气等级。

冷烨走过去，在接受了另一位监考教习的搜身检查之后，走到测玄石右侧，将自己的手掌贴在测玄石上，运转自身的玄气，催动到了最巅峰的状态。

一抹淡红色的亮光，在测玄石的正面中间飙升了起来，就好像是温度计在高温下水银柱的飙升。

一下子，无数道目光，都聚焦在了测玄石的刻度上。

只见那一抹淡红色亮光，飙升的速度很快，在超过了第三刻度之后，才放缓了速度，最终在超过第三刻度约三指宽的位置，停了下来。

冷烨憋得满脸通红，脖子青筋暴露，维持了整整十息的时间。

测试结束。

"冷烨，玄气等级3.6。"监考老师给出了最终成绩。

按照考试规矩，利用自身的玄气，在测玄石上冲击力所能及的最高刻度，并且维持整整十息的时间，得出最终的玄气等级成绩。

冷烨一脸的兴奋。3.6的玄气等级，已经是他所能达到的最好成绩了。他向几位教习，还有那位观察员行礼，然后才一脸高兴地走下了擂台。

几个监考教习的脸上，也有喜色。

按照历来的数据，一年级的学员，玄气等级一般都是1——2之间，少数天才可以超过2；二年级的学员的玄气等级，一般都是在2——3之间，超过3就算是天才；三年级的学员，玄气等级在3——4之间，超过4可以说是天才。

冷烨能够拿到3.6的成绩，绝对算得上是一个小天才。

这次的测试，算是一个开门红了。

年级主任楚痕也很满意。他扭头看了一眼特别观察员李青玄，却见其眼中，带着一丝淡淡的不屑。

"青玄兄，对于这个成绩，似乎并不满意？"楚痕道。

李青玄毫不掩饰地道："对于省立第一、第二学院来说，这样的成绩，非常的普通中庸。如果这就是你们第三学院二年级天才组学员的平均水平的话，那我只能说，我很失望。"

楚痕不由有些尴尬，道："青玄兄继续看吧，这只是一个开始而已。"

"是吗？"他淡淡地道，"希望不要让我失望。"

测试继续。

接下来的几名一组学员，测试成绩，基本上都在3.1、3.2左右，一连十几个人，竟然没有一个超越冷烨。

监考教习的脸色，都不太好看。

楚痕的额头，冒出了一丝丝的冷汗。

"慢一点，慢一点，不要着急，大家都不要紧张，稳住心态，正常发挥。"楚痕大声地道。

考试的速度被放慢。

即便是这样，考核的结果，也不尽如人意。李青玄的脸上，失望无聊之色逐渐明晰。

"二年三班高旻，玄气等级3.8。"

终于，出现了一个成绩超过冷烨的学员。年级主任楚痕长长地松了一口气。

这个高旻，是二年三班的第一名，终于是有所突破。但他扭头一看，发现李青玄脸上的表情没有丝毫变化，就知道这样的成绩，依旧是无法入这位特别观察员的法眼。

"二年五班，郑双庸，玄气等级3.7。"

"二年十班，宋浩，玄气等级3.6。"

"二年四班，王涛，玄气等级3.3。"

"二年八班，岳红香，玄气等级4.0。"

终于，等到了二年级八班的第一名岳红香接受测试之后，第一个玄气等级达到4的学员出现了。

年级主任楚痕大喜，岳红香不愧是年纪几大主力天才之一。这样的成绩，应该可以打动李青玄了吧。谁知道他一回头，看到这位特别观察员，表情依旧是非常平静冷淡。

"××……"楚痕在心里暗骂了一句。我们只是第三学院啊，要不要这么苛刻的高要求啊。

测试继续。

随着时间的流逝，其他各组的学员，基本上都结束了测试，前来一号擂台周围看热闹的人，越来越多，黑压压一片头颅，将一号擂台围了个水泄不通。

"二年级一班，吴笑方，上台接受测试。"负责监考的教习大声地道。

吴笑方精神一振，终于轮到自己了。他扭头看了一眼旁边的林北辰，冷笑道："林北辰，睁大你的狗眼，好好看清楚，你我之间的差距，到底有多大，你很快就会体会到，什么叫作绝望。"

说着，他大踏步地朝着擂台走去。

他非常有信心。登上擂台，行礼，然后把手掌按在测玄石上。擂台周围顿时响起一片无法遏制的欢呼，因为那淡红色的亮光，一瞬间就飙升而起，超过了3级刻度。随后其势头不衰，继续快速攀升，直接超过了4级刻度。一直过了4.5

之后，淡红色亮光的攀升速度，才开始放缓。

最终，4.7的数值，稳稳地维持了整整十息的时间。

"二年一班吴笑方，玄气等级4.7。"宣读测试结果的教习，声音都有点儿微微的颤抖。

这是一个破纪录的成绩啊。第三学院历届的二年级学员，还从未出现过一个玄气等级达到4.7级的天才。

"哈哈哈哈！"年级主任楚痕大笑了起来，他炫耀一般问道，"青玄兄，这位学员，是否入得了你的法眼？"

李青玄微微点头，道："嗯，尚可。"

楚痕再度大笑。

能够被苛刻的李青玄，以"尚可"二字来评价，已经算是破天荒了，总算是挽回一点点的颜面。

他亲自走过去，非常满意地拍了拍吴笑方的肩膀，道："很好，没有让我失望，继续努力。"

吴笑方心中得意至极。

来到擂台下，他看向林北辰，道："现在，明白你我之间的差距了吗？"

林北辰点点头："明白了。"

"呵呵，既然明白了，那就不要在心存侥幸，老老实实准备当我的奴隶吧，垃圾。"吴笑方压低了声音，恶狠狠地道。

林北辰没有说话。吴笑方更是得意，他觉得林北辰一定已经害怕了。

"二年二班，木心月，上台测试。"监考教习继续点名。

吴笑方对着身边的木心月笑了笑，道："木师妹，加油，要对你自己有信心，你一定可以拿到一个满意的成绩的。"

木心月没有说话，她直接朝着擂台上走上去，每一步都走得很稳。

"今天，注定将永远铭刻在第三学院的历史中，所有的一切，都是在为我铺垫，等待这光芒万丈的一刻，我已经等很久了……只能有一个主角，那就是我。"木心月在心里，默默地对自己说。

她来到擂台上，轻轻地挽起长发，动作优美而又迷人。

"开始吧。"监考教习也因这个女孩惊人的美丽而语气温柔了一些。

木心月纤白如玉的手掌，按在了测玄石上。淡红色的亮光，一瞬间就飙升，超过了3级，然后速度依旧惊人，超过了4级。

接着，"嘭"的一声，淡红色的亮光直接冲破了白玉柱。测玄石发出一声闷响，顶端冒出一缕缕的白烟，彻底失去了作用。

监考老师呆住了。下面围观的数百学员，也都呆住了。

楚痕屁股上好像是扎了钉子一样，猛地从木椅上跳起来。

一个念头在脑海之中闪过。这位年级主任的眼中爆射出难以置信的目光，道："这……这是'爆玄'了？"

就连一直都面色平淡的特别观察员李青玄，眼中也都露出惊讶之色。

这次考试使用的是一尊四品测玄石，也就是说，足以容纳五级以下玄气的测试。

这美丽惊人的少女，直接将四品测玄石爆掉。这说明了什么？说明她的玄气修为，已经超越了4级，至少也达到了5极。

二年级，14岁，玄气等级达到5级！

这样的天赋，就算是在第一、第二学院中，也可以算是一个小天才了。没想到，烂泥扶不上墙的第三学院，竟然出现了这样一个学员。

"她叫什么名字？"李青玄主动问道。

楚痕这在回过神来，脸上已经是难以抑制狂喜之色，道："木心月，她是我第三学院的瑰宝，叫作木心月……哈哈，怎么样，青玄兄，没有让你失望吧？"

李青玄点点头，道："的确是一个意外之喜，将木心月的档案，拿来我看看。"

他要检查一番，确认这个少女，真的是第三学院培养出来的学员，确定她真的只有14岁，没有修改年龄之类的操作。

片刻后，看完木心月的学籍档案，李青玄满意地点了点头。

"不错，这个女学员的成绩，就算是在第一、第二学院中，也算是一个小天才了，虽然无法和那些顶级天骄相比，但进入这一次的天骄争霸赛，机会挺大。"

这算是一个很高的评价了。

"哈哈哈。"楚痕大笑起来，他兴奋地说，"难得你'铁面毒舌'李青玄，能够做出这样高的评价……不错，来人啊，拿五品测玄石来，继续测试，让我们看看，心月的玄气等级，到底是多少。"

旁边如梦初醒的监考教习，立刻就去搬取五品测玄石。

以前的历次大比，都没有出现过这样的情况，所以，足足一盏茶时间之后，监考教习才将一尊五品测玄石摆在了黑石大案上。

"来，心月，不要紧张，稳定一下情绪，再来测试。"楚痕一脸慈祥，两眼放光，简直就像是一个慈爱的老父亲看着自己的女儿一样。

木心月非常冷静，再次将手掌按在了五品测玄石上。淡红色的亮光标柱，急速地飙起。

在无数道目光的注视之下，亮光毫无悬念地越过了5级刻度，最终停在了5.3，没有波动地持续了整整十息的时间。

"二年二班，木心月，玄气等级5.3。"监考教习的声音，回荡在一号擂台周围。

惊呼声、议论声、争吵声，瞬间就如河流澎湃一样，将一号擂台彻底包围。所有同学都无法相信，在自己的同龄人之中，竟然有如此优秀的天才。

吴笑方完全惊呆了，他看着擂台上那光芒万丈的少女，一颗心不知道为何，扭曲了起来。本以为自己4.7的玄气等级，已经是毫无悬念的魁首。谁知道木心月竟然……这个贱人，平时不显山不露水，一口一声师兄叫着。结果在这个时候，突然跳出来，一下子就夺走了自己的光辉。

吴笑方的面色，简直像是吃了死耗子一样难看。

木心月下了擂台，回到队列里，没有看吴笑方，而是看向了林北辰。

"现在你应该明白，为什么我们之间不可能了吧？就算是你文试三门满分，也改变不了什么，文试只是小孩子过家家而已，这个世界，终究是强者为尊，哪怕你是战天侯嫡子，也配不上我，何况你现在什么都不是了。"少女以一种居高临下的姿态，淡淡地说道。

林北辰懒得理会。

这时——

"下一个，二年九班，林北辰，上台测试。"监考教习的声音，从擂台上传下来。

林北辰笑了笑，没有理会木心月，直接朝着擂台走上去。登上擂台，林北辰直接走向那尊五品测玄石。

一名教习直接拦住了他，面色不乏讥诮，淡淡地道："你用这个。"所指的正是新换上来的四品测玄石。

擂台下方，一片哄笑声。

"哈哈，这个败类，竟然想要用五品测玄石，他以为他是木师姐吗？"

"真是笑死人了，一点儿自知之明都没有。"

"文试让他膨胀了呢。"

"不是所有人，都有资格使用五品测玄石。"

各种讥笑之声，从擂台下传来。

林北辰面无表情，也不分辩，直接来到了新的四品测玄石前，伸手按上去。淡红色亮光骤然浮现。

嘭！一团白烟冒起。

众人还未反应过来发生了什么，新的测玄石一下子就爆开了。

爆玄！新的四品测玄石被撑爆了。擂台下的讥笑声，戛然而止。

楚痕再一次像是屁股上扎钉子一样，从木椅上跳起来。特别观察员李青玄的脸上，也浮现出了震惊之色。

擂台下，吴笑方的表情好像是见了鬼。木心月的笑容，也凝固在了脸上。

擂台上下，好像是被瞬间按下了静音键一样。

林北辰看向之前那位阻拦自己的教习，道："教习，我现在，可以使用五品测玄石了吗？"

那教习如梦初醒，看向了年级主任楚痕。

楚痕也终于回过神来，三步并作两步，窜到了擂台中央，无比震惊地打量着林北辰，急切地问道："你……你竟然已经超越4级玄气了？你什么时候做到的？"

林北辰道："噢，也许是昨天睡觉的时候吧……我不太清楚。"

他是真的不清楚。中等玄气凝练术手机APP上，并未显示玄气等级。

这一两日，APP一直都在满负荷运转，将他的玄气等级推进到了什么程度，现在他自己也不是很清楚，正好借着这个机会测试一下。

"满口胡言，睡觉怎么突破……算了，不问你了，你去五品测玄石试试。"楚痕以催促的口吻道。

林北辰来到五品测玄石前，伸手按上去，运转玄气。一道璀璨的亮红色光芒瞬间产生，标柱急速向上飙升。

无数道目光，死死地盯住测玄石。

尤其是木心月，双手握拳，指甲几乎掐进了肉里，一种前所未有的紧张感将木心月淹没，再也没有了之前那种一切尽在掌握中的坦然和自信。

她无法相信，这个废物，竟然能带给自己如此巨大的威胁感和压迫感。

嘭！一声轻响。白烟在五品测玄石顶端冒起，不止如此，还出现了一道道的裂纹。

爆玄！这个词，瞬间在无数人的脑海之中，不可遏止地崩出来。

五品测玄石，竟是也被撑爆了。

这……这怎么可能？见多识广的年级主任楚痕，也不由得呆住了。其他几个监考教习，更是犹如石化，脑子里一片空白，有点儿反应不过来当前的局面。

特别观察员李青玄猛地地站起，眼中爆射精芒，死死地盯着林北辰。

老教习丁三石，一张嘴张得可以塞进去两个鸭蛋。因为他是林北辰的玄气教习，最是了解这个败家子的情况。

在三天之前，林北辰的玄气等级，绝对仅仅只是1级而已，最多也就是1.5左右，绝对到不了2以上。

而现在，五品测玄石却被突破上限撑爆了。这意味着什么？意味着林北辰的玄气等级，至少也在6以上。

三天时间，从一级到六级？就算是第一、第二，乃至于云梦城皇家初级学院中的那些妖孽天骄们，也是万万做不到的吧？这个败家子的身上，到底发生了什么？

至于擂台下的学员们，就更是惊骇了。

吴笑方脑海中一片空白，几乎丧失了思维能力。木心月紧紧地咬着嘴唇，以至于咬破了嘴唇，贝齿之间沁出鲜血都浑然不觉。

其他如高旻、岳红香、司新林、武玺等二年级的天才，仿佛变成了木头人一样，统一保持着瞪大眼睛、张大嘴巴，却无法发出任何声音的呆滞模样。

半晌。

特别观察员李青玄道："这个学员，就是林北辰？"

这一次，之所以来到第三学院，就是因为林北辰。

此子昨日三门满分的逆天成绩出炉，引起了云梦城各大初级学院的关注，各种猜测都有。有人怀疑，是不是第三学院烂了这么多年，为了挽回面子，所以才用什么特殊的手段，在文试中做了一些不光彩的事情，催生出了一个三门满分的所谓奇迹。

他这个观察员，其实是来监察监督的，而监督的重点，自然就是这个林北辰。他也曾听过林北辰的名字，毕竟是云梦城中臭名昭著的败家子，恶臭冲天，不知道的人少。

原本以为，今日的武试，这个败家子一定会被打回原形。谁知道……所以李青玄再也坐不住了，起身发问。

年级主任楚痕猛地惊醒，道："是，就是他，青玄兄……"

李青玄直接打断，道："取他的学籍档案来。"

档案很快就呈上。看完了林北辰的学籍档案，李青玄的心中，越发掀起惊涛骇浪。

一个败家子，一个不学无术的纨绔，一个在之前历次大大小小的考核之中，始终烂泥一样的家伙，突然之间，不可思议地脱胎换骨，绽放出璀璨的天骄光华……

这，简直比吟游诗人口中的武道传奇，更加不可思议。

"取六品测玄石来。"李青玄道。

"这……"楚痕苦笑一声，道，"青玄兄，我们第三学院，并没有六品测玄石的配备。"

"怎么会没有？"李青玄下意识地反问，但瞬间，他也明白了。

一般而言，初级学院三年级的学员，玄气等级是3—4级，少数天才勉强可以达到5级，或许第一、第二学院这样的强校，有些天才，可以达到6级，但这绝对不包括第三学院这样的烂校。

所以，联考委员会没有给第三学院配备专业级的六品测玄石，这在情理之中。因为六品测玄石价值不菲，如果闲置在第三学院，根本就是浪费。

只是没有想到，这一次让五品测玄石产生"爆玄"现象的，却是一个二年级学员呢？

这就很尴尬了。没有六品测玄石，得不到准确的答案，如何确定林北辰的最终成绩？

李青玄和楚痕两个人，同时陷入了沉思。

考试临时中止。第三学院的监考组和特别观察员，就在这擂台上，开始紧急商量应对之策。

而林北辰则暂时站在了擂台上，他目光一扫，看向下方人群中的吴笑方。

"4.7的玄气等级，很高吗？"他居高临下地盯着吴笑方，似笑非笑。

吴笑方只觉得血往脑子里冲，难以形容的羞辱，在心中爆发开来，咬牙切齿恨不得吞了林北辰，但却一句话都说不出来。

"你刚才问我，明白你我之间的差距吗？"林北辰盯着吴笑方，一字一句地回答道，"我当然明白，只是不知道，吴笑方师兄，你现在明白了没有呢？"

"我……"吴笑方想要说什么狠话，可是就是一句话都说不出来。

这个时候，说什么，都是自取其辱，说什么，都毫无力度。

林北辰又看向木心月。他的目光，仿佛是有一种特殊的魔力，看向哪里，别人也会随之看过去。一下子，木心月又变成了所有学员的焦点。

她竭力维持着自己的表情自然。她本以为，林北辰一定会像是羞辱吴笑方那样，用言语狠狠地羞辱自己。

但林北辰只是淡淡一瞥，目光并未有任何的变化，也没有在她的身上有丝毫停留，一闪而过，看向其他地方。就仿佛在他的眼中，她只是一个路人甲，与其他人没有任何的不同。

无视，完完全全的无视。木心月感觉到了自己的内心里，一阵刺痛。

林北辰这样的做法，要比把她拎出来，像是讽刺吴笑方那样骂一顿更加让她不甘心。

她恨，她不甘心。

今日武试，本来是她为自己选择的一鸣惊人的最佳舞台。她本该成为万众瞩目的最佳主角，接受所有的学员的顶礼膜拜，接受教习们的祝贺。然而现在，本该属于她的风光，却被林北辰抢走了。

片刻后。

"经过所有监考教习和李观察员的共同商议决定，由于五品测玄石出现了故障，所以林北辰之前的测试成绩无效，不计入考试成绩，其他学员请继续测试，林北辰将在新的测玄石到来之后，重新测试。"监考教习来到擂台边，大声地道。

"什么？"

"测玄石出现了故障？"

"林北辰的成绩无效？"

一下子，擂台周围的学员们，发出了难以遏制的沸腾喧哗，惊呼声像是惊涛骇浪一样，朝着四面八方辐射。

林北辰微微一怔。测试无效？这是什么意思？他回头看向楚痕和李青玄等人。

"你下去吧，等到新的测试仪到来，重新测试。"年纪主任楚痕道。

林北辰还想要说什么，就听耳边传来了楚痕的传音："小子，少安毋躁，相信我，学校绝对不会委屈你。"

林北辰于是点点头，朝着擂台下走去。

一道道目光，聚焦在林北辰的身上。

"哈哈哈，成绩无效。"吴笑方笑了起来，迫不及待地来到林北辰的面前，一脸嘲讽地道，"是不是很绝望？哈哈，从狂喜中跌落深渊的感觉如何？"

林北辰盯着他，道："反正肯定要比脸被打肿的感觉好。"

"哼，到这个时候了，还嘴硬，我早看出来，你的成绩有问题，一定是被李观察员看穿了你的作弊手段。你等着吧，昨天的文试成绩，很快也会被断定无效。"吴笑方冷笑着道，"你记住，你就是一个垃圾，一个败类，永远都是。"

"肃静。"擂台上，传来了楚痕的喝声。

年级主任的目光，在吴笑方的身上扫过，带着凌厉之意。

林北辰淡淡地道："你等着吧。"

然后安静下来。

接下来，是一组的其他学员，继续进行玄气等级考核。

但因为之前有木心月和林北辰这两波高潮，导致后面哪怕是武玺测出了4.6的天才成绩，也都无法让教习和学员们，产生太大的情绪波动。

很快，上午的测试全部结束。

因为六品测玄石还未到，所以林北辰的玄气等级，最终依旧未能给出定论，悬而未决。

但是在吴笑方等人的宣扬之下，大多数人都开始认为，这是因为林北辰在大比考试之中作弊，导致特别观察员已经对他起了疑心，所以不但玄气等级的成绩被取消，之前三门满分的文试成绩，也有可能取消。

在这样的大背景之下，整个年中大比的重头戏——实战考核，终于在万众期待之中，拉开了序幕。

首先是各个班级内部的考核。

林北辰回到九班。

主持九班班级内部实战考核的，正是剑术教习丁三石。

全部四十人，抽签捉对实战，有败者组和胜者组，保证每一名学员能够得到足够展示自己实力的机会。

九班内部的战斗，毫无悬念，无人能挡得住林北辰的三剑式。哪怕是曾经的九班第一名——班长尹易，也不例外。

一个下午的考核，林北辰毫无疑问地成了九班实战第一。

他和林雪吟、尹易、程苦、薛岳等五名九班学员，成了九班的代表，追逐年中大比的荣光。

内部考核结束，已经到了放学时间。

年中大比的第一天，就此结束。热闹喧嚣了整整一天的校园，终于重归平静。

演武场边的小树林深处幽暗隐蔽，这是林北辰选择的校内藏身之所。

林北辰回来的时候，当场就呆住了："我……是不是走错地方了？"

就看原本狗窝一样的树林里，两个精致华贵的帐篷已经搭建起来。

老管家王忠竟是正在撸起袖子洗洗涮涮，帐篷外面的一条树绳上，还挂着数件已经浆洗好的衣袍，从外衫到内衣，应有尽有……都是云梦城当季最新款，充满了奢侈的气息。

"这……"林北辰大惊道，"你这个狗东西，你这是……在干什么？"

他只是让王忠去买点儿日用品而已，结果买了这么多的东西，而且一看都很贵。这是要在树林里安家吗？

"少爷，你回来了？嘿嘿，还算满意吧？我早就说过，我王忠的名字，有个忠字，做事当然得详细周全，虽然咱们现在落魄了，但不能降低对生活的要求，还是得精致啊，这都是我为你买的十套换洗衣物，真秀坊的上等品，对了，帐篷里面还有……"王忠兴奋地道。

林北辰心中有一种不太好的预感，道："你不要告诉我，我给你的二十枚银币，你一次性都花光了吧？"

"那是当然啊。"王忠道，"我要是不把这些钱花光，怎么对得起少爷您。"

林北辰："……"

你可真是太对得起我了，那可是给你接下来一个月的用度啊，你一天就花完了，咋这么败家呢？

"咦，少爷，你的脸色不好？"

王管家狐疑道："是不是今天大比没有考好？"

"不是……"林北辰咬牙切齿地道。

"那是……我买的这些东西不够精致？"王管家问道。

"不，你个狗东西，你……好，做得很好。"

林北辰本要破口大骂，突然想起了自己的人设问题，于是只好竖起大拇指，为了维持昔日败家子花钱如流水的人设，打落牙齿和血吞，心里暗暗发誓，以后一定不能给这老东西太多的钱。

说来也是奇怪啊。自己和王管家都是丧家之犬，这货到底是通过什么手段，走出学校搞到这么多货的？

按理来说，他一走出校园，就该被守在外面的仇人们当场活活打死啊。林北辰奇怪万分。

片刻之后。

"哇哈哈哈哈，王伯，你做得很好，非常好，真的是物有所值啊。"

王管家突然就从"狗东西"变成"王伯"了。因为林北辰全身上下都换上了干净舒适绵软的衣袍，还吃了城中最有名的糕点，他觉得整个人的灵魂都升华了。

大型真香现场。

王忠嘿嘿笑道："那是当然，毕竟还是我了解少爷您啊。"

夜已深，林北辰在帐篷里，召唤出手机。

一天时间过去，还剩下62%的电量。

中等玄气凝练术和基础剑术近身三连两大APP都处于后台运行之中，草药丹剂、历史学和玄纹理论三个APP，都处于关闭状态。除此之外，手机上并未出现什么新的变化。

林北辰研究片刻，就将手机重新收了起来。他在下意识地减少摆弄手机的时间，以节约电量。

"三剑式已经快要练到了巅峰圆满的境界。"

"通过今天的测试，我的玄气等级，至少也在6级以上。"

"而今天在的班内实战，虽然没有挑战性，却也正好让我消除了身为一个穿越客对于这个世界冷兵器战斗的恐惧，有了属于自己的战斗经验，明日不管是对上谁，胜算都很大。"

"一定要拿到第一，否则，吴笑方这条疯狗，绝对会撕扯不止。"

林北辰在脑海里，一遍遍地思考着。至于临时被取消的玄气等级成绩，林北辰倒是一点儿都不担心。因为玄气修为在己身，又不是弄虚作假。不管重新测试多少遍，结果都是一样的。

唯一让他心中隐隐着急的是，直到今日，手机上也没有新的线索出现。如何利用手机回到地球，依旧是毫无线索。

他在心中告诉自己，不能急，慢慢来，不知不觉之中，就进入了睡梦之中。

老管家王忠尽职地守在帐篷外。

二十米外的一棵树上，藏身在暗处的老教习丁三石，听着帐篷里传出来的酣睡声，陷入了沉思。这几日时间，败家子都是吃了睡，没有见过他如何修炼。

那他对于基础剑术近身三连的神级领悟，以及一身六级玄气，到底是从何而来？

难道世间真的有躺着也能变强的天才吗？

第二日。

大比继续。

虽然九班已经结束了内战，选出了代表。但尚有一班、二班、八班等天才学员较多的班级，战况激烈，耗时更长，还未角逐出最终的人选。

一直到中午，二年级十个班的代表人选，最终出炉。

其中一班有十五名，二班十名，八班十名，其他班级从五名到八名不等。之所以出现这种情况，是由各班学员的平均水准而定的。平均水准越高的班级，得到的代表名额就越多。十个班级加起来，正好是一百名学员代表。这一百人将参加最后的全级实战考试，争夺那最高的荣耀。

午餐之后，最终的实战大比终于在万众期待瞩目之中，拉开了序幕。

一百名学员代表，被打乱了顺序，重新抽签。抽签的数字，决定第一轮的对战对手。

林北辰好巧不巧地抽到了97号，所以他的第一轮对战对手，是签号为4的学员。

二年级的演武场一共有十座擂台，因此每轮可以进行十场比赛。至于比赛的轮次，则是由监考教习来安排的。

林北辰不在第一轮次之列。

基本上，在教习们的刻意安排之下，每一轮次的十场对比，最多不出现超过两名天才级种子选手的对决。

这样一来，就可以让年级的天才们相互观摩对方的比赛，激起彼此的争斗之心，发挥出最强的力量。

第一轮次中，有吴笑方的比赛。他的对手，是来自于九班的代表程苦。

两人登台，程苦面带苦笑，他的运气很差，第一轮就遇到了吴笑方这个上届大比的第一。

毫无胜算。

这一阶段的实战考试的规则，非常残忍，只要败一场，就意味着被淘汰，不会再分败者组，所以说，遇到吴笑方这样的大热门，注定再无什么机会了。

"还请吴师兄，手下留情。"程苦拱手道。

吴笑方冷冷一笑："留情？那是不可能的。"

程苦一怔。怎么回事？吴笑方好像是对自己有很大的敌意？自己以前并未招惹他啊。

比武开始。

程苦拔剑，正是基础剑术的起手式。能够从九班四十名学员之中脱颖而出，他自然是有一定的战力。但吴笑方只是冷笑一声，连手中长剑都未曾出鞘，直接踏步前来，带鞘的剑大咧咧直刺程苦中宫，直取胸前。

程苦沉着冷静，一式基础剑法中的千山横阻，直接封架，这是极为稳妥的应对方式。然而长剑与那剑鞘一撞，顿时一股沛然莫御的反震之力传来。

程苦只觉得手腕一麻，长剑就脱手飞出。

败了！这就败了？只是一招而已。程苦知道自己不是吴笑方的对手，但却没有想到，败得这么快。

擂台周围，一片惊呼。

程苦心中一阵冰凉，正要开口认输。却见吴笑方根本没有停手的意思，瞬间逼近一步，剑鞘反抽，狠狠地砸在程苦的右侧脸颊上。

啪！血水迸射。

程苦的"认输"两字还未说出口，就被抽得头晕目眩，直接"扑通"一声倒地，右脸以肉眼可见的速度肿起来，口中喷出鲜血……整个人直接蒙了。

吴笑方冷笑一声，再一步跨出，一脚踩在了程苦的脸上。

"啊……"程苦发出惨叫。

吴笑方冷笑着道："别怪我……要怪，就怪林北辰，谁让你和这个败类是一个班的呢，只要是九班的学员，我见一个，虐一个……滚下去吧。"

嘭！他一脚狠狠地踢在程苦的肚子上。

程苦直接就从擂台上飞了下去，重重地摔在地上，哇地喷出大口鲜血，捂着肚子，躬身缩成了虾米，面色惨白，站也站不起来。

周围一片哗然之声。虽然是实战比武，难免误伤，但吴笑方下手也太狠了。程苦这样的伤势不及时治疗的话，只怕是没有十天半月根本下不了床。

"吴笑方胜！"监考教习宣布比赛结果。

有九班的同学用担架将已经昏迷的程苦抬走。吴笑方站在擂台上，目光朝下扫去，很快就找到了人群中的林北辰，脸上露出一丝挑衅之色，伸出大拇指，缓缓地朝下一杵，道："姓林的，好好发挥，我期待着和你在擂台上见面，不要太早被淘汰！"

林北辰面无表情。吴笑方大笑着下了擂台。

学员们议论纷纷。

很快，第一轮比武考核结束，包括程苦在内的十人被淘汰。

然后是第二轮。第二轮比武总共持续了半个小时，又有十人晋级，十人淘汰。如此一直到第五轮的时候，终于又有一个重量热门学员登台。

木心月。

这位被称之为第三学院"平民公主"的少女，在上次的大比中就展露了不俗的实力，排名第三。而这一次，不论是之前的文试，还是玄气等级测试，都碾压了吴笑方、武玺、司新林等人。

所有人都在这个少女的身上，感受到了一种强势崛起的势头。

一时之间，一号擂台周围，人山人海。几乎所有学员，都想要见识一下"平民公主"的战斗风采。以至于其他九场同时进行的比武基本上没有人去看，九个擂台周围光秃秃的，零零散散只有个位数以下的几个人。

一号擂台。

交战的双方，都已经现身。

木心月一袭青色的校服剑士袍，经过了她自己私下的有意修改，更是能够衬托出那优美婀娜的身段，高挑英武，该饱满的地方饱满，该纤瘦的地方纤瘦，每一处的弧度都仿佛是造物主精心设计的艺术品一样。

黑色马尾长发在风中飞舞，她仿佛是女剑神下凡。

无数道目光，都在这一瞬间牢牢地凝聚在木心月的身上，流露出艳羡钦慕之色。尤其是冯仑这种舔狗，更是双眼冒光，看得如痴如醉。

可惜因为之前对付林北辰不利，心目中的女神已经连续好几日都不曾理会他了，每每想起这件事情，冯仑就心痛不已，不但失去了女神的青睐，还失去了二十枚银币。

但此时，冯仑已经彻底丧失了和林北辰作对的勇气。

"比武开始。"监考教习大声地宣布。

"郑同学，请。"木心月长剑出鞘，是基础剑法的起手式。和吴笑方的骄横不同，木心月的表现彬彬有礼，让人如沐春风。

她的对手，是来自于六班的班长郑拓。

"我认输。"郑拓直接大声地道。

"能够和木师姐抽到同一组，实在是我这一年最幸运的事情，能够这么近距离地和心中的女神说一两句话，我已经很满足了。我不是木师姐的对手，更不能和木师姐交手，不能浪费师姐您的玄气，祝师姐在这一次大比中，一鸣惊人，一举夺魁！"

说完，这位来自二年六班的小天才，深深地看了一眼木心月，然后恋恋不舍地转身，自己主动跳下了擂台。

比武结束。擂台周围，一片哗然。

就连监考教习也愣了愣，最终才大声地宣布了比武结果："木心月胜出，晋级下一轮。"

木心月很有风度地拱手，道："多谢郑同学。"转身下了擂台。

人群中，林北辰也大感意外。他不得不承认，舔狗这种生物，生命力真的强大。不管是地球还是异世界，都有它们孜孜不倦的身影。

比武继续。

一直到第九轮的时候，林北辰才被点名上台。他的对手，是来自于一班的小天才冷烨。

两人的对决，虽不如木心月登擂时那么轰动，但也引起了巨大的关注。

擂台上。

"真是让我惊喜啊，哈哈，被我遇到了你这个作弊者……哈哈，我的运气，还真的不是一般的好。"冷烨看着林北辰，万分惊喜地说道。

林北辰闭着眼睛，没有说话。

冷烨又继续道："呵呵，吴师兄放出话来，谁要是能够在擂台上让你这个垃圾原形毕露，就能得到10枚金币的赏金……哈哈哈，今天，这赏金归我了。"

他是吴笑方身边最为忠实的狗腿子。

林北辰依旧没有说话。

擂台下。

"这个败家子好像是怕了，眼睛都不敢睁。"

"现在知道怕，太迟了。"

"呵呵，击败一个冯仑，就以为自己天下无敌了，冷烨师兄可是一班排名前六的天才，据说这一次，有希望争夺全年级前十五呢。"

各种议论喧哗之声，仿佛是沸腾的开水一样汹涌。

"但是，林北辰真的好帅哦。"

"他闭目抱剑的样子，简直是人间剑仙模板。"

"虽然是个人渣，但好歹是一个英俊的人渣啊，小声说一句，被他这样的小奶狗渣了，本小姐也认了。"

也有一两个不学无术的花痴女学员，看着青衫如玉、面容英俊的林北辰，不由得春心萌动。

就在这时——

"比武开始。"监考教习大声宣布。

"呵呵，林北辰，现在我就让你知道，什么叫作不能……"冷烨还在不断地释放嘲讽。

而对面林北辰的眼睛，却是猛地睁开，一抹寒芒，在眸子里闪烁。

第六章 痛击仇敌

咻！

长剑破空的气爆声响起。

冷烨还未来得及反应，只觉得左肩一凉，低头看时，林北辰手中的剑，已经刺穿了他的左肩。

一种茫然在冷烨的心中弥漫开来。怎么回事？发生了什么？为什么才一瞬间，林北辰的剑，就刺进了自己的肩膀？

这种茫然在下一刻，被剧烈的疼痛取代。

"嘀嘀……啊……"冷烨终于杀猪一般惨叫了起来。

噗呲！林北辰拔出长剑。

一道血箭就喷溅了出来。接着，林北辰反手一剑脊抽在了冷烨的右脸颊上，将其直接抽倒在地，哀嚎不已。

"就你这种残次品，也敢挑衅本少爷？"林北辰蹲下来，将剑身的血迹在冷烨的衣服上擦拭干净，然后飞起一脚，将冷烨直接踢下了擂台。

扑通！冷烨摔在地面上，当场昏死过去。

监考教习愣了愣，扭头看向一边的观礼台上的年级主任楚痕，见后者微微点头，这才大声地道："林北辰胜！"

擂台下，已经是乱作一团。

有一班的学员，眼珠子滴溜溜一转，想到了什么，直接振臂大声地吼道："林北辰，你下手也太歹毒了吧，不过是比武而已，竟然刺伤冷师兄的双臂，你简直是毫无人性。"

"我抗议，这不是比武，是谋杀。"

"对待自己的同学，还能下手这么重，简直不是人。"

"强烈要求教习出面，取消林北辰的成绩……"

一时间，好像是群情激奋的样子。

林北辰手中长剑，指向那一班的学员，道："你不服？滚上来和本少爷打一场啊。"

"我……"那学员没来由地心中一虚。

虽然是遥遥被长剑指着，但就好像是被剑尖抵住了喉咙一样，浑身冰凉战栗，所有的声音都卡在嗓子里，一个字眼都吐不出来。

其他人也都蔫了。

林北辰的长剑所指之处，喧嚣的人群好像是才刚刚烧着的火焰被泼了一盆冷水一样，一下子凉透了。

锵锒！他长剑归鞘，一步一步，不疾不徐地走下擂台。黑发飞舞，反射着太阳的光辉。

"啊啊啊啊，好帅啊。"三五个花痴的女学员在捂着脸尖叫。

九班的剑术教习丁三石，眼中闪烁着炙热的光芒。

"天才，真正的剑道天才。"

"哪怕是他从娘胎里开始修炼基础剑术近身三连，能够修炼到这种程度，都足以说明他的剑道天赋。嘿嘿嘿，就他了，我苦苦寻找的人，就是这个臭小子。"

老教习一瞬间，毫不犹豫地就做出了某个决定。

更远处的观战台上，楚痕的脸上难掩笑意，道："哈哈，青玄兄，现在你也看到林北辰的实战表现了，有什么评价？"

李青玄眯着双眼，道："对手实力太弱，判断不出来什么。"

楚痕笑得合不拢嘴，道："继续，哈哈，继续看。"

他现在是彻底将林北辰当成是宝贝疙瘩了。虽然那日宣布林北辰的玄气等级测试成绩暂时无效，但那只是对外的一个借口而已。

真相，他和几个参与者都非常清楚。

　　所谓的测玄石故障只是一个幌子，是因为李青玄这个观察员强制要求才给出的结论，等到六品测玄石一到，一切都会水落石出。

　　哇哈哈哈。我第三学院，要出大宝贝了。一想到日后学院交流会上，自己见到其他学院的年级主任，就可以拉住说一句"来来来，让你看看我的大宝贝"，然后对方瞬间心服口服，哈哈，那种感觉简直是美滋滋。

　　大比继续。

　　半个小时之后，第一轮比武全部结束。五十人淘汰，五十人晋级。

　　整个过程，都在年级主任楚痕、特别观察员李青玄，以及其他几十名监考教习的监督之下进行，保证公平有效。

　　为了进一步保证公平，晋级的五十名学员再度重新抽签。

　　林北辰抽到的是47号。

　　"还真的是和7有缘了。"难道是冥冥之中自有7意？林北辰看了看手中的铭牌。

　　这一次，没有等太久，就到了他的战斗轮次。

　　当他踏上擂台，看清楚对手——

　　"呵呵，真是人生何处不相逢啊，意不意外，惊不惊喜，刺不刺激？"林北辰笑了起来。

　　因为对面这个面色难看的学员，正是不久之前为冷烨打抱不平，煽动其他人攻讦他的那个家伙。

　　"你……你别太过分。"这位学员战战兢兢地说。

　　林北辰差点笑喷。这对话，如果换作是一个女的，才有用吧？

　　"我没记错的话，你也是一班的吧？"林北辰道。

　　学员道："没错，我最好的朋友，就是吴笑方大师兄，你……"

　　话音未落，剑光一闪。

　　扑哧、扑哧。长剑刺入和拔出的声音，几乎同时响起。

　　砰！腹部挨了一脚。这学员就被从擂台上踹了下去，狠狠地摔在地上。

　　整个过程，不足一息的时间。

　　这个时候，这学员杀猪一样的惨叫声，才响了起来。和冷烨一样，右臂被长剑贯穿，算是重伤了，但这在实战大比规则的允许范围之内。因为一些品质不错的草药丹剂，可以在很短时间之内，将这样的贯穿伤治疗好。只要不伤及性命，不是残肢断臂的那种致残伤，都可以救回来。

实战擂台的目的，就是要让学员感受生死交锋的瞬间，记住这种真正战斗的感觉，太多的约束反而失去了实战的意义。

这一次，再也没有人敢借机攻击林北辰了，败家子的睚眦必报让很多人都心中发寒。

在监考教习大声宣布战斗结果之后，林北辰青衣拎剑，一步一步，不疾不徐，从擂台上缓缓地走了下来。

"好帅啊啊啊。"十几个花痴女学员在擂台下捂着脸尖叫。

嗯，林北辰粉丝团的人数，变多了一点。

比武继续。

扑通！二年级九班的学员薛岳，从擂台上重重摔下来，吐血昏迷。

"我说过，九班的学员，我见一个，虐一个。"吴笑方站在擂台上冷笑，居高临下地道，"要怪，就怪你们有个叫作林北辰的同学吧。"

九班的学员们站在擂台下，敢怒不敢言。

这个吴笑方，实在是太狠毒了。摆明了针对九班的学员，每一次不但击败，更是重伤加语言羞辱，前有程苦，后有薛岳，这已经超出了擂台战的意义，分明就是在故意侮辱人。而且这摆明了是在挑拨离间九班学员和林北辰的关系，手段也太低劣了。

学员们又不是傻子，很少有人真的傻到会因此去质问和责难林北辰。

而且，九班的学员们也看到了林北辰之前的两场比试，都是在给程苦和薛岳报仇出气，以牙还牙，以眼还眼，血虐了冷烨和那个叫什么来着的学员。

龙套连名字都没有，真可怜。

"林北辰，你得为老薛和程苦报仇啊。"

"我们九班，要团结起来。"

"林北辰，只要你能够狠虐吴笑方，我愿意为我之前说你的那些坏话，向你道歉。"

九班的学员，将林北辰围了起来，纷纷请求。

林北辰沉默了片刻。

"无聊。"他分开人群，换了一个位置。

九班的学员，都愣住了。

很快第二轮比试也结束了。

匪夷所思的是，木心月再一次碰到了一个忠实的钦慕者，如郑拓一样在擂台上一番骚操作之后，不战而降，主动跳下了擂台，让木心月再度不费吹灰之力，赢得了胜利。这简直也是一项纪录，就连那些监考教习，也都有些懵。

可见木心月在第三学院的人气之高。

其他如武玺、司新林、岳红香、高旻等天才，也是毫无悬念地击败各自的对手，进入前二十五强。

实战考核渐入佳境，越来越白热化。

第三轮淘汰式实战比武的抽签，很快进行。二十五人抽签，注定有一个人要轮空。

万众瞩目之中，这个幸运儿诞生，正是木心月。

"不但长得美，实力强，天赋好，运气也还这么好，让人妒忌，都妒忌不来啊。"

"简直就像是天命之子啊。"

有学员不得不感慨道。

木心月带着淡淡的笑容，不骄不躁。

林北辰则是抽到了17号，真的是冥冥之中自有7意啊。他的对手，是另外一位小天才高旻。这是他进入实战大比以来，遇到的第一个够分量的对手。

"我很期待与你的交手。"高旻是一个头发略带自来卷的白净少年，有着属于年级天才特有的骄傲，眼神中带着桀骜，持剑在手，道，"我会让你明白，真正的年级天才，到底是什么样的。"

"哦。"林北辰淡淡地道，然后他反手拔剑。

锵锒！咻！剑光一闪。

锵！双剑交鸣的声音。

然后就看高旻手中的长剑脱手飞出，划出一个高高的抛物线，最终掉下来，倒插在擂台上。而林北辰的手中剑，则是已经抵住了高旻的喉咙。

"你……你这是什么剑法？"高旻难以置信地说。他都没有反应过来，自己是怎么败的。

林北辰收回长剑，道："基础剑术近身三连。"

"这不可能。"高旻面色苍白地惊呼道，"我也练过丁三石教习的基础剑术近身三连，难道我们修炼的是两种剑法不成？"

林北辰想了想，道："可能是因为你太笨，没有练到家。"

高旻低下了骄傲的头颅，道："我败了。"

他拾回了长剑，神色颓败地转身跳下擂台。

"林北辰胜。"监考教习大声地宣布结果。

擂台下，短暂的寂静之后，各种议论声顿时如春潮一般汹涌澎湃。

"看到了吗？"

"没看到。"

"太快了。"

"是啊。"

"每次出手，都只是一剑。"

"以后就叫林一剑吧。"

"林一剑？好名字。"

"他出手时施展的，真的是丁三石那个老家伙的废物剑技基础剑术近身三连吗？"

"不知道，反正我见过的基础剑术近身三连不是这样的。"

"击败高旻，也只是一剑啊。"

"不过，他这一次没有刺穿高旻的肩膀。"

"废话，林北辰是个败类，又不是个虐待狂，他只针对一班的学员而已。"

"吴笑方先挑起的'战争'，做得有点过啊，将个人恩怨带到了擂台比武中。"

各种各样的议论，几乎所有观战的学员都参与到了其中。崇拜强者，是这个世界所有武士亘古不变的基因。不知不觉之间，舆论已经开始朝着林北辰倾斜了过来。

"啊啊啊，好帅好帅。"

二十多个女学员花痴一般地尖叫着。嗯，林北辰粉丝团的成员，再度增加。

正从擂台上往下走的林北辰，微微皱了皱眉。这些肤浅的颜粉，下次请你们更热情一点，叫更大声点好吗？

"嘿嘿，嘿嘿，真正的剑道天才，怕是有剑种之体，小家伙，老夫吃定你了。"剑术教习丁三石远远地笑着。

观礼台上。

"哈哈，青玄兄，这一次，林北辰算是证明自己的实力了吧？"年级主任楚痕简直快要笑得合不拢嘴。

李青玄依旧淡定地道："再看看，再看看……"

但神色之间的惊讶，却是再也掩饰不住。心中更是暗自忖道：怎么回事，这次第三学院难道真的要翻身？这个林北辰的身上有一股子邪性啊。

很快，这一轮比武再度结束。

九班的学员又从擂台下抬走了班长尹易。这一次，却不是尹易抽中了吴笑方，而是吴笑方再次使用了自己身为上次大比第一的荣耀特权，挑选了九班班长尹易作为自己的对手。在擂台上，吴笑方出手狠毒地施虐，一剑刺掉了尹易的一只耳朵，并且用长剑贯穿了尹易的左臂，将其重伤……

"我说过，九班的，见一个虐一个。"吴笑方冷笑着再次扬言。

林北辰依旧是没有回复这样的挑战。

十三人进入了下一轮，继续抽签。令人无法相信的是，这一次，轮空的依旧是木心月。

"简直是好运女神。"

"难以置信。"

"果然连剑之主君，都垂青美丽善良的女孩子呢。"

许多监考教习都开始感慨了。运气，在很多的时候，也是实力的一种象征。

而林北辰抽到的对手，则是十班的班长乾真琴，一个娇俏可爱的美少女，圆脸带着婴儿肥，天真烂漫的样子，始终带着纯纯的笑容，也是十班的班花。

林北辰并未怜香惜玉，三剑式出手。

叮！直接一剑，击败了这位娇俏美少女。

"无情。"台下很多乾真琴的爱慕者发出了这样的感慨。这样娇滴滴的女孩子，直接一剑击败，毫不怜惜啊。

但林北辰粉丝团的女学员们，见到这一幕可高兴了，都欢呼了起来："冷酷、无情、英俊，简直是剑仙本仙了……"

旁边的男学员们，顿时都无语。这些肤浅的颜粉，不如学学我们，多迷恋一下林北辰的剑术，做一个技术粉难道不好吗？

如此前进循环，最终剩下了四个人。

分别是林北辰、吴笑方、木心月和岳红香。第三学院二年级中四大最强者。最后的大决战，终于要到来了。

这一次的抽签仪式，一下子吸引了整个年级的目光。

一号擂台上，抽签箱摆在黑市大案上。林北辰等四人，先后上台抽签。抽签完毕，各人拿着各人的铭牌。

林北辰低头一看，自己手中的是四号铭牌。其他三人，都已经将自己的铭牌，拿在了手中。

监考官过来检查，扫了一眼，直接给出了四强战的最终对决结果："一号吴笑方，对阵四号林北辰，二号木心月对阵三号岳红香。"

擂台周围，一片欢呼沸腾之声。这个结果，有点儿像是王对王、后对后的感觉。

八班的岳红香，虽然人气没有木心月这么高，但也是诸多学员心目中的女神，温婉大气，浑身上下散发出一种古典美，平日里非常低调，但却有很多的铁粉，这一次杀入全年级前四，绝对算得上是实至名归。

两大女神之间的对决，绝对引爆眼球。

而林北辰与吴笑方之间，却因为整个大比以来，不断地积累仇怨，加之林北辰浪子回头奇迹崛起的精彩故事，对决的吸引力，甚至要比两大女神的战斗，更吸引学员们的目光。

"第一场比武，吴笑方对战林北辰，交战双方请登擂。"作为监考教习的丁三石，大声地道。

气氛瞬间被点燃了。

"吴师兄，加油，打爆败家子。"

"林剑仙，延续你的神话，我现在开始支持你了。"

"笑方师兄，你千万不能输给那个臭名昭著的吊车尾败家子啊。"

吴笑方一步一步地踏上擂台，听到这句话，心中不由得破口大骂，这是哪个脑子有坑的混蛋，会不会说话，什么叫作千万不能，老子绝对不会输好吧？

林北辰也登上擂台。

两人相距十米，面对面站定。

"这一刻，终于来了。"吴笑方冷笑着，盯着林北辰，道，"虽然摧残你那些同学，感觉不错，但又怎么比得上当着如此之多的同学，将你狠狠地击倒羞辱爽呢？林北辰，你这个垃圾废物，做好被践踏的准备了吗？"

林北辰缓缓地抽出腰间的长剑："这句话，也是我要问你的，准备好面对梦魇了吗？"

他提着剑，缓缓地向前踏步。玄气，在体内激荡。黑色的长发，在阳光中飞舞，每一根发丝，都仿佛是流转着醉人的光辉一样。

"啊啊啊，好帅啊。"擂台下，响起了几十名女学员的尖叫声。

不得不承认，在整个第三学院，单纯论颜值的话，在林北辰的面前，的确是没有一个能打的，吴笑方这种白净小帅哥，在林北辰面前，被秒得渣都不剩。

这场比武进行到现在，不知不觉之中，渐渐已经有人开始支持林北辰。眼看着擂台上林北辰的气势拉满，下方也是一阵加油助威声。吴笑方的眼中闪过阴霾，他也抽出腰间长剑，剑刃明如秋水，在阳光下反射刺目的光辉。

这把剑，名为曳光，是一把宝剑，一把削铁如泥的利器。他专门为这次大比准备的，之前的战斗之中，他一直都没有拔剑出鞘，为的就是这一瞬间。

他要在擂台上，在所有学员和教习的注视之下，用这把剑击败林北辰，彻彻底底地扼杀这个败家子所谓的逆流崛起的神话。

"我是先刺穿你的腿呢，还是先刺穿你的手臂？"吴笑方缓步上前，步履越来越快。整个人，突然奔跑，速度骤变，如离弦之箭。

林北辰也瞬间加速，基础剑术近身三连第一式——

突！身与剑合。

剑光闪烁，人与剑激突，似是一抹流光。

"给我败。"吴笑方大喝。

手中的利剑，猛地刺出。咻咻咻！咻咻咻！瞬间爆出七道迷离剑影，真假难辨。

那重重剑影，寒气森森，好似是一条骤然暴起的银蟒，张开巨口，要将林北辰瞬间吞噬一样。

这一幕，让剑术教习丁三石瞬间心神巨震。不好，不是基础剑法，是寒蟒七幻剑！真正的一星剑技！

这个吴笑方，竟然已经掌握了超越基础剑术的九品剑技？武道战技，一旦入了星级，威力是远超基础武技的。

从低到高，分别是一星至九星。以入星剑技对阵基础剑术的衍生技，结果如何？

必败无疑。

丁三石的心，瞬间不由得悬了起来。

观礼台上，年级主任楚痕也跳了起来。

吴笑方施展出超越基础剑术的剑技，原本是一件应该高兴的事情，毕竟自己的学生出息了，但这一瞬间，楚痕关心的，却是林北辰能不能在这一剑之下全身而退，会不会受伤！

叮！轻微的金属交鸣声。

一截断剑飞上了半空。

人影交错，一触即分。寒蟒剑影消失。

林北辰惊讶地看了看自己的手中剑，只剩下了半截。

"这就是王忠那个狗东西的家传宝剑？一碰就断？这剑就和那狗东西的人一样，不靠谱啊。"林北辰心中一阵痛骂。

对面的吴笑方笑了起来："呵呵，垃圾，你不是很嚣张吗？现在你的破剑断了，还怎么和我打？"

实则他的心中，也是震惊万分。自己手中的，可是削铁如泥的曳光剑。自己刚才施展的，可是一星剑技寒蟒七幻剑。

他一出手，就施展了最强的手段。为的就是一瞬间重伤林北辰，震惊全场，达到最佳的视觉效果，拿回属于自己的荣耀。

但是，竟然只是断掉了林北辰手中一柄破剑？而且刚才那可怕的反震之力，更是令他几乎长剑脱手飞出。这个小杂种，他的实力，竟然这么强？

吴笑方的心中，开始警惕了起来。他脚下步法施展，再度施展寒蟒七幻剑。寒光森森，直卷林北辰。

林北辰没有退缩。因为直觉告诉他，自己如果退，那就输定了。

狭路相逢勇者胜。

手中断剑，一往无前地刺出。

突！基础剑术近身三连再度施展。

叮叮！清脆的金属撞击声响起。

两三簇火星在空气里溅射。

断剑再飞。

"哈哈哈，现在你手中，只剩下了一个光秃秃的剑柄，怎么和我战？"吴笑方大笑了起来。

林北辰手中的断剑，直接被削成了一截剑柄。这下子……这是要跪啊。林北辰有点无语。自己的一身本事，都在这一把剑上。没有了剑，就等于是键盘侠没有了电脑，这还怎么发挥？

"垃圾，今天，你注定要被我踩在脚下。"吴笑方大笑，"你是不是很想为九班那几个废物报仇吗？哈哈，可惜，你的下场，会比他们还惨。"

就在这时——

"小子，接剑。"监考教习丁三石，面无表情地解下了自己腰间的长剑，掷向林北辰。

林北辰伸手接住长剑，感动的眼泪都快流出来了。

感谢我的天使大姐啊。丁教习，以后我再也不掉你不黑你了。

吴笑方见状，大声抗议了起来："等等，这不公平，监考教习帮助考试学员，这是作弊，我抗议。"

丁三石淡淡地道："抗议什么，实战比武，是比剑术战力，不是比刀剑锋利。"

"你……"

吴笑方看向观礼台，大声地道："我不服，请楚主任、李观察员主持公道，丁三石教习的这种行为，分明就是在偏袒林北辰，这是违反考试纪律的。"

楚主任一定会帮我的。还有李观察员，他们一定都非常讨厌林北辰这个败类。吴笑方信心十足地暗想。

"反抗无效。"年级主任楚痕干脆利落地道。

观察员李青玄则根本没有出声，显然对吴笑方的抗议，丝毫没有放在心上。

吴笑方呆住。这……什么情况？怎么感觉自己好像是失宠了？

就连擂台下，人群中，一些学员也在大声地道："有本事，靠剑技剑术击败林北辰，凭着一把宝剑欺负人，算是什么男人？"

"就是。支持丁三石教习。"

"林北辰，你好帅。"

花痴女学员们的尖叫声，绝不缺席。林北辰粉丝援团的规模，正在快速增大。

吴笑方一下子脸都气绿了。

林北辰笑了起来，好像不知不觉之间，自己的人气莫名其妙地就高了起来。

吴笑方一振手中的曳光剑，剑刃嗡嗡震动，冷笑道："哼，姓林的，你也别得意太早，就算是你有十把剑，我也能全部都给你斩成一堆废铁。"

他挥剑冲了过来。

七道剑影，寒蟒闪烁。似是寒蟒暴起张开巨口露出獠牙一般，狰狞可怖。

林北辰锵锒一声，拔出长剑，向前疾冲，一剑刺出。

咻！剑光破空，依旧是基础剑术近身三连。

叮！金属交鸣之声，第三次在擂台上响起。

只是这一次，没有断剑迸飞。

七剑幻影破灭。獠牙寒蟒被一道白色剑光一分为二。

扑哧！剑刃刺入肉体的声音。

"啊……"吴笑方惨叫了起来。他的左臂，直接被林北辰手中的长剑刺穿了。然而不等他这声惨叫落下，林北辰直接撤剑。

那一瞬间，吴笑方仿佛听到了自己的血肉和骨头，与剑刃摩擦的声音。这种声音带来的恐惧，直击他的心底。

咻！又是一道剑光。

吴笑方右耳一凉。

"啊，我的耳朵……"他凄厉地惨叫了起来。

林北辰依旧不给他任何的机会。

嘭！剑脊抽在了吴笑方的脸颊上，皮开肉绽。

惨叫声瞬间被打断。

巨大的抽击力，让吴笑方彻底失去平衡，直接旋转着一头撞在地面上，瞬间被抽得左脸和撞地的右脸都高高地肿了起来，像是熟透熟烂了的桃子一样，血水淋漓。

林北辰往前一步，抬脚踩住了吴笑方的脸。

"一剑，一只耳朵，抽脸……"他一字一句地道，"这三样，都是替我九班的同学，还给你的。"

"啊啊……"吴笑方尖叫怒吼着，"林北辰，你这个垃圾，你竟敢这样对我，我不会放过你，我会让你知道，什么是后悔，你这个狗杂种，你……"

"嘴巴真臭。"林北辰一脚踢在吴笑方的肚子上，将他踢得贴着擂台地面滑出去十米，又道，"差点忘了，你欺负我同学的时候，还用了这一招，也还给你。"

吴笑方顿时身形抽搐弯如虾米，五脏六腑好似是粉碎一般的剧痛，令他脖颈青筋暴露，喉咙深处发出嘀嘀的野兽一样的叫声，一句话都说不出来。

林北辰低头看了看手中的剑。

古朴，暗淡，但足够硬，对抗曳光剑不留丝毫痕迹。是把好剑。

锵锒！长剑归鞘。

"我说过，我就喜欢踩你这样的牛皮大王，现在，你信了吧？"他走到吴笑方跟前，弯腰，压低了声音，悄悄地说，"其实，我真的要好好谢谢你，亲爱的笑方师兄。要是没有你送给我的二十枚金币，就没有我现在的实力，你可真的是雪中送炭的大好人，我会永远记住你的慷慨，永远感谢你八辈祖宗的。"

吴笑方睁大了眼睛，虽然听不懂林北辰在说什么，但直觉告诉他，自己好像是做错了。

林北辰笑了笑，道："最后这一脚，是免费赠送的……走你！"

嘭！吴笑方直接被踢下了擂台，下面也没有人接住他，他狠狠地摔在了地上，当场昏死了过去。

许多一班的学员，都很默契地没有看到躺在地上抽搐的吴笑方。

平日里，这位天才学员在一班可是作威作福、盛气凌人、颐指气使，没少欺辱同学，只不过是因为学习好、实力强，所以大家都得表面上恭维他，现在？都被林北辰打成死狗了，以后还有什么脸再在班里耍威风？形象彻底垮塌了。

反而是九班的学员，都是一阵阵的欢呼。

"林师兄，太解气啦。"

"林师兄，我向你道歉，你是我们九班的骄傲。"

"我爱你，林师兄。"

一声声的欢呼，在擂台底下爆发，其中就有九班的大班花林雪吟。

这位半日里细声细气、温婉羞怯的淑女，此时已经和班上几个花痴女学员一起，大声地尖叫着，脸红得像是煮熟了的螃蟹壳一样，神情很是亢奋，仿佛是换了一个人一样。

而之前被吴笑方打伤的程苦、薛岳、尹易几人，更是带着伤，缠着绷带，在同学的搀扶下，站在人群中，此时激动得伤口飙血，也在大声地欢呼和感谢着。

林北辰实在是为他们狠狠地出了一口气，许多九班的学员心中都隐隐有一种骄傲。什么败家子，什么纨绔，什么人渣之类的想法，完全抛到了九霄云外。

现在他们的心里只有一个念头——

林北辰，真牛！

观礼台上的年级主任楚痕长长地松了一口气，缓缓地坐回去，一颗心终于落回到了肚子里。

"哎？吴笑方同学受伤了？快来人，将吴笑方同学送去医务处疗伤。"过了好久，楚痕好像才发现一样大声地道。

有教习过来，将昏迷中的吴笑方抬走。

监考教习丁三石大声地宣布："比试结果，林北辰胜！"

擂台下又是一片欢呼声。有几个一班的学员，也像是混在狼群中的哈士奇一样，大声地欢呼着。

擂台开始打扫整理，为下一场木心月和岳红香之间的双姝对决做准备，观战的学员们也越发兴奋了起来。

观礼台上，楚痕难掩脸上的得意和兴奋，扭头道："怎么样，青玄兄，这一次，你总不能说是对手太弱了吧？"

李青玄颇为无语地道："你就这么想听我夸一句这个纨绔吗？"

楚痕郑重地抗议道："青玄兄，林北辰可是我第三学院的首席天才，请你不要再用'纨绔'这个词来侮辱他。"

李青玄内心直接无语：真现实，这会儿成首席天才了？刚开始的时候，也没有见你这么维护林北辰啊。

他当场就不想说话了。结果楚痕这会儿来劲儿了，一直缠着问了起来。

"嘿嘿，青玄兄，别不说话啊，给句评价。"

"嘿嘿，就给一句评价嘛……"

"青玄兄，你别不说话啊，我院的这位首席天才，到底能不能进入你'铁面毒舌'李青玄的法眼啊？"

李青玄真的是又气又好笑，不胜其烦，最后只得勉强给出自己的看法，道："目前来看，可以跻身云梦城一流天才之列。"

"哇哈哈哈。"楚痕得意扬扬地仰天大笑。

须臾，第二场擂台战的事项准备完毕，木心月和岳红香双双登台。

"真是一道美丽的风景线啊。"林北辰在擂台下发出这样的感慨。

"平民公主"木心月身形高挑，英姿飒爽，有一种巾帼不让须眉之气，将自己的形象维持得非常好，更兼五官精致、皮肤白皙，有一种锋芒毕露的、摄魂夺魄的美。

而"八班之花"岳红香，除了那双清澈如水的大眼睛之外，还有一种这个年龄少女身上罕见的古典美和书卷气，温婉含蓄，眼睛灵动，是越看越有味道的那种类型。

"皮肤都好白，像是陶瓷一样……可是我毕竟是一心要返回地球的男人，她们两个注定不可能得到我。"

"也不知道她们两个，谁的剑术更强一点，都有什么特点……"

啪！林北辰想到这里，突然面露惭愧之色，抬手给了自己一巴掌，然后他开始安安静静地站在一边，沉静得像是一块冰。

周围的学员看到林北辰莫名其妙地给了自己一巴掌，都惊了。怎么回事？林师兄这是怎么了？难道脑残症又犯了？

不对啊，林师兄这几日的表现，已经完全康复了的样子。

"啊，我知道了，林师兄一定是在用这种方式，提醒自己，做人不能太肤浅，不能只看两位女神的美丽的外表，而是要静下心来，等待比武开始，赏析女神的剑术……这，才是一个真正的剑士，应该有的品格。"脸肿得像猪头、缠着绷带的九班班长尹易，一副恍然大悟的姿态，突然大声地说。

无形脑补，最为致命，盲目崇拜导致的自我攻略。一下子，擂台周围的男学员们，顿时都惭愧了，沉默了。

"林师兄已经这么强，却还摒弃色念，一心剑术。"

"这也许就是他为什么可以异军突起的原因吧。"

九班的薛岳和程苦也都感慨了起来，于是擂台周围观战的人群，瞬间都沉默了下来，保持着绝对安静，以一种学术性的目光，静静地等待比武的开始。

于是，原本喧嚣的战前气氛，竟然就这样很诡异地变得庄严肃穆了起来。

丁三石一番检查之后，大声地宣布："比武开始。"

咻！咻！

两道剑光，同一时间划破擂台上的空气。

叮叮叮！

长剑交鸣，一簇簇火星溅射。

果然是同性相斥，双姝碰面没有一句废话，也没有任何的拖延，战斗瞬间拉开了序幕。

一开始，两女施展的都是基础剑术，一招一式浑然天成，充满了美感。尤其是两具娇躯在施展招式的时候，不断地变换着不同的姿势，将身体诸多傲人的部位，在稍纵即逝之中，都完美地展示了出来。

一场白热化的剑术比斗，却被两位美少女演绎成舞蹈一样，一招一式都充满了美感。

"这俩姑娘，都很强啊。"林北辰心中感叹着。

突然，擂台周围就响起了一连串的耳光声。啪啪啪！很多男学员都自扇耳光。

"啥情况？这些人，都疯了吗？"林北辰吓了一跳。

殊不知，此时抽自己耳光的男学员，都在心中惭愧而又严厉地告诫自己：怎么能分心？怎么能沉迷于美色？要学习林师兄那样，专心沉溺于剑术欣赏，一心一意才能变强。

如果林北辰知道真相，一定会感慨：十三四岁的少年们的心思，毕竟还是单纯啊。

擂台上的战斗，持续了大约二十分钟。

两个女学员仿佛是心有灵犀一般，突然各自娇喝一声，同时后退三步，身上气势急变，剑式风格，同时亦是大变。

咻咻咻！

道道凌厉剑光从掌心里绽放出来，两女手中的长剑仿佛突然间活了一样，灵动了数倍，寒芒吞吐，威力暴涨。

"入星剑技！"一名教习发出惊呼。

之前吴笑方施展出寒蟒七幻剑这样的一星剑术，已经让人震惊了。初级学院从来不传授学员入星战技，因为学员们的玄气水准根本无法满足入星战技的负荷要求。入星战技的实战，是需要独特的玄气运转频率和路线来支撑的，这样才能爆发出最大的威力。

所以强行修炼，非但练不成，还很容易带来后遗症，影响日后进入中级学院之后的发展前途。

但事无绝对，这个世界上，总是有一些叫作天才的学员，不按常理出牌。

云梦城中，有一些天赋相对出色、玄气水准较高的学员，自己私下里购买战技，悄悄去修炼，运气好的话，都可以修炼有成，发挥出入星战技些许威力。

比如吴笑方，他将一星剑技寒蟒七幻剑练到了形似的程度，已经足以碾压诸多同级的学员，但可惜遇到了林北辰这样一个"开挂"的妖孽，才被无情击败。

其实，如果吴笑方真的可以将寒蟒七幻剑修炼到"登堂入室"的境界的话，是足以击败林北辰的。

当然，这些只有经验丰富的教习们才看得出来。

但是眼下，不论是木心月，还是岳红香，都将各自的入星剑技修炼到了"登堂入室"的程度，绝非是吴笑方那半吊子的寒蟒七幻剑水准能比的。

双姝招式施展之间，剑刃上隐隐可以透发出玄气微光。长剑的每一次交击，都发出奇异的轰鸣声，剑刃撞击点微光闪烁，气流如水纹一样在空中爆溢。

这两个女学员都不简单，竟然暗中修炼到了这种程度。看来就算是吴笑方没有被林北辰淘汰，遇到两女其中任何一个，也没有丝毫胜算。

内行看门道，外行看热闹。林北辰毫无疑问就是一个外行，他只是觉得两大美女的战斗，突然之间越发好看热闹了。

其他学员，大致也都是这种想法。

两分钟之后。

叮！长剑相击的声音。

岳红香惊呼一声，捂着手腕，踉跄后退。一抹嫣红血迹，从她的指缝中溢出。

胜负已分。

木心月面色不骄不躁，挽剑在肘，道："岳师妹，承让了。"

擂台周围，终于响起一片不可遏止的惊呼声。

战斗持续的时间并不长。由此可见，木心月的实力占据着绝对的优势。

岳红香低头看了看自己的伤势，右手腕处的手筋被挑断了。她知道，这是木心月故意为之。

这样的伤势，需得用极为名贵的白玉断续膏治疗，至少半月的时间才可以接上断筋，而且会影响到剑术的实战，小心保养的话，完全愈合得两到三个月的时间。这会极大地影响到她在天骄争霸赛预选赛中的发挥。

"我输了。"岳红香表情极为平静，没有过多指责什么，她用沾着鲜血的左手捡回自己的长剑，转身走下了擂台。

"比武结束，木心月胜。"监考教习丁三石大声地宣布了结果。

木心月站在擂台上，面带微笑，黑色的长发飘舞，沐浴在夕阳的金色余晖之中，看起来就像是披上了一层金色的神光一样，美丽的倩影深深地印刻在了无数男学员的心中。

"今日的大比结束。"观礼台上，年级主任楚痕站起来，宣布了当天赛事的结束。

至此，年中大比只剩下了最后一场战斗—冠军争夺战。最终的年级大比第一天骄，将在明日的战斗之中诞生。

在期待满满的讨论声中，人群三三两两地散去。

有几个春心萌动的女学员，鼓足了勇气想要去找林北辰求签名，结果找了一圈，发现这位美少年早就不知道去哪儿了。

第七章

深夜教学

十分钟后，考务室里。

"哇哈哈哈，青玄兄，你倒是来说说看啊，这一次，我第三学院二年级的这两位天骄，表现如何？"楚痕像是得了健忘症一样，将相同的问题来来回回、反反复复地问了几十遍。

李青玄一阵头大，有完没完啊你，知道你想要炫耀，但这样问个不停，有点儿过分了啊。

他只好敷衍道："好，很好，非常好。"

楚痕又大笑了起来："那青玄兄觉得，明日决战，谁胜谁负？"

李青玄仔细想了想，道："表面上看，五五开……但我还是看好木心月。"

"哦？"楚痕微微惊讶，"青玄兄何以如此判断啊？"

李青玄道："嗯……直觉吧。"

楚痕也点了点头，道："的确，不知道为什么，虽然林北辰的玄气等级更高，但我也是和你一样的直觉。"

"对了，楚兄，你有没有想过，为什么一个不学无术的败家子，突然之间，摇身一变，成了天赋惊人的天才，这其中，到底隐藏着什么秘密呢？"李青玄提醒道。

楚痕的表情，略微严肃，道："这件事我当然想过，应该是战天侯留下的后手吧，毕竟那位可是帝国的战场神话之一啊，创造过很多的奇迹。他那么宠溺林北辰，为自己的儿子留下点什么巨大机缘之类的，不是没有可能。”

李青玄点了点头，他也倾向于这种观点。只是不要忘了，当初帝国皇帝不杀林北辰，是因为他是个废物脑残，毫无威胁。而现在，林北辰变成了一个天才。皇帝陛下知晓了之后，还会留着战天侯这个罪臣的独子吗？

日暮降临，第三学院的校园里，安静无比。

演武场深处的小树林。

林北辰一回来，就看到老管家一脸哀怨，眼神幽幽地盯着自己。

“少爷，我的剑……”

“哦，断了。”

“啊，不，那可是我祖传的宝剑……”

“可是它断了。”

“少爷，它是一把善良之剑啊，你……”

“真的断了。”

“呜呜呜，我的剑啊，在我王家传了十八代，我负了你啊……你死得好惨啊。”

“够了！别号丧了，回头给你买一把新的。”

“真的？我想要范大师今年推出的云梦城当季最流行的青鸟剑。”

“买。”

“谢谢少爷，我去给您准备晚餐。”

事实证明，猥琐管家王忠，的确是一个难得的好狗腿子，他很快就准备好了一桌丰盛的晚餐，荤素搭配完美，口感极佳，再配上果酒桃花酿，让林北辰有一种进了五星级饭店的感觉。

太会伺候人了。

让林北辰再一次觉得，身边有这样一条狗腿子，还真的是爽。

饭饱酒足之后，林北辰躲进帐篷，摆弄了一会儿手机，没有什么新发现，于是直接入睡。

毕竟白天打了一天架，虽然有玄气的滋养，但还是感觉很累。

一个小时后，他睡得正香的时候，外面传来了王忠畏畏缩缩的声音：“少爷，少爷？有人来找您。”

林北辰翻了个身，迷迷糊糊不耐烦地道："谁啊，没空见，让他滚。"

"呃……少爷，这个人，有点儿特殊，嘿嘿嘿，你最好见一下。"老管家的声音里，透着一种毫不掩饰的暗示。

林北辰一脸的起床气，从帐篷里走出来，骂骂咧咧地道："谁啊……"

一抬眼，看到月下树荫中，青色剑士长袍的倩影安安静静地站着，面带微笑，仿佛是幽夜中一朵悄然盛开的静昙花。

是木心月。

"嗯？"林北辰颇为惊讶，"怎么是你？"

怪不得刚才王管家的声音那么猥琐，原来是以为自己和这女人还有奸情啊。

木心月道："我来看看你……怎么，不欢迎吗？"

"当然……"林北辰道，"不欢迎。"

木心月也不恼，微微一笑，道："你这个傻瓜，还在生我的气呢？"

林北辰一愣，哦？来这一套？这个女人，还真的是祖宗级的"绿茶"啊。都这个时候了，还能腆着个脸，说出这种话呢？

"我知道，你心里已经在埋怨我，那日在你最落魄难过的时候，我说了伤你的话，还和你断交……"木心月咬着嘴唇，一副委屈的样子，道，"其实你知道吗？我是为了激励你啊，只要让你万念俱灰，让你失去所有的依靠，你才能真正大彻大悟，成长起来，洗心革面，逆势崛起……你看，你现在不是做到了吗？"

啪啪啪！林北辰不由得鼓起掌来。然后他猛地冲向一边，大声地道："管家，快！桶呢？快给我拿桶过来。"

管家王忠吓了一跳，以为少爷吃了自己准备的晚餐中毒了，连忙拿水桶过来，道："少爷，你别吓我，你怎么了？"

"听恶心了。"林北辰非常夸张地对着空桶干呕一阵，道，"可把我恶心坏了。说实话，我从未见过比我还不要脸的人，还是一个女人……真是恶心他妈给恶心开门一恶心到家了。"

"呃，少爷，如果你真的听着恶心，不妨把耳朵塞起来。"老管家一副经验丰富的样子，道，"其实这个女人，虽然内心肮脏，但长得好看啊，如果不听她说话，只看脸和身材的话，以我万花丛中过的丰富经验，绝对是一个美女。"

老王你这配合……狗东西，挺机智啊。林北辰心里暗暗地给这猥琐老管家点了一个赞。

"是啊，"他擦了擦嘴，一脸的遗憾，道，"这么漂亮的女人，可惜就是长了一张嘴会说话，不然就真完美了。"

木心月的眼眸深处，闪过一丝恼怒之色，但她将自己的情绪控制得非常好。

"北辰，如果你觉得这样羞辱我，可以让自己发泄出来，好受一点，那你就尽情羞辱吧……毕竟，那天的确是我说的那些话，狠狠地伤了你。"她幽幽地说。

林北辰简直服了。人不要脸，天下无敌。

这个女人……有点儿可怕。

等等，这也不是琼瑶剧啊，剧情发展不对啊。

林北辰不想和这种女人纠缠，直截了当地道："你走吧，咱们没有什么好说的了，明天擂台之上见。"

木心月娇嗔道："不，你不原谅我，我就不走。"

"你到底想要干什么？"他气急败坏地问道。

木心月笑了笑，道："我就知道，你愿意原谅我……明天擂台上，你能让一让我吗？"

"啊？"林北辰整个人都傻了。世界上真的有如此厚颜无耻的人吗？

"你不知道，这一次的年中大比第一，对我来说，非常重要。"木心月道，"只要你能让一让我，我什么都可以答应你，从此以后，可以永远都和你在一起。"

林北辰道："你明知道，我和吴笑方有奴隶契约，你是想要让我去当奴隶吗？"

木心月道："没有关系的，我可以说服吴师兄，让他放弃那张契约。"

林北辰彻底失去了耐心，道："你还是快点滚吧，老子看到你就恶心。我习惯把命运掌握在自己的手里，不想寄托在别人的身上，你想要大比第一，就凭自己的本事来拿，想要我让着你，呵呵，除非……除非山无棱，天地合，江水为竭，冬雷震震。"

"唉。"木心月叹了一口气，道，"北辰，你变了，变得心硬了。"

林北辰心里冷笑：不硬的那个，已经被你玩死了。

木心月又道："不管怎么样，你都是唯一一个进入我内心深处的男人，我对你的感情，从未掺假……北辰哥哥，我走了。"说完，一腔凄怨的样子，转身而去。

林北辰一句话都没有说。

这个女人，真的有毒，已经不能简单地用自私无耻来形容了。根本就是……那种……

林北辰想了半天，觉得用绿茶来形容她，都是侮辱了"绿茶"两个字。这可真的是鸟儿多了，什么林子都有。

他转身回去，继续睡觉。谁知道，刚迷迷糊糊睡着还不到十分钟，老管家的声音，又从帐篷外传来，道："少爷，又有人找您。"

"让她滚。"

"呃，这个人也有点儿特殊，您最好亲自见一下。"

"你个狗东西，刚才你也是这么说的……"林北辰怒气冲冲地从帐篷里钻出来，道，"都说了不会让你，快滚，有完没完啊你这个'绿茶'……咦？丁教习，您怎么来了？"

站在帐篷外的人，并不是木心月，而是九班的剑术教习丁三石。

"'绿茶'？"丁三石好奇地道，"那是什么意思？"

"欸……"林北辰实话实说，道，"骂人的话。"

"刚才木心月找过你？"丁三石问道。

林北辰语气夸张地说："哇，您监视我？"

丁三石颇为无语，道："只是来的时候，恰好看到她从树林中走出去而已。"

"哦。"林北辰道，"您老人家，这么深更半夜地来找我，有什么事吗？"

丁三石道："你说能有什么事？我的剑呢？"

今日擂台上，他好心把自己的宝剑借给这个小兔崽子使用，结果第二场比武结束之后，这小兔崽子溜得贼快，竟然没有主动把剑还回来。

"欸？"林北辰顿时苦着脸，道，"教习，我明天还要大比，没有剑怎么打啊？您这剑是宝贝，嘿嘿，就多借我一天呗，我可是您的亲学生啊，您总不能眼睁睁地看着我明天赤手空拳去和木心月那'绿茶'战斗吧？"

他也不是不还，只是想要多借一天，因为他已经看出来了，丁三石的剑品质不凡，在和吴笑方的曳光剑碰撞中，剑身没有留下丝毫的痕迹。

这次和吴笑方的战斗，给林北辰提了个醒。

武器也很重要，他现在的一身战力都在剑上，必须有一把好剑，才能发挥出真正的实力。

丁三石笑了起来，道："你个小兔崽子，眼光还不错，这样吧，只要你好好回答我几个问题，那这把剑，我就送给你了。"

林北辰眼睛一亮："此话当真？"

丁三石道："老夫一把年纪了，又是学校的教习，还能哄骗你这个小娃儿不成？"

"嘿嘿，那太好了。"林北辰道，"您老人家想要问什么，尽管问。"

"你前段时间还是一坨狗屎，结果在这次大比中的表现却堪称妖孽，你是怎么做到的？"丁三石问道。

"啊，这个啊，情况是这样的，那日我得到父亲的噩耗之后，大受刺激，脑海中一片恍惚，整个人都浑浑噩噩，好像丢了魂魄一样。后来也不知道怎么回事，突然一阵阵剧烈的头痛，然后就发生了一件很奇怪的事情，丁教习，你猜猜是什么事情？"林北辰眼珠子滴溜溜地转，开始想着怎么圆谎。

丁三石道："莫非头疼之后，你就变聪明了？"

"啊，正是这样，丁教习您简直太神了，我对丁教习您的敬仰，犹如滔滔江水，连绵不绝，又如大河泛滥，一发不可收……"

"屁话少说，说正事。"

"好的，就像是您猜的那样，受了刺激之后的我好像变聪明了很多，竟然可以做到过目不忘……"林北辰顺坡下驴，直接开始编造。

丁三石讶异道："竟有这样的事情？所以说，你在文试中能够取得那么好的成绩，就是因为有了过目不忘的记忆力？"

"是呀是呀。"林北辰点头如小鸡啄米，这可是教习你自己脑补的哦。

"接着说。"丁三石道。

啊？接着说什么？我还没编好呢。

林北辰有点慌，他只好充分开启脑洞，突然灵机一动，想到了当年星爷那部经典电影《武状元苏乞儿》中，苏察哈尔灿修炼睡梦罗汉拳的桥段，顿时眼睛一亮。

"啊哈，我不但变聪明了，还发现了更加不可思议的事情。自己一旦睡着，就可以在梦中练剑，许多清醒时看不清楚、想不明白的剑招剑术，在梦里能够领悟得清清楚楚明明白白，然后等到梦一醒，自然就会了。"

丁三石张大了嘴巴，梦中练剑？

如果是别人说这种话，丁三石毫不犹豫一套三剑式教他做一个诚实的人，但林北辰的话……

丁三石想起自己这几夜暗中监视，的确是看到了林北辰一回来就躺在帐篷中呼呼大睡，而且在上课的时候，也是动不动趴在桌子上睡觉……

难道这个兔崽子，还真的是在梦中练剑？

这个世界上，武士无数，能人辈出，还有神灵存在，所以出现这种听似荒谬的事情，也并非没有可能。

"所以说，当日我在课堂上讲解了基础剑术近身三连之后，你只用了三天的时间，就将这三剑式，练到了今天这种程度？"丁三石问道。

林北辰道："还不止啊，还有中等玄气凝练术，也是我在梦中修炼的。"

丁三石倒吸了一口冷气，不只能练剑，还能练玄气？那你梦中能不能杀人？

"听起来，有点儿匪夷所思。梦中修炼，三日时间到了这种程度……"丁三石沉思了片刻，道，"明日的大比，你有几分把握？"

林北辰笑嘻嘻地道："应该没有什么问题吧。"

丁三石皱了皱眉。

林北辰信心十足地道："嘿嘿，木心月那'绿茶'，刚才已经来过，说希望明日在擂台上能够让一让她，可见她自己心中，也是没有什么把握的。"

丁三石道："如果你这么想，那你就危险了。"

林北辰道："嗯？什么意思？"

丁三石道："她那么做，只是为了让你放松警惕而已，今日擂台大比，木心月击败岳红香，你看清楚她施展的剑术了吗？"

林北辰脑海中顿时浮现出一些美好的画面，点头道："看得清清楚楚，很美……"

"嗯？"丁三石一怔，旋即反应过来，顿时大怒，劈头盖脸就把林北辰一顿狂揍。

老教习怒气冲冲地哼哼道："那丫头施展的是一星剑技摘星剑法，而且已经到了第二层次'登堂入室'的水准，威力不俗。你虽然将基础剑术近身三连修炼到了巅峰圆满，但到时候，赢面依旧不大。"

"登堂入室？巅峰圆满？"林北辰鼻青脸肿地从地上爬起来，挠了挠后脑勺，"这是修炼境界吗？"

丁三石叹了一口气。这个败家子，当真是一点儿基础都没有。

"任何战技的修炼，从刚开始接触到彻底掌握，共分为五个阶段，分别是初窥门径、登堂入室、信手拈来、炉火纯青和巅峰圆满，你对三剑式的掌握就是巅峰圆满，再没有太大进步的可能，因为三剑式的威力已经被你推进到极限了。"丁三石解释道。

林北辰有点儿明白了。

"那我应该怎么样，才能百分之百击败木心月？"他问道。

林北辰并不怀疑这个经验丰富的剑术教习对于明日之战的判断，所以他一下子就变得很诚恳很虚心，积极请教。

"其实在基础剑术近身三连巅峰圆满层次之后，还隐藏着一式杀招，名为北斗临，你看好了，我只施展三遍。"

丁三石神色严肃了起来。

他一抬手。

锵锒！林北辰腰间的长剑，就像是碰到了磁铁一样自行出鞘，飞到了他的手里。

唰唰唰！前三招，正是基础剑术近身三连。

三剑式结束的瞬间，丁三石手中长剑暴起七道剑光，仿佛是孔雀开屏一样，同一时间嗖嗖嗖就是七道长剑破空声。

锵锵锵！锵锵锵！锵！

旁边的一棵树上，直接出现了七颗剑孔。

林北辰浑身炸起的汗毛缓缓地平复下去。刚才剑光暴起的那一瞬间，一种可怕的寒意和惊悚感将他笼罩，令他瞬间炸毛。这一招北斗临，有点强啊。

"看清楚了吗？"丁三石收剑问道。

林北辰连连点头："看清楚了。"

实际上是录清楚了，整个过程，全部都被他悄悄录在手机里了。

这一式剑法，非常高明，也很恐怖。

别看今日吴笑方施展的寒蟾七幻剑，也是一剑数影，但那只不过是幻影，只有一道是真的剑刃，其他的剑影毫无杀伤力。

而丁三石的这一式北斗临则不同，七道剑影可全部都是实质剑刃。不管中了任何一道，都得重伤。

好牛！林北辰在心里默默地点了个赞。

"好，那你睁大眼睛，我现在施展第二遍……"丁三石道。

林北辰连忙摆手道："别别别，教习，够了够了，我看清楚了，不用了，一遍就行。"

丁三石："……"他忘了这个小畜生有过目不忘之能了。

"既然如此，今晚你好好修炼，若是能够将这一式北斗临练到'初窥门径'的程度，明日擂台上把握好时机，出其不意，就可以破解掉木心月的摘星剑法。"丁三石说着，又将这一式中的诸多诀窍，讲了一遍。

林北辰假装听得很认真。

一遍说完，丁三石话题一转，道："明日大比，你要是夺了第一，就可以进入天骄争霸赛的预选赛了，第三学院已经很久没有学员可以通过预选赛进入正赛了，你这一次非常有希望，可以好好争取一下。"

林北辰道："我没有说要参加天骄争霸赛啊。"

参加学院年中大比，只不过是想要为了留在学校而已。至于夺第一，那不是被吴笑方给坑的嘛。

我是被迫的啊！至于参加什么天骄争霸赛？想都没有想过，一点都不好玩。还不如躺在学院里晒太阳当咸鱼，好好研究研究手机，争取早日找到回去的办法，何必去打打杀杀呢？

丁三石讶然道："什么？你不参加天骄争霸赛？"

林北辰理所当然地点点头。

丁三石无比诧异地道："这么说来，大比第一的50枚金币，还有其他诸多奖励，你都要主动放弃吗？"

啊？林北辰呆了呆。

"大比第一，还有奖励？"他无比惊讶地道。

丁三石反问道："你不知道？"

"欸……"林北辰露出尴尬而又不失礼貌的笑容，道，"这种小奖励，我以前还真的没有关注过。"

丁三石无语，但转念一想，对于以前的林北辰来说，50枚金币的奖励，还真的是不值一提。

"你听好了，学院年中大比的前四，都有资格加入云梦城天骄争霸赛的预选赛，你如今已经杀入了年中大比的前四，等于是得到了这个资格。若是明天能够拿到第一，那50枚金币、一部一星武技和一份丹剂组成的最高奖学金大礼包，都将归属于你。但这一切，都有一个前提，你必须代表学院，去参加天骄争霸赛的预选赛，否则，将被视为自动放弃奖励。"丁三石很仔细地解释道。

林北辰听了，不由得有些动心，原来还有这样丰厚的奖励。什么武技、草药丹剂之类的，对他来说意义不大，但50枚金币可是有着致命的吸引力。

毕竟手机时时刻刻都在消耗电量，等同于在烧钱。

这几日下来，从吴笑方那里坑来的二十枚金币，已经只有区区六枚，其他的除了生活用度之外，都被充作手机的电量了。

节流显然是不可能的，那就只有想办法开源了。

50枚金币，就等于是五次手机充满电的机会。

林北辰想了想，一脸认真地道："其实金币不金币的，根本无所谓，我又不是那种贪财的人，主要还是想代表第三学院争取荣耀，所以我决定，参加天骄争霸赛预选赛。"

丁三石一脸狐疑，这个小兔崽子，是因为听到金币奖励，才改变主意的吧？

不过，也无所谓了，只要参加就行。

"很明智的选择，参加天骄争霸赛，对你有百利而无一害，尤其是如果通过预选赛得到一枚天骄令牌，你的人身安全就受帝国法律保护，等同于贵族身份，云梦城中的那些仇人再想要动你，就得好好掂量掂量了。"丁三石道。

啊？林北辰又呆了呆。啥？天骄令牌？

他再一次陷入到了深深的沉默之中，为什么之前都没有人告诉自己这些事情？好气啊，一次次被丁三石打脸。

不过仔细想想，好像是因为自己在学校里没有好好上课听讲，所以才如此无知。

"好的，我知道了。"林北辰道，"我一定会好好准备，争取通过预选赛，进入正赛，拿到天骄令牌。"

"嗯，很好。"看到一个目标明确而且充满了斗志的林北辰，丁三石满意地笑了，道，"你赶紧去练剑……去睡觉吧，梦里什么都有，好好练剑。"

说完，他将手中的剑递给林北辰，道："这把剑伴随我二十年，今天送给你。牢牢记住剑身上的铭文，它代表着一个真正剑客所应拥有的品格。"说完，身形一闪，就消失了。

林北辰一惊。哎呀？好酷！这老教习身法很好啊。

以前林北辰看小说看电视剧看电影的时候，有一个问题一直想不通，那些高手明明可以好好走路离开，为什么非要飞檐走壁一下？不觉得浪费真气吗？

现在他明白了，因为真的很酷。

他低头看了看手中剑，发现质朴简单的剑身上，刻着两个字——

德行！

林北辰一看就愣住了。

老教习不是说，上面的字代表着一个真正剑客的品格吗？怎么看着像是骂人呢？

他下意识地反转剑身，看到上面另一面刻着另外两个字——

无双。

合起来就是：德行无双。

林北辰捂住自己的额头，原来是这个意思啊。

这么说来，这把剑是一把德行之剑。以后用这把剑削人，就算是以德服人了吧？

林北辰嘿嘿地想着，转身兴冲冲地回到帐篷里了。他打开手机，直接进入应用商店。

"咦？并没有北斗临的修炼APP？"林北辰一怔。

他仔细观察，发现基础剑术近身三连APP的图标下面，有新的提示——

"检测到该APP有版本更新，请问是否下载更新包？"

看来是在APP内部进行了版本更新，将北斗临加了进去，毕竟这一招是三剑式极境之后隐藏的杀招，也算是与三剑式一脉同源了。

林北辰选择了更新。

"本更新包需要流量500MB，当前拥有的流量为3G，请问是否下载？"一个提示框弹出。

林北辰一怔。

什么？3G的流量？也就是说，自己现在的6级玄气，相当于3G流量，已经很多了。

而且这一次更新，需要的流量为500MB，比之前的基础剑术近身三连APP整体下载还多了246MB的力量，可见手机对这招北斗临的评价，要远远高于三剑式。

他点击下载，一个绿色的小进度条出现在手机屏幕上。

三分钟之后，APP下载完毕，进入安装程序，又三分钟后，安装完毕。

林北辰点击桌面上的新图标，进入APP内部。

依旧是那个水墨画面和那个与自己面目相似的身影，在一片水墨山水画面中舞剑，施展的毫无疑问正是基础剑术近身三连，三剑式结束，紧接着便是北斗临杀招。

"我的猜测是对的。"林北辰心满意足，放心地沉沉睡去。

第八章

大比决战

第二日，阴天。铅云低垂，天空中飘洒着淅淅沥沥的小雨点，但这丝毫不能阻挡学员们观看年中大比大决战的热情。

一开校，整个校园里就沸腾了起来。

年中大比进行到这一天，一年级、二年级和三年级都已经进入了最后实战——比武大决战的阶段。

二年级演武场的一号擂台早早就被围了个水泄不通。

片刻后，监考教习到来，年级主任楚痕和特别观察员李青玄的身影，也出现在了观礼台上。

木心月人气极高，一现身就迎来了一片欢呼声，大部分喝彩欢呼的都是男学员。

而林北辰的声势，竟也是不遑多让。他一出现就被九班的学员簇拥了起来，其中还混着三四十名不知道哪个班级的女学员，仿佛是众星拱月一样，将林北辰围在中间，喊着"必胜""好帅"之类的口号，朝着一号擂台走来。

监考教习正在检查擂台，为大战做准备。

"心月学妹，今日之战，有几分胜算？"一袭白衣的三年级学员关飞渡，微笑着走过来，一下子就引起了轰动。

虽然关飞渡不是三年级的首席，但他在昨日的大战之中，也杀入了三年级前四，不但容貌英俊、实力强悍，更兼学识渊博、温文尔雅，是很多女学员心中的男神。其知名度，远超吴笑方。

而且，除了关飞渡之外，还有倪玉泉、左丘无双等几个三年级的天才学员，也都前来向木心月打招呼，加油助威。

这几个三年级的天才学员，隐隐形成了一种气势上的威压，朝着林北辰所在的位置，碾压了过去。

"呵呵，这位就是林北辰学弟吧？"关飞渡微微一笑，看向林北辰，"你这几天的比武，我也有看过，你的基础剑术近身三连，修炼之纯熟，整个第三学院，无人能及……不过，这三剑式并非万能，很早之前，三年级已经流传了破解三剑式的方法，而且很不巧，三日之前，我曾送给木学妹一本，想必木师妹已经修炼纯熟，呵呵，所以林学弟，你要小心了哦。"

关飞渡一脸善意地提醒着。

很多支持林北辰的人，闻言顿时面色都一变。三剑式的破解之道？这……如此一来，林北辰岂不是失了先机？

林北辰根本就没有拿正眼看关飞渡。

三年级的学长又如何？依旧是舔狗啊，太卑微了。

以为这样就能影响老子心态吗？幼稚。

"林北辰，你今日必败，我在擂台之下，你等着做我的奴隶。"一声无比怨恨的声音传来。

却见二年一班的天才吴笑方，头上缠着绷带，臂膀也绑着绷带，绑得像是个木乃伊一样，一瘸一拐，拄着拐杖，在别人的搀扶之下，分开人群，走到近前。

他两只眼睛像是两把刀，在林北辰的身上刮来刮去，恨不得割下来几片肉。他扛着重伤之躯前来观战，就是因为咽不下昨天的那口气，一定要亲眼看到林北辰被击败的画面。

"比武开始。"监考教习大声地宣布。

两个主角先后登上擂台。木心月显然是经过了特意地装扮，虽然依旧是素面朝天，但少女的活力和娇嫩，可以秒杀一切妆容。特意修改过的剑士袍，将她花骨朵一般玲珑娇躯的优美弧度，展现得淋漓尽致。她脸上略微露出一丝笑容，都似是阴雨天的一抹暖阳一样。

而林北辰同样是一袭青色剑士袍，身形修长笔直，面容俊美无双，微微小雨打湿了他黑色的长发，有几缕贴在脸颊，漆黑的双眸，白玉一样的面容，不论是风采还是容貌，竟是丝毫不逊色于木心月。

这两个人，相对而立，站在擂台上，仿佛是一对神仙璧人一般。甚至很多学员，在这一刻，心中都升起了一种古怪的念头——

好般配啊。有一种忍不住要磕CP的冲动是怎么回事？

"今日，将由我来亲自督战。"年级主任楚痕身形犹如一只大鹰一样，掠过十米的距离，落在了擂台上。

交战的一对男女，都是第三学院二年级的宝贝疙瘩，为了避免在战斗之中出现误伤之类，所以楚痕决定亲自监考，万一有什么意外出现，他当场就可以制止。

"开始吧。"楚痕道。

木心月缓缓地拔出腰间长剑，道："林同学，请了。"

林北辰淡淡一笑，勾了勾手，这是一个很轻佻的动作。顿时擂台周围，一片哗然。

"果然是个不学无术的败家子。"关飞渡的眉头皱了皱。

一边的倪玉泉道："关师兄，放心吧，一会儿嫂子会好好教训这个纨绔的，有你的那本破解册子，嫂子输不了。"

身边的几个兄弟，都知道关飞渡这段时间的心思在木心月的身上，所以已经私下里都叫木心月"嫂子"。昨夜，关飞渡更是亲自指导木心月修炼破解术，一直到了午夜时分。

关飞渡点头笑了起来："倒也是，继续看吧。"

他们几个三年级的学员，总觉得自己鹤立鸡群，很有优越感。

擂台上。

"林同学，小心了。"

木心月起手是基础剑术。所谓基础剑术，就是指不需要特别的玄气运转节奏、法门配合的剑术，就算是不掌握玄气的力量，也可以施展，重在招式变化。

林北辰眼睛里，寒芒一闪。

咻！剑光破空。

直接就是基础剑术近身三连，剑光极快。

木心月眼眸中浮现一丝冷笑，手中剑式一变，似缓实急，缓缓地挥出，剑刃寒芒，刺向虚空中一切极为诡异的方位。

叮叮叮！三声金属交鸣的轻响，火星溅射。

两人身形，一触即分。

擂台周围，一片欢呼声。

"挡住了。"

"林北辰所向无敌的三剑式，真的被木师姐挡住了。"

"终于有人能够挡住林师兄一剑了！"

"不愧是决赛，势均力敌才好看。"

"不过，林师兄会不会其他的剑法啊？"

周围一阵喧哗议论之声。

两大天才刚一交手，悬念和期待感一下子就来了。

木心月微微一笑，道："如果我没有猜错的话，林同学到目前为止，也只掌握了一套剑法，就是这三剑式吧，呵呵。"

林北辰道："可惜你猜错了。"

木心月微微一笑，道："那就请林同学赐教了。"

林北辰点头，道："好呀。"

抬手出剑，身形如电，依旧是基础剑术近身三连。

剑，很快。人，很狂。

但木心月依旧是不疾不徐地出剑，一招一式，仿佛是刺向空中去，却在下一刻，与林北辰的长剑，不可思议地撞击在一起。

叮叮叮！又是三处火星溅射。

剑式再度被封挡。

木心月淡淡地道："呵呵，林同学，放弃吧，没有用的，你再试一千次一万次，结果也是一样的，三剑式超脱不了基础剑法的范畴，破解版本早就有流传……"

"足吗？"林北辰冷笑一声。

咻咻咻！

三剑式一结束，他手中的长剑，骤然暴起三道剑影。影如疾电，狂袭而去。

杀招北斗临，在这一瞬间现世。

身为监考教习之一的丁三石，眼珠子差点儿从眼眶里迸射出来。

一剑三影？这是第三境界"登堂入室"级别的北斗临才有的画面。仅仅一夜时间，这个小畜生，竟然将这一杀招，修炼到了这种程度？

梦中练剑的效果，简直好得离谱啊。

说时迟那时快。

叮！轻鸣响起。

木心月手腕一麻，手中的长剑被震飞。

噗噗！两道轻鸣。

璀璨的殷红血花，在木心月的左右肩头暴起迸射。林北辰的剑尖，已经抵住了木心月的喉咙。再往前一寸，这位拥趸无数的平民公主，就要香消玉殒了。

一阵无法遏制的惊呼声在擂台之下响起，所有人都被吓到了。

这……就结束了？

木心月直接呆住，她根本没有反应过来，发生了什么。

"破解版？"林北辰冷笑道，"你怎么不破解呀？"

木心月渐渐回过神来，她的脸色，瞬间一片苍白。

"你刚才，施展的不是基础剑术近身三连。你最后一剑，是什么剑术？"她问道。

林北辰道："第四连。"

"基础剑术近身三连，还有一个第四连？"木心月下意识地看向擂台下面的关飞渡。

关飞渡这个时候，面上的震惊之色，缓缓地舒展开来。基础剑术怎么还有个近身第四连？不是三连吗？这是怎么回事？

同样震惊的还有吴笑方，他做梦都没有想到，准备充分、胜券在握的木心月，连真正的撒手锏都没有实战的机会，竟然就这么输了。

而且还输得这么彻底、这么快速。

"噗！"吴笑方怒血翻滚，气得浑身发抖，直接喷出一口鲜血，眼前一黑，差点儿昏死过去。

为什么会这样？他不甘心啊。

一旦林北辰赢得了大比第一，按照协议契约，既不用还钱，也不用做奴隶，意味着他想要报仇，就再也没有了丝毫的机会。

"战斗结束，林北辰获……"监考教习正要大声地宣布比试结果。

"等一等。"林北辰突然出乎所有人预料地开口打断。

他看向木心月，冷笑着说："木绿茶，我知道，你心里肯定一百一千个不服气，觉得是我出其不意，施展新的手段，才让你猝不及防，所以才败了？"

木心月没有说话，但她的眸子中，那凌厉倔强的神色，说明了一切。

林北辰抽剑后退，道："呵呵，来吧，别说我不给你机会，疗伤，捡回你的剑，我们再来过，我要让你知道什么叫作真正的绝望。"

木心月一怔。

监考教习也是一怔，扭头看向年级主任楚痕。楚痕略作犹豫，微微点了点头。

监考教习不再说话。

木心月眸子里，有火焰在燃烧："好，你会后悔的。"

林北辰没有说话。

木心月止住了自己两侧肩头的出血，然后走过去，将被震飞的长剑重新拾取回来。

刚才林北辰的两剑，直接擦着刺破她的肩头，割裂伤，不是贯穿伤，略作治疗之后，已经不影响发挥。

"这一次，我不施展第四击，依旧是基础剑术近身三连，你大可以试试，你所谓的破解版，还能不能破解我的剑法。"林北辰说着，手中的德行之剑，犹如寒星吐蕊。

正是三剑式。

木心月眼眸中火光炙烈："这可是你说的。"

她如法炮制，手中长剑诡异刺出，正是破解三剑式的招法。

然而这一次——

叮！清脆的金属交鸣声响起。

林北辰手中的剑光，突然再度加快，犹如流光，快到了极点，就像是水银泻地一般，长剑相击的瞬间，直接突破了封堵，竟是间不容发地插入到了她的封挡剑隙之中。

没挡住？怎么可能！

木心月大惊。

砰！剑脊抽在她的腰间。

腹部一麻，木心月腾云驾雾一般飞跌出去十多米，半跪在地上。

一抹嫣红，在如羊脂白玉一般的嘴角缓缓溢出。

"怎么样？能破解吗？"林北辰收剑而立。

木心月发带断裂，黑色秀发宛如流瀑一般顺着双鬓倾泻下来，半掩面容。

她抬头用一种近乎低吼的声音，道："你是怎么做到的？"

林北辰淡淡地道："想不通，是吗？呵呵，你所依仗的破解版，不过是一些自以为聪明的庸人，编排出来骗人的玩意儿而已，只能挡住那些没有将三剑式完全吃透的学员。这些蠢货，又怎么会明白？真正的三剑式，如流水无常形，千变万化，随意而动，岂是那些死板呆滞的招式，所能挡住的？"

擂台下，关飞渡的脸色，惊怒形于色。他听得出来，林北辰这话，是说给他的。这是直接在打他的脸了。

这个败类……好大的胆子，关飞渡内心给林北辰狠狠地记了一笔。

擂台上。

"我知道，你还不服。"林北辰道，"你这种人，太会给自己找借口了。你觉得，自己辛苦修炼，准备用来一鸣惊人的一星剑技摘星剑法，还未施展，只要让给你机会，你一定会击败我，是不是啊？"

木心月冷声道："不错，你敢不敢让我施展摘星剑法，公平一战？"

"呵呵，公平一战？可笑，难道刚才的战斗，不公平吗？"林北辰一脸的嘲讽和讥诮，道，"不过，来吧，我再给你一次机会，让你心服口服。"

说着，他勾了勾手。

"啊……"木心月怒吼，擦去嘴角的血迹，身躯如离弦之箭一般冲来。

手中的长剑，嗡嗡嗡震动，幻出一连串迷蒙的剑光，似是天上一颗颗的星辰在闪烁一样。正是真正的入星剑技。

霎时间，整个擂台上寒光闪烁，寒气森森。

不得不说，木心月的天赋的确是惊人。第三学院的天赋榜上，她排名第二，仅次于三年级的首席天才韩不负。

此时将摘星剑法施展出来，似是漫天星辰被她摘取在手掌之中，随着她的意志绽放。就连擂台下三年级四大天才之一的关飞渡，也不由得连连赞叹，脸上浮现出惊艳之色。

观礼台上的特别观察员李青玄，也是暗暗点头，这个女学员值得推荐和培养，的确是有过人之处。

然而下一刻，林北辰直接一剑刺出，他施展的是北斗临。

咻咻！咻咻！一剑四影！

锵！木心月只觉得一股沛然莫御的巨力，从掌心中的剑柄涌来。她虎口一麻，传来了撕裂般的感觉，长剑再也握不住，第二次脱手飞出，而另外三道剑影几乎是在同一时间，全部点在了木心月的手背、小臂和右腿上。

噗噗噗！瞬间迸出三道血花。

一边观战的楚痕吃了一惊，正要出手阻止，却见林北辰也是点到为止，刺破木心月衣衫肌肤的瞬间，就撤回了剑影，并未彻底发力，于是才放心下来。

"现在，你服吗？"林北辰提剑而立。

木心月脑海之中，一片混沌迷茫。

"我不……"她怒吼着。

嘭！林北辰直接一脚，将她踢飞一米。

"啊……噗！"木心月跌在地面，挣扎着站起来，张口喷出一团血，不可思议地看着林北辰。

"还不服，真的是给你脸了是吧？"林北辰上前，抬手啪啪啪就是几个耳光。

这是替那个可怜的前身，还给你的。

啪啪啪！平民公主的脸，顿时肿得像是一个猪头。一个个血手印，在那娇嫩的脸颊上高高肿起，清晰宛然。

擂台周围的学员们，都愣住了。

狠，真狠！这个林北辰，真的是个狠人啊。这样美丽的少女都下得去手这样打，辣手摧花啊这是，一看就是"注孤身"的强人啊。

"不要以为长得漂亮，就可以为所欲为。"

"不要以为随便嗲几声，所有男生都会任你指使。"

"老子不欠你的，以后给我滚远一点，别再来烦我，别再来装好人……"

"这一次，只是一个警告。"

"再惹我，我就弄死你。"

林北辰打一巴掌说一句，等到说完，心中的怨气也算是出完了。

木心月跌跌撞撞，只觉得头晕目眩，眼冒金星，腿一软，直接就跌坐在了擂台上，眼泪止不住地哗哗往下淌……

被打哭了。

这一刻，她心如死灰。

败了。所有的手段都用了，依旧还是败了。败得无话可说，败得毫无机会，还被狠狠地羞辱。

回头再看这一次的年中大比……论文试成绩，她不如林北辰；论玄气强度，她被林北辰碾压；就连最有信心的实战比武，也连败三次。林北辰都对她形成了碾压之势。

她还有什么可以翻盘的手段？搜肠刮肚地想……好像……没有了。

没有任何办法。

她一边流泪，一边呆呆地看着林北辰，无法理解，为什么在这么短短几天的时间里，这个绝对的废物，会突然之间变化这么大，逆势崛起，横扫一切对手？

难道他以前是装疯卖傻？那也装得太好了。

"你为什么这么对我？"木心月抬头，眼神里充满了仇恨和质问。如果你早点儿展露自己的天赋，展露自己的才能，那我绝对不会狠心甩掉你，你一定是故意的。木心月满脑子的愤怒仇恨。

你还有脸问？林北辰直接都懒得回答。

虽然穿越前是个宅男，穿越后是个脑残，但这并不意味着他就是不通人情世故的蠢货。他早就察觉出来，自己这几日遇到的麻烦，背后隐约都有木心月的影子。

今日大比擂台战，是一个了结。如果不是因为有楚痕在一边虎视眈眈地督战，林北辰绝对不介意给木心月一个更加深刻的教训。

"比武结束，林北辰胜！"监考教习大声地宣布战斗的最终结果。

再战下去，已经没有任何意义。谁都看得出来，木心月被全方面地碾压了。

擂台下方一片欢呼声，九班的学员兴奋雀跃。还有很多二年级的女学员，更是大声地呐喊尖叫，呼喊着林北辰的名字。一瞬间，让林北辰有一种开演唱会的感觉，无数粉丝激动尖叫。

不过，这一届的粉丝，整体素质还是有待提高啊。怎么就没有几个激动得昏过去，或者是不顾教习的阻拦疯狂冲上来献花的？

胜利者和他的拥趸在欢呼庆祝。一直以来都光芒万丈的木心月，此时光芒暗淡，比一个路人甲还不如。

"同学，你可以下去了。"一名监考教习语气委婉地赶人。

木心月失魂落魄，却也满心怨恨地走下擂台。耳边是预想之中大比结束的欢呼声，那样的热烈，那样的欢腾，那样的令人兴奋……可惜，不属于她。

她并没有立刻就离开，而是站在擂台下抬头仰望，她要让自己牢牢记住这一刻,记住此时的耻辱,化作复仇的动力。

"哈哈哈,很好,这一次大比,我们二年级可谓是大丰收……林北辰,你给了我一个大大的惊喜啊。"年级主任楚痕拍了拍林北辰的肩膀,道,"浪子回头金不换,林北辰,你是个好孩子。"

"多谢主任夸奖。"林北辰一副乖巧的样子,道,"我会继续努力,为第三学院的荣耀而战。"

报了仇,打了人,吹了牛,拿了奖!他此时当真是念头通达,心情舒畅,如大热天喝雪碧,透心凉,心飞扬。

"哈哈哈,很好。有这样的觉悟,不愧是我第三学院培养出来的优秀学员。"楚痕开怀大笑。

丁三石在一边眼睑下垂,强忍住没有露出便秘一样的表情,在内心深处疯狂腹诽:楚主任也是真的好骗,那小畜生根本就是为了奖励。

果然,下一秒,林北辰一脸害羞地道:"主任,那我的奖励……"

楚痕哈哈大笑,道:"不着急,你还有一项测试没有进行。"

说着,他一挥手,道:"来人啊,将六品测玄石搬上来。"

几个教习将早就准备好的六品测玄石,搬到了擂台上,摆在正中央。

这个时候很多学员才想起来,当日玄气测试的时候,林北辰连续两次爆玄,导致成绩暂时被取消,当时监考组给出的答案是之后再测,结果大比一直都在进行,等到今日决赛结束,才有了空隙。

所以,林北辰的玄气强度,到底是多少?很多人的好奇心一下子也狠狠地提起来了。

"去吧,我倒是想要知道,你小子还能不能给我更大的惊喜。"楚痕道。

林北辰来到测玄石前,手掌按上去。

测玄石上,淡红色的亮光浮起,向上疾蹿。无数道目光盯着测玄石,想要第一时间捕捉到最终的结果。然而,所有人——包括林北辰自己,做梦都没有想到的一幕出现了。

亮光浮起的瞬间,"砰"的一声,一缕白色烟雾冒起,六品测玄石的顶端绽开一道道的裂缝。

爆玄!再度爆玄!

林北辰下意识地看了看自己的手掌。

这手有毒吧?六品测玄石都爆了,这手机APP修炼的进度也太霸道了吧。

看来这几日大比的时候，中等玄气凝练术APP的运转，已经悄无声息之间，再度让自己的玄气等级提升了，自己现在到底是什么等级的玄气修为啊？

他心中有点儿忐忑。连续爆掉三个测玄石，据说这玩意儿价值不菲，不会让自己来赔吧？

年级主任楚痕擦了擦眼睛，他看了看测玄石，又看看林北辰，再看看林北辰，又看看测玄石。最终，他像是一个迷茫的孩子一样，用求助的眼神扭头看向观礼台上的李青玄。

然而"铁面毒舌"李青玄此时比楚痕还要懵。

爆玄？爆掉六品测玄石，意味着玄气等级至少进入了七品，但是这怎么可能？不会真的是测玄石出现了问题吧？

他再也忍不住，身形一动，瞬间出现在了擂台上。

"你修炼的是什么功法？"他盯着林北辰问道。

林北辰道："中等玄气凝练术。"

李青玄和楚痕对视一眼。中等玄气凝练术是云梦城中所有初级学院共同的课程，从理论上来讲，它的修炼上限，是七级玄气。也就是说，没有其他隐藏原因的话，林北辰的中级玄气凝练术，已经修炼到了巅峰圆满程度。

理论上来看，没有任何的问题，但实际上……上一个在初级学院二年级，就将中级玄气凝练术修炼到巅峰圆满的人，是谁？

国立皇家初级学院应该有，但是几大省立初级学院，绝对没有。要达到理论的巅峰值，太不容易了。

在北海帝国，曾经做到过这一点的人，除去已经因为各种原因夭折的，剩下的无一不是威震·方、显赫无双的绝代天骄。

这种人出现的概率，实在是太低太低了。

一时之间，整个擂台上下，鸦雀无声。围观的学员们，此时一个个仿佛是见了鬼一样。

一身绷带的吴笑方，眼神中流淌出深深的绝望，之前的那一丝丝不甘，此时犹如青烟一般被吹散无踪。如果差距只是一点点的话，那还可以追赶，可以仰望，可以有取而代之之心，但差距如果大到超出了他的理解范围，那就不是差距，而是鸿沟。

跨越鸿沟的信心，吴笑方没有。这一瞬间，有一句话，跳到了吴笑方的脑海里——

难以望其项背。

这位二年级一班的天才学员，在这一刻，终于是彻底地委顿了下去，像是一朵刚刚要盛开的花猛然间被人浇了开水一样，彻底枯萎。

关飞渡等几个三年级的拔尖学员，此时也都呆住了。

七级玄气强度是什么概念？至少三年级四强之一的关飞渡，没有达到。整个三年级，怕是连首席天才韩不负，也没有达到吧？

这太恐怖了，简直不是人类。

木心月仰望的眼神里，闪过一丝错愕，然后是迷茫……以及终于流露出来的一丝丝后悔。早知道林北辰强悍到这种程度，那自己说什么也不能将他踢掉啊。这样的天才，可利用的价值，实在是太多太多了。

本以为这个败家子最大的底气，不过是他的父亲和家庭，谁知道原来丢了一切后，他这个人，才是真正闪耀发光的钻石，才具有最大的利用价值。

真的是……太可惜了啊。木心月内心深处，无限惋惜，也无限愤怒，她觉得自己被林北辰耍了。

至于略微知道一点林北辰底细的丁三石，此时已经麻木了，见怪不怪。一个靠睡觉做梦修炼的人，他做出什么不可思议的事情来，都是正常的。

楚痕和李青玄两个人商量了一下，最终放弃了去弄一块七品测玄石的打算，将林北辰叫到一边，商量了片刻，最后达成了共识——

"经过监考组的共同商议和推测，最终得出结果，林北辰玄气强度7.0。"楚痕亲自公布了这样的结果。

林北辰对此无异议，只要不让他赔之前那三块测玄石，什么都好说。

何况万一要是再将七品测玄石给撑爆——说实话，林北辰实在是有点儿忐忑，这手机APP练功的效果，实在是太过霸道，反正在年中大比第一已经成为囊中之物，玄气强度到底多少，对于他来说，已经不是很重要了。

反正就是超级强。

突出一手低调，再突出一手见好就收就行了。

擂台下方，学员们对此倒是很冷静。反正都已经爆掉了六品测玄石，那7.0的玄气强度等级，是一点儿都不算夸张。

然后，由特别观察员李青玄亲自宣布了这一次第三学院初二年级的大比前四人选，并且授予林北辰、木心月、吴笑方和岳红香四人参加天骄争霸赛的资格。

荣耀时刻，其他三人，都是陪衬。

人靓剑狠的林北辰，始终光芒万丈。他太强，也太耀眼，身上的故事，太具有传奇性。

"本次大比的奖励，空前丰厚，除了奖金和预选赛资格之外，还有武道战技和草药丹剂的奖励。"楚痕笑着道，"按照历来的传统，大比的冠军具有优先选择权，林北辰，你过来自己挑选吧。"

黑石长案上，摆放着八样奖品，分别是四本修炼秘籍和四份草药丹剂。四本修炼秘籍分别是《无相剑骨》《疾风剑法》《射月剑法》和《琉璃剑心》，四份草药丹剂分别是回春散、培玄剂、蕴神药水和壮骨冲剂。

林北辰来到石案前，一眼扫过，有点儿傻眼。

这怎么选？没有头绪啊。这几本秘籍和这几份草药丹剂，他一点儿都不了解啊，临时翻手机APP也来不及了。

他想要咨询一下楚痕，结果被告知，奖品必须自己选，其他人无法提供任何的参考意见。

干脆啊，我靠运气吧。林北辰将心一横，直接选择了《无相剑骨》和回春散。毕竟这两样，都摆在每个分类的最前面呢。但下一刻，他就知道，自己好像选错了。

因为楚痕、李青玄和丁三石等教习，瞬间眼睛都瞪大了，像是看买椟还珠的二傻子一样看他。

选错了！怎么办？好像规矩是买定离手，选择了就不能后悔。

"欸……"在这万分尴尬的关头，林北辰突然急中生智，很淡然地笑了笑，"我能理解你们的惊讶，但是，我已经很强了。更好的东西，自然是要留给其他三位实力不足的同学，也好让他们短时间之内可以提升自己的实力，争取在天骄争霸赛的预选赛中胜出，取得正选名额。毕竟，相比较我个人的得失，第三学院的荣耀才是最重要的。"

他一本正经地解释着。

话音刚落，更加诡异的事情发生了。原本低沉遮天的阴云，突然毫无征兆地就裂开了一道云缝，恰好露出了半张太阳公公的脸庞。

金色的阳光从阴云的缝隙之中撒落下来，似是一道光柱，正好照耀在了林北辰的身上，为他镀上了一层璀璨的金色光辉。

这一瞬间，林北辰好像是在发光一样。一种神圣、肃穆而又庄严的气息，以林北辰为中心散发了开来。

楚痕愣住了，他觉得自己的心，被狠狠地触动了。看看，这是一个多么好的少年，他的心思是多么单纯，胸怀是多么宽广，这或许才是他的本来面目吧。

李青玄看向林北辰的目光中，也有了一丝丝的柔和。

只有丁三石，依旧将信将疑，他了解的林北辰可没有这么好心，一定是哪个环节又出现了问题。总之这个小兔崽子，怕是又谋划着什么不可告人的诡计。

年级主任楚痕倍受震动，由衷地道："你选择了最差的战技，也选择了最差的丹剂，你是个好孩子，高风亮节，但是我却不能委屈全年级最好的天才学员。这样吧，你还有什么其他的要求，可以提出来，只要在我这个年级主任的职权范围之内，我一定尽量满足你。"

林北辰一怔。哎？好像又赚回来了。不如要点钱？好像不太现实。自己现在最需要什么呢？

他仔细想了想，突然眼前一亮，道："楚主任，说来惭愧，我现在的处境，您是知道的，居无定所、食不果腹。我的要求也不高，要是您能够在学院里面借我一间房屋，让我有地方遮风挡雨，那实在是太好不过了。"

一直住在帐篷里，遇到下雨天也难受啊。

楚痕哈哈一笑，道："这种小事，当然没有问题，这样吧，我现在就可以做主，将二年级演武场东侧的竹院，借给你暂住，只要你还是我第三学院的学员，你就可以一直都住着。"

林北辰缓缓地睁大了眼睛，我没有听错吧？

是竹院？那可是……怎么说呢，用地球话语来形容，就是一个独栋别墅啊。

在林北辰这几日搭帐篷住的小树林旁边，一片特意栽种的绿竹环绕之中，共有以兰、竹、梅、菊等植物命名的十座面积相差不大的单独小院。

据说这些地方都是用来招待一些来访贵客的，或者是给学院中一些有一定地位的大人物休息和暂住，防卫森严，幽静安全。放在整个云梦城中，这也算得上是高档住宅了。

年级主任大人真是好大的手笔啊，一下子就送一栋别墅。虽说是只有使用权没有产权，但也很够意思了。

"多谢楚主任。"林北辰当场答应，生怕楚痕反悔。

然而楚痕此时还沉浸在被林北辰"高风亮节"所感动的余韵中，笑道：

"如今这世道，像是你这样的少年，已经不错了，我以前对你有成见，现在完全改观了。小家伙，好好努力，以后有什么困难和要求，都可以直接来找我。"

大佬好感度+100！林北辰仿佛看到了楚痕头顶正在疯狂地暴增好感度数值。没想到自己误打误撞之下，竟然有这样的完美的效果，和得到年级主任楚痕的青睐相比，战技和丹剂选错，似乎根本不算是什么损失了。

一边的丁三石，简直是看得目瞪口呆。我就知道！他在心里疯狂吐槽。这个小兔崽子，当真是好手段啊，故意选了最差的两份奖品，看似是吃亏，但转头一番话就将年级主任给搞定了。

这可是年级主任啊。除了几位校长，年级主任的权力可是最大了。

何况第三学院的校长凌太虚常年流连于青楼酒肆，纵意花丛，根本无心管理校务，学院的大小事务，实际上都是由三位年级主任自己说了算。

在二年级，楚痕绝对是说一不二的独裁者了。有楚痕这个靠山，林北辰以后基本上可以在第三学院横着走了。对于那些堵在校门口嚷嚷着要削林北辰的人来说，也是一个震慑。

这一番操作，真牛，丁三石由衷地佩服。

之后木心月、吴笑方和岳红香等三人，各自先后选取了奖品。第三学院的年中大比，就此彻底落下了帷幕。

整个二年级只有一个赢家，那就是林北辰。

其余三人，若是放在往届，也绝对会吸引很多的目光，毕竟都非常优秀。但这一届的大比，二年级所有的光芒都被林北辰一个人全部夺走了。

尤其是吴笑方和木心月两个人。

前者偷鸡不成蚀把米，丢掉了二十枚金币，对于家庭富裕的他来说，也绝对算是出了一次大血；而后者不但失去了一鸣惊人的机会，更因为没有拿到第一，而使得原本已经板上钉钉的跳级到三年级的机会，彻底泡汤了。

损失惨重，难以释怀。

当然，这些都不关林北辰什么事，当五十枚金币的奖励拿到手里的时候，他感觉就像是踩在云端上一样，整个人都要飘起来了。

"啊，我飘了。"他在心里哀嚎。

第九章

无相剑骨

夜幕降临，竹院一派安静祥和。

青砖垒砌的院墙、宽敞的院落、精致的假山和水池以及视野开阔的两层楼阁，四室三厅，独立卫生间。小型的演武场上，兵器架上刀枪剑戟斧钺钩叉等十八般兵器整齐摆放……

非常完美的居所。

林北辰在阁楼二楼的静室中，面色凝重地摆弄着手机。

大比结束之后的一个时辰之内，林北辰和管家王忠就搬到了竹院里面住了下来，简直如同从乞丐一下子变成了国王，从臭水坑来到了天堂。

管家王忠正在整理和打扫其他房间。

林北辰则在检查和整理这一次大比之中的收获。他拿出了昨天挑选的那两样奖品。

"回春散是用来治疗伤势的药品，就像是云南白药一样，当然药效比云南白药好了很多倍，但在这个世界来说，却也只能算是稍微高级一点的金疮药，所以在昨天的四分草药丹剂中，是最差的一种。"

"至于这个《无相剑骨》……"林北辰打开了战技秘籍，开始翻阅起来。

看完之后，他久久无语，因为这本秘籍的核心内容，只能用十个字来形容—练最难的功，挨最毒的打！

虽然带着一个剑字，但却不是剑术秘籍，而是炼体秘籍。其核心宗旨，就是把自己的身体，当成是剑坯一样，不断地锻打，像是打铁一样打掉杂质，打出精铁，让血肉变得有韧度，让骨头变得像是利剑一样坚硬。

《无相剑骨》的最高境界，称之为"剑人"。意思是功法练到极致，整个人就等同于是一把大宝剑一样。

听起来很酷是吗？但问题是，修炼这个功法最主要的途径，就是不断地挨打。

打得越狠，练得越好；打得越重，练得越快；打得越惨，效果越好。

总之一句话—只要打不死，就往死里打。当然，这也是需要配合一定的玄气运行法门的。

挨打，也要讲究技巧，由轻到重，一步一步来。

可是……再有技巧，也是挨打啊。

"这是什么狗屁功法！当初开发出这套功法的人，脑子一定坏掉了。"林北辰不由得连连吐槽。

怪不得当时自己选择这两样奖品的时候，年级主任楚痕等人的表情，就像是看到了蠢货一样，原来最大的问题不是回春散，而是这本秘籍啊。

哪个没有公德心的教习，选了这么一份奖品啊？

林北辰下意识地就将要将这秘籍丢掉，但转念一想，不对啊。我修炼全靠充值开挂作弊，又不用像别人那样老老实实地修炼。

这功法也许可以练？

他又笑了起来，取出手机，对着秘籍就是一顿拍摄。拍摄完毕，稍微等了一会儿，他点开手机应用商店。果然一个名为无相剑骨初级版的APP已经在商店列表之中了。

咦？和秘籍相比，多了初级版三个字。难道还有中级版、高级版？

不过，无所谓了。

他点击下载。

"叮！下载本APP需要4G流量，宿主拥有流量为4.5G，请问是否下载本APP？"一个提示框出现。

林北辰吃了一惊，无相剑骨APP竟然需要整整4G的流量？这绝对是掌握了手机功能以来，消耗流量最多的APP了。

也就是意味着，手机对于无相剑骨的评级，远超之前的基础剑术近身三连更新版，也远超林北辰自己的想象。

手机评级越高，威力越大。

林北辰想了想，选择"是"。

手机主屏幕上出现绿色进度条，然后林北辰体内的玄气犹如大坝决堤一样疯狂地朝着手机倾泻而去。

"啊……"林北辰发出一声惨叫，感觉身体被掏空。

大约三分钟后，林北辰只觉得一阵阵腰膝酸软，面色发白，浑身无力，而无相剑骨APP也终于下载完毕。

他大口大口地喘息着，点击安装。安装过程略长，竟然花了十分钟。

安装完毕之后，一个"剑人"图案的APP标识，出现在了手机主屏幕上。

他点击运行APP。不出所料，里面的画面，就是一个和林北辰几乎一模一样的水墨人影。

这人影站在一座石质平台上，摆出一副挨打的姿势，然后屏幕外突然冒出来一个模糊的锤子，砸在了水墨人影的后背上。

整个过程，就像是在打地鼠。

叮叮！打铁一样的配音出现。

林北辰猛然觉得自己后背一麻，就如同真的被人轻轻地敲了一锤子一样，这倒是不出林北辰所料。

手机APP的修炼，宿主是有感觉的，就像是之前修炼玄气，身体会有一种很舒适的感觉。

好在这一锤子的敲打，感觉并不是很痛，应该是手机将修炼无相剑骨的痛觉，调整到了一个正常人可以接受的范畴。

就看手机屏幕上，不断有锤子从屏幕外飞来，重重地砸在水墨小人儿的身上，与之相应的，林北辰的身上也会有一阵阵酥麻的感觉。他刚开始有点儿不适应，后来习惯了，竟是觉得颇为舒爽，好像泰式按摩一样。

"呃，一定是错觉，我才不是一个喜欢挨打的贱骨头。"林北辰连忙在内心里提醒自己。

略作思忖之后，他将中等玄气凝练术和无相剑骨两个APP在手机后台运行，关闭了其他应用，让手机进入锁屏状态。

"啊——"

"哦——"

"哇——"

一声声奇异的声音，从林北辰的房间里，不断地传出。

第二日，雨后初晴，天地清新，PM2.5指数为0。

空气中充满了氧离子，最适合中年人养生。

林北辰刚到教舍，就被叫去二年级教务室开会。另外三个一起开会的学员，自然是就是岳红香、吴笑方和木心月。

这个世界的疗伤医术果然是远超地球，再加上武士修炼玄气，伤势愈合得更快。所以出现在会议室里的吴笑方和木心月，哪怕是接连被林北辰毒打，伤口也基本上愈合，除了因为失血而面色略显苍白之外，其他方面已经看不出来在比武中有受过伤的迹象。

林北辰是最后一个到的。

"北辰来了，快坐。"年级主任楚痕看到林北辰出现，一张脸立刻笑开了花，简直比见到自己的亲儿子还开心。

林北辰坐到席中。

木心月像是以前什么事情都没有发生一样，主动向林北辰点头。

林北辰也是无语，他直接无视，转而对坐在对面的八班古典美女岳红香笑着点点头。

岳红香微微一怔，瞬间有点儿脸红，下意识地把头埋低，然后猛地又觉得不太礼貌，抬头朝着林北辰点头致意，假装自己很平静。

她不是那种庸俗的女孩子，甚至恰恰相反，在很多时候，岳红香都是拒人于千里之外。家教甚严的她，从小就被母亲反复告知，一定要自尊自爱。

一直以来，她也是这么做的。但刚才对她笑的人，可是林北辰啊。这么英俊的少年，岳红香以前从未见过。那一笑，单从颜值来说，就太具有杀伤力了。

何况他还是刚刚结束的年中大比第一名，展现出了妖孽一般的才华，璀璨耀眼得如同一轮刚刚跳出地平线的骄阳，让人无法逼视。

林北辰将岳红香这一连串反应看在眼中，觉得这个小丫头，还蛮有意思。

至于一边的吴笑方？完完全全就是一个悲剧，几乎被所有人都忽略了。

"今天找你们来，是要告知关于天骄争霸赛预选赛的事情，联考委员会已经审核通过了你们四个人的学籍。今天下午，你们将离开学校，在带队教习丁三石的带领下，前往云梦城南一百里之外的绿色荒地，进行为期十天的选拔赛。"

楚痕开门见山。

去城外？林北辰微微一怔。

选拔赛是在城外举行吗？这下子，问题就来了啊。自己在学校外面有太多的仇人，出了学校都会有危险，要是出了城，岂不是要死无葬身之地？

仿佛是一眼看穿了林北辰的担心，楚痕接着说道："选拔赛乃是由云梦城教育署主办，联考委员执行，城主府、军务处等六大部门协办。这一次，总共有六十名二年级水准的各校学员参加，每一个学员都受到教育署的保护。在这个过程中，任何其他势力针对学员进行的刺杀或者是迫害活动，任何对于选拔赛的破坏，都将被视作是叛国，而且还有各大初级学院二年级的精英教习共同带队，所以，大家不用担心选拔赛以外的因素。"

林北辰终于放心下来，感觉很舒服。

北海帝国重视教育，因此教育部门在帝国的行政体系之中具有很大的权柄，再加上近几百年以来，许多帝国权贵和新兴强者都是从各大院校中走出来的，可谓是桃李满天下，形成了一股独特的势力，潜力无穷。

在地方各大行省和大城市中，教育署的威慑力并不比军队差多少。而在云梦城，教育署的威慑力，并不比还未破败之前的战天侯府差多少。

"四位同学，各大院校都为这一次的选拔赛，做了充分的准备。而我们第三学院的二年级，已经连续好几年都没有学员可以通过选拔赛进入真正的天骄争霸赛的正赛了，希望这一次，可以有所突破。"楚痕说这句话的时候，把眼神落在了林北辰的身上。

他最大的期望，就是林北辰。如果这一次第三学院二年级侥幸有人可以进入正选的话，那一定是林北辰。

一番勉励之后，楚痕告诉四人，一个小时之后出发。

林北辰回到竹院，叮嘱老管家王忠一番，准备了几套换洗的衣服，转身准备去报到。

"少爷，你……"老管家欲言又止。

林北辰道："放心吧，不用担心我的安全。"说完，一溜烟跑了。

教务楼下，参赛人员很快集合完毕。三个年级的预选赛各不相同，二年级的四人在带队教习丁三石的带领之下，直接出发。

出校门的时候，坐的是学校的封闭式马车，马车飞快地驶出学院，进入城内街道。

听着车外面传来的各种叫卖声和嬉笑声，林北辰可以想象得到外面街道上的繁华和热闹。但他始终靠着侧壁，闭着眼睛，像是睡觉一样，耐心地等待着。木心月数次不动声色地想要找话题，都被他彻底忽略。

从云梦城前往绿色荒原，总共百里。

学院的马车，由一种名为"疾行兽"的魔兽牵引。

这种疾行兽外表看起来像是迅猛龙，但后肢着地，后肢为反关节构造，奔跑速度极快，而且平稳，远超普通的骏马，是云梦城中的高等牵引畜力魔兽。而马车车厢上都有玄纹阵法加持，底部还有小型的漩涡风阵托举车身，速度极快，而且几无颠簸，乘坐感堪比前世的豪华商务车。

"明明是魔兽牵引，为什么要叫作马车？而不是魔车呢？"林北辰在心中吐槽。

一百里的距离，一个半小时就到了。

"下来吧，到了。"丁三石的声音从车外传来。

四名学员依次下车，一股不同于城中的凛冽清新的空气，扑面而来。

林北辰放眼望去，视野之中，一片苍茫绿色。

荒野上密密麻麻地生长着各种各样的茂盛野草、大树，从远到近，因为植被的不同，所以绿色的深浅也不一致，仿佛是一张巨大的绿纹地毯，一直从脚下铺到了天边，煞是美丽。

"来，跟我去报道。"丁三石道。

林北辰一转身，才看到原来马车停在了一处小山岗的庄园营地外面，营地的大门右侧，有一块不规则的大型石碑，上面刻着几个人字——

云梦城学员试炼营地。

营地门口左右各站着四位身强体壮的武士，身穿玄纹铠甲，面色肃穆坚毅，极为威武。应该是军队派来保护学员营地的士兵，想必实力也是非常不错，至少应该是武师级的精锐吧。

营地以檽木和岩石堆砌搭建城墙，约十米高，也算是宏伟了。只有这样一个武道文明昌盛的世界，才会搭建出如此看似简陋却高大宏伟的城墙。

林北辰四人跟在丁三石的身后，经过了身份核对检查之后，得以进入营地内部。

整个营地占地大约二十亩左右，呈圆形。房屋不多，整整十间，都是用黑色的岩石堆砌搭建，四方四正，与其说是房屋，其实更像是小型堡垒，岩壁极厚，可以抵御高强度的攻击，坐落有致地分布在营地内部城墙四周。

营地的中央是一个小型的广场，广场中央立着一块正方体石碑，四个碑面光滑，与第三学院的石榜类似。

整个营地给林北辰的感觉，可以用四个字来形容——简单、结实。

"哈哈，这不是第三学院的丁教习吗？呵呵，云梦中六大初级学院中的最后一名，省立第三初级学院的代表，终于来了啊。"一个颇为刺耳的声音钻入了林北辰几人的耳朵。

说话的是一个相貌奇特的中年人，之所以说是相貌奇特，是因为他……太胖了。

如果说正常人是纵向生长的话，那林北辰很怀疑，这个中年人是横向发展。他那件制式剑士袍足可以容纳四个林北辰，可是却被这个中年胖子完全撑了起来，一股一股堆叠起来的肥肉，简直就要将这宽袍彻底撑爆一样。

林北辰从来没见过胖成这样的人，如果是在地球的话，这种程度的胖子，估计自己就得把自己压死。

但好在这个世界可以修炼玄气，所以这中年教习不但很健康，而且很矫捷，走路的时候就像是一个轻盈弹跳的大型篮球，落地近乎无声的那种。

"我以为是谁，原来是省立第六学院的邱天教习啊，呵呵，半年不见，你又胖了啊。"丁三石皮笑肉不笑地回应。

哇哦，无情。林北辰第一次见到老教习这么毒舌腹黑的一面。

学院之间的气氛并不友好啊，竞争这么激烈吗？

预选赛还未正式开始，但两个学院的带队教习才一照面就见机锋，话语里充满了火药味。

"放屁。"邱大像是被捅了七寸的肥蛇一样，怒道，"老夫这个月已经减了三两，谁说我又胖了？你这个瘦猴，还是想一想怎么保住你们第三学院的名次，不要被私塾和帮派超越吧。"

这胖子，对于自己的体重很在意啊。

丁三石哈哈一笑，道："六大学院排名第五，你们第六学院，比我们好不到哪里去……五十步笑百步。"

"嘿嘿，我们第六学院，虽然排名只比你们高了一个名次，但我们有七个参赛名额，哈哈，你们只有区区四个，这一次，怕是又要铩羽而归喽。"邱天反唇相讥。

丁三石哼了一声，道："兵在精不在多，你们的七个人，未必抵得上我们第三学院的一个。"

"哈哈，我知道，你们第三学院在这次的联考大比中，号称是出了一个天才，叫作林北辰。哈哈，可是你们第三学院历届选出来的天才都是什么货色，你们自己不清楚吗？这一次更是夸张，连全城闻名的败家子林北辰，都成了第三学院的天才。哈哈哈，臭泥塘里果然是出烂虾……"邱天夸张地大笑着，脸上的肥肉上下颤动。

林北辰在一边很无语。

"哼，咱们骑驴看唱本，走着瞧。"打嘴炮根本毫无意义，丁三石也不想多做无谓的争吵，直接就用一句经典的结束语结束了话题，带着四个学员直接离开，去广场中央报道。

邱天和他身后的七名第六学院的学员，都面带讥诮地笑了起来。

在云梦城中，除了高高在上的国立皇家初级学院，其他六大省立初级学院中，第三学院曾有辉煌的历史，但是如今已经彻底衰落，排名第六，十多年以来都毫无翻身机会。

这一次，也不可能。只要有第三学院在，他们第六学院就永远都不用担心没有人可以踩。

广场中央的石碑下，一张石桌后坐着一个老熟人——李青玄。

看样子，这位前几天的特别观察员，是这一次训练营的主要负责人之一。

"第三学院？姓名、年龄、身高、体重。"李青玄板着脸，好像是不认识林北辰儿人一样，淡淡地问道。

丁三石将四个学员的资料报上去。

"检查，换衣。"李青玄一挥手。

站在桌案旁边的士兵，就将林北辰四人分为男组和女组，分别领到了两个不同的房间，进行一些非常细致、贴身的搜身检查。不只是衣服，就连头发、靴子以及身上的一些隐蔽位置，都做了检查。

检查完毕之后，他们就在房间的温泉中冲洗，然后换上了训练营统一准备好的半皮甲制式服装。

原先的服装，还有随身携带的各种物品统统都被收走，由训练营统一保存，等到预选赛结束之后才会物归原主，各人只留下了各自的兵器。

"很严格啊。"林北辰握着自己的德行之剑，不由暗暗感慨。

从男更衣室中走出来，林北辰一下子吸引了很多人的目光。

"这是谁？好帅啊。"

"哪个学院的？这样帅得惨绝人寰的小哥哥，我以前怎么没有注意过？"

"哇，同样是训练营的皮甲制服，穿在这个小白脸的身上，为什么就这么好看？"

周围一片惊呼议论声。

林北辰笑了起来。长得帅是一种什么体验？他觉得现在自己完全有资格去知乎上回答一下这个问题。

颜值，终于是我的最大优势了，哈哈哈。换上训练营制服的林北辰，英俊得简直不像话。

走在他身后的吴笑方，在第三学院的时候，也算是白净的小帅哥之一，但是此时和林北辰一比，简直普通得像是路边的乞丐。

另一边也有一阵惊呼声响起，却是木心月和岳红香两个女学员，也恰好从女更衣室中走了出来。

木心月在第三学院丽人榜排名第一，在整个云梦城都颇有名气，其颜值当然是极度能打。而且她的知名度显然要比林北辰高，一下子就有很多人认出了她。

"是第三学院的木心月。"

"平民公主。"

"哇，女神。"

一些其他学院的男学员都低呼了起来，眼睛里放射着光芒。

"她身边的那个女孩子，也很有气质呢。"

"嘿嘿，没想到第三学院教学水准不行，挑选女学员的眼光竟然这么毒辣。"

丁三石无奈地站在石碑下，他没想到，第三学院在训练营中第一次引起关注，竟然是因为学员的长相。

"教习。"四人来到丁三石的跟前。

"这是你们的训练营牌号，一定要拿好，千万不可弄丢，因为从现在开始，它是你们身份唯一的证明，如果丢失，补办手续非常麻烦。"丁三石将四块小石牌分别交给四人。

林北辰入手一看。石牌的造型很简单，椭圆形，约四厘米宽、六厘米长，正面刻着自己的名字，反面刻着编号。编号是12，但他并不知道这个数字代表着什么。

除此之外，石牌上还有一道道的玄纹，雕刻得非常细微，密密麻麻，勾连纵横，像是微型电路图一样，放在地球上，怕是得拿显微镜才能雕琢出来。

这个林北辰倒是知道。

玄纹阵法，是大玄纹师的手笔。看来这石牌的功能，不只是标识这么简单。

"走吧。"

丁三石带着四人，来到了广场边缘的地方，选择了一处空地，指挥着四个学员，开始搭帐篷。

搭帐篷？

"难道我们晚上就要住在帐篷里？"林北辰心中有一种不太好的预感。

丁三石道："当然。训练营环境艰苦，不能奢求更多。何况你们是来参赛和接受磨炼的，不是来享受的，住帐篷，不是理所当然吗？"

说得好有道理啊。

林北辰指着旁边，问道："可是他们为什么可以住屋子？"

丁三石扭头看了一眼，道："哦，因为他们是国立皇家初级学院的天才啊，真正的天之骄子，云梦城中顶级的年轻天才，有资格住大房子啊。"

"可还有他们呢？"林北辰指着另一边问。

丁三石又看了一眼，道："哦，因为他们是省立第一初级学院的天才啊，也是云梦城中少见的二年级天才学员，当然可以住大房子。"

"可……可是，还有他们。"林北辰再度指向另外一边。

这一次，丁三石看也不看了，道："你个小兔崽子，就你话多，非要问是吧？我直接告诉你吧，除了我们第三学院之外，其他大五大省立初级学院和皇家初级学院，在这个训练营中，是有属于自己的石屋的，你想要住石屋，就得看有没有这个本事了。"

林北辰蒙了："我们第三学院的地位，这么低吗？"

丁三石道："对，就是这么低。"

林北辰沉默。

丁三石补刀道："不然你以为呢？六大省立初级学院，我们排名第六，最后一名！十几年没有人能够通过预选赛，就连名额也从当初的十个被削减为四个，我就问你，惨不惨？"

这可真的是"男默女泪"啊。

惨，真惨。

"也就是说，只有我们一个学院在广场上住帐篷？"林北辰道。

这也太丢人了。

丁三石"嘿嘿"一笑，道："那也不是，除了我们之外，还有几大私塾的代表，以及个各大帮派团体的代表，也都是住广场。你看，那边的人，不是也在搭建帐篷吗？嘿嘿，所以说，咱们并不孤单，还是有伴的。"

林北辰心想，这也值得骄傲，用最骄傲的姿态说出最耻辱的事实吗？

虽然他是来当咸鱼的，但咸鱼也是有追求的好吗？

说话之间，帐篷就搭好了。

丁三石早有准备，这是一个简易式的大帐篷，分为内外两间，内间属于木心月和岳红香两个女孩子，外间则是林北辰和吴笑方两个人在接下来十天里的临时住所。

"嗯？那丁教习你住哪里？"林北辰问道。

不会是站在外面，为四位学员站岗吧？这也太委屈了。

"哦，忘了告诉你，带队教习有专门的温泉房间……"丁三石道。

温……温……温泉房间？

搞特殊待遇啊。

林北辰："……我就不该问。"

时间飞速流逝，转眼之间，日头西斜。

参赛的一百名学员，已经全部来到了训练营报到。而在广场中央的石榜上，学员名单也已经完全公布了出来。

林北辰好奇之下，过去看了看。

"国立皇家初级学院30人，第一学院16人，第二、第四学员各10人，第五学院8人，第六学院7人，各大私塾共10人，帮派代表5人……第三学院最少，4人……啧啧啧，不愧是云梦城初级学院的吊车尾。"

林北辰也是服了，怪不得第三学院当初愿意收下全城闻名的人渣败家子林北辰，原来它自己也是烂校一个啊。

同时，在石碑的另一面，一个全新的榜单也在同一时间公布了，是这次云梦城联考大比的全城学员的个人总排名。

　　林北辰一看就明白自己的石牌编号是怎么回事了，他在这份个人总排名中，位列第十二名。

　　"哇，我三科满分，加上7级玄气强度，加上不败的战绩，竟然不能进入前十，其他学院的天才们，这么丧心病狂的吗？"

　　他有点儿不服气，顺着榜单顶部往下看。排在个人榜单第一名的，是一个叫作凌晨的家伙，来自国立皇家初级学院。

　　可惜的是，榜单只有排名、性别、姓名以及所在院校，并没有具体的分数，所以林北辰也无法知道，这个叫作凌晨的家伙，到底是哪里出彩，竟然可以高居云梦城所有二年级第一的宝座。

　　"竟然叫凌晨，还是一个女的，这个名字，听起来就够爱显摆的。"林北辰在内心里腹诽了有一句。

　　有人不禁要问了，这个名字很好听，中间加个北字就和你一模一样了，哪里就爱显摆了？你个败家子分明就是对人家有成见吧。

　　他接着往下看，排名第二的家伙叫作陶万成，男，同样来自国立皇家初级学院。

　　第三名李涛，男，国立皇家初级学院。

　　第四名王馨予，女，省立第一初级学院。

　　第五名邵永宁，男，国立皇家初级学院。

　　第六名慕炎东，男，国立皇家初级学院。

　　第七名彭一鸣，男，省立第四初级学院。

　　第八名李睿，男，省立第二初级学院。

　　第九名肖肖，女，国立皇家初级学院。

　　第十名马志高，男，国立皇家初级学院。

　　第十一名卓开心，女，国立皇家初级学院。

　　第十二名林北辰，男，省立第三初级学院。

　　…………

　　看到这里，林北辰就不再继续往下挨个看了，反正不如自己的都是渣渣，没有必要去记住他们的名字。

　　不配。

　　倒是不得不感叹一句，国立皇家初级学院是真强啊。前十二个名额里，整整占了八个，简直恐怖得有些丧心病狂了。

他又特意找了找木心月、吴笑方和岳红香的排名。分别是六十七，九十一和九十二。

木心月也算是惊艳了特别观察员李青玄的天才之一了，结果在全云梦城也只能排名第六十七，林北辰也不得不感慨一句，人外有人，天外有天，强中自有强中手，一山还比一山高。

这时，石碑周围也已经围满了人。

这样排名清晰地放榜，对于一百名自认为天才的少年学员来说，简直就是有着致命的吸引力。

"谁是林北辰？"突然一个刺耳的声音响起，道，"给我站出来。"

顿时，所有的目光都朝着说话之人看去。却是一个身形中等、马脸黄发的学员，一脸倨傲，正在用一种苛刻凶狠的目光环视四周，显然是正在寻找林北辰。

来者不善的样子。

林北辰并不准备站出来，要是每次被别人点名都要站出去，那还要不要面子了？反正我不是因为怂。

但就在这时——

"是他。"吴笑方的声音响起，手指指着林北辰。

林北辰看向吴笑方：你个狗东西，当内奸也当得太理所当然、毫不遮掩了吧。

后者一脸得意的冷笑：我打不过你，不等于拿你没办法，我可以"借刀杀人"。

那马脸黄发的少年来到林北辰跟前，一双眼睛像是刮骨刀一样，在林北辰的身上脸上扫来扫去，道："就凭你这个小白脸？也配排在我季无双的前面？"

季无双，男，个人总榜排名十三，来自省立第五学院，校内大比第一。

他本以为自己的成绩这一次绝对能够进总榜前十，结果被挤出了前十二，国立皇家初级学院和第一、第二、第四学院的天才他惹不起，但从第三学院这种臭水潭、烂泥坑出来的学员，难道他还惹不起吗？

何况战天侯府被抄家的事情，整个云梦城都知道。这个败家子早就不是什么侯府世子了，过街老鼠而已，还不是随便打压？

季无双凶狠地盯着林北辰。

林北辰想了想，很冷静地道："你觉得怎么样才配呢？"

"接住老子一拳才配。"季无双冷笑一声，抬手一拳就轰出。

轰!

一声气爆声,好似是呼啸,速度极快。林北辰猝不及防之下,抬手抵挡。

砰!

他整个人被轰得踉跄后退出五六米。

这是林北辰当下武道的缺陷,除了剑术,其他都不太行。

"哈哈,不堪一击。"季无双大笑道,"连我一拳都接不住,也配……"

话音未落,林北辰拔剑。

锵锒!德行之剑出鞘。

"你惹怒我了。"林北辰道,"是你先动的手。"

"是我先动的手又怎么样?"季无双一击得手,只觉得林北辰孱弱无比,信心更足。

林北辰道:"那我只好……以德服人了。"

咻!长剑出鞘。

季无双脸上的冷笑瞬间凝固。剑光一闪,他都没有反应过来怎么回事,林北辰手中的长剑,已经抵住了他的喉咙。

"如果不是营地中禁止伤害学员,你现在,已经是一个死人了。"林北辰淡淡地说。

"你……"季无双面色阴沉,不甘心地说,"姓林的,我刚才赤手空拳,不小心才被你占了先机,有本事再来一次,我们比试剑术。"

林北辰往后一退,撤剑。

季无双拔出腰间长剑,冷笑道:"来吧,我……"

咻!林北辰的剑,再次抵住了他的喉咙。

围观的各大学院的天才学员们,都发出了惊呼声。

好快的剑。很多人根本没有看清楚那一剑是怎么刺出的,季无双就败了。这如果是生死对决,季无双已经死了两次了。

许多天才学员心中暗暗吃惊,这个总榜排名第十二的天才,剑术很强,不可小觑。

吴笑方更是心中突突,不知道是不是一种错觉,他觉得林北辰比校园决赛那日,强了不止一筹。

这种实力进步的速度,太恐怖了吧?

林北辰仿佛是一个没有感情的杀手,更加嚣张鄙夷地道:"就凭你这样的剑术，也配排在我后面？"

季无双又羞又气，他做梦都没有想到，林北辰的剑术竟然如此之强。

远处，一道倩影看到这一幕，美眸中闪过一丝异色。

一些来自国立皇家初级学院的顶级天才，目光聚焦在林北辰的身上，有人面色惊讶，有人不屑一顾，有人平静如水。

这时，营地中的钟声，突然急促地响起。

"集合！"一道滚雷般的大喝声，在小广场西侧炸响。

所有学员都觉得耳朵嗡嗡嗡直响。

顺着大喝看去，就见一个身穿着明光甲胄，腰悬长剑，宛如战神一般威武的军官，站在一杆大旗之下，刚才大喝的人正是他。

所有人都迅速朝着大旗奔跑而去。

在带队教习的指挥下，一百名学员很快就站成了九个长短不一的数列。第三学院人最少，只有四个，林北辰站在最前面。

"给同学们介绍一下，这位是云梦城驻军云梦卫的陈剑南中队长，"李青玄也来到大旗下，声音经过玄气的加持，清晰地回荡在整个营地之中，"从今日起到预选赛结束，陈队长和他的士兵将保护整个营地的安全，希望同学们能够很好地配合云梦卫的工作。"

威武军官往前一步，一字一句中气十足地道："本官叫陈剑南，二级武师。请各位记住，我们不会干涉各位的考试，但是营地也有着绝对的纪律，必须无条件服从。任何对抗士兵的行为，都将视为违规，直接取消参赛资格，明白了吗？"

"明白了。"

"哇，二级武师，高手啊。"

学员们乱糟糟地回答。

陈剑南微微皱眉，没有再说什么，后退回序列。

李青玄又指着身边另一位相貌和蔼但微微发福的中年人，道："这位是城主府的犁落然大人，将负责大家在预选赛中的饮食分配、成绩登记以及其他事项……"

城主府的人竟然也参与到了这次预选赛中？有点儿奇怪啊。带队教习丁三石心里暗暗地琢磨。

李青玄继续道："我的名字叫李青玄，代表云梦城教育署，全权负责这一次全城二年级天骄争霸赛的预选赛，我有个外号，叫作铁面毒舌，你们很快就会了解我的。在这里我再提醒你们一次，训练营里的一百人中，只能选出二十名正选人员进入正赛，所以希望你们抓住机会，证明自己的能力。"

一百人里面选出二十个？林北辰有点儿惊讶。百分之八十的淘汰率，好残忍，不过我喜欢。虽然只是为了拿到金币才参加预选赛，但这种竞争的气氛却让他动容。至少在这个瞬间，林北辰感觉到自己的身体竟有隐隐约约的激动。

"接下来，我宣布这次预选赛的规则。"李青玄目光一扫，神色前所未有地严厉起来。

"预选赛从明天正式开始，你们要在地平线上第一缕阳光升起的时候离开营地，前往绿色荒野进行探索。探索的目的有两个，第一，狩猎，猎取低级魔兽；第二，找到隐藏在荒野之中的星辰徽章……"

"猎取低级魔兽，是为了保证你们的生存，因为从明天开始，营地将不会给你们提供任何的饮水和食物，一切都将靠你们自己的双手在荒野之中获取。"

"而星辰徽章，则是个人排名的唯一标准，总共有一百枚徽章，隐藏在荒野之中不同的地方，每找到一枚徽章，将其带回营地，亲手上交给犁落然大人，就可以得到十个积分，等到十天的试炼结束，积分最高的前二十位学员，将得到参加天骄争霸赛正赛的机会。"

"日落之前，必须回到营地报道。"

"比赛中，不许杀害同学，不许故意重伤、致残同学。"

"除此之外，再无其他硬性规则。"

"你们，明白了吗？"

李青玄一口气说完，大声喝问道。

"明白了。"学员们兴奋地回答。

他们大部分人都是以前参加过天骄争霸赛的小天才，对于这种规矩颇为熟悉。

林北辰听了，却是啧啧称奇，这不就是一次野外生存训练吗？而且这看似简单的选拔赛规矩，里面可是藏着莫大的玄机啊。自己获取食物倒也罢了，可是这争夺星辰徽章，就耐人寻味了啊。

李青玄的话中，隐藏着另外一层意思——只是找到星辰徽章还不行，必须要亲手交到营地主事犁落然的手中。

也就是意味着，在不杀死、不重伤致残其他学员的前提下，完全可以从其他学员的手中抢夺徽章，作为自己的战利品。

所以，想要得到积分，不仅要找到星辰徽章，还要护住自己的星辰徽章。

第二点，更难。

林北辰站在队伍前面，假装也很兴奋地跟着人群一顿乱吼。

李青玄又道："最后说一件事情，今天晚上日落之后，营地会举行一次篝火晚会，给大家两个小时的互动时间，彼此认识和熟悉。在这个过程中，你们将有一次敞开肚皮吃到饱的机会，记住，只能吃，不能存……等到明天，你们能吃什么、能不能吃饱，将由你们自己的成绩来决定。命运，掌握在你们自己的手中。"

人群又欢呼了起来，然后解散。

第十章 天降女友

一个小时之后，广场中央的一堆堆篝火，熊熊燃烧。

在篝火周围的石桌上，摆放着烤肉、鲜果、饼子、美酒等各种美食。夜色之中，香味四溢，十分诱人。整个营地一下子就热闹了起来。

林北辰眼睛冒光，地球上的他是个游戏宅男，也是个吃货。异界的美食不容错过，而且反正是免费，不吃白不吃。

和丁三石打了个招呼，林北辰就毫不客气地坐在石桌边，抓起一只烤兽腿就大快朵颐起来。

"哇，好吃。"一口兽肉入口，林北辰眼睛冒光。

"咦，酒的味道也不错，酸酸甜甜的，像是地球上的果酒。这面饼也好吃呀。"

林北辰好像是饿死鬼投胎一样，越吃越来劲。

周围已经是一片喧闹声，学员们也都尽情放松，为明天的比赛做准备。

平日里在学校里紧张地学习修炼，今天在这营地却没有那么多的规矩，一些少年尝试着向自己心中的女神表达爱意，凑在一起，找各种话题拉近关系！

尤其是许多女神级别的少女身边，总是不缺少人，而一些来自国立皇家初级学院的天才男学员，也隐隐成了人群的核心。

偶尔有女学员震惊于林同学的颜值，情不自禁地就过来和他打招呼，但都被他置之不理。

"架子也太大了吧？"

"哼，还没有进入前十，就这么嚣张，有什么了不起的？"

被无视的几个女学员们显然很忿，骂骂咧咧地走开。

林北辰依旧我行我素，沉浸在与美食战斗的伟大事业中。他没有注意到，营地中的一间石屋里，一双美丽异常的眸子始终都在关注着他，近乎片刻不离，仿佛是在欣赏什么，又仿佛是在权衡什么。

突然，一个熟悉的身影，坐到了林北辰的身边。

"你是饿死鬼投胎吗？"丁三石一脸无语，恨其不争地道，"你个小鸡崽子，这么好的机会，你还就真的只顾着吃吗？"

林北辰将一块肥美的烤肉塞到嘴里，一边用力地咀嚼一边反问道："不然嘞？李青玄大人不是都说了吗？让我们抓紧机会，今天晚上吃个饱啊。"

丁三石越发无语，道："你猪脑子吗？那是表面说法而已，你难道一点儿都没有意识到，这篝火晚会的真正目的是什么吗？"

"是什么？"林北辰含糊不清地道，"唔……难道不是吃？"

丁三石恨不得用剑鞘将这个败家子的脑袋砸到胸腔里面去，道："就知道吃吃吃，是为了让你们去搞串联。"

"唔，串联？"林北辰道，"串联是谁？为什么要搞？"

"我……"丁三石再也忍不住了，对着林北辰的头就是一顿狠揍。

"你能不能正常一点。"老教习无能狂怒，咆哮道，"我在和你说正事呢，没开玩笑。"

林北辰捂着脑袋，努力装出一副"我很正经"的表情，道："好吧，那么请问，要串联什么呢？"

丁三石觉得自己的高血压都快犯了，和这个败家子交流，随时都有血管气爆的可能。但一想到年级主任楚痕私下里一遍遍的叮嘱，想到自己对于林北辰的期待，想到第三学院的荣耀……冷静。用力地揉了揉自己的脸，老教习努力让自己平静下来。

"其实，营地组织这场篝火晚会的目的，并不仅仅是让大家吃饱，也不仅仅是让大家放松，而是想要让学员们借助这个机会，相互认识，彼此交流，最好能够达成一些同盟，相互协作，在接下来的十天比赛中，利益最大化。"

"预选赛，看的不是个人武力。而是在考验你们的智慧，考验你们的领导

146

能力、应变能力，也在考验你们在群体中的生活能力和适应能力。"

"你们的一举一动，一言一行，都在营地三大巨头的注视之下，他们看在眼中，记在心里。"丁三石耐心地解释道。

林北辰用手巾擦了擦嘴："您的意思是，其实真正的竞争，从晚会开始这一刻，就已经开始了。"

丁三石摇头道："不，准确地说，是从你们踏入营地的那一刻，就已经开始了。"

"原来如此，所谓的篝火晚会并不是为了让大家吃一顿上路饭，其实是给大家一次公开交友的机会，相互寻找合作伙伴，临时组队，暗中勾搭，狼狈为奸，沆瀣一气，狐假虎威……是这样吗？"林北辰恍然大悟道。

丁三石听得风中凌乱，什么上路饭啊？刚开始说得还挺对，后面怎么越说越奇怪？但意思勉强也对，他咬着牙道："算是吧。"

林北辰看了看四周，怪不得木心月、吴笑方和岳红香这三个家伙，一开始就没影儿了。

"这么说来，木绿茶和吴舔狗两个，已经去勾搭别的学院天才了？"林北辰道。

丁三石更加风中凌乱，对同学的称呼也……太……粗暴了吧。

"这还用问。"他没好气地说，"你以为大家都像你这样不争气吗？"

林北辰喝了一口果酒，道："不对呀，一般而言，同校的学员，不是应该精诚团结、为校争光吗？为什么要去勾搭别校的学员？他们为什么不来勾搭我？"

为什么不勾搭你，你自己心里面没有点儿数吗？丁三石无力吐槽。

"事实上，完全相反。"丁三石道，"同校的学员，在校内肯定都是竞争者，彼此之间，有着短期内无法调和的利益冲突，完全配合很难。历届以来，学员们还是更喜欢和外校的人合作，交流信息，达到利益最大化，可以保住自己在本校内的基本盘。"

"而且，任何一个学员，只要是能够进入正选，也是为校争光，像是这种既能打压同校竞争者，又能扬名的事情，谁不愿意做？"

原来如此，林北辰若有所思。也是，卖熟人总比坑生人要容易一点。奸商们总是喜欢杀熟，这不是没有道理的，其中隐藏着为人处世的智慧啊。

"但像是国立皇家初级学院的那些天才，应该不屑于这样的拉帮结派吧。"林北辰又道，"他们进入天骄争霸赛，应该毫无悬念，如果抱团的话，其他学院根本没有胜机。"

丁三石摇头道："不是这样的，这一次的一百人大名单中，只有一个天才，是不屑于这种争斗，百分之百可以胜出，如鹤立鸡群一般，任何人都无法威胁到他，至于其他人……你记住，每个层次的学员都有竞争，普通学员有普通学员的竞争，天才有天才的竞争，而且，国立皇家初级学院的天才们之间，竞争更加激烈。试想，如果可以让竞争对手在预选赛中就折戟，何乐而不为呢？"

林北辰听完，也意识到自己之前的想法的确是过于简单了。

竞争，无处不在。

这一次的训练营，并不只是一次简单的预选赛，更像是一个残酷算计、钩心斗角的生存战争。

哎呀，这不是在培养恶人吗？林北辰暗中腹诽。

云梦城教育署采取的方式，有点儿像是养蛊。不过话又说回来，北海帝国这么重视基层教育，显然不是为了单纯地培养武力值高的莽夫，而是希望通过种种手段，能够得到更多天赋好、力量强、有领导力且灵活变通的综合人才。

从这个角度看，训练营预选赛的模式，的确是煞费苦心了。

林北辰点点头，突地又嘿嘿一笑，道："对了，嘿嘿嘿，您刚才说的那个真正卓尔不群的天才，不会是说我吧？"

丁三石道："你在想屁吃啊，当然不是。我说的是个人总榜排行第一的天之骄女凌晨。"

"好吧。"林北辰很不爽地道，"那我明白了。"

然后他又转身大快朵颐起来，进入了与美食的战斗之中，十分投入。

丁三石等了片刻，忍不住道："然后呢？"

林北辰道："没有然后了呀。"

"那我刚才和你说这么多……是在对牛弹琴吗？"丁三石压制着自己快要暴走的心情。

"你还是没有搞清楚一件事情，丁教习，您和我说这么多没用啊。"林北辰道，"现阶段的主要矛盾是，我现在名声太烂，臭名远扬，串联没用啊，谁愿意和一个人渣败类组队呢？"

丁三石瞠目结舌，这话说得好有道理，他竟然无言以对。

"那你也得努力试一下啊。"丁三石气势明显下滑。

林北辰边吃边说："我这不是正在准备吗？先吃饱喝足，才能精气足，精气足才能去勾搭……不对，是串联，你信不信，等我吃饱喝足了，我把个人战力榜排行第一的凌晨小姐姐直接拿下，嘿嘿。"

丁三石气结道："你要是能够和凌晨结盟，我就把这桌子吃掉。"

"教习，这么看不起人的吗？"林北辰不满地反驳道，"你可别忘了，我是一个渣男，还是一个长得特别英俊的渣男，对付那些涉世未深的小丫头，我很有一手……"

话音未落，一声讥笑传来："我从未见过如此厚颜无耻之人。"

却是吴笑方和几个外校的学员，缓缓地走过来。吴笑方一脸的阴阳怪气："林北辰，原来你也知道，自己是个渣男败类。"

又是这个玩意儿？林北辰真的是要怒了啊，再一再二，没有再三再四了。

吴笑方还想要说什么，他身边一个红发方脸的少年，隐隐是一群人的核心，直接摆摆手，示意吴笑方退下，然后大刺刺地走过来，居高临下，眼神盯着林北辰，上下打量一番，才酷酷地道："林北辰是吗？给你一个机会，加入我的小队，追随于我。"

又是一个优越狗？

"你谁啊？"林北辰莫名其妙。

如此生硬的要酷方式，与当日吴笑方的出场，有异曲同工之妙啊，怪不得两个人能够混到一起去。

"我的名字，叫作陶万成。"男学员淡淡地道。

哦？林北辰一下子就想起来了。个人总榜排名第二，仅次于凌晨的国立皇家初级学院天才。没想到吴笑方这个舔狗，竟然这么快就抱上了这么粗的一条大腿。

歪着脑袋想了想，林北辰道："追随于你？可是我和这个姓吴的有仇哎，你可以先把他踢掉吗？"

陶万成眼神压迫下来，道："你是在向我提条件吗？"

林北辰擦了擦嘴，道："你可以这么理解。"

"呵呵，很少有人敢向我提条件。"陶万成昂着下巴，淡淡地道，"不过，你是个人总榜第十二，有这个资格，我很欣赏你的勇气，所以，可以答应你，只要你追随我，这个吴笑方，我就让他滚。"

"陶师兄，不要，我……"吴笑方面色大变。

陶万成直接摆手，粗暴地示意他闭嘴。

"哈哈哈。"林北辰当场就毫不掩饰地幸灾乐祸地笑了起来，"吴舔狗，看到了吗？爽不爽？气不气？打铁还需自身硬，你在这位新主子的眼里，啧啧啧，连一条狗都不如，我是真的同情你。"

吴笑方的一张脸，铁青得像是死去了一万年的尸体。

陶万成道："所以，你答应了是吗？"

"没有啊。"林北辰贱兮兮地道，"我只是做个假设，没说要答应你啊。"

"你……"陶万成神色陡然阴沉了下来，道，"你竟敢耍我？"

林北辰站起来，用手巾擦了擦嘴，针锋相对地道："耍你又怎么样？不就是总榜第二吗？很了不起吗……你都敢在我面前耍威风，我为什么不能耍你？"

"林北辰，你好狂妄，你竟敢用这种态度和陶师兄说话？"吴笑方表面上无比愤怒地指责，实际上内心则是笑开了花。

林北辰叹了一口气："好好的人不当，为什么非要当狗呢？"

就这种货色，以前一直都被当成是宝贝捧在手心里，第三学院能够在预选赛中夺得好名次，那才真的是见了鬼了。

"你很狂。"陶万成脸色阴沉下来，道，"但是，狂，就得付出代价。"

说着，陶万成对着林北辰的眉心，一指点出，手指隐隐有玄光，搅动空气，形成了无形的气流旋涡，显然施展的是一门入星指法战技。

这一次，林北辰有了准备。

咻！长剑出鞘，一剑刺出，快如闪电的一剑。

陶万成脸上露出一丝冷笑，瞬间变指为弹。他施展的指法极为精妙，手腕一扭，屈指弹出。

叮！

一声轻响，食指间不容发地屈指弹在了剑尖之侧。

嗡！

德行之剑的剑身，瞬间高频震颤了起来，剑式被瓦解。

一股诡异至极的震颤之力，瞬间沿着剑身，到了林北辰的手腕。

同时，两人之间，因为玄气之力激荡，平地升起一股龙卷风。

"还不撒手？"陶万成冷笑道。

林北辰只觉得手腕一麻。长剑的震荡中蕴含着一种极为古怪的力量，一下子似是要折断自己的手腕一样。

不过，就在同一时间，不等林北辰的脑子里有任何反应，他的手臂就突然生出一股悠长醇厚的奇特力量，轻而易举地就抵消了这种诡谲的震荡之力。

林北辰一愣，他瞬间明白，这是因为无相剑骨的修炼起了作用。

不过，没有等林北辰有其他动作，猛地一只手掌就按在了他的肩膀上，一股柔和汹涌的玄力，渡入了他的手臂，将他保护在了身边。

出手的是，正是第三学院的带队教习丁三石。

"小娃娃，同学之间比试而已，何必下这么狠的手？"丁三石目光冷森地盯着陶万成。

他眼光犀利，瞬间就看出，这个国立皇家初级学院的顶级天才，刚才包藏祸心，施展的赫然是一星战技截天指，隔山打牛，弹的是剑，伤的却是林北辰的手腕手臂，显然是要废掉——至少是在这十天的预选赛时间里废掉——林北辰的手腕，让他的剑术无法发挥。

一个小娃娃，心机竟是这么深。

"呵呵，教习说的哪里话，我只是和林同学稍微切磋一下而已。"陶万成不卑不亢地说。

"切磋用得着下这么重手吗？"丁三石冷声道。

陶万成淡淡一笑，话中带枪地道："我只是随便出手而已，只是没想到，第三学院的首席学员，如此不堪一击。"

说到这里，他有面带讥诮地又看向林北辰，道："林同学，你这个第三学院二年级的年中大比冠军的荣耀，莫非是靠躲在教习身后得来的吗？还没有断奶的婴儿，才会永远都躲在妈妈的怀里。呵呵，本来听说你文试满分，武试剑术卓绝，今日一见，呵呵……真是见面不如闻名。"

丁三石心道，坏了。林北辰这个败家子，哪里经得起这么激啊，可别被激将上当了。

他正要安抚林北辰，就在这时——

"呵呵，陶万成，你又在仗势欺人？真是把我们国立皇家初级学院的脸，都丢尽了。"

另外一个相对顺耳的声音传来，却是一位身形修长，面目白净文雅，头发黑亮但微微带有一丝丝自然卷的贵气少年，在另外一群少年的簇拥下，缓缓地走过来。

文雅少年淡淡地扫了一眼吴笑方，笑着对陶万成道："陶师弟，我都提醒过你多少次，以后身边少收一点儿垃圾，你好歹也是我们皇家初级学院的头脸人物，怎么挑人的眼光，还是那么差劲啊？"

吴笑方气得牙根痒痒。

贵气少年说他是垃圾，但他却偏偏不敢怒斥反驳。因为他已经认出来，这个贵气少年，便是个人总榜排行第三的国立皇家初级学院天才李涛。

"李涛，说话放客气一点，我是你师兄……哼，你又来插手我的私事？"陶万成见到这贵气少年李涛，顿时一脸的敌意和仇视。

李涛淡淡地道："什么叫作你的私事？我只看到你在恃强凌弱，败坏我们皇家学院的名声。"

说着，向林北辰拱了拱手，道："在下皇家初级学院李涛，为陶万成的鲁莽无礼向林同学道歉，听闻林同学在这次大比联考中，三科文试全部满分，甚为钦佩，特来拜会。"

林北辰拉了拉丁三石，示意他不要过度紧张，自己没事。

他长剑回鞘，往前走了一步，淡淡地道："你倒是比这个姓陶的蠢货会说话多了，不过呢，我也不吃礼贤下士的这一套，一个个都不过是十三四岁的小娃娃而已，干嘛把自己演得像是老奸巨猾的狐狸一样，难受不难受啊？"

四面围观的人都一愣，没有教习护着，你刚才就吃了大亏了吧？人家李涛师兄，明显是来给你解围的，竟然如此不领情，还真的是无药可医。

谁知道被挖苦了的李涛，只是呵呵一笑，也不生气。

"林同学说笑了，可能是因为我平时总是把自己想成大人，所以有点儿老气横秋，不过，我是真的想要交你这个朋友，不是什么故作姿态，也绝对不是为了拉你进入我的团队。"

林北辰淡淡地道："是吗？但不好意思，我来这里，不是为了交朋友的。"

"哈哈哈哈，听到了吗？李涛，这个败家子，家根本就不领你的情哦，真的是笑死我了，没想到你这个伪君子，也有热脸贴到冷屁股的时候，被拒绝的滋味怎么样？"陶万成哈哈大笑，抓住机会，无情地嘲讽自己这个老对手。

李涛依旧不生气，淡淡地道："剑道天才嘛，喜欢自命不凡，总是有脾气的嘛。"

不得不说，这个贵气少年公子的气度倒也不俗，但林北辰却是依旧是双手胸前抱剑，一副拒人于千里之外的表情。

"真是遗憾，本想和林同学好好交流一下，"李涛笑了笑，道，"其实，刚才你们第三学院的木同学，可是讲了很多林同学在年中大比前后的事迹，让我为之神往和好奇。"

话音未落，他身边人群中，一个美丽无双的女剑士缓缓走了出来，面带丝丝笑意，站在了李涛的身边。

是木心月。

"林同学，其实李师兄对你的欣赏，是发自真心。"木心月微笑着，道，"我知道你内心深处有属于自己的骄傲，但其实与李师兄合作，承认李师兄比你优秀，并不是什么丢人的事情。"

又是这一个"绿茶"，阴魂不散啊。第三学院这都培养了一些什么鬼才啊？林北辰真的是服了，真心无语。

木心月看着林北辰无语的样子，心里颇为快慰，她觉得自己终于扳回一局。你林北辰自命不凡，全校第一又如何？和李涛这样真正的天才比起来，你算是个什么东西。

"人呢，有的时候，要认清楚自己，不要不知所谓，太过自负。"木心月继续挖苦道，"和优秀的人在一起，才能有所得。林北辰，李涛师兄一片好意，你何必非要因为自己的嫉妒心作祟，就拒人于千里之外呢。"

林北辰张了张嘴，刚要撑回去。

这时，意外的变化，又出现了。

"小贱人，你算是什么东西，也配这么说我的男朋友？"一个清冷仿佛不是人间的声音，从林北辰的身后传来。

一只白玉般的手掌，从后面伸过来，风轻云淡地挽住了林北辰的胳膊。

林北辰一愣，他下意识地一挣。

哎哟，好紧，抽不出来，感觉手臂像是被钢铁铐住一样。

"这是谁啊……"他扭头就骂了过去。

然后——

"啊啊，我的眼睛……谁扔的闪光弹？"林北辰另一只手捂住眼睛，夸张地发出怪叫。

太闪亮了。

突然出现在他身边挽住他胳膊的少女，太闪亮了，美得不真实，美得像仙女，又白又美。简直就像是太阳一样，浑身散发出刺目的光辉，闪瞎别人的眼睛。

以至于林北辰在一扭头的瞬间，就觉得自己像是打CSGO的时候被当脸掉了十颗闪光弹，眼睛里白茫茫一片，甚至脑海中也是一片空白。

林北辰第一次觉得自己言语匮乏，竟然找不到什么词语来形容这少女的美。

简单地说吧，比木心月美了无数倍。

第三学院丽人榜第一的平民公主在这个少女的面前，简直就像是土鸡站在了凤凰跟前，差距何止十万八千里。

"闭嘴。"少女看着林北辰脑残一样夸张的举动，在他耳边低声训斥道，"又不是第一次这样，这样大惊小怪，还嫌不够丢人吗？"

林北辰立刻就蒙了，不是第一次？那是……第几次？

"你是……"他想要问这到底是怎么回事，然而少女却直接看向木心月，道："第三学院木心月是吗？个人总榜排名五十之外的废物，你算个什么东西，也配在我男朋友的面前阴阳怪气、指桑骂槐？嗯？"

四周一片寂静，气氛骤然开始不对。

木心月却未曾注意到，她何曾受过这种气？

尤其是这个少女美艳不可方物，带着一种碾压之势而来，令向来以美貌自诩的她，心中骤然生出一种天然的仇视，当下不假思索地冷笑道："排名五十之外就是废物了？呵呵，你又是什么东西？林北辰这种败类，是你男朋友？呵呵，看来你也不是什么……"

话音未落，旁边的陶万成和李涛两个人，却终于从震惊中回过神来。两大天才仿佛是老鼠见了猫一样连忙行礼，道："见过凌师姐。"

二人身边的其他学员，尤其是国立皇家初级学院的学员们，之前都是一副高高在上的姿态，此时，却又都一个个仿佛如梦初醒一般，纷纷行礼，无比尊敬地说："见过凌师姐。"

木心月还未骂完的话，顿时卡在了嗓子眼里。一个仿佛是禁忌一般的名字，在她的脑海中一闪而过。

果然，下一秒就听那少女冷笑一声，道："我算什么东西？你听清楚，我的名字，叫作凌晨……现在你知道，我算是什么东西了吧？"

凌晨，女，石碑的个人战力总榜排名第一的无双天才，碾压其他九十九人的最强存在。

木心月脑子里轰的一声，一下子仿佛是爆炸了一样。

竟然是凌晨？

她一下子一句话都不敢说了，虽然从未见过这个人，但凌晨之名，木心月早就听说了无数遍。

不只是国立皇家初级学院二年级的第一天才，更被认为是云梦城所有年轻一代的第一天才，仅次于当年的"帝国天骄"林听禅的绝世妖孽。

而且，凌晨还有一层身份——云梦城城主最宠爱的小女儿，身份尊贵的贵族。不论是天赋还是身份，都足以完全碾压木心月。

可是这样的绝世妖孽，竟然是林北辰的女朋友？这是什么时候的事情？为什么以前林北辰从未提到过？

"对不起，我不知道是凌师姐您……"木心月软了，不得不软。眼前这个少女，从任何一个方面来讲，都是她无法企及的存在。在没有得势之前，她不想和这种人物对立。

"对不起就行了吗？"凌晨挽着林北辰的手臂，厉声道，"跪下，给我男朋友道歉。"

"啊？你……"木心月猛地抬头。她没想到，凌晨做事竟是如此霸道。

"我只给你一次机会。"凌晨令人窒息般绝美的面容上，带着不容置疑的冷酷，一字一句地道，"跪下，道歉。否则，我就让你知道，什么叫做后悔……我可以保证，不只是这次的比赛，还有以后在云梦城的日子，你都会生活在无尽的噩梦之中。"

没有人怀疑这个妖孽少女的话，因为她的身份和地位，都太高太高了，她的能力，也太强了。

木心月彻底慌了，她求助一般地看向李涛。后者露出了爱莫能助的表情。

扑通！

木心月当机立断，立刻跪了下来。

"对不起，我错了。"她低着头说。巨大的屈辱感，几乎令她浑身都在战栗。

"你这样的女生，我见得多了，自以为是……呵呵，我送你两条忠告。"凌晨淡淡冷笑了一声，仿佛是立于云端的玄女在俯瞰凡尘的蝼蚁一样，一字一句地说，"第一，当你处心积虑地想要羞辱别人的时候，就要做好被别人羞辱的准备；第二，你很聪明，但不要以为只有自己最聪明，不要把别人都当成傻子，以为所有人都只有被你利用的份儿。"

木心月身体一颤。

虽然只有两句话，但凌晨的语气，却让她有一种被剥光了一丝不挂般的感觉。

"滚吧。"凌晨厌恶地挥挥手。

木心月站起来，一言不发，快步转身离开。

"你们两个，也给我立刻消失。"凌晨又命令道。

陶万成和李涛两个皇家初级学院的顶级天才，连个屁都不敢放，立刻客客气气地转身离去。

陶万成在扭头的瞬间，却轻笑着看了林北辰一眼，很隐晦地比了一个大拇指向下的手势。很显然，他已经记恨上林北辰了。

"都散了。"凌晨又不容置疑地说。

围观者们就像是听到了将军命令的士兵，刷刷刷地都散了开去。

三言两句解决了问题，然后她看向林北辰："嘻嘻，怎么样怎么样？辰哥哥，人家刚才的表现怎么样？"

之前所有的冷傲和孤绝，在这一瞬间突然冰消瓦解。凌晨摇着林北辰的胳膊，一副邻家女孩撒娇一样的表情，道："我给你出气了哦，快夸夸我。"

"我……"林北辰继续发蒙中。我是谁？我在哪里？我在干什么？

今晚这前半段的剧情，完全符合一个自带嘲讽技能的主人公耍酷打脸的趋势，好多狗血玄幻小说都是这么写的，就等着自己这个男主角开始耍酷打脸了，但是这后半段的剧情，怎么就看不懂了呢？

自己这是猝不及防地就被动地吃了一碗软饭？顺手还得到了一个天仙般的女朋友？而且这个天仙女友，前一秒还是高高在上的霸道女总裁，下一秒就变成了黏人的小糖果了？

人格分裂？双重人格？这丫头，不会也是一个脑残吧？咦，好奇怪，我为什么要用"也"字呢？

无数个奇怪的念头，在林北辰的脑海里疯狂地闪烁。

"辰哥哥，你为什么不说话，你是生气了吗？"凌晨摇着林北辰的手臂，笑起来的眼睛弯成了月牙儿，道，"要不这样，人家这就去把那个陶万成抓过来打一顿，给辰哥哥你出出气？"

"呃，不用……我当然没有生气，只是，呃……"苍天啊，大地啊，谁给我来一包药吧，我可能得补补脑子，脑子可能不够用，林北辰在内心里哀嚎。

"嘻嘻，那突然见到人家，你是不是也很意外很开心？"

"呃……"林北辰摸着自己的下巴，双眼望天。

他刚才其实已经搜肠刮肚地想过了，但就是想不起来，自己什么时候和这个女妖孽有过瓜葛。难道是前身转学之前，曾经渣过凌晨？

　　该死的，记忆融合不完整，就是这么尴尬啊。

　　"凌同学，你也知道，我是个……嗯，是个脑残。"林北辰整理着自己的思路，道，"其实，我有时发病之后，很容易忘记一些以前的事情，记忆非常模糊，所以……呃……那个……我们以前认识吗？"

　　"你失忆了？"凌晨一副大惊失色的样子。

　　林北辰眼睛一亮，啊，对，我失忆了。哈哈，这个借口不错，简直是百搭。

　　"是的，到第三学院之后，有好几次脑疾发作，现在已经把以前的事情都忘光了，有可能是连老天爷也认为，我应该痛改前非洗心革面重新做人吧……呃，你看啊，商量一下，不如这样吧，你就忘了那个过去的我，斩断曾经的那段孽缘吧。"

　　虽然你很美，但是……我注定是你得不到的男人。

　　因为我要回地球。外挂一开，谁都不爱。

　　凌晨闻言，愣了半天，一副潸然欲泣的样子，道："辰哥哥，你是在赶人家走吗？你不喜欢人家了吗？"

　　呃……看到如此绝色的少女，因为自己的话而露出委屈伤心的神态，林北辰的心脏好像是被一只无形的大手狠狠地捏住了一样。

　　造孽啊。

　　世界上为什么会有这么漂亮的女孩子啊。

　　刚才真的不该说那种话啊，林北辰在内心里自责了一句，然后他道："是的，我就是赶你走，你可以这么理解。"

　　女人什么的最烦了，没有游戏好玩。既然伤了心，就一次性伤到底吧。

　　凌晨不说话了，她定定地盯着林北辰。眼神渐渐地、渐渐地……严肃了起来，好像是有朝着刚才那种凌驾众人之上的霸道女总裁的人格转变的趋势。

　　不知道为什么，林北辰突然之间，有点儿腿软，于是他说道："呃，是这样的，我真的是失忆了，凌同学，要不这样，你等我一段时间，等我恢复了记忆，再来找你，好不好啊？"

　　这不是怂，这是从心，这是善良，这是不忍心伤害一个小姑娘。

　　"好的呢。"凌晨立刻又展颜欢笑，喜滋滋地说："人家也是很懂事的。"

　　正在林北辰快要抓狂不知道如何继续的时候，国立皇家初级学院的一位中年美妇带队教习闻讯赶来，用严厉如刀的眼神几乎要将林北辰千刀万剐，然后才带着小姑娘转身离开了。

林北辰终于松了一口气。

只是这个时候，整个营地都快要被引爆了。什么？凌晨是林北辰的女朋友？什么？还是凌晨倒贴？什么？云梦城要爆炸了？

很多人都有一种世界末日降临的荒谬感觉。

远处的黑暗中，来自城主府的犁落然眼神幽幽，脸上闪过一丝震惊而又复杂的神色。

这时，一直都像是隐形人一样的丁三石突然跳出来，不问青红皂白，直接揪住林北辰的衣领，就把他拎回到了第三学院的帐篷之中。

"说，你给我说，这到底是怎么回事？"丁三石掐住林北辰的脖子，疯狂地摇了起来。

"喀喀……"林北辰挣扎着从丁三石的魔爪中逃出来，哀嚎道，"淡定，教习，您别激动……您放心，我是一个有追求的人，知道轻重缓急，绝对不会因为这些无聊的情情爱爱，就放弃对剑道的追求，我一定会努力为第三学院争取荣耀的……"

"放屁。"丁三石愤怒地一口打断，呵斥道，"学院的荣耀算个屁，关键是，你绝对不能辜负真正爱你的人。"

啊？林北辰愣住了。等等，好像有哪里不对啊。丁教习你这立场……你不是来看狗血剧的，你是学员的带队教习啊。

他诧异地看着丁三石。

丁三石仿佛这才反应过来，脸上的表情也猛地恢复正常了，他缓缓地放开林北辰，突然一脸的"高手寂寞孤单冷"表情。他四十五度斜抬头，看着天上的月亮，淡淡地叹了一口气。

"唉，小北，你还小，你不懂——初闻不识曲中意，再听已是曲中人，少年郎，有些人，哪怕是你失去一切，这辈子都不能错过的。"

林北辰："……"没看出来这糟老头子还是个文青。

"丁教习，您这是有故事啊，来说说……"林北辰笑了起来。

"呵呵。"丁三石冷冷一笑。

林北辰又道："谢谢。"

"啊？"

"教习，您刚才第一时间把我拉回帐篷，是在替我解围吗？让我不至于那么尴尬……"

　　"你想多了。"丁三石转身离开，回到自己的房间里泡温泉去了。

　　林北辰很无语，接触得越多，越觉得这个丁教习很有搞笑NPC的潜质。

第十一章

首日告捷

不知道是不是错觉，当夜色越来越浓的时候，林北辰感觉到有一种危险的气息在天地间流淌。这个时候，整个帐篷里就他一个人。

营地周围传来了一声声的兽吼，充满了野性。营地的城墙上，云梦卫的精锐士兵一副如临大敌的样子，明显要比白天的时候紧张很多。

很快，城外传来了野兽咆哮的声音，好像是有兽潮在攻城。营地的玄纹阵法被启动，形成了一个护罩，将所有人保护在其中。

夜晚的荒野，果然是人类的禁地。据说黑夜会让魔兽狂躁，力量暴增，在暗夜中的魔兽，破坏力是白天的一倍以上。

因为吃得比较饱，所以很快就困了，林北辰呼呼大睡过去。

后半夜的时候，帐篷里传来声响，是岳红香回来了。林北辰仿佛听到了隐隐约约的啜泣声，但很快就消失了。

一直到第二天早晨，木心月和吴笑方两人都未曾回来。

林北辰睡得正香甜，突然之间，耳边响起一个熟悉的声音——"检测到有新的系统版本，是否更新升级？"

他一个激灵，直接就从睡袋里爬了起来，直接召唤出手机，就看到一个大大的提示框，出现在手机主屏幕上。

系统版本更新？

林北辰顿时睡意全无，他在心里琢磨着其中的信息，为何手机系统突然提示更新？

是否因为自己达到了某个标准，比如年中大比第一，或者说是莫名其妙地得到了第一美女凌晨的示爱，所以开放了某些手机权限？

这是否意味着，以后只要是自己达成某些成就，就可以有规律地让手机实现系统版本升级？

有可能。

但这个问题不是最重要的，最重要的是，版本升级以后，手机的功能会不会变化？

比如APP修炼功能，是否会消失？比如是否会有关于返回地球的方法的提示？

这些念头，依次浮现在林北辰的脑海之中。在仔细思考了半个小时之后，林北辰做出了选择，他决定升级手机的系统版本。

因为曾经使用各种手机的丰富经验告诉他，一般而言，手机系统的升级，并不会改变、删除它现在已经具有的常规功能，也不会影响已经下载的APP的功能，而只是对诸多现有功能的优化，所以APP练功的功能大概率还是会保留下去。

而且对于林北辰来说，找到返回地球的方法这个执念，还是在他的脑海中占据了绝对的上风。哪怕是升级系统版本之后，只有百分之一的概率找到回地球的方法，他也愿意冒这个险。

他手指点击了"是"。

"叮，特别提示，本次系统版本更新，需要耗时四个小时，更新内容大小为1G，请确认宿主具有充足的流量，并保持电量充足。"一个新的提示框浮现。

自己两个条件都满足，林北辰点击"下一步"，体内玄气被瞬间疯狂抽取，朝着手机内涌去。这是在消耗"流量"了。

林北辰如今的玄气强度，维持1G流量的输出，压力不大，但也有一种……嗯，身体正在被掏空的感觉。

同时，手机屏幕化作亮白，一个深绿色的进度条出现。

接下来林北辰能做的，只有等待了。

三个小时的时间很快过去，系统升级终于完成了。

"恭喜宿主，本次系统版本更新，已经升级完毕，新增加的功能有：智能语音助手和两次应用商店APP限时随机抽取机会。"一个提示框，出现在了主屏幕上。

智能语音助手？这玩意儿林北辰知道，比如苹果的SIRI、华为的小E、OPPO的小欧等等。智能语音助手在某些特定的条件下，可以使双手解放出来，所以说，还是一个非常实用的功能。

但是这无名智能手机的语音助手，会叫什么呢？

"嗨，SIRI？"无应答。

"小E小E？"无应答。

"小欧小欧？"无应答。

"呃……小机小机？"

"叮咚！主人请问有何吩咐？"一个甜美的模拟女声，从手机中传出。

嗯？原来叫作小机。小机，小鸡？

哈哈哈，林北辰在心里腹黑了一下。

"帮我解释一下，什么叫作'APP应用商店限时随机抽取'功能？"林北辰道。

"好的，请主人打开手机应用商店。"小机回答道。

"你帮我打开。"林北辰道。

"好的，主人。"

手机屏幕上，应用商店打开，有之前可见的基础剑术近身三连、中等玄气凝练术等已经出现过的APP应用，另外还有一条未读消息。

林北辰点开消息。

"你有两次免费抽取未知应用ΛPP的机会，请问是否现在抽取？"消息内容如此显示。

林北辰摸着自己的下巴，仔细琢磨。

未知应用APP？也就是说，和自己拍摄视频然后利用手机功能制造的APP不同，应当是手机内部自带的、拥有其他功能的APP。

会是什么呢？他点击"现在抽取"，然后就看到应用商店中出现了一个加载圆圈的图像。仔细看，又好像是某种用于抽奖的旋转轮盘一样，正在疯狂地旋转。

很快——

叮！

"恭喜宿主，消耗一次机会，抽取到应用APP百度地图。"

叮！

"恭喜宿主，消耗一次机会，抽取到应用APP百度网盘。"

两个提示框跳出来，持续五秒，然后消失，而应用商店里面，果然多了两个APP。

熟悉的图标，熟悉的颜色，熟悉的配方，熟悉的味道。正是在地球的时候，林北辰曾经用过无数次的百度地图和百度网盘。

"这……"林北辰眼睛一亮，他最先盯住的就是百度地图，他激动了。

因为……百度地图最常用的功能是什么？当然是导航啊。这是不是意味着自己有可能利用百度地图APP的导航功能，找到回去地球的路呢？

决定试一试，他点击下载，一共消耗了1G的流量，他将百度地图下载到了手机中。

再度被大量抽取玄气，林北辰面色不太好，感觉身体被掏空。

他点击图标，打开百度地图APP。

熟悉的界面展开，一张营地周围地理环境的大地图出现在手机主屏幕上，正中心的位置，正是如今自己所在的帐篷。然后周围的广场、营地石屋、城墙、正门以及外面的荒野等等，全部出现在了地图上，就和地球上使用百度地图时的界面一模一样。

林北辰颤抖着手，在最上面的地址搜索栏中，输入了两个字——地球，然后点击搜索。

加载界面出现，一直持续运转，林北辰感觉到自己体内的玄气，正被手机丝丝缕缕地抽取。很显然，加载搜索路线的过程也是需要消耗玄气的。他已经习惯了。

足足一分钟。

林北辰的心中充满了期待，简直就像他高中向初恋表白后等待回答的时候，心脏狂跳好像是在打鼓一样，几乎要从嗓子眼儿里跳出来了。

终于——

"叮！"屏幕上跳出来一个弹框，"程序失去响应，是否立刻停止？"

林北辰直接跳了起来："啊？"

这什么破程序？假冒伪劣产品吗？第一次搜索就直接死机了？还能更坑人一点吗？还是说因为距离太远、路线太长，所以超出了手机运转的上限？

林北辰点击"立刻停止"，百度地图APP立刻闪退，然后他重新启动APP。

这一次，他随手输入了一个城内的地址：云梦城。APP马上就规划出了三条备选路线，其中最快的一条用时十分钟，交通方式为飞行。

飞不了，林北辰直接忽略，自己的实力还没有到那一层呢。

其次一条路线要用一个半小时，是乘坐马车的时间。

而最长的那条路线要用七个小时，是用步行的方式。

所选取的街道和路线，各不相同，互有优劣。

"也就是说，不寻找地球的话，其实这个魔改版的百度地图还是很好用的。"林北辰关闭了APP。因为和之前的练功APP不一样，百度地图只要打开就会消耗流量，时时刻刻抽取玄气，虽然量很小，但架不住时间长啊。

地图APP的其他功能，还有待开发。

林北辰重新返回应用商店，目光落在百度网盘APP上。

在地球上的时候，百度网盘的功能，就是储存文件，提供云储存服务。但是经过了这个神秘手机魔改之后，它的功能又是什么呢？

他没有犹豫，花费了1G的流量，将百度网盘下载了下来。安装之后，APP图标也出现在了手机主屏幕。

他点击打开，发现和地球上的网盘比起来，这个百度网盘也并没有什么差别，但容量只有10G。

"这容量有点小啊，记得在地球上初次下载注册百度网盘，就有机会得到2T的容量。"林北辰盯着手机屏幕，心里琢磨，这个APP的功能到底是啥呢？

百度地图是导航，百度网盘自然就是存储文件了，可是这个世界并没有什么需要存储在手机上的电子文件啊。

难道是……林北辰的脑海里，突然冒出来一个大胆的想法。他将手机对准德行之剑，嘿嘿地笑着，非常二地说了一句："哒，傻剑！我叫你的名字，你敢答应吗？"

微光一闪，德行之剑竟然消失了。

中二少年林北辰当场就跳了起来，他只是随便这么一试，结果竟然真的可以！

他再看百度网盘APP界面，发现网盘里自动生成了一个图像文件，点击打开之后，正是德行之剑的3D图案。

"发生了什么事情？"帐篷内间传来了岳红香的声音。

林北辰的动静太大，惊动了焦虑中的少女。

他连忙稳住心态，道："没事，做了个美梦……抱歉打扰到你休息了。"

"没事。"岳红香说了一句，然后就沉默了下去。

林北辰安静下来，心中却是越发地兴奋。

好玩。

"这个百度网盘APP，竟然是拥有着和传说之中的储物戒指、储物手环、芥子空间之类法宝一样的功能。"他惊叹道。

兴奋之余，林北辰注意到，在德行之剑3D图案文件的旁边，还有一个"下载"按键。

他点击下载，微光闪烁，德行之剑重新出现在了他的身边。

就像是得到了一个超喜爱的玩具的小孩子一样，林北辰连续尝试使用百度网盘的功能，将帐篷里所有的小物件，都尝试着收纳、取出了一遍。

"10G的容量，其实是百度网盘的容纳空间，按照一定的比例在流量和容量之间转换，刚才尝试的都是死物，却不知道，能不能容纳活物呢？"

于是，林北辰心中一动。他看着帐篷内间中岳红香沉睡中模糊的身影，陷入了沉思。但最终他还是克制了自己的念头，没有尝试去将岳红香装进百度网盘里面。

一则不知道活人被装进网盘中是否有风险；二则被岳红香察觉之后，他不仅无法解释这一切，反而可能暴露自己的一些秘密，引来不必要的麻烦和觊觎。

"林北辰啊林北辰，你要记住，要低调，要安静发育，千万不能飘。"他在心里，默默地警告自己。

又玩弄了一番手机，林北辰将其收入体内。手机系统升级后，两次随机抽取出来的APP，都给了林北辰巨大的惊喜，也给了他一个新的思路。

既然百度地图和百度网盘两个APP都出现了魔改版，那其他的APP呢？

比如网易云、微信、QQ、美团、饿了么、滴滴打车、京东商城、天猫商城、知乎、微博、SOUL 交友、世纪佳缘、百合网等等一系列的应用。

是不是有朝一日，这些地球上的正经APP，都会出现在这个手机的应用商店中？经过魔改之后，会有什么样的功能呢？

突然觉得很有意思呀。

"小鸡小鸡，免费抽取未知应用APP的机会，多久时间会出现一次？"林北辰呼叫智能助手。

"我不知道哦，主人。"悦耳女音回答道。

林北辰："……"你怕是个假的智能助手吧。

"小鸡小鸡，手机的版本更新，是否需要特定的条件，才能达成？"他又问。

"我不知道哦，主人。"悦耳女音回答道。

林北辰："……"

"废物，退下。"他气呼呼地道。

"听不懂主人您在说什么。"悦耳女音很委屈。

"小鸡，退下。"

"好的，主人再见。"

智能语音助手的图标消失。

林北辰继续研究两个新APP的功能。

一夜无话。

第二日，晴，空气清新。第一缕太阳的光辉，从远处的地平线上释放出来。

"时间到了，所有学员立刻离开营地。"云梦卫中队长陈剑南的大喝之声响起。

一百多名学员，从营地正门鱼贯而出，走入了绿色荒野中。

夜晚的荒野是人类的禁地，但白天也并不完全安全，因为荒野一直都是魔兽的世界。

好在这片荒野作为初级学院的训练用地，已经被人类的高手反复地巡视收割过。方圆百里以内，并没有三级以上的大型凶兽出没，所以整个预选赛之中，只要不是自己非要作死，小天才们都应当是有惊无险。

当然，事无绝对，以前也曾发生过有天才在预选赛中不幸死亡的先例。

"记住，若是遇到无法对抗的险境，就捏碎你们的石牌，可以产生一个保护阵法，保你们性命无虞，等待军队的营救。但是，捏碎石牌，也意味着你们就此退出了预选赛，失去了继续比赛的资格，所以，慎重使用。"

"还有，石牌只有持有者本人捏碎才有效，他人强行损坏，将剥夺损坏者的比赛资格。"

"太阳落山之前一炷香时间之内，回到营地，非规定时间不能进入营地。"

"现在，比赛开始。"

陈剑南冷酷的声音，在荒野上空回荡着。

一百多名学员，立刻就分成为了不同的十几个团体。

其中又以国立皇家初级学院的天骄双璧——陶万成和李涛二人身边聚拢的人最多，都有二十多人，一看就是兵强马壮。

其他诸如慕炎东、邵永宁等国立皇家初级学院有影响力的天才身边，亦有十多个人。

再然后就是在个人排名总榜上名次靠前的其他四五个天才，亦是笼络了一部分人马。

形单影只的，只有四个人——凌晨、林北辰、岳红香以及一个叫作沈飞的少年。

"林同学，"李涛面露微笑，温文尔雅、玉树临风，非常诚恳地再度发出了邀请，"所谓独木不成林，何不考虑一下与我们同行呢？至少在荒野中，大家一起，遇到凶猛魔兽，可以有一个照应。"

林北辰摇头："好意心领了。"

李涛下意识地看了一眼凌晨，想到了什么，不再劝说。陶万成则眼神凶横地盯着林北辰，做了一个割喉的恐吓动作，也并未开口说话。

似乎有一种无声的默契，所有学员并未第一时间离开，所有人都在等待凌晨开口说点儿什么，仿佛她才是预选赛的主持官员一样。

清晨的金色朝阳跃出地平线，洒落万道金光，落在这群少年的身上，唯美得像是一幅大师级的油画。而站在队伍最前面的凌晨，则毫无疑问是这幅画上最光彩夺目的主角。

少女的身上，有一种语言难以形容的、与生俱来的气场，用地球上的一个词来形容，就是高级感。

如果说木心月的美还处于人间范畴的话，那凌晨的美则完全有一种凌驾于众生之上的不真实感。哪怕是她真真切切地站在这里，依旧会让人觉得遥远得好似是在另一个仙佛神魔的维度。

今天的凌晨，又恢复了那种高高在上冷酷如仙般的表情，重新进入霸道总裁状态中。

这丫头，真的是有两副面孔啊，不会真的是个人格分裂的神经病吧？林北辰在心中腹诽着。

看了一眼林北辰，凌晨声音清冷得像是万载冰泉一样，霸道而又直接地道："你跟我走。"

所有人都觉得，林北辰一定会第一时间忙不迭地点头答应。云梦城第一天才美少女的组队邀请，没有人能够拒绝。何况林北辰还是一个好色的之徒，岂不是正中下怀？

然而——

"好意心领了。"林北辰用相同的一句话，回绝了凌晨，众人大跌眼镜。

"为什么？"凌晨微微皱眉。一种压迫感油然而生。

"我牙口很好。"林北辰道。

凌晨面露疑惑之色，林北辰补充道："因为牙好，所以不想吃软饭。"

"小男人的可笑自尊。"凌晨很无语地叹了一口气，但似是又想到了什么，突地展颜一笑。这一笑，仿佛冰雪消融，百花盛开，美不胜收。

又变脸了，又切换人格了？林北辰心里哀嚎。

他有一种不太好的预感，自己好像是遇到事儿了。

果然，在所有目光的注视之下，切换了人格状态的云梦城第一美少女，轻轻地走到林北辰的面前，用纤纤素手轻轻地为他整理了一下衣领，吐气如兰道："其实，吃软饭又怎么样？我凌晨愿意辰哥哥吃我软饭，谁敢说三道四，我割了他的舌头……"

所有人都呆了。

尤其是国立皇家初级学院的天才们，仿佛听到了咔嚓咔嚓心碎的声音。

这个学院的女神，就这样大庭广众之下，再一次毫不避讳地向一个人渣败类表达心意。

一道道羡慕嫉妒恨的目光，聚焦在林北辰的身上。

然而林北辰却摇头，他一字一句，语气悲壮道："不行，原谅我不能这么做，我林家此时已经是家破人亡，我父亲背负耻辱罪名，我姐姐下落不明生死未卜，我已经不是过去的那个我了，在洗刷父亲的罪名、找到姐姐之前，我林北辰对天发誓，绝对不会动任何男女私情。"

哈哈哈，这个理由，总可以过关吧？败家子在心里暗自扬扬得意，这是他昨晚憋了一晚上想出来的理由。

毕竟以前是个人渣败家子，好色如命、顽劣不堪，现在突然变成了柳下惠，别人肯定是会怀疑的。他不想和别人组队，因为不想暴露自己身上关于手机的诸多秘密，就怕这个天骄女来这一出，所以拒绝的借口早就想好了。

"哦，原来这样啊，要浪子回头了吗？不愧是我喜欢的少年呢，那好吧，既然辰哥哥你一定要靠自己的实力证明自己，那就依你吧。记住哦，一旦遇到什么危险，都可以来找我。"

凌晨轻轻地抱了抱林北辰，转身独自一个人，走向荒野。

抱我？这个好色的女人，趁机占我便宜，她果然是垂涎我的美色。林北辰心里腹诽道。

国立皇家初级学院的天才们，却是再度听到了自己那已经碎得稀烂的心继续破碎的声音。

昨夜他们都不愿意相信，本以为是女神一时兴起的一场闹剧，结果今天，更残忍的画面一次次地出现了。

这一天，他们仿佛是集体失恋了，林北辰瞬间就成了所有国立皇家初级学院天才们的共敌。

"林北辰，我会让你一枚星辰徽章都拿不到。"陶万成咬牙切齿，近乎咆哮地道，"你等着吧……我们走。"

他带人冲向荒野。

李涛也苦笑一声："林同学，你现在是最让国立皇家初级学员的所有学员嫉妒的家伙了，不出意外会有很多人找你的麻烦，所以……好自为之吧。"说完，也带人进入荒野。

一个个临时团队，都朝着荒野深处进发。很多学员一步三回头，都用恶狠狠的眼神剜着林北辰。那表情，那神态……仿佛是和林北辰有着夺妻杀子之仇一样。

叫作沈飞的少年，挑选了一个人少的方向，默不作声，踏上了自己的征程。

岳红香看了一眼林北辰："祝你好运。"

林北辰挥挥手，不等她再说什么，嗖的一声就冲了出去。

岳红香低着头，沉默着，沉默着。许久，她才轻轻地叹了一口气，表情重又变得坚毅了起来，轻轻地对自己说："加油，少女，就算全世界都抛弃你，你也不能放弃自己……为了娘亲，不管多苦多难，都一定要坚持下去。"

朝阳中，古典书卷气的少女，用受伤的手腕握着剑，一个人进入了荒野。

"太阳当头照，花儿对我笑，小鸟说，早早早，你为什么跑得这么……"林北辰美滋滋地蹦跶着前进。

经过一整夜地琢磨，他已经有了一个大胆的计划，非常之大胆。

他拿出手机，打开了百度地图，载入整个荒野的大地图之后，直接输入了"星辰徽章"四个字，开始搜索。

消耗少量玄气后，顿时有一个个的红色标注点，在地图上显露出来，整整一百个。

没错，教育署费尽了心思，藏在这片荒野各大隐蔽之地的一百枚星辰徽章，是可以被魔改后的百度地图给搜出来的。这一点，林北辰在昨夜就已经发现了。

别人要辛辛苦苦去搜寻、大海捞针一样寻找的徽章，对于他来说，完全就是唾手可得。

妈妈再也不用担心我的学习了。

"嘿嘿，先去挖最近的一枚星辰徽章，大约在十里之外的湖边。"他直接点击选择了最近的一个目标，开始导航。

"已为您规划好路线，需要用时三十分钟，请按照导航前进。"熟悉的声音响起。

林北辰迈出六亲不认的步伐上路，走了片刻——

"请注意，前方五百米出现锯齿蜥巢穴，成年锯齿蜥数量为十，幼年锯齿蜥数量为十五，检测到危险等级为三，建议绕行，已为您重新规划路线。"一个声音在手机中传来。

还有这功能？这是……魔改版的电子狗吗？林北辰一愣，旋即大喜。

没想到魔改版的百度导航功能竟是如此完美，善哉善哉。

林北辰依言绕开。

又过片刻——

"请注意，前方六百米米发现大型铁鄂蚁巢穴十座，成年铁鄂蚁三千六百万只，检测到危险等级为二至九不等，强烈建议绕行，已经为您重新规划路线。"

"前方五十米，红尾毒蛇一只，检测到危险等级三，建议绕行，已为您重新规划路线。"

"前方十米，成熟期冰雾毒果，毒素致命，检测到危险等级二，建议绕行。"

手机中不断传来各种提示音，林北辰脸上笑开了花。

完美！有这样的野游利器，危险丛生的绿色荒野就是自己的后花园，简直就是"蒙多医生，想去哪儿就去哪儿"。

片刻后——

"前方一百米，成年冰箭鸡四只，危险等级一，是否绕行？"手机发出提示音。

危险等级一？这次百度地图都不提醒绕行了。

冰箭鸡？听起来就"萌萌哒"啊。不管是红烧还是清蒸，应该都很好吃吧？而且只有一的危险等级……嗯，不绕了，过去看看。

走了八十米——

咻！

一道冰剑，从茂密的草丛里突然飞射出来。林北辰猝不及防之下，被射中了膝盖。

我的膝盖中了一箭！

林北辰只觉得左腿一阵冰凉僵硬，淡蓝色的冰霜在腿部蔓延开来。

"吱吱吱……"下一刻，一只红着眼睛的灰鸡从草丛里钻出来，獠牙锋锐，尖叫着冲向林北辰，姿态凶猛得像是一头秃鹫一样。

咻！林北辰抽剑刺出。

鸡被剑芒刺破了头颅，瞬间坠落死去。

"敌将击破！嘿嘿，战五渣的冰箭鸡，不堪一击。"林北辰化身中二少年。

剩下的三只冰箭鸡，一看到"猎物"竟是如此凶猛，立刻转身逃窜，速度极快，宛如三缕闪电一样。

不过，其中一只也许是太惊恐了，蹿得也太快，竟是慌不择路一头撞在三米外一棵树上，直接脑浆迸裂，两腿儿抽出乱蹬，然后不动弹了。

这鸡把自己撞死了，林北辰一阵无语。不但弱，而且怂，唯一的长处，就是跑得快。

他运转玄气，揉了揉左腿膝盖，冰凉僵硬之感很快就散去，卷起裤子一看，膝盖红肿，但并未破皮，应该是无相剑骨立了大功，换作普通人，中一冰箭，估计半个腿都被刺穿了。

"这次实验很有必要，因为由冰箭鸡的能力，可以推算出来，百度地图检测到的三级以下危险生物，其实对自己并无太大的威胁，至于三级和三级以上是否会有致命危险，要小心印证一番了。"林北辰心中有了计较。

他拎着两只死鸡又走了二十分钟，终于来到了湖边。

这是一个方圆数千米的无名小湖泊，西侧有一条小河流的活水注入，清澈静谧，湖水幽蓝，看起来极深，而难得的是湖边还有一片白色的沙滩，视野开阔，用百度地图APP检测了一番，发现并无什么危险生物。

"第一枚星辰徽章，就躺在这湖水边上。"

林北辰在岸边拉伸关节活动了一下身体，又拿剑试了试水还不算太深，湖水靠近沙滩边缘处都比较浅，大约能没过他的胸口处，然后随着导航指示的路线哗啦啦地走进了湖水里面。

地球上的他，是不精通水性的旱鸭子一个。如今有了玄气修为支撑，闭气时间能稍稍变长，在水中行动相对轻松许多。

依靠手机导航的指导，潜水第十次的时候，他终于成功地捞到了第一枚星辰徽章。

哗啦！

破开水面，慢慢走上岸边，林北辰将徽章放在掌心，仔细观察。

这是一枚椭圆形的徽章，好似是一个压扁了的鹅卵石，底色为暗青色，其上点缀着一个个大小不一的银色光点，整个徽章乍一看，就像是夜空之中有无数的星光在闪烁一样，怪不得叫作星辰徽章。

值得一提的是，徽章的底部，还有一个阿拉伯数字——1。也就是说，这是一号星辰徽章。

林北辰毫不犹豫地将这枚徽章收入到了百度网盘中，然后不做停歇，继续利用百度导航，去寻找下一枚。

按图索骥的时间过得飞快，转眼之间，八个小时已经飞逝而过。

"该回去了。"林北辰将第九枚星辰徽章收入到百度网盘，低头看了看手机，还剩下20%的电量。

"虽然开挂一时爽，一直开挂一直爽，但这电量消耗……"林北辰一阵肉疼，今天早上还有50%的电量呢。

这样算下去，两天就得充一次电，需要10枚金币。自己在年中大比中获得的50枚金币的奖励，大概也就只能支撑10天时间了，等到预选赛结束，又没有钱了。

"赚钱大计，必须加快了。"败家子心里想着，拎着两只死鸡，转身朝着营地走去。

夜晚的荒野野性升腾，太过于危险，只有营地里是安全的。

回去的路上，林北辰依旧开着导航，以避开种种可能的危险。这个时候可不能节约。

他终于赶在天黑之前，来到了营地五里之外的一片稀疏树林中。

突然——

嗖！

一张绳网从旁边的一棵树上飞出，对着林北辰的头顶罩了下来。

锵锒！

林北辰拔剑。

剑光一闪，绳网被削开一道缝隙。

"什么人？"林北辰从斩开的缝隙中钻出。

回应他的是几道飞绳，两侧系着铁球，如蟒蛇般甩动，朝着他缠来。

咻！

林北辰直接施展北斗临，一剑三影，飞绳瞬间就被斩断。

树林中响起一道急促的口哨声，几道人影从树上跃下，急促远去，直接逃离。

四周旋即安静下来，好像什么事情都没有发生。

"看来是埋伏在营地周围，抢夺他人劳动成功的学员，一击不中，立刻远遁。"林北辰心中猜测。

这不奇怪。

在没有发现百度地图可以搜索到星辰徽章之前，林北辰也动过打劫的念头，直接埋伏在营地外几处必经之路上，打劫一些徽章，拿到几分就可以晋级。毕竟自己动手搜寻，哪里有抢劫来得快？

看来有人早就有了相同的打算，真是英雄所见略同啊，幸好刚才反应快。

他当下提起精神，集中注意力，继续前进。接下来一路上，却是没有遇到打劫的。

二十分钟后，平安到达营地，城门口的云梦卫检查了石牌之后，林北辰安全进入，来到了广场上。

此时，大部分的学员已经回来了。林北辰随便扫了一眼，立刻就乐了。

因为有几个学员……鼻青脸肿地半裸了。

"哎，真倒霉，今天在荒野中搜了一天，连个徽章的毛都没有见到，刚才还在营地外被打劫了，也不知道是哪个缺德玩意儿，竟然敲了我一闷棍，到现在半边脑瓜子还疼。"一个脑袋肿着大包的学员，垂头丧气地道。

"你只是肿了一个包，我不但被打劫，连衣服都被人给扒了。"另一个光着膀子瑟瑟发抖的学员，欲哭无泪地道。

"是啊，太缺德了，我的衣服也被扒了，要是被我知道，是哪几个王八蛋做的这种缺德事情，我和他们拼了……"

"啊，我说那几个混蛋，怎么都蒙着面，一定是用你们的衣服，做了面罩，方便打劫……"

一些被劫道了的学员，相互交流挨打经验。一起比惨，痛苦减半。

林北辰来到广场中央的石榜前面，抬头看去。今日的积分统计还未完成，但已经公布了一部分。高居于榜首的，不出意外是天之骄女凌晨，找到了一枚星辰徽章，得到了10个积分。其他一连串名字后面，都是清一色的0个积分，包括陶万成和李涛这些国立皇家初级学院的天才。

这届学员不行啊，林北辰很无耻地想。

"小子，你终于回来了，快说说，可有收获。"丁三石不知道从哪里跳出来，一脸期待地道。

林北辰道："有啊，两个。"

"两个徽章？"丁三石兴奋得差点儿跳了起来，道，"真的假的？快给我看看。"

"谁说两个徽章了？"林北辰无语道，"两只鸡，看，冰箭鸡，肥美鲜嫩，今晚的晚餐有着落了。"

丁三石呆住，旋即暴怒道："你一天出去就打了两只鸡？"

林北辰反驳道："不然您以为呢？我一个败家子，以前都是锦衣玉食，衣来伸手，饭来张口，现在都已经可以在荒野中打飞鸡了，您不觉得，这是一个巨大的进步吗？"

说得好有道理，丁三石竟然无言以对。

"也对，我不该对你要求太高，你毕竟是一个人，今天就连陶万成和李涛的两个大型团队，都没有任何收获。"丁三石冷静下来，也知道自己操之过急了。

刚开始的时候，千万不能给学员太大的压力。

于是，他一脸歉意，反而是开始安慰林北辰，道："星辰徽章是教育署的高手所藏，每一处都极为隐蔽，有些就算是发现了，也没那么容易取到手，还有九天时间，你慢慢来，不用着急……去吧，到犁落然大人那儿，将你这两只冰箭鸡登记一下。"

"啊？"林北辰很意外，"鸡也要登记？"

"那当然。"丁三石道，"星辰徽章可不容易找，往届出现过一直到预选赛结束，找到星辰徽章学员的数量都不足二十的，最后只能用狩猎数量来决出几人，补足二十人名额，所以，蚊子再小也是肉，赶紧去吧。"

还有这样的说法？林北辰想了想，来到了登记处："冰箭鸡两只。"

犁落然亲自检查之后，目光在林北辰的脸上一扫，和蔼地问道："还有其他收获吗？"

林北辰摇头。那九枚徽章，他并不打算现在就交出来，因为……另有作用。

夜幕很快降临，一百名天才学员，已经全部都回到了营地中。

广场上还算是热闹。营地不再提供饮食，一切食物都需要学员自己动手。

几十堆篝火熊熊燃烧，大家都在开火做饭。

林北辰看了一眼，发现陶万成、李涛和其他一些天才们，基本上都有人伺候，做好了各种吃食端过去，根本不用自己动手。

然后再看看自己，再看看摆在面前的两只死鸡。

"呃……如果做一只叫花鸡的话，是不是不用扒皮拔毛来着？"他在脑海里，疯狂地回忆各种美食博主的视频过程，最后很沮丧地发现，自己以前在地球看直播的时候，好像没记住怎么做，只记住了怎么吃。

如果这个时候有一个美食烹调APP在手，就好了。

"不会做？嘻嘻，辰哥哥，吃我的吧。"熟悉的声音响起。

天之骄女凌晨像是跟屁虫一样出现，手里端着一个临时用树皮做的盘子，里面摆满了各种野生水果，看起来味道不错。她坐在林北辰的身边，将盘子往两人中间一放，双手托着下巴，一脸笑容地看着林北辰，眼睛里好像是有光。

林北辰看了她一眼，嗯……这位天之骄女，现在应该是小糖果人格了。

这个云梦城的天之骄女，不仅仅是人格分裂，脑子里面还缺一根弦吧？高高在上什么都不缺，为什么非要黏着一个渣男不放呢？

要说也是一个天才级别的人物，不至于被区区爱情烧坏了脑子。就算是她曾经和前身发生了一些超友谊关系，但这个世界的风气相对开放，不至于和一个男人有过瓜葛就必须死活嫁给他之类。

"不，我要吃肉。"林北辰直接拒绝。

凌晨绝美的面容上露出为难之色，道："可是，人家平时也是锦衣玉食，也不会烧烤野物，这些野果都是我今天在野外摘的，很好吃呢，你试试。"

林北辰沉默不语，他在心里琢磨，怎么样才能让这个双重人格的少女知难而退呢。要不要残忍地、无情地、狠狠地……直接地拒绝她呢？

但一想到霸道总裁人格状态的凌晨，林北辰就有点儿怂了。

就听凌晨又甜甜地笑着，安慰他道："辰哥哥，你是不是因为今天没有找到徽章不开心？没关系，我可以送你一个。"

说着，伸出白玉一般的纤巧手掌。一枚星辰徽章在四周篝火的印照之下，闪烁着跳跃的光辉，神秘而又美丽。

"你……"林北辰无比惊讶地道，"你今天找到了两枚徽章？"

凌晨展颜一笑，漫天的星光都失去了色彩，道："是呀，登记了一枚，这一枚是专门给你准备的。"

周围一下子安静了下来，其他学员吃惊地看着这一幕，瞬间想死的心都有了。累死累活一天没有任何收获，本来就已经很心塞很疲倦了，结果在这个时候，还被强制狠狠地塞了一把狗粮，这个世界……为什么总是充满了恶意？

林北辰当时心情就不好了。这个败家娘儿们，怎么这么能找星辰徽章？我有导航搜索，一天才找到了九枚而已，你出去逛一圈就搞到了两枚？

不行，再这样下去，徽章都要被凌晨挖得差不多了，自己的计划可就要缩水了。

盯着近在咫尺的星辰徽章仔细看了一会儿，林北辰摇头拒绝了："我会找到属于自己的徽章，谢谢你的好意，但不需要。"

凌晨将徽章收起来："哦，那好吧"

林北辰没有回答，而是转身对着广场，大声说："有谁可以将这两只冰箭鸡烤成美味吗？如果可以的话，我不介意请他吃一顿鸡肉大餐。"

广场上，有十几名白天没有捕猎到魔兽的倒霉蛋，闻言都心动了。

"林同学，我……可以吗？"岳红香鼓足勇气道。她今天的运气很差，不但没有找到星辰徽章，而且因为手腕手筋的伤势，实力大打折扣，竟然连普通的野兽都没有猎取到，只能饿着肚子看别人大快朵颐。

"当然。"林北辰道，"多谢。"

岳红香连忙道："是我该谢谢你。"她拎起两只冰箭鸡，熟练地烤制起来。半个小时后，烤得外焦里嫩的酥黄鸡肉，就摆在了林北辰的面前。

"真是没有想到，岳同学还有这样的烹饪手艺。"林北辰直接分出去一只烤鸡给岳红香。

岳红香非常感激地道了一声谢谢，带着属于自己一只烤鸡，回到第三学院的帐篷里面去了。

"辰哥哥，你不愿意理我，是因为她吗？"凌晨委屈巴巴地问道。

林北辰摇头。

"其实……没关系的。"凌晨伸出粉嫩的小拳头，给自己打气，然后很大度地道，"我不介意你纳妾。"

噗！林北辰一口水差点儿喷出来。

我纳不纳妾，关你屁事啊，你这种已经以正宫娘娘自居的口吻，到底是怎么回事啊？

吃完烤肉，林北辰又去找了一趟营地大总管犁落然，从自己的储物箱中，取出了十枚金币。

凌晨一直像是小尾巴一样，跟在林北辰的身边。

"辰哥哥，你想要用金币，从别人手中买徽章吗？"她好奇地问道，"不过，我劝你放弃这个想法，因为就算是有人手中有多余的徽章，一枚徽章的价值也远超十枚金币，与其去买别人的徽章，你还不如收下我送给你的。"

"那是两回事。"林北辰道。

"要不这样，我的星辰徽章卖给你吧，一个金币一枚，怎么样？"凌晨换了个提议。

凌晨话音未落，国立皇家初级学院那位带队的中年美妇教习，再一次从远处冲来，狠狠地瞪了一眼林北辰，然后将凌晨揪走了。

解放了，林北辰终于松了一口气，头也不回地钻进了第三学院的帐篷。

远处石碑下，营地三大巨头之一的犁落然，完整地看完整个画面，轻轻地摇摇头。

第十二章

疯狂寻章

第二日，林北辰加快了速度，不惜消耗手机电量，疯狂搜索寻找徽章。

这一天，他不惜体力地四处奔波，收获也是巨大。算上第一天，他已经足足找到了二十六枚星辰徽章。

这个数字，绝对是爆炸性的。

"这是哪个脑子里有屎的教育署高手，竟然把星辰徽章藏到魔魇巨蜥的粪池里面……"傍晚时分，终于找到了第二十七枚星辰徽章的林北辰疯狂跑路，后面是十几头魔魇巨蜥正在疯狂地怒吼追赶，足足将林北辰追出二十里地，才悻悻返回。

估计巨蜥们也很纳闷，为什么这个人类竟然去偷它们的粪便，难道是要拿去吃吗？

一路狂奔的林北辰，终于在日落之前，回到了营地中，他第一时间来到广场中央石牌下。

积分榜有了变化。

排名第一的依旧是天之骄女凌晨，她已经找到了三枚星辰徽章，得到了三十个积分，高居第一；排名第二的是那个叫作沈飞的独行少年，找到了一枚星辰徽章，十个积分。

这是仅有的两个找到徽章的学员。

令林北辰非常惊讶的是，后面的其他人，包括陶万成、李涛、慕炎东等国立皇家初级学院的天才，依旧是一个积分都未曾得到，积分依旧是零，显然是并未找到任何一枚徽章。

这有点儿不正常。

陶万成和李涛两人组建的团队，人数最多也是最强的，按理来说，这样的阵容，不至于在第二天结束的时候，还找不到哪怕是一枚星辰徽章，从概率学上来说，这个结果也绝对不合理。

林北辰站在石碑前，陷入了沉思之中。不会是……因为自己……把营地周围的星辰徽章快挖光了吧？

"辰哥哥今天又没有收获吗？"天之骄女凌晨像是天上的玄女一样，飘过来挽住了林北辰的手臂，亲昵地道，"要不这样吧，你明天和我组队，我带着你去找星辰徽章，这样也算是你依靠自己的力量，找到徽章的呀。"

林北辰不动声色地将手臂抽出来。

"凌同学，我有些疑惑，想要咨询一下你，不知道你能不能为我解惑？"他问道。

"辰哥哥想要问什么，尽管问便是。"凌晨一副非常开心的样子，再次主动挽住了林北辰的手臂，道，"你终于愿意主动和我说话了？我就说嘛，你不会忘记我的。"

"你是用什么办法，找到星辰徽章的？"林北辰问道。

他试着抽了抽手臂，不行，夹得太紧，根本抽不出来。

这个丫头……是怪力女吗？怎么力气这么大？那以后万一真的在一起……我岂不是会被一屁股坐死？

等等，我为什么已经开始想以后了？这个思路不对啊。林北辰又陷入了无限惆怅之中。

凌晨眼睛眨呀眨，道："当然是用精神力去感知呀，星辰徽章是玄纹炼金产品，可以沟通天地之间的玄气，会产生能量波动，在一定的范围之内，是可以被精神力感知到的。"

林北辰有点儿发蒙，精神力？那是什么玩意儿？学院好像从来没有教过啊。

"你们第三学院，一定是还没有传授过开国皇帝陛下的《精神力初解》吧？"凌晨像是想起了什么，连忙道，"也不怪辰哥哥你不知道，毕竟精神力是中级学院才传授的内容，七大初级学院中，唯有国立皇家初级学院才开设这门课程。"

林北辰秒懂。这就好像是地球上，普通高中的学渣们，学完高中课程就已经觉得很了不起了，而那些名牌高中的天才学霸们，可能在高一的时候，就开始自学微积分了。

差距啊。

"精神力的修炼，困难吗？"林北辰问道。

"辰哥哥如果想要修炼的话，我可以教你哦。"凌晨笑起来的时候，眼睛像是月牙儿一样，充满了惊心动魄的魅力。

"好。"林北辰答应了。

艺多不压身。

"嗯，从哪里开始教呢……"凌晨歪着脑袋想了想，道，"你等等我。"

说完，一溜烟跑掉了。过了一小会儿，她又回来了，将一个小册子，递给了林北辰。

《精神力初解》？这就是国立皇家初级学院的精神力修炼教材？

"拿着吧，这又不是什么不能泄露的秘籍，你先花时间看看，弄清楚个大概，然后明天回到营地之后，我来教辰哥哥你修炼。"凌晨道。

"多谢了。"林北辰也不客气，将这个册子收下。

下一刻，国立皇家初级学院的那个中年美妇教习，再度出现，充满杀意地扫了林北辰一眼，将凌晨给拖走了。

"真是知心贴心的天使大妈啊。"对于这位将自己从凌晨"魔爪"纠缠下救出来的中年美妇，林北辰万分感激。

他回到帐篷之后，翻开册子，开始研读了起来。这是北海帝国的开国皇帝——一代剑神李剑心所创的精神力修炼法。

当然这个本子里只是一个简化版，其中提到了精神力修炼的必要性——意志力不够强大的话，不但无法驾驭一些高等级的战技，更致命的是，一旦遭遇到精神力强者的意志冲击，当场就会丧失战斗能力。

而且，强大的精神力，也是炼丹炼药剂、雕刻玄纹和布置玄阵的前提。

总之，一个真正强大的武士，外壮肉身，内壮精神，内外合一才是真正的强大。

这篇初解，是教材，也是一门修炼方法。其修炼的法门，主要是靠两种途径——呼吸和冥想。

这是初期的精神力修炼法门，到了后期，还有观想之术，更加高级。不过对于观想之术，这篇初解中只是随便一说，没有详细提及。

而林北辰也没有任何失望，因为对于他这种初学者来说，打好基础才是最重要的，那么高级的法门的确也没啥用。

他看完详解，按照其上记载的呼吸冥想心法，尝试了一下，结果……

"看来我果然不是一个武道天才。"林北辰尝试了数次之后，彻底放弃了。

杂念太多，根本无法集中精神。身为一个"开挂"的人，果然不该对自己有太大的期待。算了，我还是……继续开挂吧。

感慨了一句，林北辰毫不犹豫地拿出了手机，对着初解就是一阵拍摄。不出意外地在手机应用商店之中，生成了一个叫作精神力初解的APP。

消耗300MB流量下载安装之后，点击运行。

APP内界面浮现，不出所料是一以贯之的水墨画面，与林北辰一模一样的水墨人物盘坐在一片云朵上，闭着眼睛极有规律地呼吸，在进行冥想。

"嘿嘿，还是开挂爽。"林北辰无耻地想着。

这时，肚子咕噜噜传来响声，一阵饥饿感犹如潮水般袭来。

尴尬了，瞬间好像是被抽干了体力一样。今天一天都疯狂地挖取星辰徽章，午饭都没有顾上吃，更别说是狩猎。

"看来得挨饿了。"林北辰痛苦地想。

时间流逝，这是林北辰在来到这个世界之后，第二次感受到饥饿的痛苦。

挨饿的感觉，简直就像是酷刑，越忍越难受，肚子咕噜噜抗议个不停，前胸快要贴到后背。

这时，一小篮子水果从帐篷的内间甲递了出来。岳红香的声音传出来，柔柔地道："很抱歉，我今天还是没有狩猎成功，只是摘到了一些野果，林同学不嫌弃的话，垫垫肚子吧。"

"多谢。"林北辰毫不客气，抓起野果狂吃了三四个，酸酸甜甜的汁液入喉，才终于觉得舒坦了一点。

之后帐篷里的气氛，又沉默了起来。

从第一天晚上开始，吴笑方和木心月两个人，就没有在这帐篷里出现过，孤男寡女共处一室，两人都颇为克制，几乎没有交流，像是刚才说这么多的话，还是第一次。

"对了，岳同学，你的手腕伤势如何了？"林北辰打破沉默，强行尬聊。

岳红香道："好多了。"

"噢。"林北辰又没话了。

对话结束。

林北辰召唤出手机，略作思考之后，只将基础剑术近身三连更新版和精神力初解两个APP设置为后台运行状态，转而将中等玄气凝练术等其他APP全部关闭。

他现在的主要开挂修炼目标，在北斗临和精神力提升上。中等玄气凝练术已经修炼到顶了，对于他玄气的提升没有太大帮助了，不如关了，免得浪费额外的电量。

转眼之间，又五日时间过去了。

依靠着百度地图的变态功能，加上林北辰连放屁都顾不上一般地疯狂争分夺秒地努力搜集，他一个人搜集到了整整六十四枚星辰徽章。

这是一个可怕的数字。

因为如今石榜上排名第一的天之骄女凌晨，也不过是一共才找到了六枚而已；那个叫作沈飞的独行少年，找到了两枚；而陶万成和李涛两大团队，各自找到了一枚。

其他人都没有收获。

但林北辰将六十四枚星辰徽章全存在了百度网盘之中，没有上交登记，所以没有任何人知道这个秘密。

表面上看起来，这一期学员的预选赛进展效率，低得令人发指。

这个进展，令包括李青玄在内的所有营地官员们，都感到无比的震惊。

"这一届学员不行啊，到现在才一共挖掘出来这么几枚星辰徽章，这样下去，怕是到了最后，也凑不齐二十人名单。"李青玄皱着眉头道。

"效率低得有些不正常，总感觉好像哪里不太对的样子。"犁落然沉眉思考。

"也许是因为教育署的考官大人，将徽章藏匿得太隐蔽了？"云梦卫中队长陈剑南也对这些学员们深表同情。

时间流逝，又是一日过去，今日是预选赛的倒数第二日。

中午的时候，训练营地之中的石碑上，突然有二十多个学员的名字急骤地闪烁起来。

石碑发出刺耳的警报声。

"嗯？怎么回事？一下子，淘汰这么多的学员？"一直关注着石碑的总负责人李青玄从房间里冲出来，面色一变，"而且显示的地点极为集中，难道是遇到了大型魔兽？不应该啊。"

云梦卫中队长陈剑南更是不敢怠慢，立刻派遣精锐士兵，出发营救。

一个小时之后，包括皇家国立初级学院顶级天才学员慕炎东、邵永宁在内的三十六位学员，被云梦卫带回到了营地里，一个个都垂头丧气。

"怎么回事？发生了什么？"李青玄问道。

陈剑南颇为同情地道："这两个小团队，都被人袭击了，这么多人，连袭击者是谁，都没有完全看清楚，最后在毫无反抗能力的情况下，眼睁睁地被全部捏碎了石牌，被动出局，现场只留下了几个替罪羊。"

"捏碎石牌的人找到了吗？"李青玄目光一扫。

一个看起来干瘦矮小的少年，站出来道："大人，是我做的。"

"你一个人捏碎了三十六人的石牌？"李青玄目光严厉。

"还有我。"另外一个亚麻色短发的少女站出来，面目清秀，只是皮肤有点儿黑，衣服也脏兮兮的，看起来像是一个假小子，目光清澈，大声地道，"是我们两个人做的。"

李青玄目光在这两个少年的身上扫来扫去，认出了他们的身份。是五大社会帮派的代表人选，这些社会帮派的人，野路子出身，好勇斗狠，都是毒瘤。

李青玄作为云梦城教育署中的少壮派，向来看不起帮派，反对这些社会帮派加入天骄争霸赛。

因此面对着两个帮派分子，他也没有好脸色，厉声喝问道："说，是谁让你们这么做的？"

假小子少女却是非常镇定，表情不变，不卑不亢地道："大人，我们做的事情，在考试规则允许范围之内。"

干瘦矮小少年也道："大人，您别问了，我们是不会说的，但我想您应该猜得出来。"

李青玄一愣，旋即眼睛眯了起来，半晌道："来人，送他们回云梦城。"

一辆马车从营地中出发，载着这一对少年，前往云梦城，他们的比赛结束了。一起结束的，还有慕炎东和邵永宁两大顶级天才学员和他们的追随者。

被淘汰的学员们，显得非常沮丧而又气愤。

"那个假小子叫方小白，是疾风兄弟团的人，竟然敢捏碎我们的石牌，等回到云梦城，我一定不会放过他。"

"干瘦小子是火狼佣兵团的，哼，我认识他，叫作许多，我一定要报复他。"

"真是咽不下这口气啊。"

"是啊，我们几乎就要成功了，唉……气死我了。"

被淘汰的他们，心中的愤怒可想而知。但慕炎东和邵永宁的神色，却很平静。

成王败寇，斗争就是有成功有失败。这一次他们没有犯错，但却还是输了。那只能说明对手更加厉害而已。承认对手优秀，有的时候并不是一件很难的事情。

"诸位同学，这一次，是我疏忽大意，没有带领好大家，不过，之前允诺大家的条件，依旧有效，等大家回到城中，可以到皇家初级学院来找我领取，相信这次合作，只是一个开始，以后我们依旧有合作的机会。"慕炎东神色坦然地道。

邵永宁也道："慕师兄的话，也是我要说的，交朋友是一辈子的，我邵永宁认下的兄弟，有什么事，随时都可以来找我。"

这两人，都是云梦城中官员之子，贵族出身，说出来的话，还是很有分量的。沮丧的学员们这才欢呼起来。

很快，各个学院的马车驶来，将各自被淘汰的学员载上驶离。最惨的是第六学院，总共七名代表，悉数被淘汰。

肥胖得像是个圆球一样的带队教习邱天，苦着脸，心情简直像是跌入了地狱一样。

"哈哈，邱教习，一路慢走啊，哈哈，我的学员还在比赛，恕我不能相送啊。"丁三石开心得像是过节一样，兴高采烈地站在营地门口打招呼。

"哼，姓丁的，你别高兴得太早，你们第三学院，一个个都是垃圾，最终也是陪跑的命，进入正赛是不可能的事情，我劝你别做梦了。"邱天像是个肉球一样，跳上马车，气急败坏地发出诅咒。

丁三石哈哈大笑："就算是做梦，我也是美梦，你是噩梦。哈哈哈，起码我们学院的四个代表，到现在都还在比赛中，只要比赛未结束，一切都有可能。哈哈，不像是你们第六学院，这一次，啧啧啧，真是太惨了，突然之间，全军覆没。"

"你……"肉球邱天气得差点儿吐血，猛地想起了什么，突然又笑了起来，道，"姓丁的，你也别太得意，忘记当年你那个得意弟子曹破天了吗？"

马车冲出营地，扬长而去。

丁三石的笑容逐渐消失。

石碑下。

"倒数第二天，竞争突然变得激烈了起来，这一次，这些小家伙，玩得有点儿大啊，一下子淘汰掉这么多人。"训练营三巨头之一的犁落然缓缓走来。

陈剑南毕竟是军人出身，习惯了战场搏杀，忍不住道："本官看不惯这些小家伙钩心斗角的样子，就不能像是男子汉那样，光明正大地较量吗？"

"那是因为，预选赛本来就不是武力之争，而是一次心路历练。"李青玄道，"帝国需要的人才，不只是武力强大，更需要有智慧，有心理承受能力。就像是刚才的慕炎东和邵永宁这两个少年，败不馁，以后就是很好的苗子。"

"李涛和陶万成这两个少年，倒也不愧是国立皇家初级学院的双璧，手段很不错，最后关头，突然发力，以雷霆之势，就将两个竞争对手，在预选赛直接出局……"李青玄道。

犁落然道："呵呵，李大人为什么认定是李、陶两个少年，而不是凌晨或者是其他人所为呢。"

李青玄看了他一眼，道："凌晨是真正的天之骄女，已经是另外一个层次的天才，她太骄傲了，根本不屑于做这种事情，至于其他人，除了李涛和陶万成，没有人可以做到这种程度，一下子将慕炎东和邵永宁这样的天才给淘汰掉。"

话刚说完，不知道为什么，他的脑海里突然浮现出了林北辰的影子。这个败家子，短期之内，创造了一个个奇迹。

会不会是他？这个念头才浮起，李青玄瞬间又迅速掐灭。

不可能。

因为想要同时将慕炎东和邵永宁两个团队三十多人淘汰掉，不是依靠个人武力能够做到的事情。

第九天的夜晚，如期而至。

林北辰浑身是泥，像是从工地下班回来的搬砖工一样。

"总算是找到了第八十枚星辰徽章……唉，累死老子了。"他像是死狗一样，拖着玄气耗尽的疲惫身体，到更衣室里泡了一个温泉澡，才算是缓过来一丝力气，最后不得不将中等玄气凝练术APP重新打开，利用手机来恢复体内的玄气。

这几日的时间，他早出晚归，利用百度地图疯狂地寻找星辰徽章，根本就不顾上狩猎什么的，绝对是不惜一切代价，终于被他找到了八十枚星辰徽章。

这无疑是一个很恐怖的数字。

这次预选赛的星辰徽章，几乎都被他给挖光了，以至于其他学员根本没有什么收获。

这让林北辰更加低调了，不能功亏一篑啊。

而且，这几日凌晨一直都缠着他，想要传授他精神力修炼的技巧，都被林北辰以还未将《精神力初解》看完为由给拒绝掉了，幸好那位国立初级学院中年美妇教习，一次次地及时出现，将凌晨揪走，还林北辰一片安静。

那中年美妇应该不是普通的教习，凌晨这个骄傲的小凤凰，对其非常尊敬，很少违逆。

水声幽幽。

从更衣室温泉里出来，又累又饿的林北辰佝偻着身躯，像是一条老狗，来到石碑下看积分情况。

一看之下，他吓了一跳。

怎么回事？今天怎么一下子，淘汰了这么多的学员？

三十多名？这可是三十多棵韭菜啊。我还没有来得及收割呢，就被淘汰掉了？这是哪个缺德玩意儿干的事情啊。暗中腹诽了一阵，他也只好面对现实。

好歹还剩下六十多人呢。

他继续看石碑。

积分榜上，天之骄女凌晨的徽章数上升到了七枚，低调少年沈飞依旧是二枚，李涛和陶万成团队也依旧是各自一枚，其他人都是零。

林北辰越看越乐，偷着乐。最后实在是忍不住了，干脆捂着脸，笑得太厉害了，身体都有些抖。

"呵呵，原来你也知道廉耻，一枚徽章都没有拿到，羞愧得无地自容了吗？"陶万成的声音，从旁边传来。

"是啊，我……好羞愧。"林北辰依旧捂着脸。

陶万成呵呵一笑，道："现在后悔了？迟了。明天就是最后一天，你信不信，你看不起的吴笑方都能进正赛……我会让你肠子都悔青，等着吧。"

脚步声离去。

"林同学，不用灰心，也许明天还有机会呢？"李涛的声音又从旁边响起，"其实，你可以考虑一下我的建议，不如我们联手合作，我是真的很希望交你这个朋友。"

林北辰一只手捂住脸，一只手连连摆手，意思是你别理我。李涛要是再说下去，林北辰真的怕自己彻底忍不住笑出声来，那可就露馅了。

"呵呵，好吧，那就非常遗憾了。"李涛不无惋惜地说，"合作的好处多多，就连木心月同学，也有很大的概率进入正赛。唉，林同学实在是太固执了，希望到时候，你不要太后悔。"

说完，也离去了。

林北辰捂着脸，身体抖得更厉害了。一只手轻轻地拍了拍他的肩膀，是老教习丁三石，很同情地安慰道："没事，就算是没找到徽章，也不用哭啊。"

林北辰双手捂着脸，努力地收敛笑容，想要解释，一张嘴发出的声音就变成了："唔，我……呵呵……我……唔唔……没事……"

丁三石教习一听更加心疼了，他语重心长地道："不要这样，我不会再给你压力了，你尽力而为吧，不能晋级正赛也无所谓，毕竟你是第一次参加这种赛事，而且也就只会一手基础剑术近身三连加杀招北斗临。等到回去，我会向学院申请，让你跳级到三年级，提前学习入星战技，并且修炼精神力，内外合一，成为一个真正的武士。下一次大比，你一定是营地里最闪亮的崽。"

"丁教习，你是我们第三学院的带队教习，这么偏心他，有失公允吧？"木心月的声音响起。

"这次预选赛结束之后，我会向学院提出抗议，丁教习，我觉得你太偏心了，根本不配做学院的教习。"吴笑方的声音也出现了。

"滚一边玩儿去。"丁三石直接撑了回去。这几天下来，他对这两个所谓的学院天才，实在是一点儿好感都没有了。

"呵呵，我知道，现在我们人微言轻，不过，等到明日晋级结果出来，一旦我最终成功晋级正赛的话，呵呵，希望丁教习还敢用这种语气，对我们说话。"木心月冷哼着。

说完，两人也都离开了。

丁三石又安慰林北辰一阵。

"放心吧，教习，我没事。"林北辰放下手，证明自己并没哭，一路小跑着溜回了帐篷。

帐篷里，岳红香已经洗好了野果野菜，放在了帐篷的外间。

是的，两个人之间，已经形成了一种无声的默契。顾不上狩猎的林北辰，这些日子，都是依靠岳红香采摘的水果来填饱肚子。

用岳红香的话来说，是报答那一鸡之恩，一只烧鸡的恩德。

由于木心月和吴笑方自始至终都没有出现在帐篷中，所以帐篷里一直都是两人独处，渐渐地也能说上一两句话，气氛融洽了许多。

第二日，太阳高照，晴空如洗。

林北辰依旧独行，不过才离开营地不到五里，就被人拦住了。

是吴笑方。

"滚，老子没空和你磨叽。"看到这个舔狗，林北辰气不打一处来，道，"我现在没工夫收拾你，别耽误我时间，不然我可就真的削你了。"

要不是着急去挖矿……不，挖徽章，林北辰绝对不介意新仇旧恨一起端，出手好好修理一下这个狗东西。谁知道吴笑方非但丝毫不害怕，反而冷冷一笑："姓林的，以为我又是来求你的吗？呵呵，你看看这个是什么？"

一支乌木发簪，黑如墨玉，造型简单，并不值钱。但林北辰的脸色，还是略微变了变，因为这个发簪，是岳红香之物。

"什么意思？"他盯着吴笑方。

后者冷冷一笑："我知道你这几日，和岳师妹走得近，呵呵呵，林北辰，不想岳师妹出现点什么意外的话，林同学最好跟我走一趟哦。"

林北辰一句话不说，直接拔剑。

咻！剑光一闪。

"哎哟，你……"吴笑方惨叫一声，只觉得眼前一花，腿部已经中了一剑。

长剑刺破肌肉，顿时飙血，站立不稳，直接跌倒。林北辰冲上去，就是一顿狂殴。

"绑票是吧？"

"跟你走一趟是吧？"

"你以为派山所是你家开的吗？"

"你个狗一样的东西，就知道舔外人，祸害自己同学是吧？"

砰砰砰！

一会儿工夫，吴笑方惨叫的声音，已经开始嘶哑。

"别打了，别打了，有话好好说，有话好好说……"吴笑方挣扎着哀嚎道。

林北辰打得也有一点儿腰酸背痛了，才停手。

"蠢货，非要老子打你一顿才老实。"林北辰出了气，又踹了几脚，才道，"走，前面带路。"

"是是是……"吴笑方已经吓破了胆，点头如捣蒜，鼻青脸肿地爬起来，同时万分好奇地道，"你不问一下到底是怎么回事吗？"

"问什么问？到时候去了就知道了。"林北辰理所当然地说。

吴笑方呆住，欲哭无泪，那你刚才打我干什么啊？一开始本来我就是要带你去的啊，分明就是找个借口故意打我吧？

半个小时之后，距离训练营六十里，一处颇为漂亮的月亮形小湖泊之畔。

林北辰看到了正在湖边优哉游哉地钓鱼的陶万成。

三十多名追随陶万成的各学院天才学员，在湖边的沙滩周围布置起了几个警戒圈，将四周都围起来，一副训练有素的样子。可见在短短的九天时间里，他们已经形成了一个严密有序的组织结构，像是一个小型帮派一样。

嗖！钓竿猛地一甩。

"呵呵，鱼儿上钩了。"陶万成钓起一条白色的大鱼，缓缓收钩，扭头看了一眼林北辰，冷笑道，"呵呵，林北辰，没想到你这个人渣，还是一个怜香惜玉的种，真的敢来见我。"

"快别摆POSE装酷了。"

林北辰不耐烦地道："岳红香人呢？"

陶万成脸色一阴，放下钓竿，拍了拍手。

远处，一堆青草被移开，一个被埋在沙滩中只剩下了一颗头露在外面的面孔在草堆后出现。

不是岳红香又是谁？古典书卷气美女披头散发，连嘴都被塞住了，动弹不得。四个女学员手持长剑，守在岳红香的身边。

林北辰一怔之后，顿时大怒："你们可真是一群畜生！"他冲向岳红香。

"你最好别动。"陶万成冷冷地一笑，道，"如果你不想她受到伤害的话。"

林北辰止步，冷声道："预选赛有规定，不许故意重伤、杀害同学，我不信你们敢对她怎么样。"

陶万成很无耻地笑了笑，道："只是不许重伤，轻伤总是可以的吧？再说了，她的石牌，现在就在我们的手中。我只需要一句话，石牌就会被捏碎，她就要被淘汰了，如果你想因为自己的失误，而导致岳同学被淘汰的话，那你就试试吧。"

林北辰沉默了，他相信岳红香不会有生命危险。因为这是学院的预选赛，不是生死搏杀。杀人是犯法的，后果很严重。陶万成不至于这么蠢，但他绝对敢让人捏碎石牌。

若是因此而导致岳红香被淘汰……那就的确是有点儿对不起这个古典书卷气少女了。

这些日子，他一直疯狂挖掘星辰徽章，白天都顾不上吃饭狩猎，一直都是岳红香摘采野菜水果来给他垫肚子，偶尔甚至还能提供点儿烤肉，虽说有一鸡之恩在前，但林北辰还是觉得欠了人家姑娘的，所以也做了一个计划，来帮助岳红香晋级正赛。

此时如果冲动，导致岳红香被淘汰，那就前功尽弃了。

"你想怎么样？"林北辰道。

陶万成这才满意地笑了起来："这就对了嘛，好好配合，我又不是针对你……说实话，就你这样的废物，连被我针对的资格都没有，但谁让你是凌晨的男朋友呢？只好利用你来请凌晨来这里了。"

林北辰恍然大悟："你想利用我来对付凌晨？"

陶万成道："当然。"

"就凭你？"林北辰无语道。

虽然没有和凌晨交手过，但是，这些日子，随着他精神力的修为逐渐达到"登堂入室"的层次，他已经产生了一种类似于第七感的敏锐直觉。这种直觉可以比以往更加清晰地感知危险性，它告诉林北辰，凌晨的危险性，超过陶万成十倍。

就算是这三十多名学员加起来，也未必是凌晨的对手。

"是啊，就凭我一个人，当然不是凌晨的对手。她是那样高高在上的骄傲公主。"陶万成的眼中，闪过一种不甘的恨色，道，"但她太骄傲了，藐视所有人，自然也会得罪所有人，要对付她的人，不止我一个。你想想看，如果云梦城二年级——不，云梦城最卓绝的天骄，在天骄争霸赛的预选赛，就直接被淘汰掉，会是一个什么样的场景？"

林北辰想了想，好像的确挺震撼的。

"但她和我只是逢场作戏啊，你就算是抓住了我，她也未必来。"林北辰反驳道。

"呵呵，你最好祈祷她会来。"陶万成恶狠狠地道，"来人，给我绑上，埋了。"

有学员立刻拿着软绳冲了过来。

"等等。"林北辰大喊道，"绑可以，埋不行，我的五行命格属水，土克我。"

陶万成："……"

"属水是吧？"他冷笑道，"行，绑起来，丢水里。"

扑通。林北辰被绑起来丢在了水中，他的德行之剑也被解下来，交到了吴笑方的手中。

"拿着这个给凌晨看，如果不想林北辰被淘汰的话，就直接来湖边找我们。"陶万成叮嘱道。

吴笑方拿着剑就去找凌晨了。

整个计划安排得很周密，今天凌晨的行踪，早就在陶万成等人的监控之中。

"她不会来的。"林北辰在水里飘着，大喊道，"她只是玩玩而已，你没见这几天时间，她都没有怎么找过我了吗？"

"那就不是你操心的事情了，如果她不来，你还是担心担心你自己吧。"

陶万成坐在岩石上，继续钓鱼。

林北辰又大喊道："我都已经束手就擒了，不如这样，你们先把岳红香同学放出来吧，你好歹也是国立皇家初级学院的顶级天骄，这样欺负一个女学员算什么？有辱你国立皇家初级学院顶级天才的威名。"

陶万成想了想，觉得也对，于是他没有继续羞辱岳红香。

"挖出来，看守好。"

很快，书卷气古典美少女就像被挖萝卜一样，从地里面被挖出来了，然后被捆在了沙滩边的树林里，暂时肯定是不会放她走，以免走漏消息。

林北辰在水里飘着，他手腕在水下微微一挣，无相剑骨之力迸发，就将手腕上的牛筋软绳直接崩断。不过，他依旧假装着被捆住，双手背在后面，在水里漂来漂去。

只要他愿意，一瞬间，就可以将身上的牛筋软绳挣断。很好，这下就放心了。我且先不动声色，扮猪吃老虎吧，先看看这个陶万成到底在玩什么把戏。

他静观其变。

大约过了半个小时，吴笑方回来了。只见这位非著名舔狗，鼻青脸肿像是被大象踩了一样，一瘸一拐，走一步惨叫一声地回来了。

第十三章

最后一日

　　小凤凰蹦蹦跳跳，一脸的轻松，就像是旅游一样，看不出来她现在处于哪一个人格状态。

　　"啊，这一对狗男女，一定都是魔鬼，这一次，我都已经提前说了我愿意主动带路，凌晨竟然又暴打我一顿……"吴笑方在内心深处，无限委屈地诅咒着。

　　而漂在水面上的林北辰，却是吃了一惊。这个小凤凰还真的来了？难道她对我玩真的？不行啊，我只是一个渣男。

　　须臾，凌晨已经来到了沙滩边。

　　她扫了一眼漂在水面上的林北辰，身形一动，仿佛是一缕青烟一样，瞬间就到了岸边岩石上，抬手一掌，玉掌如印，袭向了陶万成，根本不给他说话的机会。

　　陶万成面色一变。

　　"哈哈哈，来得好。"他胸中燃烧起斗志，长笑大喝道。

　　长久以来，在学院中一直都被天之骄女凌晨压制，他如何能甘心。今日既然注定要撕破脸，不如放开手脚，大战一场。

　　"截天指！"陶万成一指点出，戳向凌晨的掌心。

　　这种指法，林北辰认得。

　　正是当日初至训练营的时候，陶万成故意激怒自己，出手暗袭时使用的指法，其中带着一股极为阴毒的暗劲，就连丁三石见了，也极为忌惮，亲自出手为他解除暗劲——当然，其实是林北辰自己依靠无相剑骨的力量瓦解掉的。

轰！指掌相交。

一声仿佛是滚雷般的巨响乍起，劲气四溢，水面被吹起一层层几米高的涟漪，沙滩上更是尘土飞扬。

空气之中，隐隐中有一道道彩色微光闪烁，那是玄气的色泽。

这两大国立皇家初级学院的天才，都已经触摸到了武师境界的边缘。

进入武师境界，玄气即可外放。

"呃……"一声闷哼。

陶万成面露痛苦之色，身形被击得激飞出去，他的右手五指以触目惊心的角度扭曲折断。

败了，一招落败。

他强行运转玄气，身形落在水面上，脚尖一点，水波荡起层层涟漪，借着水面微弱的浮力，身形再度拔起，似是离弦之箭一般，落在了另一片沙滩上。

"凌晨，你再不停下，你的心上人，可就要受苦了。"陶万成大喝。

"哼，这个废物，为了一个女人，束手就擒，受苦就受苦吧。"凌晨冷喝道。

水上漂着的林北辰一阵无语。

糟糕，这是霸道总裁范人格的小凤凰。

说话间，只见天之骄女凌晨的身形激射，如影随形，仿佛是一缕青烟一般，迅速就来到了沙滩上，再度一掌印出。

疾风激荡，周遭三米的空气，仿佛是被这一掌压爆。

她的掌缘隐隐有银色微光闪烁，那是玄气激发，即将透发体外的征兆。

"你这个疯子，真的不怕林北辰被淘汰吗？"陶万成一招受伤，顿时有点儿手忙脚乱，只能不断地后撤。

然而凌晨的掌法高明至极，犹如惊涛拍岸，又如清浪起卷连绵不绝，后势强横，令陶万成只能不断后退，不断后退，惊慌失措之下，眼看着这一掌，就要拍在了他的身上……

就在这时——

"截天指！"一根纤白修长的手指，从旁边一指点向凌晨的掌心。

砰！指掌相交。

宛如平地起惊雷。

　　凌晨的身形略微摇晃一下，朝后倒飞出去，掠过水面，落在了岸边的岩石上，身形优美，弧度绝佳，仿佛是凌空凭虚的仙子一样。

　　而那根纤白修长手指的主人，却在原地踉跄后退四步，才稳住身形，赞叹道："好一个云梦城的天之骄女，方才一击，怕是有武师之力了吧？"

　　"是你？"凌晨绝美白皙的脸上，露出一丝意外，"你竟然和陶万成是一丘之貉？"

　　突然现身的人，面目清秀，身形消瘦，颇有一股气势。正是之前一直都特立独行、从不与人结盟合作的神秘少年沈飞。他一个人得到了两枚徽章，在石碑积分榜上仅次于凌晨。

　　关键是这个人，之前一直都不显山不露水，在石碑的个人排名总榜上，位于五十名之后而已。

　　没想到刚才突然出手，竟然是正面硬接了天之骄女凌晨已经蓄积起来的掌势。

　　同样是截天指的指法，号称国立皇家初级学院顶级天才的陶万成，一招落败，而这个神秘少年沈飞，却是可以在凌晨气势最盛的时候，将其击退。

　　孰强孰弱，一目了然。

　　这样的实力，绝对不该籍籍无名。

　　漂在水上的林北辰，也是呆了呆。一直都以为自己是在扮猪吃老虎，没想到还有黄雀在后啊。

　　这个沈飞，才是陶万成敢于在最后一天，布局算计凌晨的底气所在。

　　"凌同学的千千玉叶掌法，当真是名不虚传。"沈飞笑道，"当年一代天骄林听禅在中级学院时，自创的这套入星掌法，传闻一直以来都未有人练成，没想到凌同学不但练成，更是深得其中精髓意蕴，令在下刮目相看。"

　　"你知道的还不少。"凌晨站在岩石上，精致完美得宛如艺术品一样的白玉面容上有一种高高在上的气势，淡淡回应，"陶万成这个废物，敢来算计我，必定是你在背后怂恿吧，你一个小小的剑炎佣兵团代表，竟有这样的能量，真是让我意外。"

　　剑炎佣兵团，这一次参加预选赛的五大社会帮派之一。沈飞是剑炎佣兵团的唯一代表。

　　"是啊，对于你们国立皇家初级学院来说，帮派和社团的成员代表，总是低人一等，呵呵。"沈飞淡淡地笑了起来，脸上不无嘲讽地道，"不过，这一次，你这位天之骄女，怕是要折戟在这次预选赛了。"

"哦。"凌晨道，"原来你这样处心积虑，就是为了让我失去参加天骄争霸赛的资格吗？"

沈飞道："当然，让你这云梦城名气最大的天骄，折戟在预选赛，让那些看不起帮派和社团的教育署昏官们狠狠丢一次脸，岂不是很有意思？呵呵，怎么？觉得自己很委屈，觉得自己是对抗不公和歧视的勇士吗？"

凌晨冷冷一笑，道："好吧，我欣赏你的勇气和反抗精神，既然你这么想要证明自己，那就来吧，给你公平一战的机会。"

沈飞大笑。

"好。"他反手一伸，道，"拿剑来。"

陶万成第一时间递上一把玄色剑鞘的佩剑。

观剑柄和剑鞘的造型与厚重程度，以林北辰浅薄的识剑知识就可以知道，这是一把难得一见的宝剑。

"此剑乃天外寒铁所铸，剑峰三尺三，净重十斤四两，名曰'太阿'。"

沈飞一剑在手，气质大变。原本只是面目清秀而并不引人注目的少年，猛然之间，竟是迸发出强烈的光芒，一种仿佛是原石经历了千锤百凿之后终于化作璀璨钻石的夺目光芒，在这个少年的身上，迸发出来，仿佛是换了一个人一样。

水上漂着的林北辰再度感慨了一句："怎么感觉这个人才是真正的主角一样？一个具有反抗精神的、忍辱负重的、为群体发声的顶级天才？"

这放在任何一个故事里，都是妥妥的主角模板啊。

凌晨随手抽出腰间长剑，犹如九天玄女，衣袂飘摆，皮甲流光，随意说道："云梦卫制式长剑，范人师武器店出品，十枚银币一柄……来吧，让我看看，你们帮派剑法到底有什么高明之处。"

"好。"

沈飞点头，脚下发力，整个人猛然弹射出去，炮弹一样冲向凌晨，瞬间跨越二十米，在半空之中，锵的一声，手中长剑刺出一抹匹练剑光，璀璨夺目。

好剑术！

水上漂着的林北辰同学，也不由得心中暗赞了一声。反正就是就比他强……嗯？这样的弹跳，这样的剑光……他……他好像也能做到？

林北辰心中琢磨了一下，如果玄力尽数爆发，外加无相剑骨的力量，加在一起，自己应该也可以做到？

回头试验一下。

他也察觉到了，自己现在最大的问题，就是空有一身修为，但是没有战技功法匹配，没有足够的战斗经验，很难完全发挥出来。

"也许我回头需要好好学习修炼一下……嗯？不对啊，我直接用修为碾压他们就行了，干嘛要去积累经验？修炼是很累的，我真是脑子进水了。"

林北辰思路猛地一个转弯，又漂移了回来。

叮叮叮！

连绵不绝的金属交鸣声，不断地炸响在空中。

就看沈飞的身形，似穿花蝴蝶一样，不断地在空中变化位置，手中的太阿宝剑，似影似幻，绽放道道寒光，疾风骤雨一样刺向凌晨。

而凌晨站在岩石上，手中制式长剑写意似的不断刺出、格挡。

一簇簇火星，在长剑相击之处迸发。

两人的交手，迅猛而又瑰丽。这显然已经是远超二年级水准的战斗了，而且两人施展的都是入星剑技。

周围各大学院的天才学员们，都被这样一场精彩的决斗给吸引了，一个个都目不转睛地观看，全身心地投入其中，希望可以得到一些启发。

好机会。

林北辰心中想着，躺在水面上，臀部摇摆发力，慢慢地朝着岳红香被捆的树林方向漂过去。

反正这会儿，所有人的注意力，都在凌晨和沈飞这两个对峙的天才身上，不会去关注林北辰。

他漂到岸边，身休猛地发力。牛筋软绳一下子悄无声息地寸寸断裂。

嗖！

他从水里跳山来，姿势如同一只弹射起步的牛蛙。

虽然难看，但效果很好。

四个女学员还未反应过来，只觉得眼前一花，岳红香已经被林北辰拖着，从包围圈中救了出去。

同时，林北辰顺手抽了吴笑方一巴掌，将其抽昏，将自己的德行之剑也抢了过来。

一剑在手，天下我有，自信心又回到了林北辰的身体里。

"岳同学，你没事吧？"林北辰道。

岳红香颇为狼狈，头发披散，但表情却还算是镇定，抖了抖身上的沙子，道："多谢，我没事。"

"抓住他们。"陶万成大喝道。

周围的学员顿时都朝着林北辰两人冲来。

"让开。"林北辰对岳红香说道，"保持距离，以免被我误伤，我要装……不对，我要以德服人了。"

咻！

德行之剑出鞘，剑光如疾电。

噗！

点倒一个。

噗噗！

点倒两个。

噗噗噗！

点倒七八个……

这一刻的林北辰，仿佛化身为剑中仙人，一剑一个。冲过来的学员，只觉得眼前一花，大腿上就中了一剑，酸麻地倒下。

场面很是骇人。

其他学员一看架势不对，立刻退缩。

轰！

一声滚雷爆裂之声响起。

另一边的战场之中，两大顶级天才又硬碰硬狠拼了一招。

沈飞的身形倒退出去，在空中三百六十度转体后空翻，颇为潇洒地落在沙滩上，踉跄退了三步，才稳住了身形。

一直都站在岩石上的天之骄女凌晨，身形摇晃，像是一个不倒翁一样，但始终牢牢地站在原地，亦是瞬间稳住了身形。

"拿下。"沈飞目光一扫林北辰两人，道，"不要让他们跑了。"

陶万成亲自出手，他的手伤，经过刚才短时间的治疗，已经好了很多。

锵！

长剑出鞘。

"林北辰，现在就让你知道，什么是真正的剑技。"

剑光激闪，直刺而来。

林北辰凝神静气，出手便是基础剑术近身三连。这三剑式虽然属于基础剑术范畴，但却是巅峰级的破剑法门，林北辰修炼至巅峰圆满层次，一出手就轻易切到了陶万成的剑光之中，直接破掉了这一次的攻击。

叮叮叮！

火星乱溅。

"嗯？"陶万成大为惊讶，旋即冷笑道，"看你能接住几招？"

一星剑技流星追电剑施展出来。一道道剑光，好似是天空之中的流星闪烁，划出曳尾，带着刺目的光华，朝着林北辰席卷而来。

"这家伙的剑术，远超木心月。"林北辰感受到了巨大的压力。

他以三剑式应对，逐渐有挡不住的趋势。若是换在当日年中大比决赛擂台上的林北辰，此时已经彻底败北。

但这十多日的时间里，他无相剑骨APP始终运转，给了他巨大的身体强度增幅，让他的肉身力量、反应速度都大大增加，将三剑式推上了一个新的层次。再加上精神力初解APP的运转，让林北辰的精神力有小成，虽然他还不懂操控精神力的法门，但在战斗之中，却使得他的眼力增强，感知更加敏锐。

这些对于林北辰战力的提升，虽然无声无息，但却增幅巨大。

叮叮叮！

剑光撞击，暴起一簇簇火星。

陶万成三十六路一星战技流星追电剑施展一半，竟然还不能将林北辰击倒，心中又惊又怒，剑势更急，一身七级强度的玄气修为彻底爆发，发狠道："螳臂也想挡车？今日我必要败你。"

林北辰连连后退，但他始终将岳红香护在身后。

另一边，沈飞已经再度和凌晨战在一起。两大顶级天才学员之间的战斗，越发白热化。

这时，远处数十个身影极速而来，却是国立皇家初级学院双璧之一的李涛，带着人急匆匆地赶到了。

"陶万成，你竟勾结帮派代表，围攻凌晨师姐，戕害同学？"李涛隔着老远地大喝。

他与陶万成不对付，此时终于是逮住了机会。

眼见李涛等人赶至，陶万成面色一变，心中更急，大喝道："去，彭一鸣，你带人去拦住李涛他们，拖住他们……"

当务之急，是尽快击败凌晨，拿下林北辰，将这两个击败，弄碎他们的石牌，到时候李涛哪怕是去找营地的三大巨头举报，也无济于事，改变不了结局。

叫作彭一鸣的少年在石碑个人总榜上排名第七，省立第四初级学院的第一名，也是有名的天才，被陶万成拉拢，在这个小团队中，颇有地位。

他立刻带着十几个人，迎了上去。

第三处战斗爆发。

小湖泊周围，顿时长剑相交撞击交鸣之声，不绝于耳。

林北辰心知局势到了关键时刻，强咬着牙硬撑着。陶万成的剑势，越来越快，越来越急。

林北辰觉得自己就好像是一个弹簧一样，不断地被压缩，不断地被压缩，身体里仿佛是蕴藏着一股力量，在陶万成剑势的压迫之下，不断地在累积，一种语言难以形容的力量，就像是在累积能量、等待爆发的火山一样，就缺一个契机，一下子就要爆发出来。

这种感觉，就好像是修炼无相剑骨的锤炼过程，也像是精神力初解之中所形容的精神力等级要突破的前兆。

"总不可能一下子突破两种功法吧？"

"而且，我是个废柴，主要是靠开挂，怎么可能在现实生活之中也突破啊？"林北辰脑子里闪过数个念头。

这么一分心，就被陶万成找到了防守的破绽。

噗噗！

长剑如白蛇吐蕊，两道剑光点在了他的左右两肩。林北辰只觉得身体一震，好似是被重锤敲击一样，整个人腾云驾雾一般，就飞出去四五米，跟跄落地，差点儿一个屁股蹲跌坐下去。

"本不想这么重伤你，是你逼我的。"陶万成冷声道。

刚才两剑，其中蕴含着的力量，足以点断肩胛骨。

这样的伤势，距离重伤也只差一线。林北辰低头看了看自己两侧肩头，的确是有鲜血流出。

但也只是两个浅浅的划痕而已，还未及骨，只能算是皮外伤，除了有点儿疼，连行动都不怎么受影响……这一定是无相剑骨功法的威力。

林北辰突然觉得，自己之前低估了无相剑骨，竟然可以用肉身硬挡对手的利剑？怪不得在下载这门功法的时候，会消耗那么多的流量。

"你没事吧……"一直处于被保护状态的岳红香，不顾一切地冲过来，抽剑挡在了林北辰的身前，低声道，"我缠住他，你快走！"

大姐，不是我小瞧你，你连人家一剑都挡不住了，林北辰腹诽着。

就在这时——

"陶万成，住手。"另一边的战场之中，李涛的声音在急速靠近。他的实力终究是高出彭一鸣太多，一己之力就凿穿了阻截的人，冲了过来。

林北辰大喜。

"李兄……"他一脸"妖艳贱货"般的笑容，招手大呼，以前拒绝李涛一次次拉拢时候的那种骄傲，早就不见了踪影。

李涛的速度很快，如离弦之箭一般，很快就到了湖边。但他只是看了一眼林北辰，就持剑朝着凌晨的方向冲去。

"凌师姐，我来助你。"

一剑经空，气势猛如虎，显然也是入星剑技。

林北辰脸上的笑容，缓缓地凝固，扬起的手臂，也瞬间僵硬。

有没有搞清楚状况啊，老兄。小凤凰现在根本就没有丝毫的危险啊，她一直都在压着沈飞打好不好。

真正有危险的是我林北辰啊。这个李涛，是不是视力不太好啊。还是说你一直都妒忌我俊美的颜？

好气。林北辰简直想要骂脏话。

舔狗！又一只终极舔狗。为了讨好凌晨，也用不着这样吧。你能不能好好做个人啊。这个世界的天才少年们，难道一个个都没有见过女人吗？

"呵呵……"陶万成嘲讽着提剑逼近。

就在这时——

轰！

一声玄气爆裂的轰鸣声响起。

嘭！

一道人影从数十米外飞跌过来，扑通一声，落在林北辰身前。

是李涛。他万分狼狈地坠在地上，但脸上却带着得意的笑容，手中的长剑上已经染血。

而这血，则是来自于……

凌晨！

天之骄女凌晨单手按住肩侧，一抹殷红从指缝里流淌出来，染红了身上的黑色皮甲，顺着甲衣，往下流淌，但她的脸上并无什么惊怒之色。而是用一种很奇怪的眼神，看着李涛，道："原来你才是那个真正的最后一张牌？"

李涛仰天大笑："哈哈哈，没错，真正伤你的人，是我。"

他看着凌晨，眼中有倾慕，有不甘，有艳羡，还有愤怒，最终都归化为一丝得意，道："可惜你现在知道，已经太晚了，你的右肩中我一剑，无法握剑，战力只剩下了三分之一，扭转局面是不可能的，凌晨，骄傲如你，一定没有想到过，自己会在这预选赛中，被淘汰掉吧。"

一边的林北辰，也是看得瞠目结舌。

牛！搁这儿玩无间道呢？

原来这个李涛和陶万成根本就是一伙儿的呀，这下不是完了吗？

凌晨受了伤，绝对不是沈飞的对手。剩下的陶万成和李涛两个人，随便一个就可以压制自己。

局面很不乐观啊，他有点方了。自己的计划，不是这样啊。

"凌同学，我念你是城主府的小公主，又是全城闻名的天骄，给你保存尊严的机会，你自己捏碎石牌，主动退出这次预选赛吧。"沈飞笑着道。

大局在握，谋划了这么长时间的计划，终于就要瓜熟蒂落了。

凌晨想了想，道："让林北辰和那个姓岳的女孩子，过来到我这边。"

陶万成一听本能地就要拒绝，以免再出意外。

但沈飞却是信心十足，直接就同意了，道："小陶，放心吧，大局已定。"

这个时候，凌晨越是提要求，就越是说明，她已经再无底牌，若是她语气依旧强硬，没有任何商量的迹象，那反而是有人麻烦。

林北辰和岳红香对视一眼，同时沉默着来到了凌晨所在的岩石边。

凌晨却是并未看这两人，而是看向沈飞，问道："你刚才叫陶万成为小陶，莫非你们已经认识了很久时间？"

沈飞微微一笑，道："大约在两年前就已经认识了小陶，不止如此，和小涛涛，也是两年前认识的哦。"

两年前？那是陶万成和李涛还未进入国立皇家初级学院之前。

李涛也笑道："真以为我和小陶的关系，那么差吗？呵呵，两年多以来，只不过是在演戏而已。你不知道，我和飞哥，还有小陶，其实是义结金兰的好兄弟呢？"

什么？

这句话说出来，不只是凌晨大感意外，林北辰目瞪口呆，就连围聚而来的五十名多天才学员，也都惊呆了。

还有这样的事情？

"有点儿意思。"凌晨笑了起来，饶有兴趣的样子。

汩汩的鲜血从右肩的伤口中溢出，她却恍然不觉。

"你们装模作样地演戏这么长的时间，就是为了今天？"她看向沈飞。

因为此时谁都看得出来，这个来自帮派的少年，才是三人之中话语权最高的那个。但是在此之前，陶、李两少年一直表现得像是不认识沈飞一样。

"不只是为了今天。"沈飞身形修长，面容清秀，一脸的自信，道，"今天只是伟大征程上的一个小小风景而已，我们兄弟三人的目标，才刚刚开始。"

这句话，有着莫名的力量。陶万成和李涛二人的脸上，都浮现出了一种神圣而又激动的憧憬之色。

"两年前，还没有进入国立皇家初级学院的时候，认识了小陶，又认识了飞哥。"李涛主动道，"我永远都不会忘记那一天，那是我们命运得以改变的一天。"

"没错。那是改变命运的见面。"陶万成仿佛也沉浸在了昔日的回忆中，道，"曾经的我和小涛，都是不被家族重视的弃子，资质一般，天赋一般，如果没有什么改变的话，以后也只是管理一下家族的某处产业，混吃等死而已，就算是想要努力，也看不到任何的希望和机会。"

李涛道："是啊，是飞哥的出现，改变了我们的命运，他指导我们修炼，教导我们如何在家族中脱颖而出，获得长辈的青睐，让我们逐渐散发出璀璨的光华，一点点地改变命运，最终成功进入了国立皇家初级学院，成了家族年轻一辈中最优秀的人，也被内定为日后的接班人……是飞哥，改变了我们的命运，他就像是我们的兄长，我们的老师，也是我们最值得信任的人。"

陶万成点头附和道："所以，今日，我们要帮助他，改变他的命运。教育署对于帮派、私塾和社团代表的限制和歧视，是错误的，应当改正，飞哥会证明这一点。"

"哦，所以说，你们两个人，一开始来到营地的时候，就是利用我来展示你们之间的不和和争端，让所有人都以为，陶万成和李涛之间，是水火不容的竞争关系，绝无合作的可能，是吗？"林北辰插了一句。

李涛道："不错。当日小陶找你，我维护你，看似都是因你而产生矛盾，但实际上，呵呵，就你一个小小的第十二名而已，也值得被我们鄙视或者是拉拢？不过是找个借口，进行我们的计划而已。"

林北辰听了想骂人。你们演戏就演戏，为什么又要针对我这个人畜无害的小可爱？真不是人啊。

陶万成又道："其实针对你，也只是长久以来的表演延续而已，在学院的时候，我和小涛之间，也是如此，所有人都以为我们是竞争者，是敌对者，一定会水火不容，毕竟要骗过天骄凌晨，岂能是一日之功？"

周围的一众学员，听到这样的秘密，不由得都大为震惊。

李涛和陶万成两个人，演戏演了整整两年，固然毅力可嘉，但真正令人感到敬畏的，还是这个叫作沈飞的帮派少年。

在两年前就开始布局，为今日之事做准备。这种眼界和手段，就算是很多以智慧著称的成年人，也不一定可以做到吧？

太妖孽了。

北海帝国武风盛行，民众崇拜强者，像是沈飞这样的妖孽，自然是得到了无数学员的敬畏和崇拜。一个可以培养出国立皇家初级学院双璧的少年，值得追随。

"你们想要在预选赛中，将我淘汰，是因为对正赛有野心，对吗？"凌晨的伤口，竟是还在流血，并未凝结，显然那一剑的伤势不简单。

但她并不怎么放在心上，道："你们想要夺得正赛的桂冠，从此以后，进入风语行省诸大高级学院的视线，一步一步往上爬，对吗？"

沈飞并不掩饰自己的野心，点头道："这是帝国法律允许的。"

凌晨道："不错，帝国法律允许，但可惜，我也有不得不进入正赛的理由。"

沈飞道："凌天骄要是不愿意主动退出的话，实在是太遗憾了……我就只好亲自动手。"

如果不是因为凌晨的实力实在是太强，他也不会用偷袭的方式，先将其重伤。这个少女，就像是一块坚硬的岩石一样，挡在他计划的道路上，只能智取。但就算是如此，沈飞也想要展示一下自己的实力。

现在，就是机会。

手握太阿宝剑，沈飞缓步上前。

凌晨刚要说什么。

林北辰道："我先来。"他抽出德行之剑，挡在凌晨面前。

沈飞眼中，闪过一丝轻蔑之色，道："这样的场合，你觉得你配吗？"

第十四章 逆风翻盘

林北辰当时就不乐意了。这话已经不是打脸了，而是赤裸裸的羞辱。

"沈飞是吗？"他手中提剑，嗤笑道，"小子，你能装，配不配，嘴巴说了不算，用剑来证明你的骄傲。"

沈飞冷冷一笑。

"飞哥，我来对付这个不知道死活的家伙。"李涛直接道。

沈飞笑了笑，道："不用。"

今日，是他酝酿准备了无数时日，横空出世，震惊云梦城的日子，所以他要亲自动手。

"既然你要自取其辱，那我就成全你吧。"沈飞缓步逼近。

一种奇异压力，自然弥漫开来。他每一步踏出，脚边的小沙粒，都会像是失去重力一样，微微悬浮起来。

"你不行，不是他的对手。"凌晨突然开口道。

林北辰头也不回地道："不信，我现在就证明给你看。"

说完，他主动出手。

咻！

基础剑术近身三连，剑光闪烁。

林北辰人剑合一，奔跑起来，速度之快，如同青烟，实力之强，超越了以往任何一次出手的纪录。

突！

破！

击！

三连瞬间爆发。

沈飞淡淡一笑，手中的太阿宝剑，瞬间似是孔雀开屏一般，绽放出一层重重叠叠的剑墙，毫无破绽。

叮叮叮！

林北辰的三剑式，瞬间被挡住。

一股反震之力，顺着剑柄传来，其威力远比陶万成施展的截天指更加可怕。林北辰只觉得手臂一阵酥麻，但在承受的范围之内。

他屏息静气，毫不犹豫地将北斗临施展出来。

一剑六影！

"嗯？"沈飞一怔。

叮叮叮！叮叮！

五道细密的金属交鸣声响起。

他挡住了其中五道剑影，但林北辰的第六道剑影，却是瞬间突破了他的剑之屏，切了进来。

"呵呵，倒是小瞧你了。"沈飞脚下踏出奇异的步伐，身形一动，如同青烟一样捉摸不定，竟是不可思议地避开了这一剑。

"幽冥鬼步？"陶万成脸上浮现出惊喜之色，道，"飞哥已经将这一门二星步法修炼成功了？"

李涛也无限欢喜地道："简直妖孽，不愧是飞哥。"

电光石火之间，长剑交鸣。林北辰与沈飞的身影，交错而过。

咻！

身影交错的瞬间，林北辰招式已经用老。但沈飞的太阿宝剑却依旧蕴含着变化，犹如一条灵活的银蛇，从不可思议的角度袭来，剑尖吐露寒光，无情地噬向林北辰肋间。

"我去……"林北辰心中警兆狂生。一种极为强烈的直觉，让他脑海之中生成了最优的反应方式。

而几乎是在同一时间，在旧力已去的情况下，林北辰的身体里，也有一股温暖的新力产生，硬生生不可思议地将身体左移三寸。

沈飞一剑刺空，但他的反应极快，太阿长剑化刺为抽。

说时迟，那时快，一切尽在电光石火之间发生。

除了凌晨之外，其他人的眼神，都无法完整地捕捉到整个过程。

啪！

太阿剑的剑脊，狠狠地抽在了林北辰的肋间。

砰！

林北辰只觉得肋间一震，整个人腾云驾雾一样，飞出去六米，才狼狈落地。细品时，左胸下方骨骼，一阵长条状的酸胀之感，但骨骼皮肉完好，并未出血，不但不疼。还有点爽。

林北辰毫不迟疑，再度出手，依旧是三剑式加北斗临。

叮叮叮！叮叮叮！

六道金属交鸣之声。

沈飞的应变极快，剑墙再起，将北斗临的六道剑影，完全封堵住。他的心中，亦是非常惊讶。刚才那一剑抽中，就算是碗口粗的树木，也当被抽断。

所以理应抽断这个败家子几根肋骨，让他当场扑倒在地丧失战斗力才对，怎么这家伙不但无事，出手的速度和力量，竟是没有丝毫的降低？

思忖之间，第七道剑光，射到了眼前。

什么？沈飞吃了一惊。

这一次，竟是一剑七影？这是什么剑技？之前的一剑六影，已经很夸张。没想到在这种情况下，第一次出手时的败家子，竟然还隐藏了实力？

于间不容发之际，沈飞施展幽冥鬼步，避开了林北辰这一突袭，同时反手剑光犹如漫天星斗闪烁，化作弧迹罗网，向着林北辰迎面洒落。

昱陨剑法！

一星剑技之中的精品。这部剑法，从沈飞的手中施展出来，更是具有莫测之威。

剑风萧萧，剑影重重。

林北辰眼睛睁大像是暴突一样，不断地后退，但也在不断地挥动手中的长剑，竭力地封堵、对抗。

一种奇异的力量，在他的身体里沸腾；一种诡谲的感知，在他的大脑里透发。

这种感觉，隐隐熟悉。

林北辰之前与陶万成战斗的时候，已经有过。但也许是因为陶万成的实力不够，给林北辰的压力不足，所以只是激发了这种感觉，但却未能形成真正的质变。

而现在，沈飞出手，这种压力何止增加了十倍？

叮叮叮！

长剑不断地撞击，一簇簇火星，在空气里迸射。

德行之剑嗡嗡震动，潮水般的力量不断地涌入到林北辰的体内，震荡着他的肌肉和筋骨。一种与APP修炼无相剑骨感觉相同的体验，不断地作用在林北辰的身上。

同时，为了封堵、躲避沈飞的剑招，他的精神力，也不得不催动到极致，捕捉剑之轨迹，做出反应。

一种很奇怪的感觉。

林北辰觉得自己的身体里，好像有什么旧的东西，正在崩碎，有什么新的东西，正在滋生，恍然大悟的感觉。

叮叮叮！

沈飞的星陨剑术，越发急骤，他脸上的惊讶，也是越来越明显。

转眼之间已经交手了二十多招，但他竟然还未能如自己期待的那样迅速击败林北辰。

这个败家子就像是一块不倒翁一样，每一次眼看着就要被刺中，尤其是遭受的数次抽击，换作常人早就全身骨头都碎裂好几十根而剧痛和重伤，无法坚持，但他却偏偏不可思议地坚持了下来。

"难道这个家伙，之前隐藏了实力？"沈飞越打觉得难以置信。

就算是换作陶万成或者是李涛，在自己这样的攻势面前，也肯定已经败了。这个败家子，竟然比国立皇家初级学院的双璧，还要优秀吗？

周围观战的学员们，也都万分震惊。在他们的想象之中，这本该是沈飞一场摧枯拉朽的战斗。但是现在，非但没有摧枯拉朽，反而是陷入了一种诡异的半平衡僵局。

不能说沈飞不强——换作在场学员之中的任何一个人，怕是早就在三招之间，已经被沈飞击败倒下，可林北辰这个败家子，却坚韧坚强得可怕，非常邪门，竟然一直都坚持到了现在。

李涛和陶万成两个人，相互对视了一眼，他们心中同时浮现出一种不真实感。

尤其是陶万成，他之前可是压着林北辰狂殴。但是眼下林北辰的表现，怕是可以压着他陶万成暴打。难道这个败类,之前是故意隐藏自己的实力吗?他为什么要这么做?

时间流逝,事情开始朝着一个很诡异的方向发展。而这时,沈飞也终于无法忍受这样的局面了。

"九天星陨!"他大喝,体内玄气以一种极为奇特的方式和速率运行。

星陨剑法的杀招出手。

就让这一切都结束吧。

手中的太阿宝剑骤然绽放出璀璨的赤红光芒,周围三米之内,气温急剧升高,一股炙热之力,从太阿剑上弥漫开来,剑刃两侧的空气,仿佛是透明的水纹一样朝着两侧翻滚开来。

长剑斩下。

林北辰隐约感觉到,自己好像是被锁定一样。

无法躲避,无法后退。所有的气机和角度,都被封死,只能硬接。

这就是星级战技的威力吗?

他咬着牙,双手握住德行之剑,举火烧天之势,架了上去。

双剑相交,画面仿佛是骤然静止下来。

一瞬间的定格之后,轰的一声,一股可怕的气浪,以两人为中心爆发出来。气浪席卷之下,沙土飞扬,如狂狼朝着四面辐射。

观战的学员们惊呼之中,不由得纷纷后退,以袖掩面,拨开沙土。

场中再无战斗的动静。

沙粒落定,只见沈飞已经撤剑后退,而林北辰则是依旧保持着举火烧天横架的姿势。几缕发丝烧焦卷曲,连眉毛都好像是被火燎了一样。身上的皮甲,更是多处烧焦的痕迹,乍一看,仿佛是一块烧焦了的木雕。

胜负已分。

李涛、陶万成和其他学员们,脸上不由得都露出了"果然如此"的表情。

鼻青脸肿的吴笑方,还有隐藏在暗中的木心月,欣喜之余,心中更是诸多震撼:这就是沈飞这个级别的天才学员的实力吗?

刚才那一剑,虽然是借助了秘籍杀招的奥义,但以武士境界的修为,竟然可以将玄气透发,产生火焰之效,这已经隐隐触摸到了武师境界的力量了吧?

至少,也是八级武士以上了。

以前在第三学院之中,真的是坐井观天了。原来云梦城中,真正的顶级天才，是这样的。

之前以为林北辰的突然崛起，已经非常妖孽了，近乎奇迹。但现在和沈飞一比，林北辰简直卑微得像是一坨狗屎一样。

学其上，得其中；学其中，仅得其下。

以后，还是得向沈飞这种级别的顶级天才学习，才能进步。

至于林北辰？

呸！算什么？

"林师兄……"岳红香惊呼一声，就要冲过去扶人。

"别动。"凌晨的声音响起，道，"他死不了，看着就行了。"

岳红香一怔。

这时——

咔嚓！咔嚓——咔嚓！！

好像是烧焦了的木炭缓缓断裂一样的声音，从林北辰僵硬的身体里，陆陆续续地传出来。就好像是有什么力量，将他的骨头，一寸一寸折断了一样。

林北辰像是牵线木偶一样，身体缓缓地活动。

噗！

他张口喷出一大口污血。

岳红香大吃一惊，再度想要冲过去。

凌晨的手掌按在了她的肩头，冷冰冰地说："别动，看着。"

一股强大的气息，在林北辰的身体里弥漫了出来，周围的沙土被无形的气流掀动，形成了微小的旋涡。

"我这是突破了？"他惊讶地看了看自己的手掌。

刚才那一口污血吐出，仿佛是将体内的诸多杂质，直接喷出去了一样。此时一种脱胎换骨一样的通体舒泰。体内，一股前所未有的能量在涌动。原本只是如一缕丝线一般的玄气，此时仿佛是化作了涓涓细流，在身体的经脉之中流淌，像是水源冲刷干涸的河床一样，滋润着经脉和肉身。

玄气发生了一种质的变化。

同时，周围的世界，变得无比的清明。

当他凝聚精神运足目力的时候，可以清清楚楚地看到，一粒沙子的具体形状，有多少个棱边，晶体的色泽，以及和其他沙粒之间堆砌的缝隙……

我这眼睛，变成显微镜了吧？林北辰内心里惊呼。

但精神一分散，瞬间又恢复到了正常。他看了看周围，目光最终落在了沈飞的身上。

"我们再来过。"林北辰心中豪气狂飙，再度挥剑冲了过去。

他真的是突破了，是在沈飞带来的巨大的压力之下，不可思议地突破的。

突破的基础，是手机APP的练功所得。

林北辰本以为，自己只需要手机修炼，就可以高枕无忧，现实生活之中，根本不需要怎么用心。但是现在看来，他的想法是错的。现实生活之中的战斗、修炼和努力，同样会给他带来一些增益。

而且林北辰还隐隐意识到，相比较于手机均等速率的量的修炼进展，现实生活之中的骤然突破，可以带来一种质的飞跃。

叮！

沈飞出剑。

刀剑相交，轰然而鸣。

一簇火星骤然溅射，璀璨如烟火，一缕反震之力，顺着太阿剑的剑柄，传递到沈飞的手腕。

"嗯？这力量……比之前翻倍增加了。"沈飞手腕一麻。

他的心中，骤然升腾起巨大的错愕。之前的林北辰，除了北斗临这一杀招之外，出剑的速度、力量，并不会给他造成任何的威胁。然而这一瞬间的交手，沈飞感觉到，林北辰的力量，激增了一倍有余，而且出剑的速度，也更快。

这个败类，他竟是战斗中突破了？自己那一式九天星陨，非但不能击败这个败类，反而竟是帮助他突破了？

沈飞心中，有一种暴怒的感觉。这种动不动临阵突破的家伙，真的是该千刀万剐。

叮叮叮！

星陨剑法施展开来，漫天寒光飞舞闪烁。沈飞将一身实力，毫无保留地爆发了出来。

他现在只想击败林北辰，甚至已经不再去顾忌，是否会违反预选赛的规则，将林北辰重伤。

但这一次，林北辰却是完全能够跟上对方的节奏了。

尤其是太阿剑的运转轨迹，他的视线已经可以捕捉得清清楚楚，这好像是一种动态视力，看高速运行的物体犹如观慢动作的画面一样。

更爽的是，他的身体反应，现在终于也能够跟得上他的思维和视力了。

突破之前，是用吉利帝豪的牵引引擎，而现在，则是法拉利的超级引擎。

身心合一。

叮叮叮！

长剑不断地撞击。

沈飞的面色，越来越凝重。反震之力不断传来，而且随着时间的流逝，这种反震之力越来越强。

这说明了什么？说明林北辰的力量，正在急速地提升。

再战下去的话……

"九天星陨！"沈飞大喝，再起杀招。

炙热的高温再度朝着四面八方席卷，太阿剑仿佛是被烧红了一样，剑刃呈现出半透明的璀璨橘黄之色，空气在剑刃两侧翻卷，似是被烧着了一样，冒出缕缕青烟，扭曲了视线。

这一次，是他的全力施为，不再有哪怕是一丝一毫的保留。

"来得好！"林北辰大喝，双目圆睁，精神力高度集中。

千钧一发之际，他的思维异常清晰，视线也前所未有的清明，不但捕捉到了太阿剑的运行轨迹，甚至还看到了那一缕缕极为隐蔽的炙热玄气的运转轨迹。

基础剑术近身三连瞬间出手！

叮叮叮！

一突。

一破。

前两连直接封架住了九天星陨的剑式。

第三连他没有施展，而是直接化作了隐藏杀招北斗临。

咻咻咻！咻咻咻！咻！

一剑七影！

细密的剑刃撞击之声响起，仿佛是突然之间的电闪雷鸣疾风骤雨。

"给我撒手！"林北辰像是发狂的雄狮一样怒吼道。

音如滚雷激荡。

叮叮叮！

密密麻麻的剑刃撞击之声。

嗖！

太阿神剑飞到半空，旋转着落下，锵的一声，插在了李涛和陶万成面前脚下的沙土中。

一声闷哼。沈飞的脚步，踉跄后退。他一脸的震惊，左手握着右腕，右手虎口中，鲜血簌簌流淌而下。

四周一片寂静。

除了凌晨之外，其他所有学员的表情，都如白日见鬼一样。

尤其是李涛和陶万成两个人，看着虎口溢血的沈飞，再看看插在面前沙土中的太阿剑，根本难以相信自己看到的一切。

岳红香捂住了自己的嘴巴，怕自己尖叫出声。

太不可思议了，一场不可思议的翻盘。

林北辰的双臂上青筋暴突，仿佛是虬结的老树根一样，交横盘错，手筋也是根根凸起，但双手却始终牢牢地握着德行之剑，哪怕此时剑身依旧在高速震荡着，像是一条要疯狂挣脱的黑蛇。

"呼呼……我……"他大口大口地喘息着，双肺像是风箱一样，看着手中剑，再看看十米外插在地上的太阿剑，短暂的错愕之后，仰天大笑了起来，"哈哈，我……我赢了？"

沈飞的一剑，将他几乎像是钉钉子一样，砸在了沙土中，而也就是在那一瞬间，林北辰以全部的力量，爆发出了最强的状态，以北斗临正面硬撼九天星阵。

一瞬间面临的巨大压力，就好像是一块从天而降的山岩，砸在了德行之剑上，若不是咬牙一口气撑着，只怕是长剑也要脱手飞出了。

那时，他的双手臂骨有一种被震碎了错觉，脊柱，还有双腿，都传来了阵阵剧痛。

但这都没有关系。

因为他感觉到，自己的体内，好像是有什么锁链，有什么桎梏，一下子被完全砸碎了。

所以，他还站着。他的手中，还握着剑。

而沈飞被震退了出去，还丢了剑。

胜负已分。

林北辰想要笑，想要大笑、狂笑。

对于他来说，这无疑是一场剑士之心的震撼和洗礼。

他之前出手阻拦沈飞的时候，无疑就是想要拖延一下时间，让凌晨大魔王赶紧压制伤口，恢复战力，从一开始，就没有想着会将沈飞这种级别的天才击败。

但是没想到越打越出真火。

坚持下来，竟然赢了。那一瞬间战斗的感觉，竟像是微醺一样，令他有些迷醉。有点儿像是……像是上一世的时候，辛辛苦苦玩游戏几个小时，终于砍倒了一个关底BOSS的那种快感。

"怎么样，我行不行？"林北辰调匀呼吸，扭头对着凌晨笑道。

激烈的战斗，让他浑身衣甲破碎，头发披散，但这回头一笑，非但不显狼狈，反而是有一种特别的俊朗和英气，越发将他英俊无匹的容颜，衬托得更加动人心魄。

凌晨点了点头，道："很行。"

这不是谬赞，而是真的很行。

这场战斗中林北辰的坚持和韧劲，足以令任何人动容。

虽然无法确定他到底是怎么做到在那样的疾风骤雨之中，都没有倒下，但这个少年用自己的血肉之躯，挡住敌人，用自己宽厚的脊背，将对手挡住的举动，已经足以令人动容了。

一般人……不，一般的天才，都绝对做不到。

这是来自云梦城大魔王凌晨的由衷夸奖。

"嘿嘿。"林北辰笑了起来。

然后，就在这个时候，他的脑海中，突然毫无征兆地响起了一个响亮清脆的声音——

叮！

是手机系统提示音的消息。

林北辰一怔，旋即隐隐狂喜。

一定是手机的某个功能又冒出来了，只是现在双手太抖，也不方便在这里就看手机。

林北辰假装什么事情都没有发生，看向沈飞，道："你输了，认不认？"

沈飞的面色，非常之难看。

输给林北辰的这一瞬间，他觉得自己简直就像是被人拖进厕所按着脑袋狂灌了几十斤一样，那种心情，愤怒和耻辱被放大了一万倍，疯狂地冲击他的心理承受极限，如果他具有可以毁灭世界的力量的话，这个世界可能早就已经消失了几百遍了。

深呼吸。沈飞强迫自己镇定下来。

但是下一刻，抬头一看到林北辰那张笑嘻嘻充满鄙夷的脸，顿时心态又快要崩了。

冷静！一定要冷静！沈飞再度强行让自己冷静。

一息……两息……十息！

终于，在无数道目光的注视之下，沈飞急促起伏的胸膛逐渐平复了下来。

强行挤出一丝丝的笑容，沈飞面容僵硬地道："呵呵，真是没有想到，林同学的潜力，竟是如此之强，怕是暗中修炼了什么炼体的功法了吧。"

林北辰呵呵一笑："这关你屁事。"

沈飞瞬间差点暴走。

"若非是我刚才误打误撞，给了足够的外部压力，你也绝无可能在这么短的时间里突破吧？这还真的是令我感到懊悔啊……"他自嘲道。

林北辰又呵呵一笑，道："那关我屁事。"

世界上所有的事情，都可以用"关你屁事"和"关我屁事"来解决。

沈飞顿时如遭暴击，只觉脑中一片空白，根本无法反驳，然后眼前一黑，喉头一甜，噗的一声，生生地喷出一口鲜血。

林北辰一看笑了，道："别盲目模仿我，你就算是喷了血也不再是我的对手。"

之前林北辰硬接一记九天星陨之后，体内瓶颈被击破，如伐毛洗髓脱胎换骨一样，一口杂血喷出，顿时实现了蜕变，逆转击败了沈飞。

但是沈飞，这一口血，却是活生生地被气出来的。

还被说成是模仿。

"哇噗……"沈飞觉得心脏疼，又喷出一口鲜血。

李涛和陶万成一看不对，连忙过去将沈飞扶住，生怕他被气得昏倒。

林北辰嘿嘿嘿地笑了起来。

该！吐血吐死你！让你装！

不过他心里对于自己刚才的表现，其实也有点儿小惊讶。能够坚持下来，当然是因为无相剑骨的原因。

十天时间下来，无相剑骨APP一直都在持续不断地运转着，现在到了什么境界，他自己也不是很清楚，反正应该是很强了。

除此之外，精神力的提升，也有很大作用。

现在的林北辰，已经非常清楚地意识到了，《精神力初解》上所说的"内外合一"是什么意思——

这是强大的第一原则。

如果有必要的话，林北辰觉得，接下来自己应该好好恶补一些这个世界的基础武道知识。比如修炼境界、每个境界的威力以及精神力的具体运用……

因为这个世界很危险，到处都充满了危机。

在回到地球之前，无法保证自己会不会遇到其他一些危机，所以为了可以活着回去，是要好好地提高自保能力，才能稳稳苟住。

比如这一次。

若非是临阵突破，只怕是要"回家未捷身先死，长使宅男泪满襟"了。

足足一盏茶的时间之后，沈飞才稳住了心态。

"我输了。"他咬着牙道。

认输的话，从沈飞的口中说出来，无比艰难。

周围的学员们，瞬间嗡嗡嗡吵闹成一片，李涛和陶万成两大天才的脸色尤其阴沉。

他们心目中可以与凌晨媲美的绝对偶像，竟然就这样输给了一个被整个云梦城都鄙夷的人渣败类。

沈飞说出了这三个字之后，面色逐渐从容了起来，接着又道："林北辰，你赢了我，依旧无法改变今天的结局，个人武力的高低，没有任何的意义，因为……"

说到这里，他的脸上，再度强行地挤出了笑容。这笑容中，有一种诡异的感染力——准确地说，是魅惑力透发出来。

"今日的谋划，并非为了证明个人武力的高低，而是为了预选赛的最终成败，诸位，眼下的局势，对我们不能再有利了，凌天骄右臂重伤无法握剑，林同学表现惊艳却已是强弩之末，至于岳同学……"

他淡淡地笑着看了一眼岳红香，不无轻视地继续说道："岳同学的右手手筋已断，还未完全续接，你们三个人，都没有了再战之力，如何挡得住我们这么多人？"

林北辰一怔，这个狗东西说得有道理啊。

原本其他学员已经有些黯淡的脸色，在这一瞬间，重新又燃起了喜色。

他们也都反应了过来。的确，沈飞的战败，并不会导致局面崩溃，因为己方人多，大局，还在他们的掌握之中。

"今天，就让你们明白一个道理。"沈飞右手的伤已经止住血，笑容逐渐自然起来，充满了骄傲和自信，看着林北辰和凌晨两人，不无嘲讽地道，"独木不成林，匹夫之勇和个人之力根本无法扭转什么，真正掌握命运的人，除了力量之外，还需要有智慧，有战友，有权势。"

简单的话语，像是兴奋剂一样，让周围所有的学员都兴奋了起来。李涛和陶万成更是一扫心中的阴霾，看着沈飞的眼神中，再度充满了钦佩。

没错，可怕的不是失败，而是不能正视自己的失败，是失败之后沉浸于颓废中的无法自拔。

沈飞光明正大地承认自己技不如人，这反而让他的形象更加丰满和高大了起来，也让他的追随者，更加相信他。

这种人，就是有这样的魅力。

林北辰一阵头大，碰上这样的对手，真的是有点儿倒霉。难道……真的要用那最后的底牌吗？他权衡利弊，有些犹豫。

这时，凌晨缓缓地走上前，站在了林北辰的身边，与他肩并肩。

"我也告诉你一个道理。"天之骄女看着沈飞，缓缓道，"绝对的实力，可以粉碎一切的谋划，人数的优势，很多时候，并不像是你所想象的那样可靠，一群绵羊数量再多，也不可能战胜一条巨龙。"

她的右肩，那个剑孔，依旧在汩汩流血。很特殊的剑伤，一时竟是无法完全止血，所以她用左手握住了长剑。

那五指纤细修长，似是用羊脂白玉精心雕琢一般，握在剑柄上，皮肤肌理之间隐约泛动着微微的白月光，有一种令人眩晕的细节之美。

"其实我一开始练剑的时候，用的不是右手，而是——"凌晨左手一震。

嗡嗡嗡！

一剑十花，剑花似是寒星点点绽放。

"——而是左手。"凌晨的眼神，骤然凌厉。

然后，她就出手了。

一般而言，所有人都是右手使剑，除非是左撇子，或者是双剑剑上。

右手使剑的人，左手用剑，惯性被逆转，必定不强，战力会下跌，但凌晨例外。

一柄普通的云梦卫制式长剑，在她的左手里，绽放出来的威力，远超之前右手剑的时候。

一剑一个小朋友……不，是一剑一个天才学员。

冲在最前面的十几个天才学员，只觉得风声袭来，眼前一花，根本没有反应过来发生了什么，就被击飞了出去。

这还是凌晨手下留情。否则，他们怕是死都不知道自己怎么死的。

李涛和陶万成两个人，怒吼着冲上来，选择了联手。国立皇家初级学院号称双璧的两大天才，联手的威力极为强大，而且他们还精通一种合击的剑术。但在凌晨的左手剑面前，也只是一剑之间，瞬间败退。

两人手中的长剑，都断裂为数截，同时握剑的手掌都被震裂，虎口飙血。

沈飞一看情势不对，施展幽冥鬼步，瞬间跃出十米，将倒插在地上的太阿剑拔出，转身星陨剑法施展开来，人如狂虎，剑如狂龙，一道道剑痕轨迹，似是九天星辰划破夜空陨落一般，极为惊人。

"到此为止。"凌晨淡淡地道。

她一剑刺出。

空气里，似是寂寥流光一闪。

叮！

太阿剑被刺中剑脊。

咔嚓咔嚓！

下一刻，这柄名剑竟是以被击中的剑脊一点为中心，崩开一道道的裂纹，旋即轰然断裂。

迸飞的一截剑刃，旋转激射，擦着沈飞的脸颊飞射而过。

嗤！

一道血痕，在沈飞的脸上迸现。

他的身形僵住了，眼睛睁大，瞳孔骤缩。

那一瞬间，死亡距离自己如此之近。

败了，这一次，败得更加彻底。就连太阿名剑，也被凌晨以最简单的云梦卫长剑斩断。

左手剑状态的凌晨，强大到了不可思议的程度。

沈飞再也无法冷静，脑海之中一片空白。他毫不怀疑，如果这是真正的生死搏杀的话，面对凌晨的右手剑，他可以全身而退，但是面对凌晨的左手剑，自己可能在短短数息之内，就已经死了七八次。

云梦城中仅次于林听禅的绝代女天骄，恐怖到了这种程度吗？

沈飞不甘心。他自己的天赋，绝对是天才中的天才，一直也引以为傲。

这一次施展计谋算计凌晨，不过是出于一直以来的谨慎习惯，为了以求万全而已，他并不觉得自己比凌晨差多少——就算是差，也差得有限。

但现在——

"啊……噗！"沈飞心神摇曳，喷出了第三口血。

凌晨击败各大天才学员，收剑后退，立于林北辰肩侧。

有风吹过，撩动长发，缕缕发丝在那张绝美的脸颊上掠过，少女浑身都散发出令人心悸的强大气息以及神秘的魅力。

其他学员都吓破了胆，踟蹰不敢上前。

沈飞看着手中的断剑，嘴角溢血，呆滞中沉默着。沉默了足足五六分钟后，他猛地抬头，像是在对自己发誓催眠，又像是在对其他人大吼，道："不，这一战，我们不能败。"

沈飞猛地转身，他双眸通红，看向数十名石碑个人排行榜前列的天才学员，大声地咆哮蛊惑道："还记得，我答应过你们什么吗？我要带着你们之中最坚定、最忠于友谊和自己的人，一起突围，晋级到正赛之中，我允诺过你们的，绝对不会改变，但是现在，有人挡住了我们的路……"

比之前更加清晰的蛊惑力量，在空气中流转。

他用手中的断剑，指向凌晨，指向林北辰，面目狰狞地嘶吼道："这两个人，他们挡在了我们的路上，他们晋级在即，却要断了我们的希望。同学们，机会摆在面前，只有一次，你们是准备用自己年轻的热血，再奋力一拼，还是就此认命？"

那些原本已经心生颓念的天才学员，呼吸缓缓地急促了起来，一道道仇视的目光，看向凌晨和林北辰。

沈飞继续道："拼一次，击败他们，我们就可以携手晋级，现在放弃，你们的心中，将会种下梦魇，等到回首往昔的时候，必定会因为自己的碌碌无为而悔恨，武士之路，唯有奋力向前，才能真正强大。我沈飞，已经在这两个人的手中，各败了一次，但我不会放弃，除非我已经拿不起剑……你们，要放弃吗？"

这是他最后的挣扎了。

陶万成怒吼一声，手持半截长剑，朝着林北辰冲来。

李涛双眸通红，也如负伤的野兽一样，冲向林北辰。

沈飞大笑，再持太阿断剑，冲向凌晨。

而其他十名天才学员，如彭一鸣、李睿、卓开心等顶级天才，也都提剑逼近。

沈飞说得很对，他们已无退路，唯一的希望，唯有战斗。就这样退出晋级，他们绝对无法接受。

"既然如此……"凌晨淡淡地道，"就让你们都提不起剑吧。"

第十五章 拍卖徽章

凌晨的左手剑，欲再起。

林北辰在这时却突然猛地大声道："且慢，打打杀杀多不文明，同学们，我有办法，可以让你们都晋级……"

这句话，有一种魔力。一下子让愤懑、不甘的天才们，被沈飞鼓荡起来的拼死一战之心，突然就产生了一丝丝的缝隙。

所有人的动作，也都为之一顿。

"说，什么办法？"彭一鸣大声道。

"别信他，这个人渣败类，不过是想要拖延时间而已，我们……"李涛大声道。

但下一刻，他的话无法遏制地戛然而止。因为林北辰展开了自己的掌心，他的手，很漂亮。

但这不是关键，关键是有一摞整整十枚星辰徽章，在他的掌心里出现。阳光下，每一枚徽章，都反射着梦幻一般的色彩。

所有人的目光，一下子无法抵抗般地黏在了这十枚星辰徽章上。

所有人的心中，都产生出一种荒谬感。

整整十枚啊。

他们这么多人，在之前的九天时间里，没日没夜地搜寻，想尽了各种办法，尝试了各种手段，都没有找到几枚。结果这林北辰一出手，就是整整十枚。

一阵阵吞口水的声音。

沈飞呆了呆，他下意识都揉了揉眼睛，无法相信这一幕画面。

这一刻，就连天之骄女凌晨，都震惊了一下。

林北辰笑了起来。

"怎么样？"他大声地道，"我手中的徽章，绝对不会有假，诸位，以现在营地中石碑榜上的积分情况，基本上，不管是你们任何一个人，只要手中有一枚徽章，都可以保证在预选赛中晋级，而我，愿意出售这些徽章，不知道你们有没有兴趣呢？"

一句话，仿佛是在油锅里撒了一把盐。

学员们瞬间沸腾了。

出售星辰徽章？如果真的可以买到徽章的话，那何必打打杀杀？

陶万成一看局势不对，厉声道："不要上了这个人渣的当，只要我们击败他，徽章就是我们的，甚至都不用付出金钱的代价……我们何必被他耍得团团转呢？"

一些人眼睛一亮。

是啊，抢夺才是最无成本的。能用抢的，何必要买？

但这时，凌晨靠到林北辰的身边，与他并肩而立。这样一个微小的动作，一下子仿佛是滚汤泼雪，打消了所有人抢夺的念头。只要有凌晨这个绝世妖孽在，谁又能从林北辰的手中抢到星辰徽章？

何况林北辰可以正面击败沈飞，实力也不弱。

"一枚徽章多少钱？"彭一鸣直接大声地问道。

林北辰微微一笑，道："起价十枚金币，逐一拍卖，价高者得。"

哈哈哈！忍了将近十天，现在终于到了收割韭菜的时候了。

一枚徽章，十个金币？这么便宜？

很多学员一听之下，顿时喜上眉梢。虽然以前从未有人在预选赛中贩卖过徽章，但可以确定的是，一枚星辰徽章十枚金币的价格，一点儿都不贵，因为这玩意从来都是有价无市。

看到他们的表情，林北辰在心中哀嚎：你们这群混蛋，以为我这是在做慈善，不想定价高吗？老子一开始定价，是一枚徽章一百块金币的，可现在不是形势不允许吗？要价太高，你们这群混蛋急眼了又要抢怎么办？

一边的沈飞、陶万成和李涛三个人，也有点儿傻眼了。

拍卖星辰徽章，这么奇特的操作吗？这个林北辰，他是要上天啊。

而且这个人渣，哪里来的这么多的徽章？三人眼神对视一番，瞬间达成了一致的猜想——一定是天之骄女凌晨找到的徽章，暗中交给自己林北辰的。

呸，不要脸的软饭渣男。

三人脸上齐齐地露出了鄙夷的表情，但心中却有点儿怀疑人生，难道长得帅真的可以为所欲为吗？连凌晨这种高高在上的大魔王，竟然都被林北辰给搞得服服帖帖了。

"飞哥，怎么办？"陶万成低声地道。

沈飞皱了皱眉，道："静观其变，十枚星辰徽章改变不了什么……就算是十枚徽章全部都拍卖出去，我们依旧可以晋级。"

李涛道："可是，这样一来，就无法达到淘汰凌晨的目的了。"

沈飞道："无妨，遇事要镇定，也更要随机应变，这一次无法淘汰凌晨，除了有林北辰这个搅屎棍之外，最关键的是我们情报错误，不知道凌晨的左手剑威力，但是现在知道了，等到了正赛中，我们还有大把的机会。"

他的心态，调整得非常快，这是沈飞最大的几个优点之一，绝对不会沉浸在一时的失败之中无法自拔。

听他这么说，陶万成和李涛两人，逐渐也冷静了下来。

而这个时候，林北辰也已经开启了自己的"大型公益收割韭菜拍卖活动"。

"第一枚徽章，现在开拍，底价十块金币，每次加价不少于一块金币……"林北辰笑嘻嘻地将一位星辰徽章捏在指尖，吹了一口气。

"我出十枚金币。"彭一鸣大声地道。

"十一枚……"

"十二！"

"十四！都别和我抢。"李睿大声地道。

最终，在一片迟疑中，这第一枚星辰徽章，最终以十四枚金币的价格，被来自省立第二初级学院、石碑个人战力排行榜上排名第八的李睿所得。

林北辰笑得像是打到了狐狸的老猎人一样。

一手交钱，一手交货。

拿到十四枚金币之后，星辰徽章就交到了李睿手中。李睿捏着徽章仔细检查，最终脸上露出了欣喜之色，道："是真的，多谢了，林同学。"

按照现在的预选赛营地积分榜情况，一枚星辰徽章，就足以保证他晋级正赛，代价只是十四枚金币而已，实在是太划算了，有一种自己其实是占了林北辰大便宜的感觉。

这让李睿说话的时候，语气和善了很多，看着林北辰的脸，也觉得亲切了许多。

林北辰心里嘿嘿一笑，小子，觉得你占便宜了是吗？

一会儿有你哭的。

他取出第二枚星辰徽章，道："继续……"

"十一枚金币！"

"十二！"

"十五，我出十五枚！"

"十七……"

"二十枚金币，这枚徽章归我了。"来自省立第一初级学院的王馨予开口。

她在营地的石碑个人战力排行榜上排名第四，也是非国立皇家初级学院的学院中排名最高的一个，很有威望，因此一开口，成功地拍到了一枚星辰徽章。

"成交。"林北辰拿到金币，将徽章交给这位省立第一初级学院的天才少女。

一番检查，确认徽章无误之后，王馨予的脸上，也露出了一丝笑容。

林北辰清了清嗓子，正要继续拍卖，这个时候，木心月突然大声地问道："林同学，非常感谢你能将徽章出售给我们，但是，我有一个疑问，不知道该不该讲。"

"那你就别讲。"林北辰直接撑了回去。

木心月却是如同未闻一般，道："金币我们出得起，但问题是，这里距离营地还有五十六里的距离，我们拍到了徽章，万一在回去的路上，被人打劫了怎么办？出了钱，到最后一无所获，让我们很担心啊。"

她故意大声说道。

一下子，点中了很多学员的内心。

是啊，有钱买，没实力保住，这才是致命的问题。这个问题不解决，拍卖星辰徽章根本就是鸡肋。

其实这也是为什么，刚才几个排名靠前的天才学员积极参加拍卖，而其他学员犹豫观望的原因之一。

毕竟只有将星辰徽章亲自交到营地三巨头之一的犁落然手中，才能得到积分，此时拍卖到手，路上还有被人劫走的危险，难免到时候竹篮打水，人财两空。

木心月这么一说，刚才还想要参与拍卖的学员，更加犹豫了，她这是故意在破坏林北辰的计划。

但林北辰嘿嘿一笑，道："正常来说呢，拍卖讲究的是你情我愿，钱货两清即可，能不能保得住徽章，那就要看你们的本事了，和我没多大的关系，但是……"

说到这里，他清了清嗓子，很真诚地道："但是，我林北辰是什么人？我是一个脱离了低级趣味，是一个一心一意为大家服务的人，是一个急公好义、舍己为人的人，这是什么精神，是国际主义……算了，说这么多你们也记不住，总之，我是一个好人，所谓好事做到底，送佛送到西。这样吧，我现在就可以向大家承诺……嘿嘿，看到我身边站着的是谁了吗？"

他指了指凌晨，做广告一般地道："云梦城第一天才，二年级预选赛营地第一强者，有凌晨小仙女在，谁敢乱抢？大家拍到了徽章之后，就在这里等着，等到拍卖会结束，一起返回营地，路上谁要是敢动歪心思抢徽章，我敢保证，凌晨小仙女一定把他打得他亲姥姥都不认识。"

众人一听，顿时就真的动心了。

这是一个不错的办法。只要凌晨这个级别的天才愿意出面担保，保护大家的话，那根本不用担心保不住徽章，只要买到，就是赚到了。

无数道目光看向凌晨。

凌晨没有说话，只是默默地点了点头。

林北辰嘿嘿一笑，拿出了第三枚星辰徽章，对着阳光亮了亮，道："另外，再友情提醒一下各位同学，我知道大家来到营地，都没有随身携带太多的金币，所以为大家提供周到的服务，想诸位之所想，急诸位之所急，提供借贷业务，除了现场金币之外，契约借据也是可以的哦……"

什么？这一下子，很多学员都沸腾了起来。如果接受契约借据的话，那他们就有机会了，毕竟随身携带数十上百枚金币的人太少。

当场筹钱实在是效率太低，但签订契约却很简单。

听到这里，木心月心中有点慌。

自己本来是想要破坏林北辰的计划，谁知道却成了助攻者，反而让林北辰的拍卖气氛更加火热。

她下意识地看向李涛，就要表示歉意，谁知道这个时候，林北辰直接看向她，一副"你很棒棒"的贱笑，道："哈哈，谢谢木同学，多亏了你这几天帮我们传递消息，才让我有所准备，与我配合得如此之好，才能有眼下的局面。哈哈哈，不愧是我的前女友，依旧如此有默契……"

木心月脑子很快，瞬间就意识到林北辰这个人渣在故意挖坑害自己。但刚想要反驳，林北辰直接大声地道："好了，诸位同学，第三枚星辰徽章，现在开始拍卖！"

人群一下子就沸腾了——

"十二枚金币！"

"我出十八枚。"

"我愿意签订契约，我出二十枚金币……"

"二十五！"

各种呼喝之声，不绝于耳，木心月的声音，被这样的沸腾之音给淹没。

所有的顾虑得到解决，就算是那些石碑个人总榜上排名靠后的学员，此时也都开始毫无顾忌地竞价。毕竟像这样通过财力来决定徽章归属的机会，这还是史上第一次，估计也是最后一次。

能不能破天荒地进入天骄争霸赛的正赛，就看能不能把握住这一次的机会了。

最终，这第三枚徽章，以三十枚金币的高价，被一位石碑排行榜上第七十八位的学员拍到。

"哈哈哈，谢谢，谢谢。"这个叫作魏崇风的学员，来自第四初级学院，是云梦城中一位富商之子，在签订了30枚金币的借据契约之后，得到了第三枚徽章，乐得嘴都合不拢了。

以他的实力，换作平时，想要得到这样一枚徽章，基本上就是做梦，而现在因为林北辰的"慷慨之举"，梦想照进现实了。

"谢谢啊。"魏崇风拿到徽章，大声感谢。

其他人也都被魏崇风的表现刺激到了，接下来的拍卖，瞬间就进入白热化状态。

一枚枚的星辰徽章，不断地创下了一个个价格新高，等拍卖到第九枚星辰徽章的时候，价格已经到了一枚50金币。

"恭喜这位同学，你的果决、勇敢和气魄，让你得到了第九枚星辰徽章。"林北辰笑得脸都僵了。

转眼之间，310枚金币倒手，巨款啊。虽然其中有七成是借据，但他丝毫不担心这些学员反悔，因为以剑之主君的名义签订的借据，不但具有法律效力，还具有神圣属性。

云梦城中，就算是高高在上的城主，也不能毁弃这样的契约。

"十枚之中的最后一枚。"林北辰掌心里托着最后一枚徽章，笑得很开心，道，"还没有星辰徽章的同学，好好准备了啊，最后一枚，过了这村可就没有这个店了啊。一枚徽章，你买不了吃亏，买不了上当，一枚徽章，就可以让你晋级正赛，去看看你们从来没有看过的风景啊……"

无数道目光，都集中到了林北辰的掌心，目光中带着炙热。一道道目光，仿佛是一柄柄锋锐的刀剑一样，在空气里疯狂地撞击。还没有拍卖到徽章的学员，都咬牙切齿，心中只有一个念头——

最后一枚了。不惜一切代价，一定要将这枚徽章买到手。

所以，当林北辰喊出"拍卖开始"的时候，人群一下子就疯狂了。

"我出二十枚金币。"

"二十五……"

"三十！"

"六十！"

一张张因为激动而狰狞的赌徒面孔，在林北辰面前闪烁。

这些人疯了，林北辰也被吓了一跳。这样激烈疯狂的竞价，一直攀升到了70枚，才算是硝烟散去。

来自国立皇家初级学院的古灵精怪少女肖肖，以70枚金币的天价，得到了这最后一枚徽章。签下借据的时候，她的小脸蛋红扑扑的，也不知道因为激动，还是因为欠下巨款而忐忑。

至此，十枚星辰徽章，全部都拍卖一空，林北辰得到了足足380枚金币。

在云梦城中，这绝对算是一笔巨款了，换算成为人民币，相当于380万元了。

"啊，这就结束了？"

"不，我还没有买到。"

"我和晋级正赛的绝世良机，就此错过了？啊，刚才为什么不疯狂竞价？我真蠢。"

"我好悔啊……"

没有拍到星辰徽章的学员，这时候才回过神来，顿时捶胸顿足，万分懊悔。刚才的竞价实在是太疯狂了，尤其是到了最后一枚的时候，很多学员都像是输红了眼的赌徒一样，彻底都疯了，他们扯着嗓子喊价都来不及，眼睁睁地看着最后的机会溜走。

岳红香静静地站在林北辰的身后。

她的表情，也绝对不平静。，看着众人疯狂地争夺徽章，她的内心里，何尝没有渴望？

一枚小小的徽章，足以令很多人的命运，就此彻底改写，尤其是她这样出身贫苦的女孩子。

如果能够有一次进入天骄争霸赛正赛的机会，那不啻是人生被改写。有了这样一笔履历，日后她毕业了，不管是继续进入高等学府深造修炼，还是进入社会工作，选择面会更广。何况，对于北海帝国的少男少女们来说，它还是一种至高无上的荣耀，但是，她没钱。

别说是参与竞拍，就算是底价的十枚金币，她都付不起。

因为穷，她甚至都没有买到白玉断续膏，只能带着手腕的剑伤来参加预选赛，以至于被很多团队排挤，没有能够找到合作伙伴，只能一个人默默地咬牙坚持。

但即便是如此，岳红香也没仗着之前帐篷里培养起来的一点点的小默契，向林北辰开口索要徽章，因为她是唯一一个知道这十枚徽章是林北辰自己辛辛苦苦搜寻而来的人。

她知道，林北辰这些日子为了挖取徽章，到底有多辛苦，连吃饭睡觉都顾不上，每日里就用她摘来的野果野菜充饥，仔细看的话，这将近十日的时间，林北辰几乎是瘦了一圈。

别人辛辛苦苦得来的东西，她有什么资格张口就索要？

女孩子，要自爱，更要自重。她的脸上，带着淡淡的微笑，为林北辰感到高兴。只是，她的心中，有一个疑惑——

林北辰一口气将十枚徽章全都拍卖了出去，他竟然不给自己留几枚？还是说，他并不想晋级天骄争霸赛的正赛？

天之骄女凌晨的表情，平静而又淡漠。

除了一开始林北辰一下子拿出十枚星辰徽章让她吃惊了一瞬之后，其他时间，不管竞拍场面如何火热，她都没有任何的表示。

霸道总裁人格，果然是如同冰冷的雪山。

另一边的吴笑方和木心月两个人，此时脸色非常非常难看。刚才他们两个人，也都参与竞价了，可惜报价根本就没有什么竞争力，直接被其他学员给横扫了。

吴笑方还好说，因为他知道自己已经将林北辰得罪得死死的，没有缓和的机会，所以内心虽然绝望后悔，但也无计可施。

而木心月的内心，简直是有一万只铁鄂蚁在啃噬一样，后悔的情愫像是疯狂的藤蔓一样将她身心内外都缠绕。

后悔啊，真的是后悔啊。

如果当日不那么决绝地宣布分手，将林北辰无情抛弃的话，那现在的林北辰一定还非常宠她，一定会对她百依百顺言听计从，只要她一句话，林北辰绝对会将十枚徽章都心甘情愿地双手奉上吧？

现在该怎么办呢？

林北辰绝对不会一口气将所有的徽章都卖完，毕竟进入正赛之后，得到一枚天骄令牌，是解决他如今在云梦城中困境的最好办法，他一定会留下至少一枚到两枚的徽章。

如果自己现在去恳求他、哀求他，给他一点儿希望和甜头，也许可以将林北辰暗中留下来的徽章，要过来一两枚？

别看他之前那么绝情，一定是因为爱而不得，才因爱生恨。只要自己愿意付出一点实质意义上的牺牲，一定可以挽回这一切吧？

毕竟，自己是林北辰的初恋。

至于凌晨……这几日的观察来看，林北辰根本就是在避着这个骄傲的小公主，两人之间肯定没戏。

渐渐地，木心月的心中，有了一个主意，她心中琢磨着，分析着，权衡着。

"啊啊啊，上天啊，我竟然错过了这么好的机会，求求你再给一次这样的机会吧，我一定不会错过了……"一名深深沉浸在后悔中的学员，仰天悲呼道。

很多两手空空的学员，都深有同感。

就在这时，令所有人都没有想到的事情发生了。

"这位同学，其实你不用祈求上天，求天不如求人。刚才我们结束了星辰徽章第一期的拍卖，大家的热情捧场，让我感动得都快哭了，所以，为了感谢新老客户对于星辰徽章的追捧，经过我内心激烈的思想斗争，我决定追加10枚徽章，进行星辰徽章第二期的拍卖，这一次机会真是很难得，我给你讲，最后的机会，经典珍藏版的徽章，买到就是赚到……"

说着，在众人猝不及防的眼神中，林北辰又从怀里拿出来了10枚星辰徽章。

木心月愣住了。

沈飞愣住了。

李涛愣住了。

陶万成愣住了。

岳红香愣住了。

就连天之骄女凌晨，也愣住了。

学员们都……反正都愣住了。

又有十枚徽章？也就是说，林北辰的手中，至少也有二十枚徽章？

天啊。谁来告诉我，这不是在做梦。这个人渣败类，他到底是怎么做到的？

一人找到二十枚徽章，这个成绩太妖孽，已经超越了其他九十九名学员在过去九天时间里所获徽章的总和。一己之力做到这种事情，简直和作弊一样。

不等众人回过神来，林北辰已经开始了拍卖。这一次，之前没有拍到星辰徽章的学员，直接疯狂了。

疯狂竞拍开始。

大约半个小时，这十枚徽章，终于全部竞拍完毕，林北辰总共得到了480枚金币。

比第一批收获更大。

这样一来，一共有二十个学员，得到了星辰徽章。

李涛、陶万成两人的脸色就有点儿变化了，因为过去的九天时间里，他们两人也只是各自找到了一枚徽章。

这意味着从现在开始，他们两人已经无法完全保证自己可以晋级到正赛之中。

沈飞的面色，也颇为阴沉，双眉紧皱，他在快速地思考着，该如何应对这种局面。

然而下一刻，所有人都疯了，或者是这个世界疯了，因为林北辰又拿出了十枚徽章。

这个云梦城最大的败类，那张英俊的脸笑得像是盛开的菊花一样，声情并茂地道："啊，感受到了同学们的热情，我非常感动，所以决定临时再加十枚徽章，诸位同学，这一次，真的是我忍痛大出血，机会难得，不要错过，买到就是赚到……"

神一样的买到就是赚到！所有人都忍不住在心里疯狂吐槽。

同样的话，你刚才已经说了两遍了吧？

凌晨的霸道总裁人设都快崩了，高傲冷漠的表情再也难以维持，一脸难以置信，盯着林北辰，本以为之前的二十枚徽章已经是极限的极限了，结果这个货又拿出来了十枚……你当星辰徽章是路边的野草吗？随便就可以搂一堆？

"慢着。你怎么可能有这么多的徽章，林北辰，你这徽章，不会是假的吧？"陶万成忍不住大声地质问道。

这一句话，一下子问出了所有人的心声。

这局面太不可思议了，莫非林北辰擅长造假，一下子造出来这么多的假货？

林北辰呵呵一笑，不慌不忙地取出一枚徽章，交给凌晨，道："凌师姐，你来看看，这徽章是真是假？"

凌晨缓缓收束心神，面色重新平静下来，接过徽章仔细观看一番，然后又以玄气测试。片刻后，白皙绝美如艺术品一样精致的脸庞上，没有任何的波澜，最终点头给出了答案，道："是真的。"

这个结论，仿佛是在本已经波澜涌动的水面上，狠狠地砸进了一颗陨石一样。

人群顿时沸腾了。

凌晨的话，具有绝对的说服力。

真的，竟然是真的。也就是说，林北辰这个人渣败类，竟然真的一个人找到了30枚星辰徽章？

他是怎么做到的？这个念头，在很多人脑海之中疯狂闪过。

但很快，已经没有人去计较这些细节了，因为林北辰的拍卖开始了。

这一次，就连陶万成也都加入到了拍卖的行列之中。

"五十枚金币……"

"六十五！"

"一百，我出一百枚金币。"

人群彻底疯狂了。

陶万成大声地喝道："我出两百，两百枚金币。"

人群一下子静下来，这是拍卖开始以来最高的天价。

林北辰礼貌而又不失尴尬地一笑，道："对不起，不卖。"

"什么？"陶万成又惊又怒地道，"你什么意思？"

林北辰道："你蠢吗？听不懂人话？字面意思。"

"我出二百枚金币，是整整二百枚。"陶万成怒道，"我的价格最高。"

林北辰道："你就算是出一千枚、一万枚，我也不卖给你，有意见吗？"

陶万成面色瞬间铁青，道："你……你竟然不讲拍卖规则？"

林北辰道："是呀是呀，被你发现了呢，就是不讲规则，你咬我啊。"

"你……"陶万成无话可说了。

他知道，这是林北辰在故意针对他。但是，此时此刻，他是真的没办法。

打，打不过；出高价，没用。

他被林北辰拿捏得死死的，根本就是无计可施。

"继续继续，刚才谁出的最高价来着……"

拍卖继续。

下一刻，李睿直接出到了200枚金币，将这一枚星辰徽章拿到了手。

看着李睿用同样的价格将徽章拿到手，陶万成心里又恨又急，这意味着他在个人积分榜上已经被李睿超越了，局势对他来说越来越不利。

而且，这只是一个开始。

时间飞逝，转眼之间，林北辰又收到了价值700枚金币的借据。

而包括李睿、卓开心、王馨予等人在内的许多天才，也已经拍到了第二枚星辰徽章，在个人积分榜上，已经与沈飞并驾齐驱，超过了李涛和陶万成这两位国立皇家初级学院双璧。

"呼，还好还好，虽然被一些人超过，但我还在前二十之列，依旧可以晋级。"陶万成恼恨不已，但心中却还是悄悄地松了一口气，他现在的诉求，已经从之前的排名前列，降低到只要可以晋级就行。

留得青山在，不愁没柴烧。

就如同沈飞所说，只要进入正赛，就还有机会翻盘。

沈飞轻轻地拍了拍陶万成和李涛的肩膀，给他们一个眼神，示意两人别慌，然而，下一刻，沈飞自己就慌了，不但慌了，还快疯了。

因为林北辰一脸欠揍地又从怀中出来十枚星辰徽章。

疯了，很多学员都疯了。

四十枚星辰徽章？林北辰这个败类，难道是监考官的私生子吗？他不会是提前知道徽章埋在哪里吧？学员们都开始怀疑人生了，这种事情实在是太荒谬了啊。

林北辰不给他们质疑的机会，直接四度开拍。

"五十枚。"这一次，有狠人直接开出了底价的五倍。

然而其他人的加价更加疯狂。

"一百……"

"一百二！"

"两百一……"

一张张赌徒一般潮红的面孔，一道道声嘶力竭的吼声，学员们仿佛是失去了理智，彻底陷入到了一场狂欢之中。

就算是之前已经拍到了徽章的学员，也都不淡定了，他们必须继续加入竞拍之中。因为如果他们不加强巩固自己的徽章数量优势的话，很有可能被别人超过，之前的投入就全部打了水漂。

等到第四批徽章拍卖结束，林北辰简直快要笑疯了。

这一批的徽章，足足买了1100枚金币，加上之前三轮所得，40枚徽章总共让他入账2660枚金币，换算成人民币就是2660万元.

这绝对是一个令林北辰感觉到眩晕的数字，而他的手中，还有40枚徽章的囤货。

想了想，林北辰并未停止他丧心病狂的拍卖，他一口气将剩下的四十枚中的二十枚，一次性拿了出来……

其他学员看到这一幕，都已经彻底崩溃了。他们的脑子已经不够用，他们已经没有脑汁可以去思忖为什么会出现这种状况，他们只是本能地参与竞拍，不断地飙价。

场面近乎失控。

"等一等，2000，我出2000枚金币，购买你手中八枚徽章。"一直都沉默着的李涛，再也无法淡定，孤注一掷，大声地道，"我没有得罪过你，而且还一再邀请你一起组队，林同学，没必要和金币过不去。如果你觉得价格不够，可以随便开，我绝对不还价。"

可以说是很有诚意了。

林北辰笑了起来。

"没错，你是没有得罪过我。"他道。

李涛一喜。

但林北辰话锋一转，面色一肃，用一种从未有过的认真语气，坚定而又决绝地道："可是，你得罪了凌晨小仙女，这可比得罪我严重多了。别的不说，就凭你偷袭凌晨的那一剑，这一辈子，我们只能是敌人，不可能是朋友。所以，别说是金币，你就算是把整个云梦城，把整个北海帝国都给我，我也不会给你哪怕是一枚星辰徽章！"

李涛愣住了。

周围的喧嚣，一下子安静下来。

沈飞身形一震，死死地盯着林北辰，眼睛里奇异的光芒在闪烁，好像是要将这个败家子的面容和神态，完完全全地记住，深深地烙印在他的脑海里一样。

木心月的心中，某个她以为并不存在的心弦，也在这一瞬间被狠狠地震动了一下。

她在恍惚之间回首，脑海之中闪过一张张讨好和艳羡的面孔，无数个曾经不止一次地表示愿意为自己付出一切的男人信誓旦旦的话语，也一一流过脑海……但是仔细想来，这些人之中，真正不顾一切、不求回报曾经对自己好过的人，真正言行一致的人，好像只有一个。

那就是曾经的林北辰。

而现在，就是这个人，却用丝毫不逊色于曾经对待她的坚决，去对待另外一个少女。有一种她曾经拥有过的东西，在这一瞬间，永远地失去了。

她本以为自己绝对不会在意，但现在，一种隐隐痛彻心扉的感觉，好像要将她整个人活生生地撕裂。

许多女学员，也在这一刻，用毫不掩饰的羡慕嫉妒的眼神，看向凌晨。

凌晨，云梦城主最疼爱的小女儿，有史以来仅次于林听禅的绝世天才，也是云梦城中最美丽的少女，她的身上，已经有太多太多让同龄人羡慕的东西。而此时此刻，她令人羡慕的东西，又多了一样。

凌晨自己却只是沉默着，一句话都没有说。一抹不自然的情愫，在她的心底深处，一闪而过。她就这样安安静静地站在林北辰的身边，羊脂白玉一样白皙而又精致的绝美脸庞上，波澜不惊，和语出惊人的少年仿佛无比遥远，又仿佛是紧紧地贴在一起。

最终，林北辰将剩下的四十枚徽章中的二十枚，全部拍卖出去，得到了价值1800枚金币的借据——因为后期的徽章，都是有晋级希望的学员参加竞拍，一些哪怕是拍到一两枚徽章也无法晋级正赛的学员，都主动放弃了，所以得到的金币，不如想象中的多。

但林北辰已经非常满意了。

六十枚星辰徽章的出售，让他得到了整整4460枚金币。

毫无疑问，这是林北辰来到这个世界以后，见到的最大一笔财富。就算是云梦城的一些大型的佣兵团和商会，一年的纯利润也不见得可以达到这个数字。

而对于林北辰来说，这笔财富，意味着他可以为手机充满446次电量。就算是手机的耗电量是一天100%电量的消耗，这笔财富也足够他支撑446天。

穿越以来，手机电量消耗一直是悬在林北辰头顶的达摩克利斯之剑，此刻终于暂时消失了。

第十六章

沈飞入魔

"林同学，你还有没有？你一定还有的，对不对？"

"我要，我还要！"

"快给我！"

一些学员红着眼，喘着粗气，盯着林北辰，意犹未尽般地大声道。

"拍卖会到此结束。"林北辰冷酷无情的话语，击碎了这些可怜学员的幻想。

下一秒，他就又拿出了四枚徽章，在无数瞪出的眼珠子的注视下，转身递给了岳红香。

后者呆住。

"这……是给我的？"书卷气古典美少女一脸的茫然。

林北辰笑了笑，道："当然啊，快拿着吧，这些日子要不是你每天采摘野果野菜给我吃，我都快饿死了。所谓滴水之恩，当以涌泉相报，四枚星辰徽章，权当是饭费了。"

岳红香彻彻底底地呆住了，她没想到，自己只不过是每日多摘了点野果野菜而已，竟然就可以换到四枚星辰徽章？就好像用几根野草，换到了相等数量的金条。

"可是……太……太多了，我……我不能……"少女说话结结巴巴，但还是将自己的意思，表达了出来。

林北辰直接将四枚徽章，强行塞到了她的手里，道："同学之间，这么客气干什么，你知不知道什么是人生三大铁？就是一起同过窗……反正在我心中，那些野果野菜的价值，比金币重要多了，傻瓜才用金币买徽章呢。"

众人心想："……求求你做个人吧，我们才刚刚用金币买了徽章啊。就算你心里真的这么想，但也不要这么明目张胆地说出来啊。"

岳红香手足无措地捧着四枚星辰徽章。

根据刚才的拍卖情况来看，哪怕稍后徽章还有私下里的流通，但这四枚徽章，已经足够让她从这场预选赛之中晋级，进入正赛环节。

幸福，来得如此突然。

其他学员则一个个都是羡慕嫉妒恨，尤其是那些花费了天价才买到徽章的学员。

人与人的差距，咋就这么大呢？

人家用野果野菜就可以换到四枚徽章，而自己却只能欠下一屁股债真金白银地去买。

林北辰却不管那么多，又拿出了六枚星辰徽章，交给凌晨，道："这是给小仙女的，多谢小仙女的协助配合呀。"

虽然凌晨自始至终也没有说什么话，但她往林北辰的身边一站，就解决了许多问题。这是林北辰这次仓促召开的拍卖会，得以顺利进行的最大保障之一，所以林北辰还是很大方地给予回报。

虽然林北辰也知道，多拍卖出去一枚徽章，都意味着一笔财富。但他做人是有原则的，可以抠门，可以小气，但绝对不能知恩不报。

凌晨看着林北辰，想了想，也不客气，直接将六枚星辰徽章，都拿在了手里。

林北辰松了一口气。

很好。没有婆婆妈妈的欲拒还迎，该收就收，小凤凰还是非常干脆利落的。

这样一来，他自己的手中，就剩下了十枚星辰徽章。

足够晋级，美滋滋。

而这个时候，时间已经到了下午。

小湖边的太阳，逐渐热烈了起来。

"说起来，我还得多谢沈飞同学。"林北辰笑着看向沈飞。

后者心中有一种不太好的预感。

果然就听林北辰很无耻地说："要不是沈飞同学妙计无双，自不量力地想要对付凌晨小仙女，将这么多人都集中到了湖边，说实话，我这拍卖会还真的不好搞……我谢谢您八辈祖宗。"

听听，这说的是人话吗？沈飞直接脸都黑了，其他人也是无语。

这个人渣败类，实在是太贱了，这是杀人诛心啊。

陶万成和李涛两个人，此时杀了林北辰的心都有了。他们一人一枚徽章，本来是确凿无误可以晋级的。

但是现在，林北辰这么丧心病狂地拍卖了一番之后，第二十名学员已经有了三枚徽章，这意味着他们这两个原本板上钉钉可以晋级的天才，现在是板上钉钉确凿无误地要被淘汰了。

而且，因为之前他们搜到的徽章已经上交营地大总管犁落然，所以此时就算是想要将徽章都集中在一个人的身上，至少保住沈飞、陶万成和李涛三人之中一个人晋级，都已经做不到了。

可谓悲剧。

沈飞低着头，身体微微颤抖。陶万成和李涛两人，用看杀父仇人一样的眼神看着林北辰。

林北辰看到这三个人的模样，就觉得开心，他还想继续再损几句。

这时，凌晨突然一伸手，按在了他的肩膀上，猛地一拨，道："小心……"
话音未落。

咻！

一道黑光，迎面而至。

凌晨左手剑宛如昨夜星辰，一剑点出。

砰！

手中的云梦卫制式长剑，瞬间崩裂破碎为蝶翼般的碎片，飞射开来。

"哇……"凌晨的身形，朝后飞跌出去，十几步距离才跟跄落地，面色已经是一片苍白。

人群中一片惊呼，谁也没有想到，竟会有这样的事情发生。

这一瞬间，林北辰也蒙了。

"呵呵呵……"沈飞低着头，口中发出怪异的冷笑声，一种语言难以形容的恐怖气息，以他为中心，缓缓地弥漫开来。

黑色的乌光，在他的双手之间闪烁。阴森、邪异、令人如见梦魇般的气息，从这乌光里散发出来。

"不好，是邪魔之力！"个人战力榜排行第四的天才学员王馨予，不可思议地睁大了眼睛，大呼道，"快，快退开，去找教习，这个人入魔了……"

入魔！

禁忌而又可怕的字眼，这两个字，带着死亡瘟疫一样的威慑力。

一下子，周围所有的学员，都疯了一样地朝后退。

只有李涛、陶万成两个人，惊疑不定，依旧站在原地，有点儿茫然失措的样子。他们最崇拜、最信任，并且愿意生死追随的人，竟然入魔了？

"是你逼我的。"冰冷诅咒一般的声音中，沈飞猛然抬头。

他的脸上，一道道淡黑色的纹络，就像是野兽的兽纹一样，交叉弥漫开来，一双眸子呈现出猩红色，有淡淡的红色从双眸里流溢出来，丝丝缕缕，漂浮在眼眶四周，看起来邪异而又狰狞，冰冷深寒的气息散发出来。

这真的不是正常人类应该有的气息，这是一种邪魔的气息。

林北辰一看之下，脑子里一下子冒出来了许多信息。

这个世界，有神灵。

北海帝国自上而下信奉的主神，是剑之主君，在全国各处都修建有剑之主君的神殿。

而整个东道真洲，其他的国家各有不同的信仰之神，比如大地女神、胜利女神、战争之神、月亮神等——当然，也有不同国家信奉相同的神灵。

但不管怎么样，有一点却是共同的，那就是只有光明秩序阵营的神明，才值得拥有信徒。而那些来自虚空的混乱邪恶阵营的邪神，则是被所有的生灵集体抵制和敌视的。

因为混乱守序的邪神，给这个世界带来的，只有杀戮、死亡、分离和苦难。追随这些邪神的信徒，更是如过街老鼠一样，各方喊打。

之前林北辰就曾担心过，自己穿越的事情一旦曝光，就会被当做是天外邪神入侵，直接拉到城中的剑之主君神殿广场上烧死。因为在这个世界，邪神降临会被无情灭杀，而邪神的信徒也是发现一个烧死一个。

眼前沈飞的表现，毫无疑问，正是借助或者修炼了邪神之力的信徒之兆。

"这是你逼我的。"沈飞满脸青黑色的斑纹，猩红的眸子盯着林北辰。

更为诡异的是，沈飞的声音竟然也发生了变化，从一个变音期的少男，变成了一个无比魅惑的充满雌性气息的年轻女性的声音。

"我只是想要晋级正赛而已，这么一点简简单单的要求，你非要一而再再而三地逼我，一次次破坏我的计划，逼得我不得不暴露……林北辰，你这个该死的蠢货，肮脏的蝼蚁，根本并不知道自己做了什么，现在只有死亡，才能挽回你的错误。"沈飞的声音仿佛是修罗天女的吟唱一样，出奇得悦耳和打动人心。

怎么回事？林北辰有点蒙。阴阳人？

这时，沈飞抬手一掌轰出。

乌黑色的流光脱出手掌，袭杀而至。

林北辰大惊，德行之剑本能地刺出。

一剑七影。

北斗临的最高奥义。

轰！

流光勉强被击碎，但林北辰却像是断了线的纸鸢一样，倒飞出去，落地直接扑通一个屁股蹲。

浑身的骨头，像是断裂一样，眼前发黑。

不是对手，差距太大。

只是一个照面的交手，林北辰就做出了判断。要知道他之前是可以按着沈飞打的，结果现在，局势逆转。

入魔这么恐怖的吗？

下一刻，沈飞仿佛是移形换影一样，瞬间就已经到了林北辰身前，又是一掌轰下。

林北辰一个懒驴打滚，间不容发地躲开这一掌。

轰！

自己原先所在的位置，直接被打出一个直径一米深半米宽的模糊掌印。

妈呀！人形打桩机吗？这要是挨上一掌，不得瞬间就被打成肉泥吗？无相剑骨也撑不住这样一击啊。

林北辰亡魂大冒，一个鲜红的"危"字，仿佛瞬间从他脑门里冒了出来。

要死要死要死。

入魔的沈飞，力量恐怖了数倍，这绝对是武师级的力量。

林北辰彻底放弃正面对抗的打算，爬起来就跑。

轰!

入魔状态的沈飞如影随形,眼看着林北辰再也无法躲开……

倩影一闪,凌晨赶至。

剑光生灭。

空气之中,气浪狂飙。

沈飞一掌击在长剑上,可怕的气流好似是火山爆发一样激荡,周围顿时飞沙走石。

凌晨顺手勾住林北辰,借助反震之力,身形急速后退,不断地拉开安全距离。

"怎么样,软饭香吗?"美少女凑过来,吐气如兰,用只有他们两个人可以听到的声音,在林北辰的耳边低语。

"香,太香了。"林北辰忙不迭道。

我这不是怂,也不是怕,只不过是迎合一下这个小仙女的虚荣心而已——某败家子在心中,这么安慰自己。

"你们两个,都给我死。"沈飞口中发出魅惑女音,踏出幽冥鬼步,瞬间就又到了两人近前。

危机再临。

这时,也不知道是不是错觉,林北辰猛然之间觉得,一直拉着自己的凌晨,身上的气息,猛地一变。

然后,不可思议的事情发生了。

轰!

气势狂暴的沈飞,黑色的魔爪几乎就要轰在两人身上的瞬间,突然像是撞在了一面无形的气墙上,瞬间就被弹飞了出去。人还未落定,数道清晰可闻的骨裂之声响起,他的双臂以触目惊心的弧度弯折,白色的骨头直接刺破血肉暴露在了空气里。

什么情况?刚才那股气息……

林北辰怔住。

"飞哥!"

"飞哥,你没事吧……"

陶万成和李涛两人毕竟与沈飞相交多年,下意识地冲过去,将半空中落下来的沈飞接住。

然而，下一刻，两人却齐齐惨叫了起来。

沈飞猩红的眸子里射出两道邪光，仿佛是有形之物一样，直接刺入了两人的眼眶之中。就好像是可乐罐里插入了一根强力吸管一样，瞬间就将陶万成和李涛两个人的血肉吸干，化作了皮包骨头的干尸！

夭寿啦。

林北辰眼珠子差点儿瞪爆。

太可怕了，太邪性了。

周围的学员们，更是一阵惊慌失措的尖叫。有几个胆小的已经直接捏碎了自己的石牌，银光闪烁，石牌中蕴含的阵法被激活，将他们笼罩在了其中。

而得到了血肉养料的沈飞，凶焰高炙，气息越发压迫和狂暴。

他一转身，猩红目光再度锁定了林北辰。

"死。"沈飞再度冲向林北辰。

"老子又不是MT，也没有开嘲讽技能，这孙子为什么一直要杀我？"林北辰浑身汗毛都竖起来了。

这个世界太危险了，我要回地球，他的心态快要崩了。

凌晨的眸眸之中，闪过一丝决绝之色，仿佛是下了某种决定，只要再度出手，却在这个时候——

咻！

一道箭啸破空之音响起。

银芒一闪，沈飞就飞了起来。

一只银色尾翼的羽箭，钉在了他的左胸，直接将他射飞出去二十多米，最终钉在了一块巨大的岩石上。

是云梦卫高手和营地中的带队教习们，终于赶来了。

百米之外，六七道身影宛如离弦之箭一般，带出气浪破开荒野，像是六七柄长刀破开绿浪汪洋一样，朝着湖泊的位置飙射而来。

沈飞的脸上有不甘之色闪过，但他知道，自己必须要离开了。否则，一旦被云梦卫高手和各大学院的带队教习缠住，那今天就必死无疑。

"林北辰，我记住你了。"沈飞直接拔出银羽长箭，不顾左胸一个拳头大小、前后透明的血窟窿。

他对着林北辰露出一个无比怨恨的眼神，诅咒一般，用一种邪异诱人的年轻女声，恨恨道："你记住，我们还会再见面的，神墟的信徒，无所不在，会代表伟大的墟界主君惩罚你们这些异教徒。哈哈哈哈！我还会回来的。"

他狰狞妖邪地大笑着，然后转身就反方向朝着荒野深处逃窜。他如野兽一般，四肢着地，疯狂奔跑，速度快得不可思议，才两三息的时间，就消失在了所有学员的视野之中。

嗖嗖嗖！

六七道身影落下，其中两个人毫不迟疑，瞬间再度弹射而起，朝着沈飞消失的方向追去，其他五道身影，则开始安抚学员们。

"晨儿，你没事吧？"国立皇家初级学员的带队教习中年美妇一脸的焦急关切，第一时间冲过来，将凌晨保护起来。

"秦姨，我没事。"凌晨身上的气息变回之前的感觉，穿上了中年美妇递过来的红色大氅，紧紧地裹住身躯，缓缓地呼出一口气。

"还说没事，你竟然受伤了？有谁能伤你……这到底是怎么回事？"

中年美妇非常震惊的样子，旋即想到了某种可能，扭头双目如电，目光似刀，盯住林北辰，一副问责的架势。

林北辰此时是惊魂稍定，不过还没有来得及说什么，丁三石已经挡在了他身前，道："秦教习，我的学员也受伤了，你说话客气一点，不要吓到他。"

中年美妇秦兰旖冷哼了一声，不再说话。

"小混蛋，你没事吧？"丁三石这才转身，上下打量林北辰，这一看不要紧，他被林北辰狠狠地吓了一跳。

"你……突破到七级武士了？"丁三石眼珠子都快掉到地上了。

今天早晨，林北辰还只是一个玄气强度为7，综合战力勉强与四级武士巅峰相差无几的小菜鸡，结果这才半天多点儿时间，流露出来的气势，竟然堪比中高阶的七级武士。

怎么做到的？

"小孩没娘，说来话长……"林北辰含含糊糊地道。

他感受到了丁三石对自己浓浓的关心，以及那种不问青红皂白就护犊子的温暖。同时心中暗暗想到，自己以前只怕是小瞧了三石教习的实力啊，这赶来的速度，并不比云梦卫中队长陈剑南，以及李青玄、犁落然这三巨头慢啊。

说话之间，犁落然等人已经将事情的经过，大致弄清楚了。

贩卖徽章？竟然还有这等事情？

大人们的目光一下子，全都聚焦在了林北辰身上。

林北辰双手插兜做一个酷酷的仔，一句话也不说。

没有什么好说的，别问。问就是运气好，挖到了八十枚星辰徽章。

嗖嗖！

远处两道人影，去而复返。

是李青玄和陈剑南两大高手。

刚才两人去追沈飞，看样子，是没有追到。

"被那邪魔信徒给跑了。"李青玄与犁落然、秦兰旖、丁三石等人的目光一对视，摇了摇头，道，"是神墟主君麾下的邪魔信徒，竟然可以瞒过教育署的调查，进入到预选赛，显然是已经潜伏很久了，这件事情，必须有人负责。"

陈剑南道："神殿和云梦卫会去调查清楚……不过，正好预选赛的时间也已经结束了，护送学员们返回营地吧。"

他们两人，还不知道星辰徽章的事情。

一炷香时间之后，训练营。

"诸位，事情的经过，想必大家都已经知道了，都说说吧，这考核结论，该怎么写。"营地议事厅中，李青玄嘴角抽搐着道。

看着手中的最终成绩统计表，陈剑南、犁落然和诸大学院的带队教习，都陷入到了怀疑人生的状态之中。

第一名凌晨，总共上交了十三枚星辰徽章，这个数字，在所有人的预料之中。

但是第二名林北辰，无疑是一匹黑马，十枚星辰徽章，这已经是一个非常令人震惊的数字，但更令人震惊的是，其实这个败家子，一个人在九天多的时间里，找到了整整八十枚徽章。

如果不是这个败家子的神操作，将六十枚徽章拍卖，又将十枚徽章先后赠与了凌晨和岳红香，他将是有史以来，历次预选赛中积分最高的纪录创造者。

这个败家子，以一己之力，彻底改变了这场预选赛，也改变了很多学员的命运。

他也让这场由教育署精心准备的云梦城二年级天骄争霸赛的预选赛，变成了一场彻头彻尾的闹剧。

在积分榜排名前二十的学员，都是这场拍卖会的受益者。

岳红香以四枚星辰徽章的成绩，排名第十九。

历史上，从未发生过这样的事情，所以这个最终的考试报告怎么写，就成了一个头疼的问题，而争论的最关键一点，在于到底该如何计算林北辰的成绩。

"当然是按照林北辰寻到八十枚星辰徽章算，所有的学员都可以证明，林北辰一己之力，找到了八十枚徽章，我们的这一次预选赛，是考核学员的能力，这说明林北辰的能力就是八十枚徽章的水准……"丁三石迫不及待地发言，一副老子的学员就是牛的表情，非常嘚瑟。

事实上，丁三石已经膨胀得快要爆炸了。

八十枚星辰徽章啊。这个小败类，竟然给了自己这么大的一个惊喜，当然，也是一个惊吓。

这个败类，难道就真的不知道八十枚星辰徽章意味着什么吗？不仅可以打破云梦城的预选赛纪录，更是可以打破整个风语行省的预选赛纪录。

打破纪录这种事，毫无疑问才具有更大价值啊，足以一夜之间让这个小败类名扬行省。

出了名，钱还是问题吗？

丁三石同时不忘吐槽林北辰，这个小崽子真的是短视啊，为了钱竟然拍卖掉了那么多的星辰徽章。

他一边兴奋地狂喷唾沫，一边在心里暗暗琢磨，是时候给林北辰这个小败类上几节价值观课了，让他明白什么叫作取舍。

"怎么能按照八十枚算？"国立皇家初级学院带队教习秦兰旖直接反对，冷笑道，"预选赛的规矩，星辰徽章的数量以最终登记为主，不管是找到，还是抢到，还是买到，只以最终上交徽章的学员的名字为准。怎么，你们第三学院是想出名想疯了吗？连预选赛的规矩都可以弃之不顾？"

"嘿，秦教习，我看你就是不想让别人超过你的爱徒凌晨吧？"丁三石跳起来拍桌子，啪啪啪道，"难道第一名是给你们国立皇家初级学院预定的吗？"

嘿嘿，和我斗？你们皇家初级学院平时霸道惯了，早就惹了众怒，看我一顿煽风点火，你还不得跪？丁三石如意算盘打得响叮当。

秦兰旖轻蔑一笑，道："所以，你的意思是，为了林北辰的第一名，将其他所有拍到星辰徽章的学员的成绩，都取消了？"

丁三石呆住。

这个女人……好阴险，一句话就把其他所有带队教习给绑架了。吃到嘴里的肉，谁愿意再吐出来啊。

果然，接下来所有人在第二时间就迅速达成了一致，以最终上交徽章登记情况来确认最终的石碑榜排行。

丁三石差点儿一口老血喷出来。

起到了反效果？那自己刚才还不如不说呢。

"关于林北辰的事情，我会如实汇报，联考委员会和教育署，会做出最后的判断。"李青玄一锤定音，又道，"这一次，有邪魔信徒混入学员中，还差点儿晋级，幸亏有林北辰和凌晨两人，歪打正着，破坏了邪魔信徒的计划，这份功劳，别人也抢不到，至于李涛和陶万成……"

陈剑南站起来，道："李大人请放心，刚才已经有晋级军令发出，云梦卫会第一时间控制李家和陶家，调查邪魔之事。"

李青玄点点头。

这次预选赛，就此彻底落幕。

在座的人都知道，李家和陶家的人，完了。任何人，不管是什么身份地位，哪怕是皇亲国戚，甚至是帝国皇帝本人，一旦和天外邪魔沾上关系，就只剩一个死字。

不但自己死，还会连累家人。

营地中间的石碑上，一个个名字闪闪发亮。石碑有天然的玄纹阵法在运转，吸收天地之间的玄气，维持着这些名字不散去，一直到下一次的预选赛开始，才会替换上新参赛学员的名字。

这中间的一段时间里，前二十名的学员都将享受名字高悬的荣耀。

一辆辆马车，从营地之中驶出。各大学院、私塾和帮派的车辆，接各自的学员回城。

"走吧，你小子，这一次因小失大了啊。"坐在马车上，回头看了一眼石碑榜单上的名字，丁三石心中犹有不甘。

林北辰坐在马车里，一句话也不说。

马车缓缓地驶出营地，朝着云梦城的方向疾驰而去。疾行兽的奔跑又快又稳，马车就像是在高速公路上疾驰的豪华商务车一样，乘坐得人几乎感受不到颠簸。

马车的车厢里，木心月、吴笑方、岳红香和林北辰四人，安静而坐。

吴笑方一脸的忐忑，挤在一边的角落里，战战兢兢，生怕林北辰这个时候找他的麻烦——他算是看出来了，如果自己真的被按住狂殴，带队教习丁三石也不会救他，因为他有一种预感，丁三石似乎比林北辰更想打他。

木心月的目光，一会儿看着岳红香，一会儿看着林北辰。后悔和嫉妒的心，如毒蛇一般吞噬她的心。

岳红香晋级了，仅仅只是因为她给林北辰一些野果野菜，这个在擂台上只配成为自己踏脚石的女子就晋级了，而她自己却铩羽而归。

木心月在湖泊之战结束后，也不是没有想过去拉拢林北辰，但可惜碰了一鼻子灰，林北辰对她没有好脸色。

现在想想之前自己的一系列操作，真的是丢了西瓜捡了芝麻。她简直后悔得要死，但是，应该还有挽回的余地吧？

"不能操之过急，要慢慢感化他。"木心月在心里，对自己默默鼓励。

突然，外面传来了丁三石的惊呼声，马车突然急速地停了下来。林北辰猝不及防，差点儿变成滚地葫芦。

出车祸了？林北辰的脑海里下意识地蹦出这个念头。

很快车厢门被打开，丁三石面色古怪地探头进来，道："小败类，你出来一下。"

林北辰："小败类是谁？"

"你。"丁三石不假思索地道。

"噢……"林北辰于是笑呵呵地从马车中跳出来。

车外夕阳西斜，荒野中的风景充满了原始粗犷的气息。

两米外停着另外一辆马车，一辆华贵的马车。

金色的枝蔓雕纹、宽大的车厢造型、荆棘鸟的家族徽章标记以及一面黑底红图案的荆棘鸟旌旗，还有一头四米长的疾行王兽牵引派头……这一切，无一不在向外人昭示，这是云梦城中最大家族凌家的马车。

以荆棘鸟为家族图腾，整个风语行省之中，也只有云梦城凌家一个。

果然不出所料，凌晨从这辆华贵马车的另一面走过来，站在了林北辰的面前。

夕阳的金光照耀之下，少女白皙绝美的面庞好像镀上了一层金色，显得神圣而又美丽，如遗落在凡间的精灵仙子一样，哪怕是静静地站着一句话都不说，也有一种令人忍不住就要臣服在她裙裾之下的感觉，但林北辰却是一脸的无语。

大姐啊，训练营都已经结束了，你我之间的恩怨，通过那六枚徽章，也已经分清楚了，大道朝天，各走一边，不要纠缠不清了好吗？

"谢谢你。"凌晨淡淡地道。

哦，高冷霸道总裁人格。

"不客气。"林北辰用毫不掩饰的冷淡态度回应。

虽然不知道这个女人具体在谢什么，但反正赶紧结束话题各回各家各找各妈吧。

"你……真的是失忆了吗？"凌晨问道。

"是啊。"林北辰应付着。

"那我可真羡慕你。"凌晨道。

"啊？"林北辰一呆，没明白这个少女什么意思。

凌晨却不再解释，道："这十天里，我的主动，是不是给你造成了困扰？"

林北辰心中一喜，这语气、这节奏就对了啊，这显然是要分手的前兆啊。

快分吧。

他充满期待地说："是啊是啊……"的确是很大的困扰。

凌晨淡淡道："我错了……但是很抱歉，我不会改的。"

嗯？林北辰顿时一副"地铁老人看手机"的表情。好好说话，为什么要拐弯？

"所以，麻烦你接下来有一个心理准备，我还会经常来找你的。"凌晨说完，气息突然一变，切换到了小糖果人格，整个人瞬间变得甜美娇憨了起来，不等林北辰反应过来，直接扑过来就给了他一个深深的拥抱，然后踮起脚尖，在林北辰的右边脸颊吧唧亲了一口。

"辰哥哥，给你留下一个印记，记得要时时刻刻想人家哦。"第二人格状态的凌晨，眼睛笑得像是迷人的月牙儿一样。

林北辰没有说话，红润的唇瓣印在脸颊的瞬间，散发出一股甜意，他的脑海中，瞬间冒出了两个念头——

"啊，她竟然亲我？竟然有一种酥酥麻麻的触电般的感觉？"这是第一个念头。

"这个狗女人，她……她竟然又占我便宜？"这是第二个念头。

第一个念头是男人雄性荷尔蒙的本能，第二个念头则是钢铁死宅的本能，而且瞬间就摧枯拉朽地战胜了第一个念头。

于是，在第二个念头的驱动之下，他下意识地一推。

凌晨被推开，她抬眼看着林北辰，刚开始有点儿委屈，然后表情开始变化，眼神渐渐严厉。

有杀气？林北辰心中一个激灵。他的脑海里猛然浮现出了入魔之后强无敌的沈飞的惨状，一种突然之间出现在凌晨身上的、稍纵即逝的诡异力量，将近乎无敌的沈飞直接震断了双臂……

"啊哈哈哈，刚才都是开玩笑的。"林北辰笑了起来，他机智道，"怎么能让女孩子主动呢？当然是我主动去找你啊。"

凌晨的状态，瞬间稳定在了小糖果人格状态。

"好的，等你哦。"她笑靥如花，看着林北辰道，"辰哥哥，说话一定要算数哟。"

说完，转身上了华贵马车。

夕阳下，马车疾驰而去。

林北辰万分惆怅地站在原地。

"孽缘啊。"他在心里哀叹，"我为什么要长得这么帅？帅也就罢了，还这么机智，这么有才华，让别的男人怎么活？"

第十七章

衣锦回校

夕阳西下，金色碎波荡漾的大海上，一艘罕见的雪白色海船，破浪而行。

"师父，前方就是云梦城了。"一个白衣翩翩的英俊少年，站在甲板上，大声地道。

他面目阳刚英挺，一头金黄色长发鬈曲蓬松，一双眸子，瞳仁竟是淡金色，与常人有别。他站在海船的船头，英姿勃发，腰悬长剑，沐浴在夕阳的金光之下，身镀金膜，浊世佳公子一般的形象，足以令春心萌动的少女们瞬间陷入疯狂。

这等人物，一看便知来自大城，不是云梦城这种海边小镇所能培养的人物。

一个携着紫色琴盒的中年人，站在少年身后。中年人大约四十岁左右，身形修长，面色红润，左眉至鬓间有一道暗红色的剑痕，乃是早年间的剑伤，让这张脸颇透出一种奇异的邪异和煞气。

站在少年的右侧，中年人微微一笑，道："破天，时隔三年，再回云梦城，又要见到他，有何感想？"

少年微微一笑，道："雏鹰离开了山穴，才知道天空有多宽广；游鱼进入了大海，才知道汪洋有多浩瀚。见过了海阔天空的风景，再看山穴，只觉得阴仄；再看溪流，只觉得浅薄。若非是因为陪师父您完成三年之约，我想我应该是永远都不会再回到这里。"

中年人哈哈大笑，笑声穿云击浪，震得远处十几只海鸟都歪歪斜斜地坠入海浪之中。甲板附近的几个水手，亦是捂住了耳朵，面露痛苦之色。

不久之后，海船在云梦城港口停靠。港口是半军港性质，云梦卫的甲士正来回巡逻各大码头。

一艘带着荆棘鸟黄金图案的华贵马车，早就在港口中的第一码头等待，负琴中年人和金发少年从海船上下来，立刻就有一位管家模样的老者，带着十名锦衣武士迎上去，将两人迎进华贵马车之中。

马车快速驶出港口，朝着云梦城的方向疾驰而去。

城主府。

素来淡定的城主凌君玄，听完了二弟犁落然的汇报，手一抖，茶杯盖掉在地上摔了个稀碎。

他呆了呆，然后英俊的脸上露出了一丝无奈的笑。

"这件事情，暂时不要让夫人知道。"凌君玄道。

话音方落。

"什么事不让我知道？"一个风姿绰约的中年美妇缓缓走来，五官精致，脸部线条流畅中带着一种女性少见的棱角，显得她的气质强势而又凌厉。

凌君玄四十多岁，温文尔雅，平日里在城中素有威望，一见到妻子秦兰书，气势瞬间就为之一颓，连忙站起来，道："也不是什么大事，你不是在张罗着准备接待来自白云城的剑圣白海琴前辈吗？一些小事，自然是不用去打扰你了。"

秦兰书没有说话，目光撇过地上摔碎的茶杯盖，又收回来，盯着凌君玄。

城主大人素来惧内，被妻子这么一盯，立刻就招了，无奈地道："你的小凤凰，好像思春了。"

秦兰书微微一愣，旋即没好气地骂道："哪有当爹的这么说自己的女儿？"说着，看向犁落然，道："犁二哥，到底是怎么回事？"

犁落然向凌君玄抛去一个抱歉的笑容，然后将训练营中的事情，都说了一遍。

"林北辰？"秦兰书听到这三个字，几乎当场就要炸了。整个云梦城的贵族圈子里，谁没有听过这个败家子人渣的名字？别说是女儿，就算是儿子和这个人渣有接触，当父母的都会发疯。

听说自己最宝贵的女儿竟然和林北辰这个人渣产生了男女之情，秦兰书瞬间有一种眼前一黑、世界失去色彩的末日降临感。

但贵族的修养，还是让她控制住了自己的情绪。

"晨儿现在人在哪里？"秦兰书问道。

犁落然道："本已经带回府中，但沐浴之后，却又坚持要去一趟学院……"

"她就是不想见白云城来的人吧，真是越来越不听话了。"秦兰书眼睛一瞪，看向了丈夫，道，"去，你亲自去皇家初级学院，把你的小凤凰给我接回来。白前辈是白云城三大名剑之一，来了岂能不见？不能由着她的性子来。"

"好嘞。"凌君玄立刻笑呵呵地站起来，二话不说，逃一般地出府赶往学院去接女儿了。

秦兰书看着丈夫的背影，无奈地摇摇头。

这时，下人进来汇报："夫人，您让黄管家接的人，已经到府外大门口了。"

"犁二哥，白先生到了，你和我一起去接人吧。"

犁落然点头，陪着秦兰书一起，迎了出去。

凌府红木金铆钉的大门，一扇门板就足足有四米宽。府门犹如城门一般宽广，左右各有十名红甲武士，身形威猛、气势剽悍，一看就知道是高手中的高手。

府门没有台阶，开门之后，马车可以直接驶进去，但在整个云梦城中，真正有资格直接驶入这道大门的马车，屈指可数。

黄金荆棘鸟图案的马车穿过大门，在前院中停了下来。

英俊无双的少年曹破天站在师父的身后，回头看了一眼气势无双的城主府大门，脸上浮现出一丝淡淡的傲意。

三年前，当他站在这里的时候，他还只能站着低头，佝偻如路人，心中会不由自主地产生出一种仰望之感，但是现在再看……

呵呵，也不过如此。

失去了权势加持光芒的府邸大门，如今在他的眼中，只不过是普普通通的砖瓦堆砌的死物而已。

时隔三年，他已经有资格俯瞰这座小城中的一切，包括这座府邸之中的任何一个人。

"白大师，路途劳顿，辛苦了。"城主府的女主人秦兰书，昔日的风语行省第一美人，率领府中众人，从中厅走了出来，仪态端庄，面带微笑，如一缕温暖的春风吹来。

白海琴面色倨傲，淡淡地点了点头。

曹破天的目光，在秦兰书的身边寻找一遍，脸上的笑容缓缓消失。她竟然没有迎出来？

云梦城的小凤凰，对白云城的人依旧如此骄傲，真是可笑啊，难道她以为自己那穷乡僻壤娇惯出来的小小优越感，真的可以凌驾在白云城百年剑道圣地的无上威名之上吗？

"白大师，请。"

在秦兰书的引领之下，这一对师徒缓缓地走入中院。

"却不知道，为何不见凌府主？"白海琴缓步而行，随口问道。

秦兰书微笑道："小女在学院中发生了一点意外，夫君前去处理，很快就会回来，今晚会在府中设宴，为大师和高徒接风。"

"晚宴上，凌晨小姐也会现身吗？"金发少年曹破天忍不住问了一句。

秦兰书微微回头，看了一眼这个意气风发、有些故露锋芒展示自己的少年，并未说话。

不知道为什么，被这个看起来没有丝毫武道修为的美妇一看，曹破天的心中猛地一震，仿佛是一个做错了事情被发现的小孩子一样，下意识就解释道："是卫师兄令我代他向未婚妻凌晨小姐问好，另有一件卫师兄精心准备的礼物，我必须要亲自交给凌晨小姐。"

秦兰书回过头来，并未答话。

白海琴亦如未见这一幕般，来到了正厅之中。他在主座坐下，接过侍女奉上的茶杯，浅浅地抿了一口，微微皱眉，略有嫌弃之色，放下茶杯，问道："秦夫人，这一次，我带着天儿来云梦城，除了与一位故人完成三年之约外，主要还是想要拜会一下凌老爷子，不知道凌老爷子有没有时间？"

秦兰书笑着道："家翁这些日子都不在府中，我会派人去请示……对了，大师方才所说的故人，莫不是第三学院的丁教习？"

白海琴道："正是。"

这件事并不是什么秘密，毕竟三年前，试剑之夜发生的事，云梦城的很多贵族都知道。

"这次的试剑之夜，不如还定在城主府吧。"秦兰书尝试着建议。

白海琴点头道："也好，既然如此，还是按照上一次的规矩，请秦夫人帮我将三十六封请帖都发出去，时间就定在十日之后，月圆之夜。"

"所以说，这一次，也要公开吗？"秦兰书微不可察地皱了皱眉。

白海琴淡淡地道："白云城无小事。"

落日余晖，夕阳如血。

省立第三初级学院的校门口，近百名学院教习同时出现。

他们列队在校门两侧，身着统一的教习服，带着笑脸议论着、期待着，一道道目光看向远处，似是在等待迎接某位大人物的到来。

作为云梦城中的七大学院之一，虽然近年来辉煌不再，比不得其他学院，但因为北海帝国素来重视教育，加上学院是武校，因此在城中的影响力并不算低。

这么多的学院教习聚集在一起，依旧是一股不可忽视的力量。

"怎么回事？这阵势有点儿隆重啊。"

"这么多教习，都是高手，列队是在等待谁？"

"教育署的某位实权人物要来视察吗？"

校门口来来往往的行人，看到这一幕，都被吸引，心中颇为惊讶，也都围聚在各处，指指点点，低声地议论着。

而那些为了收拾败家子林北辰而围堵在学校周围十多日的"仇人"们，见状也是收敛了很多。

"都有点儿眼力见，退后一点，不要冲撞了大人物。"

"记住，我们对付的是林北辰，不是第三学院，这些教习们我们惹不起。"

"最前面穿青色锦袍的那人，你们看到了没有？千万不要招惹，那是第三学院二年级的年级主任楚痕，外号'毒阎罗'，是个狠角色，最是护短，学员见到他都绕着走。"

一些带头在学校四周围堵林北辰的帮派分子、护院首领和佣兵队长等人，都忙不迭在第一时间告诫手下，在这样的时候，千万不要一时冲动脑残，做出任何冒犯这帮教习的举动。

只是，这些武道教习们，到底在等待什么人呢？

随着时间的流逝，人们的好奇心，越来越强烈。

突然——

"来了，快来了，已经到了城门口。"马蹄声传来，骑马的年轻教习隔着老远就大声地欢呼道。

楚痕脸上的笑容瞬间不可遏止地绽放，回头看了一眼列队的教习们，道："大家准备……"

片刻后，疾行兽牵引的学院马车，终于从第三大道远处疾驰而来。

无数道目光，落在这马车上。

"会是谁？"

"哪里来的大人物在马车中？"

"看样子，竟是第三学院的校车亲自去接。"

"那驾车的，是一位学院教习……"

人群中又是一阵惊讶和期待的议论，等待了足足一炷香的时间，很多人的好奇心被提到了顶点。

马车在校门口停下，列队的教习们立刻就雷鸣般地鼓起掌来。

楚痕大声地笑着，上前道："哈哈，载誉而来的小英雄，终于回来了。"

车厢门打开。

首先跳出来的吴笑方。

鼻青脸肿的他，很明显是刚刚挨过揍，仿佛是逃一般地冲出来，仿佛车厢里有什么吃人的魔鬼一样……这让紧盯着车门的人群一阵发愣，什么情况？

然后走出来的是木心月。

平民公主的颜值还是很能打，虽然此时她形貌略显憔悴，仿佛是刚哭过一样，但还是让许多吃瓜群众眼前一亮。

只是在下一刻，在一片错愕声中，市民们惊讶地看到，楚痕仿佛是拨垃圾一样，将吴笑方和木心月随手拨到一边，目光未曾在这两个人的身上，有哪怕是一瞬间的停留。

接着又从车厢中走出来一个人，是楚楚动人的古典书卷气少女岳红香。

这一次，楚痕终于没有再忽视，而是上前轻轻地拍了拍岳红香的肩膀，道："岳同学，辛苦了，学院会记住你为我们赢得的荣耀。"

难道这么多教习列队等待的，竟是这个少女？很多市民的心中，冒出好奇的念头，她是什么来头？

但是下一刻，又有一个人影从马车中走了出来。

是个少年。

瞬间，列队教习们的鼓掌声猛地拔高了数个音调，仿佛一下子从涓涓细流变成了爆发的山洪泥石流，其中还有各种欢呼声。

"哈哈哈，你个臭小子，没有让我失望。"楚痕冲上去，直接抱住了这个少年，像是见到了自己失踪多年的亲儿子一样。

"只是没有失望吗？"少年笑得贼兮兮。

楚痕哈哈大笑："哈哈，还挑我的语病？好吧，我必须得承认，是惊喜，巨大的惊喜！从今以后，在这第三学院，在这云梦城中，谁敢为难你林北辰，就是和我楚痕过不去，是和我第三学院二年级一百三十名教习过不去，你是我们的心肝宝贝心头肉，哈哈哈！"

在玄气的激荡下，楚痕的声音清晰地传到了周围每一个人的耳中。

"不错，林北辰，我们第三学院护定了。"

"谁敢动林北辰，就是二年级全体教习不共戴天的仇人。"

"呵呵，我只有一句话：谁敢动林北辰，我就打断他五条腿。"

教习们同样大声地道。

周围的吃瓜群众，一下子都愣住了。

等等？林……林北辰？

再仔细看那少年，笑得贼眉鼠眼的模样，可不就是净街虎林北辰吗？

一下子，好多记忆爆炸般地直冲脑门。昔日曾经被这个败家子支配的恐惧，不可遏止地又冲上很多市民的心头。一张张原本充满了好奇的脸，顿时缓缓地凝固。

这时，林北辰向教习们鞠躬致谢完毕，满脸堆笑地朝着周围的人群挥了挥手："大家好呀，我……"

看，这是一群多么热情善良的人啊，和教习们一样，他们也是来欢迎我的吧？林北辰心中充满了成就感，突然觉得异世界的生活仿佛也不是很无趣。

但是，下一刻——

"啊啊啊，救命，是那个败家子！"

"林北辰来了，快跑啊！"

"赶紧去关门，六十岁以下的女人躲起来……"

"妈妈……"

尖叫声中，数百名围观市民像是小白兔见到了大灰狼，惊慌失措、鬼哭狼嚎地扭头就跑，只恨爹妈少生了两条腿，嗖的一下子就消失了。

校门口的街道，一下子就出现了大片大片的空白。

林北辰脸上的笑容，一下子就凝固了。

这……尴尬！

"呵呵，看来大家对我还是有点儿误会。"他扭头对楚痕等人尴尬地笑道。

在教习们的簇拥之下，林北辰等人的身影，消失在了校园的深处。

与此同时，那些数十日以来在学院四周围堵林北辰的"仇人们"，一个个都面面相觑，也不知道发生了什么。

他们以前之所以敢围堵林北辰，是因为战天侯府倒台，这个败家子已经是云梦城中的过街老鼠，人人喊打，谁都可以上去踩两脚，就连第三学院的教习们，也都恨不得将其赶出学院，清理门户。

但是现在……情况有点儿不对啊，到底发生了什么事情？为何第三学院的教习们，突然如此珍视这个已经失势的败家子？

这时候，云梦城中央广场的方向，突然一道璀璨如银的光芒腾跃而起，周遭数十里之内，都可以看得清清楚楚。接着便有一个宏大宛如神灵低语一般的声音，在那璀璨如银的光柱之中，清晰地传出来，激荡的音波覆盖了整个云梦城。

"天骄争霸赛预选赛结束，排名已出……"

"三年级前三名林毅、周可儿、凌玄……"

"二年级前三名凌晨、林北辰、王馨予……"

"一年级前三名苏小妍、米如烟、苍山雪……"

"仇人们"瞬间震惊了。

林北辰这个垃圾败类，竟在天骄争霸赛的预选赛中进入了前三？

这可是一个要由剑之主君神殿昭告全城的荣耀，并且会得到由城主府、教育署、云梦卫和剑之主君神殿联合颁发的天骄令牌。

持此令牌在手，如帝国贵族，受四大实力的庇护。

这样的大背景下，如果他们还敢伤害林北辰的话，那不啻厕所里点灯笼——找死（屎）。

"退，立刻离开第三学院。"

"回去报告主人……"

"把消息带回去，告诉帮主！"

一阵鸡飞狗跳一般的嘈杂之后，围堵在第三学院周围的各方势力，终于退了个干干净净。

校园里。

勉励了林北辰之后，其他教习们都逐渐散去。

楚痕带着林北辰，朝着校园深处走去，道："校长要见你。"

校长？林北辰的脑海之中，浮现出了年中大比当日，坐在贵宾台上，一头银发，身着锦袍，但却浑身酒气，昏昏欲睡的那个老头子……

听闻这位叫作凌太虚的校长大人，根本无心校务，对身边的一切都漠不关心，而是常年流连于花街酒巷，沉迷于粉臂红唇，导致肾虚体衰，精神不佳，被云梦城中好事者起了一个诨名——太虚子。

这个老家伙，竟然要见我？

难道是天才英俊的我，在预选赛中的优异成绩，终于打动了太虚子，让他看到了重振第三学院的希望，所以才要如此迫不及待地见我，想要与我携手共创美好未来吗？

哈哈哈！林北辰在心里狂笑。

片刻后，校长门口。

咚咚咚！

楚痕抬手敲门三下，然后直接推开门，将林北辰推了进去。

砰！

门快速关上，楚痕的身影消失在门外。

"怎么感觉好像是狐狸把兔子送进虎穴的出卖桥段？"林北辰心里觉得怪怪的。

校长室面积约有四百平方米，两个巨大的落地窗让房间在夕阳西下的时候，依旧显得空旷而又明净。让林北辰感觉到意外的是，想象中摆满了各种各样书册的大型书架实际上并不存在，取而代之的是一排排的酒架，以及酒架上摆放着的密密麻麻的酒坛、酒瓶和酒杯。

如果没有楚痕的事先提醒，林北辰还以为自己来到了某个酒窖中。

一股淡淡的玫瑰花瓣的幽香气味，还有一抹清晰但不刺鼻的酒精香味，弥漫在空气中，可以让人在进入这个房间的第一时间，就放松下来。

一道微微的鼾声，从酒架深处传来。

林北辰绕过十排酒架，看到了……

一张床。

床上躺着一身粉红色睡衣、正搂着一个身形曼妙的年轻女子酣睡的太虚子凌太虚。

一把年纪竟然穿着粉红色睡衣……这是个变态啊。

而且竟然还搂着……这还是办公室吗？

林北辰只觉得辣眼睛，转身就要走。

他现在算是明白，刚才楚痕在敲门之后，立刻就逃一般地离开了的原因了——只怕是这位太虚子校长平日里没有少干这种荒唐奇葩的事情吧。

"站住。"没等林北辰逃到门口，一个虚浮中带着一丝威严的声音从床的方向传来。

酣睡中的校长大人，竟是醒了。

林北辰脚步一顿。

接着就听校长又道："宝贝儿，大叔这里有事要办，你先回去吧，告诉白妈妈，晚上我要在醉春楼宴请贵客，整座楼我都包了，酒菜和姑娘，都给我备好了，我不来，不准开席，知道了吗？"

竟然毫不掩饰？林北辰真的是在心里给这位太虚子写了一个大大的"服"字。

这么光明正大不要脸的校长，还是第一次见。

女子答应着，窸窸窣窣地穿衣，然后从校长室另外一侧的隐形门中离开了。

空气中弥漫着令林北辰尴尬的气氛。

"你过来。"

校长凌太虚伸了个懒腰，坐在床边，冲着林北辰拍了拍。

这个动作……林北辰只觉得两股一凉。

地球上的古人们，曾有故事流传，有些国家的大贵族们，一度以豢养美男为荣，许多身居高位的权贵以及哲学家、风流人士都是既有妻子又有男宠，难道眼前的这位太虚子校长，也是如此？

"我还是站在这里好了……"林北辰瞅了一眼门的位置，一边慢慢挪，一边做好随时弹射起步的准备，道，"校长你有什么话直接说就行了。"

凌太虚穿着粉红睡衣站起来。他在第三排的酒架上取出一只鲜红色的酒瓶，又取出两个高脚透明酒杯，倒了两杯，仿佛是自己拿起一杯，屈指一弹，另外一杯就像是失去了重力一样，凌空飘到了林北辰的身前。

酒里不会下药了吧？林北辰伸手接住，虽有一缕香甜酒味扑鼻而来，但却并没有喝。

"你知道我是谁吗？"凌太虚小口抿着，睡衣露出腿毛，姿势妖娆，轻飘飘地走过来。

"你是校长啊。"林北辰莫名其妙道。

"放屁。"凌太虚道，"我是你爷爷。"

诶？怎么还骂人呢？林北辰脸上流露出不满之色，我为第三学院负过伤，我在预选赛流过血，校长你这样说话就有些过分了啊。

"不信？"凌太虚斜倚在酒架上，笑眯眯道："我是晨儿的亲爷爷，你难道不该叫我一声爷爷吗？"

晨儿？那是谁？

林北辰正要反驳，突然猛地一个激灵，反应了过来。

莫非是指凌晨？第三学院的风流校长凌太虚，是云梦城第一天之骄女凌晨的亲爷爷？

"看起来，你好像是明白了。"凌太虚悠悠地品酒，两只眼睛就像是两把尺子一样，上下打量林北辰，道，"说吧，你是怎么勾搭上我孙女的？"

说起这件事情，林北辰顿时一阵来气，是我被勾搭了好吗？

"如果校长不满意的话，我现在就可以向你保证，以后绝对不再与凌晨小姐见面。"林北辰道，"只是，还请校长能够约束好她，不要再来找我即可。"

凌太虚连忙道："别呀，我不是要拆散你们两个，我是你们的支持者啊。"

林北辰："啊？"他被惊到了。

凌太虚接着道："我这孙女，一直都冷冰冰的，像是一块暖不热的石头一样，历来对任何追求者都不屑一顾，就连帝国剑道圣地白云城的天骄传人，都不能入她的眼，简直就像是一块石头一样。老夫一直很好奇，到底是什么样的男孩子才能让他动心，没想到，这个人，竟然是你。"

林北辰摸了摸自己的额头，他感觉事情好像是在朝着一个奇怪的方向发展。

难道老校长你不应该是随手掏出个什么秘宝啊、神剑啊、秘籍啊，再不行

257

丢出一些金币之类的，砸到我的脸上，说一句"只要你这个人渣离开我孙女，这些宝贝你随便选"之类的话吗？

怎么你还好像很开心、很兴奋、很八卦的样子？是我林北辰不够渣，还是老校长您沉溺酒色不但身体虚了脑子也虚了？

"喂，小北辰，你快说说，你是怎么勾搭到我孙女的？"老校长凌太虚很兴奋地凑过来，道，"一定有什么特别的技巧吧，快教教我。"

林北辰的内心，是蒙的。

越来越奇怪了，是不是我刚才打开校长室门的方式不对？

"校……校长您别开玩笑了。"林北辰道，"我也知道，我是一个全城闻名的渣男，名声早就臭了，配不上您孙女。您放心，我一定会坚决离开凌晨的，绝对不会对她有任何的非分之想……"

凌太虚连忙摆手，道："不不不，不用离开，哈哈，我家小凤凰开始思春了，这是好事啊，我个人是坚定支持你们的……啧啧啧，小北辰，你快说说，你们两个，进展到什么程度了？"

林北辰呆住了。

半晌得不到回应，凌太虚以为自己猜测还不够大胆，于是放下酒杯，做了个手势，道："总不会进行到这一步了吧？小北辰你也太厉害了吧，你到底是怎么做到的？"

林北辰当场就在心里骂了一句，这一个是个假爷爷、一个假校长吧？

我一个来自现代文明开放网络时代的地球灵魂，都快要跟不上你的脑回路了，你这是不给人活路啊，车轮子直接就朝着脸上碾下来。

林北辰回想了一下关于这位校长的各种描述，突然意识到，好像这个家伙，在云梦城中的名声，也不怎么好。

不，准确地说，是很臭很臭。臭到完全可以与曾经的林北辰，并列为云梦城的两大恶贼，分别在年轻人和老年人的领域中，将"酒色纨绔"这四个字，演绎到了极致。

同道中人？林北辰有一种恍然大悟之感。

第十八章

同道中人

"我和晨小姐之间，并未发生什么。"林北辰道，"事情不是您想象的那样……"

凌太虚直接打断，道："那就赶紧朝着我想象的方向发展啊！我孙女天赋无双，美貌更是云梦城第一。而且以我多年的经验，我可以很负责任地告诉你，等再过几年，别说是云梦城，就算是整个风语行省，乃至于北海帝国，她都可以称得上是第一美人。小北辰，过了这个村可就没有那个店了哦。"

林北辰心中无语，你这是得有多怕你孙女嫁不出去啊。

"我还年轻，现在不想这些儿女私情。"林北辰给出理由。

"这是什么屁话？"凌太虚愤慨道，"花开堪折直须折，莫待无花空折枝。年轻人就要风流不羁，我很欣赏以前为所欲为的你，怎么你现在竟然变了？变得瞻前顾后，畏畏缩缩，真是让我失望啊。"

林北辰已经不想再继续这个话题了，也不想和这个神经病校长再交流下去了。

"校长您如果没有其他什么事情，那我先告辞了。"他手掌按在门把手上。

凌太虚乐呵呵地打了一个响指。

啪。

门把手和门框上，一道道淡金色玄纹闪烁，在门板上描绘出一个栩栩如生的荆棘鸟图案玄纹阵法，将整个办公室都封住。

"想走？"凌太虚笑嘻嘻地给自己又倒了一杯鲜红色的酒液，慢悠悠道，"别以为你进入了天骄争霸赛的正赛，拿到了天骄令牌，在云梦城中就可以高枕无忧了，我告诉你，你的大麻烦，才刚刚到来。"

林北辰扭动门把手，发现确实毫无意义，随口敷衍着问道："什么大麻烦？"

凌太虚道："听说过白云城吗？"

"当然听说过啊。"林北辰道。

北海帝国信奉的神灵是剑之主君，剑士遍天下。除了皇室设置在各大行省的初级、中级和高级学院每年源源不断地为帝国培养剑道人才之外，国内还有三大地位超然的剑道圣地。

分别是白云城、弄剑阁和小劫剑渊。

其中白云城与帝国皇室的关系，最为亲近。

其开创者楚天阔大剑师，乃是当初北海帝国的开国圣帝李剑心的师兄，这两位来自东道真洲之外的剑道天骄，可谓是莫逆之交，因此白云城又被看作是北海帝国的护国圣教。

这些事情，就算是傻瓜也都听说过。

在各大行省初级学院的帝国近现代史的课本中，有详细的描述。

白云城中走出来的剑士，四方闻名，在帝国的各大军政体系之中随处可见。比如当今帝国的左相左路意，就是当今白云城七大传人之一。在北海帝国境内，白云城的地位权势，堪比皇室。

传闻皇室每年都会抽选出一些有天赋的聪慧皇子、公主，送到白云城中去学习修炼。

但白云城和我有什么关系？

林北辰不解。

就听凌太虚幸灾乐祸地接着说道："晨儿是白云城新生代天才卫名臣指腹为婚的未婚妻，而这个卫名臣，来头可谓是非常非常的恐怖……"

林北辰怔住。指腹为婚？未婚妻？聊着聊着竟然吃出来这样一个大瓜？他摸着下巴道："非常恐怖是有多恐怖？"

"这么跟你说吧，卫名臣不仅有天才之名，更是有着显赫的权势地位，他被看作是未来白云城七大传人的人选之一，其师白海琴是白云城三大名剑之一，其师祖沈知非是当代白云城七大传人之一，与帝国左相左路意相当，而更加值得一提的是，卫名臣之父卫霜是千草行省的最高行政长官，就算是你父战天侯未倒之时，论权势地位，也难以与卫霜抗衡。"

凌太虚一边说，一边看着林北辰的脸色。

听到最后，果然林北辰的面色就变了。

"那个卫什么臣，他既然是白云城的天骄，必定是胸怀广阔吧？"他问道。

凌太虚一边品酒一边嘿嘿笑道："恰恰相反，这个年轻人是出了名的心胸狭窄，睚眦必报。听闻曾经因为有人一时不小心，挡住了他的玄纹宠兽晒太阳一秒钟，就被他给追杀了十天十夜，最终活生生地打断了四肢破掉了灵海……"

妈耶，林北辰揉了揉脑门，这叫什么事啊。

凌太虚越看林北辰的表情就越开心，道："再说了，这与胸怀无关，要是一个男人听到自己被绿了，还能气定神闲、忍气吞声，那他不是王八，就是蠢货。"

林北辰听得一阵阵牙疼。

没毛病。

可以想象，一旦自己和凌晨在训练营中的互动传到卫名臣的耳中，一场争端绝对不可避免……到时候自己解释"我其实和你的未婚妻没有任何关系"，估计非但不会产生任何的说服力，反而会火上浇油死得更惨。

"年轻人，不要怕，我支持你，现在是自由恋爱的时代，指腹为婚早就过时了，老夫支持你和晨儿在一起。"凌太虚说着，从怀中取出一摞秘籍册子，搓开呈扇面状，在手中一亮。

林北辰隐约看到了几个"狂拽酷炫"的名字，比如什么《煌日照》《水月击》《净世破魔罡》……听起来好像是很珍贵的样子。

"看，这是我为你精心挑选的修炼战技，练剑的、炼体的、练轻功的、练气的，统统都有。"凌太虚道，"只要你认真修炼，好好学习，再过个一二十年，你就可以和卫名臣鼎足而立了。"

练二十年？

做梦哦。

林北辰一心都在如何回地球上，对于这种动辄要修炼一二十年的战技秘籍，没有丝毫的兴趣。

"就凭你在年中大比颁奖时，会选择《无相剑骨》这种垃圾货，我觉得你大概是不太会选战技，我来直接给你选吧。"凌太玄将手中的战技册子收回去，只留下了两本，递过来，道，"这是我毕生心血所创的战技，一门是剑术，一门是身法轻功，你拿回去修炼吧。"

林北辰一看。

两本战技，分别是和《偷香窃玉步》。怎么这两个名字，听起来就很奇怪的样子？

他接过来，随手翻开《花前月下剑》的册子，看了前章序言，诧异地抬头，道："这门剑法……竟然是二星剑术？"

"你以为呢？"凌太虚一脸鄙夷道，"要不是因为你的玄气太弱、实力太低，理论上能够催动的战技极限，也只是二星战技，我怎么会拿出来这么低廉的大路货？所以，少年啊，想要成为我的孙婿，赶紧努力吧，成为那最耀眼的天骄……"

林北辰："……"校长大人不但好色，还很中二啊。

他又翻看《偷香窃玉步》，这也是一门二星技法，有点儿像是地球上武侠小说里面的轻功身法。

不得不承认，校长大人送出的这两本修炼战技，的确是很契合林北辰的现状。

《花前月下剑》可以让他不再仅仅是依靠基础剑术近身三连，而《偷香窃玉步》则是直接弥补了他在身法上的不足。

两者对于他的实力，有巨大的提升。所以，他毫不客气地就收下了。

"对了，校长大人，您手中还有没有精神力战技？"林北辰打蛇随棍上，直接开口索要。

凌太虚再度上下打量林北辰，意外地道："你修炼了精神力？"

林北辰嘿嘿一笑，将营地中发生的事情，介绍了一遍。

"啧啧啧，我那孙女，竟然主动到了这种程度？"凌太虚啧啧称奇，道，"这样一来，我更加看好你了哦，少年，再接再厉，快点来一个全垒打，就可以拿下了，你要记住，通往异性内心深处最短的距离其实就是……"

快闭嘴吧你。

"不过，精神力战技嘛……没有。"凌太虚话锋一转，道，"第三学院的学员，基本上都是一群渣渣，毕业之前都达不到修炼精神力战技的程度，所以咱们学院，根本就没有准备这种战技。"

林北辰："……"当着学生的面，说全学院的学员都是渣渣，这样真的好吗？

"你小子，我不得不提醒你，不要贪多嚼不烂。"凌太虚道，"先把花前月下剑和偷香窃玉步练成了，再想其他的战技。"

林北辰心里无语。

校长大人，你就是因为自己没有精神力战技才这么说的吧。

被林北辰的目光看着有点儿心虚，凌太虚眼珠子一转，强行转变话题，笑嘻嘻道："为了让你知己知彼、百战不殆，我告诉你一个小秘密哦，你俯耳过来。"

林北辰犹豫了一下，往前靠了一步，道："你这样的高手，不是应该精通玄气传音之类的技巧吗？"

凌太虚道："你不觉得说大秘密的时候，凑到耳边压低声音才更有气氛吗？"

"并不觉得。"林北辰嫌弃道。

凌太虚只好神秘兮兮道："我孙女有一个大怪癖，她喜欢穿男装，尤其是军装，你想要追到她的话，多从这方面下手哦……"

从校长室里出来，林北辰的内心是崩溃的。这种奇葩校长，简直是业界毒瘤。哪有怂恿自己的学生去追自己孙女，只是为了想要知道，到底什么样的男孩子才能打动自己那个冰山天骄一样孙女的心。

至于自己在预选赛中摘得亚军，为学院赢得荣耀这种事情，这位校长自始至终都只字未提。

回到竹院，老管家王忠已经站在小院门口翘首以待。

"啊，少爷，您终于回来了，我可想死你了……"王忠冲上来，一下子就扑通跪地抱住了林北辰的腿，激动万分地哀嚎。

"滚开，你个狗东西，莫挨老子。"林北辰下意识地就一脚踹开，但下一刻，他就后悔了。

之前为了维持人设，对老管家动辄打骂脚踹，久而久之竟然形成了习惯，刚才这一下子，纯粹是条件反射。其实这管家对自己还算是不错的，以后是不是要对他好一点？

谁知道——

"呜呜，少爷您终于又踹我了，我太高兴了……"老管家爬起来，激动万分道，"这十几天，没有少爷你时不时地飞踹，我觉得生活简直是失去了意义，刚才这一脚，实在是太舒服了，我太激动了。"

还能说什么呢？那就一切继续吧。

进入一楼大厅。

"欢迎少爷回家。"四道娇滴滴的声音同时响起。

客厅里，四个身着曼妙白裙的少女，第一时间向林北辰行礼问好，把他吓得一蹦三尺高。

"怎么回事？这是？"他扭头看向王忠。

王忠立刻笑嘻嘻地走近来，道："是向坤向老爷，半个时辰之前送来的四位侍女，来服侍少爷您的……"

向坤？

林北辰歪着脑袋想了想，好像当初堵在校门口，口口声声让自己滚出去受死的人里面，有一个就是这个叫作向坤的家伙，现在这算是向自己服软吗？

"送走。"他挥挥手道。

"可是少爷……"王管家还想说什么。

林北辰直接一脚踹过去："废什么话，全部都给我送走。"

他直接回到自己的房间，备好热水，躺在浴桶中一边沐浴，一边拿出了手机。

在营地历险时，手机曾经主动发出过一个提示音，此时打开屏幕，一个提示框一下子就跳了出来——

"检测到有新的系统版本，是否更新升级？"

嗯？又有系统版本更新？

这手机系统更新也太快了吧？就算是山寨机也不可能有如此高的系统升级频率啊。

不过，这是一个好现象，毕竟每一次的系统升级都会带来新的功能，距离找到回到地球的路，就又近了一步。

因为有了上一次的升级经验，所以林北辰也不纠结，直接选择了"是。"

"叮！特别提示，本次系统版本更新，需要耗时十个小时，更新数据包大小为4G，请宿主确认具有充足的流量和和电量。"

4G的流量？林北辰感应了一下自己体内的玄气状态，饱满充盈，绝对足够。

电量的话……他消耗5枚金币，将手机的电量充满。

然后升级开始，手机主屏幕上，一个亮银色的进度条，缓慢地开始爬升。

将手机收起来，林北辰沐浴完毕，躺在床上，开始呼呼大睡。

因为在营地里实在是劳心劳力，吃不好睡不软，肉体和精神都处于一种亢奋和忙碌状态，突然放松下来，睡眠质量不要太好，一觉就睡了整整十个小时。

咚咚咚！

"少爷，午餐准备好了。"管家王忠的敲门声，将林北辰吵醒。

他一骨碌翻身起来，看向窗外，发现已经是中午时分，艳阳高照。他跳下床，神清气爽。

"把午餐送进来。"林北辰说着，直接召唤出手机。

更新完成。

视线落在屏幕上，林北辰的眼睛一下子就睁圆了。

"恭喜宿主，本次系统版本更新，已经升级完毕。新增加的功能有：智能语音系统升级，另外获得两次应用商店APP限时随机抽取机会。"屏幕上跳出来这样一串字。

智能语音助手二次升级？林北辰颇感意外。

"小机小机。"他喊道。

"在呢，主人。"悦耳女声出现。

"你二次升级之后，有什么新的功能吗？"林北辰问道。

"可以更大范围、更多方面帮助主人操纵手机哦。"小机回答道。

"比如？"

"比如从现在开始，主人无需再手持手机，直接召唤小机，就可以实现手机的诸多功能。"

"哦？"林北辰心中一动，"展示一下，打开百度地图。"

"好的。"小机回答。

林北辰脑海之中旋即响起了百度地图的声音，接着，一个百度地图的虚拟投影图案就出现在了眼前的空气里。

哇哦。林北辰赞叹了一声。

方便，真的很方便。

这样一来，不再需要将手机召唤出来，打破了过去只能用手指来操控手机的模式，省去了相对烦琐的步骤，用起来简单多了。

"关闭百度地图。"他道。

虚拟投影画面消失。

"打开百度网盘。"林北辰又道。

手机屏幕的虚拟投影出现在了面前的空气里。

直接通过手势，就可以进行操作。通过语音，亦可以让智能助手小机进行操作，比如上传和下载这些功能。

其他的APP，如精神力初解、无相剑骨等等，也都可以进行操作。

林北辰大为兴奋。

再次升级的手机，有点儿像是穿越前地球漫威大片中钢铁侠的智能助手贾维斯——当然，目前的功能和运算能力，并不如贾维斯那样齐全，但一直这样升级下去的话，早晚也会赶上的吧？

不过，还需要确定另外一件事情——这样的虚拟投影，其他人是不是可以看到呢？

林北辰摸着下巴想，必须要实验一下。

正在这时，敲门声又响起："少爷，饭菜到了。"

林北辰道："进来吧。"

门打开，老管家王忠推着一个餐车就走了进来。异香扑鼻而来，餐车分为三层，每一层都摆满了各种美食，还有水果和酒品。

"少爷，您在预选赛中获得亚军的消息，已经在城中传开了啊，哈哈哈，现在校门外堵着的那些狗东西，全部都吓跑了，这是大喜事啊……为了庆祝，我特意为您准备了这顿丰盛的午餐……"王忠一张老脸笑得像是盛开的菊花。

林北辰不得不承认，这狗东西伺候人真的是有一手，这一餐车美食，看着就让人内心生出满满的幸福啊。以前那些昏君喜欢佞臣、媚臣，也不是没有道理。

林北辰暗中操控小机，将百度地图的界面虚拟投影，直接打在了王忠的脸边，王忠没有任何的意外反应。

很显然，他看不到。

这就放心了。

"好了，你退下。"林北辰道。

王忠退出去，房间里就剩下他一个人。

开餐，林北辰甩开腮帮子开吃。

"小机，我获得的两次应用商店APP随机抽取机会，现在就帮我抽取吧。"他边吃边道。

"好的，主人。"悦耳女音落下，手机屏幕画面的投影出现。

界面直接进入应用商店，旋即一个抽奖轮盘出现。

"开始。"林北辰喝下一口桃红色的飞花酿。

轮盘转动。

叮！

"恭喜宿主，消耗一次抽取机会，抽取到APP手机投屏助手。"

叮！

"恭喜宿主，消耗一次抽取机会，抽取到APP网易云音乐。"

两个提示框先后出现，持续五秒，旋即消失。

再看应用商店的时候，里面果然是出现了手机投屏助手和网易云音乐这两个新的APP。

下载前者，需要899MB的流量，显然是一个小功能。下载后者则需要足足3个G的流量，这超出了林北辰的预计。

下载时消耗的流量越大，意味着APP的功能越强。

之前为了系统升级，已经消耗了整整4G的流量，林北辰点开了中级玄气凝练术APP，用了一个时辰的时间，来恢复体内的玄气。

等到餐车上的美食全部吃完，体内的玄气也已经完全充盈。

开始下载APP。

手机投屏助手几乎是一秒就下载完毕，以至于林北辰甚至都没有来得及发出玄气被抽取时候那种舒爽的声音。

这么快？系统升级之后，下载速度都变快了？

这是一下子从3G时代，直接进入5G时代了吗？

然后再下载网易云音乐。

这一次，足足3G的流量抽取，终于让林北辰来得及发出"啊"的一声，而且也足足持续了一分钟的时间。

林北辰下载完两个APP后，先后点击安装。

"手机投屏助手APP可以帮助主人进行4D投影，将手机之中的音像片段，投射出去，形成近乎实物的景象，除了没有实体的触感之外，其他都一模一样……"小机解释道。

林北辰眼睛一亮，这个功能，有点儿意思啊。

原本以为是3D投影，就像是投影仪一样的平面音图，没想到，竟然是4D。

这就有点儿厉害了啊。

如果应用得好，绝对可以产生很多逆天级的操作。

比如逃生的时候，直接投影另外一个自己的身影，向相反的方向遁去，必定可以将敌人引走，简直比化身术还牛逼。

林北辰突然又意识到另外一件事情。不对啊，手机里如果没有的东西，所以自己好像无法"无中生有"。

投屏的前提，是必须进行扫描。

"嗯……"他想了想，暂时放下这个APP，然后打开了网易云音乐。

熟悉的界面，熟悉的音效。

打开歌单，里面只有一首熟悉的曲子——

《无敌是多么寂寞》。

手机投屏助手的魔改效果，林北辰非常满意。那这个网易云音乐到底有什么功能呢？

"主人试试就知道啦。"小机道。

林北辰于是点击歌单，点击播放《无敌是多么寂寞》这首歌曲。

"请问是否外放？"一个询问框跳出来。

"什么意思？"林北辰问道。

"主人，是这样的呢，如果选择外放，包括您在内的所有人都可以听到歌曲，不选择外放的话，就只有您一个人可以听到。"小机娇滴滴地回答道。

哦？这就很有意思了。很贴心的小功能啊，相当于多了一个看不见的耳机。

林北辰选择"否。"

只有他一个人能够听到的熟悉旋律，立刻就在耳边响了起来。

"无敌是多么，多么寂寞；无敌是多么，多么空虚。独自在顶峰中，冷风不断地吹过，我的寂寞，谁能明白我……"

林北辰听着听着，突然觉得，体内玄气开始狂暴了起来。有一种热血沸腾，分分钟就暴走的冲动。

他竭力安抚控制，但玄气的躁动就像是路怒症一样难以收束，令他有一种随便拿起什么东西，就要狠狠地砸打一番的冲动。

甚至不只是玄气，就连肌肉，也都有一种充满了能量的感觉，精神力也无比清晰。这种感觉，像极了被突然施加了某种狂暴属性的战斗·BUFF一样。

"停，快停下。"林北辰大喝道。

语音智能助手小机立刻就暂停了网易云音乐播放器。

林北辰大口大口地喘息着，逐渐平静了下来。他这才发现，自己出了一身的汗，身体潮乎乎仿佛是大战一场一样，身体也略有一些疲惫虚弱，但不算严重。

"所以说，这网易云音乐播放器，其实就是一个战斗BUFF？"林北辰道。

小机回答道："不同的歌曲，有不同的作用，这首歌可以激发人的战斗意志，不过因为歌曲的意境太高，而主人您的实力太低，所以……"

"好了，我懂了，接下来的话不用说了。"林北辰直接打断。

果然是一个音乐BUFF。

既然这首歌不能用的话，那是不是可以下载其他歌曲呢？

如此想着，林北辰在手机屏幕投影界面上的网易云音乐APP内，搜索了其他诸如《好汉歌》《红日》《小刀会》等，发现都因为版权问题，所以无法下载。

"版权问题？"林北辰很无语。

你一个异界变态手机，还讲什么版权？分明就是找个借口不想给我下载这些歌曲吧，于是暂时将几个APP都关闭了。

他将注意力放在了花前月下剑和偷香窃玉步两门功法上。一番操作之后，果然是生成了对应的APP。

直接在手机后台运转APP，开始修炼。

这时，也终于用餐完毕。

林北辰刚要叫王忠进来收拾，敲门声不期而至。

咚咚咚！

"少爷，丁教习来找您了。"王忠在外面大声地道。

片刻后，在一楼大厅里，林北辰见到了丁三石。

对于这位老教习，林北辰的心中，还是充满了感激。毕竟在这个陌生的世界，丁三石对他绝对是最好的人之一。

"教习，您这么着急找我，有事吗？"林北辰奉上茶水。

"你的天骄金牌，还有教育署、学院的奖励，我都已经帮你领回来了。"丁三石说着，将一个金色的小剑令牌，还有五十枚金币，都摆放在了桌子上，道，"我知道，你现在是大富豪，五十枚金币在你眼中已经是小数字……"

"不不不，不是小数字。"林北辰忙不迭地将五十枚金币先收起来，生怕接下来丁三石话锋一转，将金币收回去。

丁三石直接无语了。你以前好歹也是家大业大的贵族少爷，就算是家道中落了，也不至于这么贪财吧。

小心收好金币，林北辰才拿过天骄金牌。

金牌呈一柄肥胖的小剑形，三指宽，一掌长，三分之一指厚，造型简单古朴，其上有铭文，两面分别是"初级""天骄"字样，表明这是初级学院中晋级天骄争霸赛的学员。

"这令牌有二十一道玄纹阵法加持，它不仅是身份的象征，在关键时刻，亦是护身之宝。你只需将玄气注入其中，激活玄纹阵法，便可以获得令牌的控制权，即便外人拿到令牌，也无法操控。"丁三石说着，将激活玄纹阵法的技巧，传授给了林北辰。

说完，又拿出几本册子。

"你已经将中等玄气凝练术修炼到了理论巅峰值，继续修炼无益，这本《高等玄气凝练术》，你先拿去修炼，若有不懂的地方，可以去找楚痕主任询问。

"这一本《射月剑法》，是我为你挑选的入星剑技，可以弥补你在剑法战技上的不足，击出剑术近身三连已经无法匹配你现在的实力了，就连北斗临也不够。射月剑法是一星巅峰剑术，若是能够修炼精通，将其隐藏杀招射月飞仙激发出来，甚至足以与三星剑法相媲美。"

"还有这一本，是无相剑骨的完整版，比你之前拿到的简易版，要更精深一些，不过能不能修炼有成，我就不敢保证了，你之前修炼简易版有所得，修炼完整版就不一定了，可以试试看……"

"另外，这一本《云中飞羽》，是一门一星身法，可以配合射月剑术，若是将其完全掌握，哪怕是遇到武师级别的强者，纵然不敌，亦可以有逃命的机会。"

丁三石将四本武道战技秘籍，一一解释一番，都交给了林北辰。看起来，他并不知道，林北辰已经从校长凌太虚手中得到了两本二星级战技。

林北辰心中，有一种很奇怪的感觉。

但他还没有来得及说话，丁三石又解下了腰间一柄青色剑鞘的长剑，拍在桌子上，道："这是范大师最新推出的青鸟剑，削铁如泥，一星品质，送给你了，你且先将我的德行之剑还我，我需要用一段时间。"

林北辰道："好的，我这就去拿。"

他转身出了大厅，脸上的表情越发奇怪，悄悄从百度网盘中将德行之剑取出，然后返身又回到客厅，双手将剑递过去。

丁三石随意地将德行之剑系在腰间，轻轻地拍了拍林北辰的肩膀，道："你有罕见的剑道天赋，是万中无一的奇才，好好修炼，希望你日后可以成为一名真正的剑客……你要……记住我说过的话。"说完，转身离开。

竹林中，老教习身影萧索，逐渐远去。

林北辰站在竹院门口，眉头微微皱起。怎么感觉丁三石这一次，是来告别的呢？

第
十
九
章

疾风兄弟

青鸟剑的锋利程度，的确是堪比神兵利器。而且剑身总共蕴含十六道玄纹，导玄性极佳，最适合施展星级剑技。

林北辰腰悬青鸟剑，乔装打扮，换了一身衣服，戴了个护目镜一般的小面具之后，就悄悄地溜出了第三学院。

这是他自战天侯府倒台之后，第一次走出校园。管家王忠强烈要求跟随，但被他强制留在了竹院。

林北辰自己一个人乔装打扮已经很难了，要是再带一个老管家，形象特征太明显，肯定会被人认出来。

虽说现在有了天骄金牌，已经不怕仇人追杀，但之前净街虎的外号实在是太有名，万一被认出来，所过之处，寸草不生，那就有点儿尴尬了。

他这次出来，是要讨债的，又不是来净街的。

行走在街道上，看着周围人来人往，明媚的阳光洒落在街道上，林北辰的心情非常不错。

云梦城是一座海滨小城。

街道方正，规划有序，岩石和砖木结构的楼宇，随处可见，既美观又结实，与林北辰在地球上的影视剧中看到的中国古代建筑，有很大的区别，倒更像是一座没有电、没有网络的现代化小城。

林北辰在路上，还看到了下水道、公共马车和便利店。

武道文明繁衍到鼎盛程度，并不比科技文明逊色多少。

刚穿越来的时候，林北辰一心想要回到地球，上学放学也是乘坐着马车，没有好好观察这座小城，现在行走穿梭在街道之中，有一种进入了二次元世界的感觉。

尤其令林北辰感到惊讶的是，街上身着奇装异服的人不少。

仔细观察一番之后，他才得知，这些人大多是来自其他国家的一些商旅。云梦城的规模虽然小，但却是风语行省最西南区域的一个临海港口小城，算是一个小小的海上交通中转站，出现异国之人，不足为奇，市民们也都已经见怪不怪了。

整个小城，充满了异域风情。

林北辰手中总共有三十一份借据，都是当日贩卖徽章所得。

他挨个儿去讨要。

虽然对这个小城并不熟悉，但只需要将立据者的名字输入到百度地图之中，很快就可以找到其所在的位置，非常方便。

两个小时过去，林北辰顺利地收回了一千三百枚金币。

因为借据不但具有法律效力，更具有宗教效力，因此基本上没有什么人敢翻脸不认。而林北辰当时签订借据的时候又比较小心，约定了具体的还款期限，因此更不会出现"今天借了明天还"这样模糊的时限。

难得放松下来，林北辰就当作是在古镇旅游一样，一条街一条街地扫过去，看到各种有趣的小玩意就随手买点，看到各种好吃的东西就要尝一尝。

心情放飞。

快要到傍晚的时候，他来到一家客栈门口。

"悦来客栈？"好熟悉的名字，林北辰脸上不由得露出笑容。

地球上的诸多武侠小说和古装剧中，"悦来客栈"这四个字，绝对是出镜频率最高的名字，没想到在这个世界也能见到，竟然有一种很亲切的感觉。

进入客栈，立刻就有一位很年轻的店小二迎上来："客官，里面请。您是打尖还是住店啊？"

林北辰道："不住店。"

"好嘞，客官请随我来。"

店小二看起来大约只有十一二岁的年纪，放在地球上，绝对算是童工，面目周正，眼睛明亮，透露出一股子机灵劲儿，店小二将林北辰领到了花鸟厅的上座，然后递过了菜单。

林北辰一边点菜，一边与店小二交流，得知这悦来客栈竟然是风语行省最大的平价连锁客栈。

"我看你还很年轻，为什么没有考虑去上学呢？"林北辰随口问道。

店小二笑了笑，道："家里穷，付不起学费，我资质也一般，所以不如早点儿出来打工，赚点儿钱，不但可以补贴家用，也可以资助我姐姐上学……"

说起姐姐的时候，店小二的眼睛里，流露出一种难以掩饰的骄傲光芒，道："您不知道，我姐姐她的资质可好了，在这一次的天骄争霸赛预选赛中，脱颖而出，杀入了正赛呢。"

"哦，那真的是很厉害了。"林北辰道。

他是参与过预选赛的人，虽然只是二年级范围，但也知道，能够通过这种预选赛的学员，无一例外，都是天才中的天才。

片刻后，一桌丰盛的饭菜，就已经端了上来，都是店小二推荐的特色菜。

在地球的时候，林北辰始终都坚信一种说法：想要吃到地道的特产小吃，就一定要去那些街边巷尾的小吃馆，反而是那些看起来高大上的五星级宾馆什么的，做出来的东西，用材用料或许的确珍贵，看起来也赏心悦目，但味道嘛，很难与那些传承多年的小馆子相比。

这个世界，也是一样。

悦来客栈的吃食，都是一些常见菜肴，看起来普通，但入口极香。

林北辰吃了个畅快淋漓。

一顿饭，花费了七十五枚铜币。

"这么便宜？"林北辰有点儿惊讶。

店小二笑着道："小的给您推荐的，都是便宜实惠的特色菜，客官您要是满意，以后可以多来，还有怒鱼烧、酱豚头、腌须等好几个特色菜，你还没有尝到呢。我们客栈还有特殊配送服务，如果您需要的话，可以提前预订配送时间，我们会按时按点、配送上门的。"

还有外卖服务，林北辰大感意外。

他当下毫不犹豫地就预定了明天和后天的几份小菜，约定好时间送到竹院去。

从悦来客栈中走出来，仔细一算，总共也才花费了不到两枚银币。这个童工店小二，还真的是个良心卖家。

林北辰赞叹了几句，看看距离天黑还有一段时间，于是放松心情，在小城里逛了起来。

总算是度过了穿越而来的初期困顿局面，林北辰紧绷着的心弦也稍微放松，有心情来领略异世界的风情。

不知不觉，一个多小时过去。林北辰信步而行，来到了一个类似于贫民区的地方。

任何世界，任何城市，都免不了贫富阶级差距啊，他感叹着。

就在这个时候，前方的一条巷子里，突然传来了打斗喊杀声，一股淡淡的血腥味道，弥漫而来。

嗯？

林北辰心中一动。

武士的世界，永远都不缺乏斗争。

云梦城的治安环境不错，但也杜绝不了帮派分子的滋生。许多佣兵团、帮派等，像是生活在阴影里的病毒一样，存在于城中各处。

他们绝对不会在光天化日之下与官方对抗，也不会明目张胆地破坏社会治安，但却利用一些潜规则，对这座小城的方方面面都产生着无孔不入的影响。

官方也没有小觑帮派分子，所以才会有帮派成员代表参加天骄争霸赛的惯例。

但是许多学院派的教育署官员，对于这种帮派代表，是带着仇视姿态的，比如李青玄，对于帮派分子就非常不客气。

林北辰站在巷口看去，看到的是一次小规模的帮派斗殴。

一个身形矮小的帮派小头目，带着三个同伴，浑身是血，正在奔逃，而后面大约有十几个挥舞着武器的人，正在追杀……

"快追！"

"别让这三个疾风兄弟团的家伙跑了。"

"副会长发话了，这一次，悬赏十枚金币，一定要活捉方小白。"

追杀者们不断地高喊着，还在投掷暗器。

巷子足有四百多米长，两侧的墙壁三米高，暗器命中率极高，很快三个奔逃者的身上，就不断地飙血，脚步已是踉跄了起来。

　　林北辰站在巷子口，左手托着右手肘，右手摸着下巴，陷入了思考。

　　疾风兄弟团？这可是拿到了一个天骄争霸赛预选赛名额的帮派。而且方小白这个名字，好像是也有点儿耳熟。

　　对了，这个人，好像就是疾风兄弟团的预选赛代表。

　　在石碑榜单上排名第几来着？不记得了。

　　不过，让林北辰印象最深刻的一件事情，就是此人捏碎了三十多名其他学院代表的石牌，是导致那些人被淘汰的狠人之一。事情就发生在倒数第二天，慕炎东等国立皇家初级学院的天才，直接被淘汰。

　　除了方小白，还有一个好像叫作许多，是火浪佣兵团的人。

　　林北辰思忖的瞬间，方小白三人已经被追上了。

　　一场恶战开启。

　　咻！

　　寒光一闪。

　　方小白的头巾被斩落，一头齐耳秀发倾泻下来，左肩衣服也被撕裂，露出一片白皙雪腻的肌肤，犹如美玉一般，令原本昏暗的小巷子里，仿佛是闪耀了半弯银月一样。

　　竟是个女的？

　　林北辰愣了愣。

　　"哈哈，方小白，你这个小贱人，在预选赛中捏碎石牌的时候，有没有想到今日？"一个身穿暗红皮甲，一只眼扣着黑色眼罩的秃头大汉，大笑着出招。

　　大汉是追杀者的头领，手中一柄鬼头重剑，挥动之间，空气形成旋涡，虎虎生风，威不可挡。

　　方小白一语不发，娇小的身形往后跳跃，抬手瞬间射出三道寒光，呈品字形，将旁边追杀另外两个伙伴的敌人射倒。

　　"我断后，你们快逃。"

　　她临危不乱，身法非常灵活，手中一柄细刃软剑，如同银蛇一般跳跃伸缩，在与那秃头大汉缠斗的时候，左手不断地射出一枚枚梭形暗器，射倒一个个敌人。

　　两个同伴非常信任她，立刻转身就逃。

　　"嘿嘿，方小白，今天你逃不了的。"秃头大汉冷笑，手中的重剑越发凌厉，旋转斩出，剑身上闪烁着若有若无的玄气光辉，无坚不摧，将方小白逼得不断后退。

同时，其他人手中，一枚枚淬炼了麻药的飞针，不断地射出。

叮叮叮！

方小白手中细剑挑开飞针，却被重剑砸中，顿时手腕一震，细剑脱手飞出。好在她反应极快，一个翻滚，似是蛇形走位，间不容发地避开其余飞针，捂着被震伤的手腕急速后退。

她边战边逃，掩护两个同伴。

但这时，又有一片急促脚步声传来，却是在林北辰的身后，巷子口又有十六七名帮派分子赶来，从林北辰的身边冲过去，将方小白等三人的逃生路线，直接堵住了。

"哈哈，捉住这个小贱人，今天老子就要采了疾风兄弟团这朵带刺的玫瑰。"秃头大汉狂笑。

"徐头儿，到时候也让兄弟们喝口汤啊。"

"就是，这方小白可是一匹胭脂烈马，兄弟们都想要见识见识。"

帮派分子们各种污言秽语，战斗也越发激烈。

方小白能够以帮派出身进入天骄争霸赛的预选赛，可见其实力、反应和心机都是上上之选，哪怕是处于绝对的劣势，但也在勉力支撑着，身上已经有几处受伤……

"小白姐，你快走，不要管我们了。"一位同伴大声悲呼。

这时，一直都在看戏的林北辰也已经发现了，若不是为了保护两个同伴，方小白是可以杀出重围的，但她却死战不逃，苦苦支撑。

数次冲击之后，战场距离巷子口越来越近。

"啊……"一声惨叫，血光迸射。另一位同伴肩头中了一刀，半个臂膀几乎被砍断。

方小白心中一惊，急于抢救同伴，结果一分心，左胸一麻，竟然中了一支麻针，一股酥软的感觉瞬间就顺着左肩蔓延了开来。

"不好。"她心中一惊。

"哈哈哈，她中麻针了。"

"倒，倒，倒！"

秃头大汉见状，大笑了起来，反而不再攻击，挥手示意属下们退开两米的距离，一声声地数着，等待方小白体内的麻药发作，丧失抵抗之力。

"小白姐，你怎么了？"另一个同伴，带着哭腔冲过去，将方小白扶住。

嗯？林北辰的心中，猛地一震。

这声音……有点儿耳熟，好像刚刚在哪里听过？

他凝足目力，稍微凑近了一点，仔细一看，这才发现，竟是之前自己在悦来客栈中遇到的那个机灵十足的童工店小二。

这个小家伙换上了一身紧身劲装，也乔装打扮了一番，所以林北辰刚才竟然并未发现。没想到，这个小家伙，竟然也是一个帮派分子。

林北辰摸了摸下巴。

他刚才只是抱着看戏的心态，近距离见识一下帮派斗殴，自始至终都没有想要出手见义勇为的想法，毕竟这种帮派分子没有什么绝对的好人，而他也不想陷入这种纠缠中去，老老实实收账保持手机电量，钻研找到回地球的方法就行了。

但是现在……要不要出手呢？毕竟这个店小二刚才留给自己的印象，还是非常好的，是一个善良机灵的小家伙。

就在林北辰非常淡定地凑在一边权衡的时候，光头大汉抬眼扫了一眼林北辰，手中的重剑一扬，大声道："把他给我做掉。"

林北辰：几个意思？我还没有决定出手呢，你就要弄我？

就听秃头大汉冷笑道："我注意你很久了，你从一开始就站在巷子口，一点儿都不惊慌。呵呵，看你的年龄、衣着和身形，你就是疾风兄弟团的老大吧？兄弟们，给我上，将他宰了，我们就立下了大功。"

林北辰的心里充斥着无语，这秃头大汉什么脑回路？大秃瓢脑袋里，装的全部都是水吧？还是说，自己和疾风兄弟团的团长，长得实在是太像了？

看着气势汹汹冲过来的帮派分子，他想要继续作壁上观已经不可能了。

"唉，为什么要逼我呢？"林北辰说着，手掌按在青鸟剑的剑柄上，脚步一动。空气中，隐约响起飞鸟起飞时振翅的声音。这是一星巅峰身法"云中飞羽"施展时特有的音效。

林北辰的身影仿佛是穿云而过的飞鸟一样，迅速插入到了帮派分子人群中。

同一时间，拔剑。

咻！

青鸟剑的青色剑光，在小巷中骤然闪烁，好似是一道道青色闪电，照亮了一张张错愕的脸，快到了极点，肉眼几乎无法捕捉。

射月剑法。

人如游龙身如雪，剑做长弓光似月。

噗噗噗！

鲜血在昏暗的小巷中飞迸。

"啊……"

"我的手……"

一片惨叫声，在叮叮咣咣的兵器坠落声中响起。

青鸟剑的剑尖，准确地点中了帮派分子们的手腕，让他们丧失了手握武器的力量，纷纷后退。

林北辰的身形极快，穿过人群，剑尖直指秃头大汉。青鸟剑的剑尖，化作一点月华，刺向其眉心。

后者眼中，闪过一丝狠戾之色。

"山岳重击！"一百斤的重剑，瞬间催动出磅礴之力。

秃头大汉将林北辰判断为疾风兄弟团的老大，又怎么会没有丝毫的防备？之前就一直都在暗暗蓄力，此时重剑骤然爆发，恐怖的剑风搅动周遭的空气，形成了小型龙卷。

气机，将林北辰牢牢锁定。

他并未尝试去格挡、躲避林北辰的刺击，而是直劈林北辰脑门，一副两败俱伤、同归于尽的打法。

这就是帮派的战斗风格。

血腥、残暴、逞凶斗狠。

和学院派截然不同。

林北辰有些失算，于是撤剑。

"哈哈哈，给我死。"秃头大汉狂笑。

他的重剑，本身就有一百斤，加上蓄势挥击之力以及战技之力，这一剑劈下去，足足有七八百斤的力量，足以瞬间就将这个年轻的对手连人带剑一起劈成两半。

这一招，是他最喜欢的招式，用这一招，他不知道击杀了多少对手。

下一刻——

锵！

双剑相击的刺耳轰鸣声响起。

火星溅射，昏暗的小巷中，火花照亮了一张张表情不一的脸。

嗤嗤！

剑刃摩擦的声音响起。

秃头大汉面色一变，因为从重剑中传来的反震之力，竟是后劲无穷，昭示着眼前这个少年的肉身之力，远超他的想象。

更因为林北辰手中的青鸟剑，并未完全硬挡，而是弓身急冲时，以一个双手握剑在背侧的奇异姿势，剑刃斜四十五度角朝下，双剑摩擦声之中，卸掉了重剑砸击百分之七十的力量。

下一刻，林北辰更是借助重剑的压力，强势反弹，在两人身形交错而过的瞬间，青鸟剑反手挥击。

剑光一闪，寒芒生灭。

"啊……"秃头大汉踉跄倒地，大腿上一道深可及骨的剑痕几乎将他的左腿斩断，这让他彻底丧失了战斗力。

林北辰却是脚下不停，继续踏出云中飞羽步伐，配合射月剑法，连续刺出，手下几乎无一合之敌，瞬间就将其他的帮派分子，也一一点断了手腕。

一片惨叫声伴随着兵器坠地的声音，帮派分子们都失去了战斗的能力。

锵！

林北辰这才收剑回鞘。

啊，真潇洒啊。他自己都忍不住给自己点赞。

月夜暗巷，单人独剑，见义勇为，犹如剑之谪仙。

啧啧啧。

好一个浊世翩翩剑公子。

虽然射月剑法和云中飞羽两个APP，运行的时间不长，但也已经勉强达到了"初窥门径"的境界，这种星级战技施展出来，让林北辰有一种当世剑侠、飘飘欲仙般的沉浸感。

令人迷恋。

林北辰缓缓地转身，正要做好准备，接受方小白三人的感谢，然后以一句"区区小事，不足挂齿"来轻描淡写一番，谁知道回头目光一扫，却发现巷子里早就没有了这三个家伙的踪影。

竟然跑了？趁着自己拼死拼活战斗的时候，这三个家伙，竟然跑了？林北辰当即心中大恨，没良心啊。他心中无限吐槽，看向秃头大汉，道："你们是什么帮派的人？"

秃头大汉咬牙忍痛道："千里行商会的人，与疾风兄弟团有纠葛，所以才设计对付疾风兄弟团的三当家……小兄弟，你不是疾风兄弟团的人，这是误会，不如我们就此扯平，你看如何？"

眼见方小白三人直接撤，没有留下来帮助林北辰，他就明白，自己判断失误，把一个路人当成了疾风兄弟团的老大，搞了一个大乌龙，关键这个路人还强得有些可怕，让他现在肠子都快悔青了。

千里行商会？

这可是云梦城中首屈一指的大商会。据说它垄断着城中七成的茶叶、铁矿和棉绒贸易，财力极为丰厚。

"滚吧。"林北辰道。

秃头大汉等人如蒙大赦，不敢再多说一句，转身就跑，离开了巷子。

"这些人应该只是千里行商会的小卒子，那秃头大汉的实力，还不够武师级，所以才会被我击败。想来此人在商会中也没有什么地位，对付疾风兄弟团的三当家方小白，千里行商会才随意派出一个这样的小角色，就差点儿弄掉了方小白，看来两股势力之间的力量比很悬殊。"林北辰朝着巷子外走去，心中随意琢磨着。

突然，他的面色一变。

"哎呀！"刚才分明是一个敲诈勒索劫富济贫的好机会，应该让光头大汉们交出身上的金币财物，结果竟然就直接放他们走了。

唉，失策，失策啊。

看来还是因为我最近贩卖徽章赚了点小钱，所以就飘了，换作是以前，绝对不可能就这么轻松放过他们，勤俭节约的传统美德不能丢啊。林北辰在内心里不断地做出检讨。

谁知道，才走出巷子大约三百米，一个身影突然就从斜刺里冲出来，扑通一声，就跪在了他的面前，磕头道："多谢大侠援手，小人岳红雪感激不尽，多谢大侠。"

竟是那个店小二。

"咦，你不是跑了吗？"林北辰意外叫道，将店小二扶了起来。

"咦？怎么会是你？您是今天傍晚那位……"店小二也终于认出来林北辰。

他很尴尬地道："对不起，刚才为了救小白姐，加之不清楚您的身份，所以才第一时间带着小白姐离开了，并不是故意要恩将仇报，将您弃之不顾的……我将小白姐安顿下来之后，立刻就赶回来……"

"你赶回来，是准备做什么呢？"林北辰问道。

店小二岳红雪不假思索地道："当然是来援手，万一你不是他们的对手，我就算是拼着自己死，也要想办法把你救出来。"

林北辰看着这孩子的表情，就知道他不是在说谎，否则，他都没有必要折返回来。

"你叫岳红雪，那岳红香是你的……"林北辰联想起店小二在悦来客栈中透露出来的信息，产生了一些联想。

"他不认识什么岳红香。"一个略带倔强的清冷女声，从旁边的街巷阴影之中传出来，道，"虽然名字很像，但两个人没有任何关系。"

拐角处徐徐走出来一个娇小的身影，黑色的齐耳短发，身上带着淡淡的血腥气。远处路灯的昏暗灯光，勾勒出一张周正娇俏而又英气凌厉的面容。

"小白姐，你怎么来了？"岳红雪无比惊讶，连忙过去搀扶。

刚才小白姐明明还因为麻针而无法行动的。

"站一边去。"方小白瞪了一眼店小二，眼神凌厉。

本来都已经脱险了，结果这小子非要折返回来，万一遇到危险怎么办？要不是担心他的安全，自己又岂能强行运功，拼着玄气紊乱的危险，逼出部分麻药，强撑着赶来。

"哦。"岳红雪像是犯了错误被家长训斥的小孩子一样，低着头缓缓地走了一边。

末了，他又补充了一句："小白姐，这个哥哥是好人……"

"闭嘴。"方小白又瞪了一眼。

岳红雪就彻底不说话了。

"刚才的事情……"方小白扫了一眼林北辰，声音冷淡地道，"虽然不是你主动援手，但还是多谢了，起码为我们三个人争取了时间。"

这话说得很不客气，但林北辰也不生气。因为方小白说的是事实，他一开始，的确是没有出手的打算。要不是秃头大汉作死，将他当成是疾风兄弟团的老大，最终他会不会出手，还是一个未知数。

"我方小白欠你一个人情，以后肯定会还。"方小白淡漠地一抱拳，拱手道，"阁下留个名号吧。"

虽然两人曾经在预选赛营地中有过照面，但此时林北辰乔装打扮，所以她并未认出来。林北辰看了一眼垂着头站在一边的岳红雪，摇摇头，转身离开了。

不和这个世界的人有过多的接触和纠葛，依旧是林北辰行事的第一原则，尤其像是这种逞凶斗狠、恩怨缠身的帮派分子。

只是岳红雪这样一个机灵善良的小孩，怎么会和帮派分子纠葛在一起呢？可惜了。

看着林北辰的身影消失在了远处，方小白的身形一颤，软绵绵地就要倒下去，岳红雪连忙搀扶住，紧张地道："小白姐，你……你怎么了？"

方小白大口喘息，道："没事，就是刚才强行逼出麻劲，体内玄气有点儿错乱，刚才这个人，你认识？"

岳红雪将下午悦来客栈的中的事情，说了一遍。

"他让你将明后日的餐盒，送到第三学院的竹院中去？"方小白若有所思。

岳红雪搀扶着她，一边走，一边低声道："是的，这个哥哥说话很有礼貌，也非常客气，最后还给了我一枚铜币的小费。"

"第三学院的几大别院，都是一些大人物才能住进去的，这个人看起来也就十四五岁，戴着面具看不清楚容貌……算了，既然不愿意透露姓名，大概是看不起我们这些帮派成员吧。"方小白自嘲一句，又问道，"小雪，你是不是觉得，我刚才对那人太冷淡了？"

岳红雪沉默不语。

方小白叹了一口气，道："你呀，就是太善良了，不懂得这世界的阴险和黑暗，我在帮派中，这些年遇到的阴险诡秘的事情，数之不尽。我见过血脉相残，见过见利忘义，见过翻脸无情，见过无数大义凛然的面孔一转眼变得阴险恶毒，很多人抛尸街头，死不瞑目……刚才这个人，还好没有什么恶意，如果有呢？你也许已经死了。"

"小白姐，其实我觉得，信任有的时候也挺……"岳红雪辩解。

"闭嘴。"方小白厉声喝断。

岳红雪吓得一个哆嗦，不敢再说什么。

方小白又叹了一口气，从怀中取出一物，递给岳红雪道："这是白玉断续膏，拿回去吧，有了它，你姐姐的手筋应该就会恢复了。"

岳红雪顿时一脸愧疚地道："要不是为了这个药，小白姐，还有大壮哥就不会被千里行商会的人设计埋伏受伤了，都是因为我……"

"别这么说。"方小白笑了起来，道，"我不信任的只有外人和陌生人，以后你就会懂了……你现在是疾风兄弟团的人，而我们疾风兄弟团的成员，都是穷苦孩子，更需要互帮互助，我们自己不帮自己，谁会帮我们？指望着那些高高在上的官老爷吗？好了，你快将药送回去，我带着大壮回去疗伤。"

两人说了几句，方小白逐渐恢复力气，在小巷中分开。

第二日，教学日。

林北辰来到二年级九班的时候，迎来了一片热烈的掌声。班长尹易等人，带头欢呼，迎接偶像的归来。

是的，如今的林北辰，已经成为整个二年级乃至第三学院的偶像，是数十年以来，首批进入天骄争霸赛的二年级学员。

这一次，整个第三学院，一共才有四个人进入正赛，一年级的一位天骄黑马，二年级的林北辰和岳红香，三年级的韩不负，已经是可以说是创纪录了，尤其是林北辰预选赛第二名的佳绩，更是历史之最。

不过，接下来的玄气课，却换成了另外一个教习，这让林北辰失望之余，又有点担心。

丁三石果然是有事，他到底去哪里了呢？

林北辰想着，不知不觉，就趴在课桌上睡着了。

授课的教习，看到这一幕，只能无奈地摇头，能说什么呢？

下课后，林北辰直奔年级主任楚痕的办公室。

"哦？丁教习吗？他闭关了。"楚痕道。

"闭关？"林北辰觉得很奇怪，"为什么突然闭关？"

楚痕道："有一位昔年的对头来到城中，要与丁教习决斗，所以丁教习暂时闭关，调整状态，为决斗做准备。"

决斗？林北辰大为惊讶，竟然还有这种事情。

"什么时候决斗？"他问道。

方小白等人的帮派斗争，林北辰完全可以毫无心理负担地旁观，但是丁三石的决斗……林北辰不免牵挂。

"八日之后，试剑之约。"楚痕道。

八天以后？那很近了。

林北辰道："到底是什么样的对头，丁教习胜算大吗？"

楚痕摇摇头，道："胜算嘛，不好说。丁教习的对头，是来自白云城的三大名剑之一白海琴，上一次的试剑之约，丁教习是输了的。"

白云城？北海帝国三大剑道圣地之一？

林北辰一听，就有点儿头皮发麻。这对手的分量，可是不轻。

"你看看这个……"楚痕拿出一张鲜红色的帖子，递过来。

林北辰接在手中，打开来看，却是一个邀请楚痕在十五之夜，前往城主府中，观礼试剑之约的请帖，除了前缀之外，上面还写着两行字——

十五之夜，月华漫天，

凌府之巅，一剑通玄。

笔迹力透纸背，一撇一捺、一勾一横，都仿佛是利剑劈斩一般，有一种锋芒锐气扑面而来，令林北辰有一种被剑锋指着眉心的毛骨悚然之感。

"这个帖子，是白海琴的得意弟子曹破天所书，其中蕴含着他对剑术的理解。"楚痕道。

说完，他又补充了一句："这个曹破天，曾经是丁教习的弟子，出身于微末，连上学的机会都没有，后来被丁教习发掘，用心培养，成了云梦城的天才。可惜在上一次的试剑之约中，叛出师门，拜入了白云城三大名剑之一的白海琴门下，这一次，他也来到了云梦城。"

第
二
十
章

恶龙咆哮

曹破天？

这个名字……不知道此人与赵日天、龙傲天是什么关系？

不过，背叛师门历来都是被人唾弃的行为，此人背叛丁教习，然后却能成功拜入白云城三大名剑之一的门下，怕是也有些本事。

"主任，我也想去试剑之约看看，长长见识，你到时候能够带我去吗？"林北辰道。

也许到时候可以帮上丁三石一些忙呢。

楚痕摇摇头，遗憾地道："恐怕不行，试剑之约一共发出三十六封请帖，其中十二封发给城中最有地位的贵族权勋，又十二封发给城中的剑道大师，再十二封发给城中的少年剑道天才，每一张帖子都只限一人使用。我今年能够收到请帖，都在意料之外，想要带你去，那更是不可能的。"

这样啊，林北辰只好作罢。

"丁教习在哪里闭关？我想去拜访一下他。"林北辰又道。

楚痕道："老丁闭的是死关，你现在去也见不到他。而且，你也帮不到他，最好不要在这个时候让老丁分心。"

林北辰听了，心中有些郁闷，他知道楚痕说的是实话，但这种欠着别人的感觉，非常不爽。

"对了，为了应对一个月之后开始的天骄争霸赛的正赛，学院会组织你们四个人进行一次特训，初步定在十天之后。在此之前，你们所需的一切武道战技、资源配给及相关配合，都可以提出来，学院会尽量满足。"楚痕道。

林北辰一听，眼睛一亮，道："我想要一些精神力战技。"

"你修炼了精神力？"楚痕同样眼睛一亮。

这可是一个好消息啊，武士一旦掌握了精神力，那临阵对敌可就是另外一个概念了。

林北辰道："在训练营的时候，从凌晨的手中得到了一本《精神力初解》，略有小成，但不知道具体该如何施展利用，所以需要一本精神力战技。"

这也不是什么需要隐瞒的事情，楚痕立刻就会心一笑。关于林北辰和云梦城第一天骄凌晨的事情，他自然是听说了。这不是他应该干涉的事情，两个少年自己处理就好。

"精神力战技，学校的秘藏图书馆中，也储藏了几部，你自己去挑选吧。"楚痕说着，拿出一个银色的小令牌，道，"这是学院图书馆的通行令牌。这样吧，你去找八班的岳红香，一起去挑选适合你们的战技吧，每人限选三本，贪多嚼不烂。"

"多谢楚主任。"林北辰大喜，一番感谢后，朝着办公室外走去。

"对了，挑选完毕之后，到磨剑馆报道。"楚痕在身后大声道，"学校要对你们现在的战力，进行一次全方位的测试，以方便为后续的特训制定计划。"

"好的，我知道了。"林北辰快步离开。

"这小子……"楚痕脸上带着笑意，但一扭头，看到旁边办公桌上一封印着皇家天剑标志的信笺，他的脸上，又浮现出一丝忧色。

正值课间，林北辰来到了八班门口，往里一探，就看到了正坐在座位上被一群莺莺燕燕围在中间的岳红香。

他笑着招了招手："岳学妹。"

轰！

八班教室里的气氛一下子就沸腾了。如今二年级谁人不识林北辰？昔日林北辰的名气有多臭，今天就有多香。除了预选赛取得有史以来最高成绩之外，林北辰超高的颜值也是重要原因之一。

如今不但许多女学员疯狂地痴迷林北辰，就连许多男学员，也都将林北辰视为偶像。

看到林北辰到来，许多八班女学员的眼中，一下子就开始疯狂地冒星星，捂住嘴巴生怕自己尖叫出声，男学员也是眼睛一亮。

岳红香落落大方地走出来，道："林师兄，你找我？"

林北辰将挑选战技秘籍的事情，说了一遍，道："我们现在就去挑选吧。"

岳红香点头道："好啊。"

两人肩并肩朝着图书馆走去。

"哇，这是在一起了吗？"

"林师兄在追求岳师姐？"

教室里，八班的学员们，一下子都燃烧起了熊熊的八卦之火。学院中的风云人物，总是这么受瞩目。

图书馆位于第三学院三年级教学楼的后面，是学院重地。除了时时刻刻运转的玄纹阵法之外，还有总共二十名教习，或明或暗地驻守在这里，可谓是守备森严。

不过有楚痕的特别通行令牌在，一路自然是畅通无阻。

管理员不是传说之中隐藏了实力的白胡子老爷爷，而是一位名叫邵丽的年轻俏丽实习女教习。

检查了令牌之后，邵丽起身带着两人来到了一级警备区域的书架前，微笑道："适合你们的武道战技，都在这片区域，可以随意挑选，每人限定拿走三本……你们有一炷香的时间挑选。"

"多谢。"

"谢谢教习。"

两人致谢之后，开始挑选。

林北辰两眼放光，如果用手机，将这里的战技，全部拍摄一遍，岂不是意味着这里所有的战技，自己都可以学会？有一种小白兔钻进了胡萝卜窖的欣喜感。

但转了一圈之后，这种兴奋就大打折扣了。因为略微对比，发现这一区域储藏的秘籍，大多是一星战技，偶有二星战技，也难以和凌太虚赠送的《花前月下剑》和《偷香窃玉步》相比，并没有什么实际的学习意义，就算是在手机中生成APP，也只是浪费电量而已。

略作权衡之后，林北辰将大约十本二星级战技都拍摄了下来，然后一番寻找后，他终于找到了一本名为《恶龙咆哮》的精神力战技。

略作翻阅之后，林北辰发现这本精神力战技威力不俗，乃是以精神力化作冲击波，直接轰击对手脑海，攻防一体，比其他几本战技要全面很多。

"看起来非常适合我，但就是这个名字，总感觉有点儿羞耻，怪怪的……"

最终，他还是选择了这本《恶龙咆哮》。

很快，一炷香时间过去了，两人都已经挑选完毕。

"我选的是《梅花七弄剑法》《踏燕三式身法》和《玄气狂涌秘术》三本。"岳红香来到管理员邵丽处登记。

"嗯，不错的选择。"邵丽点点头，予以登记借阅，又道，"因为这一次是特殊情况，所以你们的借阅时限为三个月，到期归还即可。"

"我选这本。"林北辰将《恶龙咆哮》秘籍递上去。

邵丽奇怪地道："咦？精神力秘籍？只选这一本吗？"

林北辰道："就这一本即可。"

邵丽于是不再多问，直接登记借阅，想了想，又补充了一句，道："如果你后悔了，可以回来再借。"

林北辰道谢一声，和岳红香转身离开。

一直到两人的身影消失在了远处，邵丽原本云淡风轻的脸上，立刻就露出了一种花痴一般的表情，双手捧着自己的脸，低声道："不愧是创造了预选赛纪录的天才，真的是好帅呢，刚才真的是想要去抱一抱，捏捏他的脸蛋……"

磨剑馆是第三学院的一级武道测试场馆，专用于学院教习的修为测试、升级考核测试以及比武等，平日里只有教习才有资格进入，学员一般禁止入内。

林北辰和岳红香来到场馆门口，有一位二十出头的年轻女教习已经主动迎上来。女教习相貌一般，但皮肤白皙，身形丰满，如今还是单身，目光在林北辰的身上来来回回地扫了几圈，眼神亮晶晶，非常热情地说："林同学，三位主任已经在场馆内等候，快跟我来吧。"

岳红香被忽视了，不过，她已经见怪不怪。这些日子，林北辰对于女性的杀伤力，开始在校园内显现。

像是这位教习，还有之前图书馆的那位实习管理员，一见到林北辰，眼睛就冒光，仿佛是看到了自己家的帅弟弟一样，热情得不得了——连教习都如此，可以想象，女学员们会是怎样的疯狂。

岳红香和林北辰接触的次数最多，距离也最近。她纯粹是以一种欣赏和赞叹的朋友姿态，来和林北辰交流。偶尔分神的时候，她心中忍不住会想，那个抛弃了林北辰这样优秀、英俊的男友的"平民公主"木心月，此时会是一种什么样的心态呢？怕是后悔得恨不得把自己吊死吧。

磨剑馆内，气氛平静肃穆。

林北辰两人走进来，立刻吸引了数十道目光。除了二年级的年级主任楚痕之外，还有三年级的年级主任潘巍闶，一年级的年级主任刘启海，都在场中等待了。这三人是如今第三学院的三大巨头，励精图治，呕心教学，所以威望极高。

另有十名各大年级的资深教习，都是修为卓越，在整个云梦城教育界极有名气的人物。

再还有两名学员，一个是三年级的第一天才韩不负，另外一位是一年级的第一天才白嵚雲。算上林北辰和岳红香，就是这一次第三学院得以进入云梦城天骄争霸赛正赛的四大天才。

四人并排站好。

林北辰特意多看了几眼韩不负和白嵚雲。

前者是一个身形消瘦，面颊吊长的年轻人，八字眉，细长的眯眯眼，薄嘴唇，鼻梁高挺，眉毛始终皱起，仿佛是有什么烦心事一样。

后者是一个身着白色剑士服的小姑娘，鹅卵脸蛋白皙无瑕，因为年龄的原因，略带一点点的婴儿肥，眉目极为精致，酒红色的长发，也不知道是天生还是染发。总体来说，是一个罕见的美人坯子，气质偏冷，有一种拒人于千里之外的冷漠感，但配合白玉无瑕的容貌，足以令很多人都心动。

"今天，三位年级主任都在，亲自组织了一个专业的小组，对你们当下的实力进行一次最精准的、全方位的测试，以便接下来对你们的特训，可以起到最佳效果，对你们的战力有最大的提升。"一位须发皆白的老教习，慈眉善目，表情严肃地说道。

他接着说："四位，这是一个其他同学艳羡而不可得的机会，所以一定要好好把握，不要有任何心理包袱，尽情展示你们自己的实力即可，测试总共分为……"

在老教习的介绍中，林北辰四人心中逐渐明晰。很显然，这一次的测试，远远要比年中大比的内容更加细致和烦琐。

单单是玄力测试一项，就分为玄力强度、玄力频率、玄力运转周天时耗、玄气波动上下峰值、玄力恢复速度和玄力持久度等十项。

而除了玄力测试之外，还有肉身测试、精神力测试、剑技测试、悟性测试和毅力测试等等。

精细得简直就像是在体检。

听完介绍，林北辰的心中，也是跃跃欲试。对于自己当下的实力，有一个清晰的认识和判断，是他一直以来都想要做的事情，正好借助这一次的测试来完成。

至于是否要保留底牌，测试过程中，随机应变即可。

"四位，你们都是我第三学院的骄傲，也是我们的希望，第三学院能否重现昔日荣耀，就要靠你们了。"楚痕充满期待地说道。

其他两位年级主任，也都说了相似鼓励的话。

"准备，测试开始，白嵚雲先来……"

老教习的话音未落，突然，另外一个声音响起——

"等一等。"一个英俊的金发少年，缓缓地走进了场地之中。

他的身后，除了磨剑馆的看守教习之外，还跟着两位云梦城教育署的官员，其中一人，就是"铁面毒舌"李青玄。

李青玄的面色有些阴沉，显然心情不怎么好，但还是开口介绍道："潘主任、楚主任、刘主任，这位是来自白云城的曹破天曹公子，奉了其师白海琴大师之令，前来送试剑之约的请帖。"

曹破天？

林北辰心中一动，目光立刻就聚焦在了金发少年的身上。

对方看起来十六七岁的样子，一身白衫，身形挺拔，除了面目英俊之外，还带着一种高高在上、无比自信的强大气息，神采英拔，龙姿凤表，令人一眼看过就无法忘记，是平日里少见的俊逸人物。

这就是当初丁教习培养出来，却背叛了的剑道天才吗？林北辰心中暗暗想着。

恰巧这时，曹破天的目光，也落在了林北辰的身上。林北辰的眼睛，顿时眯了起来。这种下意识的动作，就好像是野兽遇到了强敌时的本能反应。

他有一种奇怪的感觉，这个曹破天看他的眼神里，有一种毫不掩饰的敌意，就仿佛是两个人之间有杀妻夺子之仇一样。林北辰相信，如果不是有楚痕等人在这里的话，那曹破天一定会在第一时间抽剑，将他刺死于剑下。

下一刻，曹破天收回了目光。

"呵呵，在下不请自来，还望三位主任，不要怪罪。"金发少年的脸上，带着淡淡的优越感，轻描淡写道。

楚痕等三大巨头，都与之寒暄了几句。

白云城中来的天才，又是三大名剑之一的白海琴的弟子，身份地位不低。但因为当年那件事情，曹破天在第三学院三巨头的心目中，并没有什么好印象，所以三人的态度，也很难热情。

曹破天不以为意，又道："听闻第三学院这一次有四名天骄进入争霸赛的

正赛，创造了历史新高，呵呵，所以我特意来看看，到底有没有配得上一张试剑
之约请帖的真正天才。"

曹破天的话语中，带着一丝毫不掩饰调侃和嘲讽。第三学院的三大巨头同
时微微皱眉。但他们哪怕是再不爽，也不能以长辈的身份，去为难一个少年。

韩不负往前一步，八字眉紧紧地皱着，看起来仿佛是更加愁苦了，道：
"你想怎么试？"

曹破天掌心一展，微光闪过，一张暗红色的请帖，浮现在手中。

他的身上，有储物宝具。

看到这一幕，三巨头和教习们的心中都是微微一惊。

白云城的弟子，浑身是宝。这种玄纹炼金技术的结晶，因其技术含量之
高，所以少见，只有权贵之家才有一二，平常人家很少见到，哪怕是第三学院的
资深教习们，也未见得有配备有这种宝具。

白海琴还真是宠爱曹破天。

"很简单，只要能够接住这个请帖，就算是有资格。"曹破天看着韩不
负，轻蔑一笑，道，"但是，你，不行。"

韩不负淡淡地道："废什么话，你发吧。"

"井底之蛙，自不量力。"曹破天冷笑，眼眸中闪过一丝嘲讽，道，"那
就如你所愿。"

啾！

掌心里的红色请帖，徐徐飞出。速度很慢，但却有一种诡异的破空声。

韩不负往前三步，伸手朝着红色请帖捏去。他并未大意，玄气运转到了极限状
态，双足生根，踏稳人地，手指上隐隐有玄光流转笼罩，正是即将玄气外放的征兆。

这位第三学院三年级的第一天才，表现出了极为谨慎的姿态，就算是一枚
劈面而来的攻城弩，他也有信心接下来。

但下一刻……

嘭！

一声炸响。

"呃啊……"韩不负的右手五指在与请帖相触的瞬间炸开，鲜血迸射。他
整个人如遭重撞，倒飞出去十几米，无力地朝着地面跌落。

不好。

三年级主任潘巍闵身形一动，半空中将韩不负接住，落在地面，玄气输入

其体内，压住伤势，眼中精光吞吐闪烁，看向曹破天。

"看来你根本不配这一枚请帖。"曹破天淡淡地道。他一伸手，那红色请帖旋转着倒飞回去，落在了掌心中。

磨剑馆中，气压越发低沉。

三年级第一天才，被寄予厚望的韩不负，竟是一击即溃，连一枚请帖都没有接住。教习们脸上的表情，都很难看。

"还有谁？"曹破天的目光，有意无意地看向林北辰。

林北辰没有说话。

韩不负的实力，并不比自己低。作为三年级的首席天才，能够杀入天骄争霸赛的正赛，说明他的实力绝对强悍，竟是无法接住那一枚薄薄的请帖，应该不是曹破天的修为有多可怕，而是那投掷请帖的手法蕴含特殊之力，类似于某种战技。

自己贸然去接的话，怕是难免重蹈覆辙，所以，只能智取。

就在林北辰思忖之际，曹破天微微一笑，突然又有了想法，道："不如这位美丽的女同学来试一试。"

话音落下。红色请帖二度缓缓飘出，速度极慢，像是在空气里飘浮过去，却发出精锐的破空之声，朝着岳红香袭来。

岳红香面色一凝，锵的一声，腰间的长剑出鞘。

咻咻咻！

剑光闪烁。

九朵剑花，瞬间浮现，如一枝在虚空之中盛开的雪莲，银亮璀璨，瓣瓣花片一张一合，似是活了一样，要将那请帖吞入进去。

叮！

金铁交鸣之声响起，旋即漫天飞星，不规则的破碎金属剑片迸射。

岳红香手中的长剑断裂为数十片，整个人也倒飞出去，楚痕将其接住落下时，她的口中，已经溢出缕缕殷红血迹。

而那红色请帖再度倒飞回去，落在了曹破天的手中。

"看来，你也不行。"曹破天淡淡地笑，讥诮之意毫不掩饰。

林北辰看到，岳红香的右手手腕，缠着的绷带上有血迹溢出，显然是硬接了请帖之后，手腕上的老伤被震得创口重开了。

"第三学院的最强天才，看来也不过如此。"曹破天手中捏着请帖，轻轻地摇头，仿佛是很失望的样子。

林北辰正要说话。

"我来。"清冷的娇喝声之中，一年级首席天才白嵌雲猛地出手，身形极快，蹿起来直接朝着曹破天手中的请帖抓去。

"哼。"曹破天淡淡一哼，掌心微动。

请帖飘飘悠悠，直接朝着白嵌雲掌心中飞去。

白嵌雲见状，轻喝一声，身形下坠落地，大拇指和中指轻轻捏住请帖，手臂如流水一般牵引，身形如陀螺般旋转，借助旋转的暗劲，想要卸去请帖中的力量。

一年级年级主任刘启海眼睛一亮，这是一个极为聪明的选择。

主动出击，借力卸力，白嵌雲展现出了极为卓越的战斗智慧。但曹破天的脸上，浮现出一丝冷笑。下一刻——

嗖！

白嵌雲的身形，在高速旋转中飞跌出去。

刘启海正要出手相助。

"不用。"冰雪小萝莉大喝。她的手指竟还是不顾一切地捏着请帖，最终整个人狠狠地撞在磨剑馆墙壁上，张口喷出一道血箭，捏着请帖的手臂更是在墙上撞进去一道凹痕，白皙如玉的手指上，滴滴血珠沁出。

但那请帖，到最后，还是被捏在掌心中。

"我接下了。"白嵌雲从墙壁上缓缓地滑落下来，面色苍白，但神色倔强。

众人为之动容，这是拼了命，也要将这一枚请帖留在第三学院啊。

曹破天的面色，也是微微一变，旋即淡淡地说："呵呵，没想到堂堂第三学院，最终站出来的，竟是一个小丫头。呵呵，虽然你取了巧，但最终的确是捏住了请帖，就算你过关了吧，这一枚请帖，属于你了。"

白嵌雲闻言，表情一松，这才身形一晃，眼前一黑，直接昏过去。

一年级主任刘启海第一时间将这冰雪萝莉扶住，抱在怀里，脸上露出疼惜之色。这个丫头，天赋绝佳，心性更是优秀，乃是第三学院五十年以来最佳。

当初，在学校的内部评选入学评价中，给出的分数极高，超越其他人三四倍，只是因为年纪还小，修炼时间尚短，所以正面战力不如韩不负等高年级的学员，但假以时日，好好培养，必定是下一个林北辰级的天骄。

白嵌雲性格里唯一的缺陷，就是太喜欢冒险，做事往往不计后果。

检查一番，刘启海才算是松了一口气，朝着楚痕和潘巍闵点点头，示意并无大碍，连忙带到一边的医务室中，辅助治疗了。

"四个人，有三个尝试过了，还剩一个。"

曹破天的目光，最终还是锁定在林北辰的身上，道："你不开腔，莫非是怕了？堂堂二年级第一天才，丁三石的得意门徒，竟然连一个差你好几岁的小丫头都不如吗？"

林北辰笑了起来："呵呵，你真正的目标，曹破天，其实是我吧？你不过是一个背宗忘祖的小人，攀上了白云城才不过几年，就迫不及待地回来耀武扬威，如跳梁小丑一般，不觉得可笑吗？"

"你说什么？"曹破天面色大变，目中含怒。

他生平最大的黑点，就是当初背弃了丁三石，转投白海琴门下。最恨的，就是别人当面说这件事情，和当众打他的脸，没有什么区别。

"我说……"林北辰往前几步，气势散开，锋芒毕露，冷笑着道，"你曹破天，在云梦城剑士们的眼中，不过是一个跳梁小丑而已，何必卖弄？就不是一张请帖嘛，呵呵，你发吧，若是我接请帖的时候，动了哪怕是一步，都算我输。"

磨剑馆中所有人的面色，齐齐为之一变。这话，口气太大了。之前韩不负的遭遇，众人都看在眼中。林北辰虽然是二年级的第一天骄，但和韩不负这样的三年级学长比起来，就算是战力更高，也高不到那里去。

硬接请帖，一步不动？

"哈哈哈！"

曹破天仰头大笑："原来这世上，还真的有你这种语不惊人死不休的狂徒，为了博名，真的是什么话都敢说，林北辰，你知不知道，你的话，代表着什么？"

林北辰勾了勾手指："废什么话，你发帖吧。"

这是刚才韩不负说过的话，他故意再说一遍。

韩不负的眼中，露出一丝暖色，因为他看得出来，这是林北辰在替他出气。

但……真的可以接住吗？

楚痕等人，眼中也都是异光闪烁。林北辰这种撕破脸式的撑人，当然令他们感觉非常非常的爽，但光有大话可不行，如果接不住，反而会被打脸打得更狠，传出去会成天大的笑柄。

曹破天眼中厉色流溢，毫不掩饰自己的敌意，冷笑道："好，既然你要自取其辱，那我就成全你。"

话音落下。

啾！

又一张红色请帖在他的掌心里，徐徐飘出。这一次，请帖的速度更慢，但发出的怪啸之声，却更刺耳，肉眼可见请帖周围的气流，仿佛是浪花一样旋转。

楚痕等人纷纷变色。

谁都看得出来，这一次出手，曹破天用了更强的力道。

如果之前韩不负面对的请帖，有如此可怕的力道，那只怕他刚才不仅仅是吐血飞跌，而是直接双臂筋骨折断了。

楚痕眼见不好，怕林北辰受伤，正要出手打断。却在这时，只见林北辰往前一步，伸手一招，道："来。"

下一刻，众人眼前一花，却见那请帖突然就毫无征兆地凌空消失。

然后林北辰的掌心里，一抹鲜红浮现。不是那张请帖，又是什么？

"不过是一张小小的纸片而已……请帖，本该是高雅之士撰写，恭敬送上的礼仪之物，代表着品性和礼貌，却被你这般小丑，迫不及待地当作是耀武扬威的炫耀品，呵呵，曹破天，你还真是给白云城长脸啊。"

林北辰淡淡地说着，打开请帖。

十五之夜，月华漫天，

凌府之巅，一剑通玄。

和楚痕收到的那张请帖，其内容一模一样，不同的是请帖上的图案以及一些玄纹脉络。

楚痕那张是送给云梦城中剑道大师的十二张之一，而这一张则是送给城中年青一代剑道天才的十二张之一。

曹破天僵在原地，英俊的脸上，难以掩饰的震惊。他简直不敢相信自己的眼睛，刚才那一瞬间，到底发生了什么？

怎么请帖突然就到了林北辰的手中？难道是传说之中的玄气外放，凌空摄取吗？那可是只有达到大武师境界的武道高手，才能做到的事情啊。林北辰不过一个初级学院的学员而已，怎么可能达到这种境界？

而楚痕、潘巍闵等教习们，也一个个都被吓到了。他们也没有弄清楚刚才那一瞬间到底发生了什么，但这并不妨碍他们的脸上浮现出了极度兴奋之色。

因为林北辰夸下的海口，真的做到了，真的是一步不动，就接下了请帖。

爽！

看着曹破天那张优越感十足的脸上，流露出无法遏制的愕然惊讶之色，他们简直就像是三伏天吃了冰镇果一样，简直从尾椎骨爽到了天灵盖。

"还有什么话说吗？"林北辰看向曹破天，后者一时语塞。

林北辰又道："说起来，我的实力，还不如韩不负学长，就能随意接下你的请帖。呵呵，可见刚才韩学长，只不过是一时大意，才被你发请帖的阴险秘术所伤。你也只配用这种小道手段来阴人了。"

"胡说八道，我可是……"曹破天大怒。

林北辰冷笑，毫不掩饰自己的讥诮，直接打断道："好了，多说无益，我做到了。如果你还想要发第三张请帖的话，那我也不会介意的。虽然它的纸质有点硬，但毕竟名贵，揉软了用来擦屁，也不会太难受。"

"你……"曹破天心态直接崩了。

他瞬间有一种拔剑出手将林北辰当场刺死的冲动，但内心深处的理智，还是让他忍住了。

这里是第三学院的地盘。

三大巨头和十几个教习，再加上一个看不透深浅的林北辰——这个小杂碎，毕竟是丁三石选择的人，曹破天内心深处，对于那位曾经带着自己走上剑道之路，并且发掘了他剑道体质的老人，还是有那么一些敬畏的。

如果真的打起来，自己不占理，也可能会吃亏。

"林北辰，你不要得意得太早。"曹破天强忍下心中的一口气。

他冷笑道："既然接下了请帖，那就请按时赴约吧，嘿嘿，试剑之夜还有更多真正的考验等着你。那个时候，考验的就是真正的实力和剑术，而不是一些装神弄鬼的东西，希望到时候，你还能如现在这样得意。"

林北辰反唇相讥道："是吗？我很期待。也希望那个时候的你，是凭借自己真正的本事说话，而不是如现在一般，搬着白云城的威名来装点自己的门面，这只会让你显得浅薄无知而又可怜。"

曹破天闻言，气得差点儿一口老血喷出三尺远。这个林北辰，嘴巴太毒了。

"告辞。"他转身离开，一刻都不想在这里继续待下去。

李青玄脸上露出一丝柔和之色，暗暗对林北辰比画了一个大拇指，然后转身带着其他的教育署官员离开。

磨剑馆里的气氛，瞬间就变得热烈活泼了起来。

"好小子，你刚才到底是怎么做到的？"楚痕欣喜万分地问道。

第
二
十
一
章

试剑之约

怎么做到的?

当然是上传、下载一气呵成啊。

关键时刻,还是百度网盘靠得住。

这也多亏曹破天为了耍帅,发出的请帖速度都很慢,飘飘悠悠地飞过来,也多亏了智能小助手升级之后操作更加方便省时,才给了林北辰这一次取巧的机会。

否则,要是请帖飞得像是箭矢的话,林北辰根本来不及操作,就被震断手腕手臂了。但这样的内幕,林北辰当然是不能说出来的。

他笑了笑,道:"可能我和这请帖十分熟吧。"

楚痕:"……"

你当这是在吃牛排吗?其他教习也都是一阵沉默无语。但林北辰不愿意说,他们自然也不会再去逼问。

大家都是成年人了。

韩不负八字眉皱起,看起来越发愁眉苦脸,但还是主动向林北辰拱手作揖行礼。刚才林北辰的一番话,让他挽回了不少的颜面。

岳红香则已经是见怪不怪,经历了预选赛营地诸事之后,在她的眼中,林北辰做到任何事情,都不令她惊讶。

片刻后,恢复了行动能力的白嵚雲,也从医务室中出来。冰雪小萝莉用一种前所未有的认真表情，上上下下、左左右右、仔仔细细地审视林北辰。

学院三大巨头略作商议之后，测试继续。

全部的测试，总共有六大项，二十八个小项。单人完整地测试一遍，需要耗时两个小时。

四个人全部测试下来，总共耗费了五个小时。最终的结果，在情理之中，又在预料之外。

综合实力最强的人，依旧是韩不负，各项评分比教习们想象的更高一些，达到了九级武士境界，再往前一个小境界，就是武师境。

岳红香是六级武士境，白嵚雲八级武士境，林北辰九级武士境，与韩不负并列。

楚痕脸上笑嘻嘻，心中却是略微有点儿失望。他本以为林北辰这个屡屡创造了奇迹的家伙，可以给自己带来更大的惊喜。

但是……这个结果，也可以接受。毕竟林北辰最强的是剑术、玄气和肉身三大项，其中剑术领悟甲等，玄气超甲等，肉身甲等。

这三点，将他的综合评分大大提升，否则，还达不到九级武士境的评级。因为他的玄气共振、运转频率、上下峰值、操控运用等，都实在是有些低。

甚至还不如岳红香。

这明显是短时间之内，修为快速提升的表现。

也就是说，可以确定的是，林北辰的战力快速提升，的确是在战天侯府倒台之后发生的，他并没有隐瞒，且这也从侧面证实了林北辰的潜力是何等可怕，只要将基础夯实，日后的成就，未可限量。

最大的惊喜是白嵚雲，这个才入学十几个月的小萝莉，资质和潜力都堪称绝佳。好好培养，将为第三学院带来巨大的荣耀。

韩不负的表现比期待值略高。

唯有岳红香……好吧，知道她晋级正赛原因的人，对于这个结果，没有什么异议，甚至和当初年中大比的时候比起来，岳红香的提升进步还是很快的，也是值得欣喜的地方。

很快，四份极具针对性的测试报告出炉。林北辰等四人，都拿到了自己的测试报告。

"为什么有一种在地球上拿到了体检报告的既视感？"林北辰在内心里忍不住吐槽了一句。

"上面详细记载和分析了你们的武道优劣，回去好好看看，先自己想办法调整和弥补，等到特训开始，学院会为你们制定最合理的修炼方式。"在楚痕的叮嘱中，这一次的测试，算是彻底结束。

竹院。

林北辰趴在床上看报告，对于自己的武道优劣，他其实很清楚。最大的问题，是根基不牢，一身的玄气、剑技和力量，都是依靠手机APP开挂得来。

就好像是在绝地求生中，跳伞刚落地就得到了三级头、三级甲、三级包、装有八倍镜的满配AWM和同样满配的M4，各种急救包和饮料都完备，可谓是一身神装。

但真的要做到人挡杀人、佛挡杀佛的程度，你还得需要一身的技术，才可以真正发挥出这样的神级装备的威力。

林北辰现在的状况，就是一身神装，但技术并不过关，而想要提升技术，就必须要有不断的实战训练。对这一点，他倒并不担心。

他欣喜的是，在仔细翻阅了这份报告之后，在穿越而来这么长的时间之后，他好像终于要搞懂这个世界的武道境界体系了——之前一段时间，仿佛是因为武道境界分级乃是最基本的知识，所以从未有人教过林北辰这些。

之前去图书馆的时候，林北辰在指定区域都未能找到相关境界科普的书籍。

这份报告之中，却是很详细地说了一遍，道理简单易懂。

修炼，是为了什么？

这个世界的武道文明体系公认的修炼目的，共有三个——

第一，更强的力量。

第二，更坚韧的肉身。

第三，更悠长的寿命。

所以，武道境界的内涵，也与这三个方面有关系。武士境分为十级，以玄气强度为单位。

1.0是一级武士境，2.0是二级武士境，以此类推，10.0是武士境大圆满。

再往上，就是武师境，武师境往上，就是大武师境。

支撑这些数值的，是一个简单的标准——力量。

一般而言，一级武士境的武士，在正常人本身具备的力量范畴之外，催动玄气时，可以产生瞬间100斤左右的爆发力，以此类推，二级武士境就是200斤的爆发力，及至十级武士境大圆满就是1000斤玄气爆发力。

这个数值就很恐怖了，瞬间1000斤的爆发力，足以轰死很多生物。

至于为什么数值如此齐整标准，大概是因为这个世界做武道境界研究和划分的一些先贤们，有一些强迫症吧，也可以方便后人、旁观者理解和划分。

值得一提的是，这个划分标准之中的爆发力量，主要指的是玄气催动之后的瞬间爆发力。

如果不催动玄气，单论肉身之力，武士们因为肉身时时刻刻被玄气滋润，所以力量比普通人更大，但在武士境的话，强得也有限，普通的十级武士，不算玄气爆发力，肉身力量也不过是三四百斤，天赋异禀者或可达六七百斤，千斤者寥寥无几。

那些天生神力却未修炼过玄气的人，在单纯力量对决方面，未必就会输给武士。

武士境的武士们，理论上的平均寿命，要比普通人长一点，因为身体强壮可以抵御诸多病痛和意外。

但理论与实际往往不符。

因为武士们面临的战斗更多，去野外危险之地的概率更高，所以大多数武士境的武士，很容易因为决斗、冒险、意外等事而早夭，导致实际上这一境界的武士们，往往都要比普通人更短命。

这真的是一个令人悲伤的话题。

而到了武师境之后，除了这些数值标准之外，另有一些可以用肉眼观察的标准，作为武道强弱的最大标志——玄气属性的觉醒。

在武士境的时候，玄气基本上不分属性，这大概和玄气强度有关。换句话说，就是武士境的玄气强度，实在是有限，以至于无法凝练出独特的属性。十级武士大圆满之后，玄气强度会有跨越式的发展，终于勉强达到了可以觉醒属性的程度。

具体的玄气属性，最常见的有金木水火土五行属性，以及在五行基础上衍生出来的各种变异属性，比如光、电、冰、热、空气、声等，再稀有的玄气属性还有雷、光、暗等。

值得一提的是，属性的稀有程度与战斗力高低并无直接联系。

如今公认的最强战斗力，有火、雷、电、寒冰几大系，像是稀有的光、暗胜在力量的诡异罕见，破坏力并不一定就比火、雷、电等属性更强。

觉醒玄气属性的方式，哪怕是在这个拥有神明的世界，听起来也有点儿玄学——必须去神殿之中虔诚祈祷，得到了神灵的认同和赐福之后，才可以获得玄气属性。

至于具体的属性种类，却是与修炼者的体质、天赋等有关，一般而言，武士在进入了武士境十级之后，就可以准备觉醒玄气属性，比如多去神殿帮忙打扫卫生、多祈祷、多奉上贡品，精诚所至金石为开，最终可以打动冥冥之中的神灵，获得神灵的赐福，得到玄气属性。

这样，就算是晋入了武师境。

武师境的武士，都可以做到玄气外放，但这种外放也相当有限，并不能让玄气离体，而是在运转玄气或者是施展战技的时候，可以放射出各种颜色不一的光芒，无法做到玄气离体。

一般而言，境界越高，玄气光芒越是强烈；境界越低，玄气光芒就越是暗淡。

"啧啧啧……"林北辰看到这里，不由得笑了。

有点儿意思啊，怎么听起来这些所谓的武师境高手，其实是一个个人形自走灯管啊，当然这些自走灯管的战斗力，肯定是比武士强，因此寿命也要长出很多。

而武师境之上，是大武师境。大武师，也称之为宗师。宗师之上，则是天人境。再往上，报告中就没有描述了。

但很显然，这个世界上，存在着神明，所以神明才是真正力量和巅峰的象征。凡人之躯，能不能修炼成为神明？林北辰不知道。但他的脑子里，突然又冒出来一个念头——

如果可以成为神明的话，是不是就可以破开虚空，横渡时空，回到地球？

也许吧。

只是成为神明，何其艰难。别说是北海帝国、北极帝国等大国，就算是东道真洲，武道强者的数量犹如夜空中的繁星一般，但最终能够成为神明的，又有几个？

也许一个都没有？

这样一对比的话，那还是依靠手机，找到回地球的路，更加靠谱一点。

报告中说得非常清楚，林北辰如今的实力，在武士境九级。这主要得益于他的剑术、玄气和肉身力量，其他项的话，基本上也就是六级程度。

"因为在测试中隐藏了一部分的实力，所以我真正的战斗力，最低也应该是武士境十级，接下来要做的事情，就是去城中的剑之主君神殿中祈祷，觉醒玄气属性？"林北辰看完报告，摸着自己的下巴。

但他内心深处，对于神殿这样的环境，其实是排斥的。因为如果真的有神灵，而且凡人的祈祷也会被神灵听到的话，那自己身上的秘密，会不会暴露？如果自己不觉醒玄气属性的话，好像也不受什么影响？

思来想去，他暂时将觉醒玄气属性的想法抛掉。

"也不知道曹破天的真正修为，到了什么地步，大致是武士境，但到底是几级就不清楚了，接请帖是作弊了，真正面对面战斗的话，我应该不是此人的对手。"林北辰仔细认真地分析着。

这一点，不能马虎，因为他接下了请帖，就意味着必须要去参加试剑之夜。

按照楚痕的说法，试剑之夜除了白云城三大名剑之一的白海琴解决自己和丁三石教习之间的恩怨之外，也是一次整个云梦城年青一代剑道天才的争锋，会有重重考验。

林北辰之所以对试剑之夜感兴趣，是想要为丁三石助阵。他不求在这样的考验之中一鸣惊人，但一定要能够自保，避免成为丁三石的累赘。

可以想象，经历了磨剑馆中的事情后，曹破天一定会想尽办法为难他，不得不防。

"小机小机。"林北辰道。

"主人有何吩咐？"悦耳女音响起，手机智能助手出现。

一个别人看不见的30英寸手机虚影投屏，出现在了林北辰的眼前。

"扫描这本精神力秘籍《恶龙咆哮》，帮我生成修炼APP，下载到手机桌面上。"

"好的呢，主人。"

片刻，一股玄气抽取的销魂感觉，在林北辰的体内浮现。

"啊……"他低声呻吟了一声。根据经验判断，这本精神力修炼战技所消耗的玄气流量为1G左右。

约30秒之后。

"主人，恶龙咆哮APP已经下载安装完毕。"

"运行。"

"好的，主人。"

按照战技秘籍描述，精神力的修炼，前期主要分为三个境界——炼精化气、炼气化神、炼神返虚。

林北辰之前利用精神力初解APP修炼出来的精神力，处于前期三大境界之中的炼精化气境界，而且还只是处于这个境界中的初级程度。

打个比喻的话，林北辰的精神力，就是刚刚蹒跚走路的婴儿——这还是得益于他在营地里与沈飞一战中的突破，否则的话，只能算是一个爬行的婴儿。

"《精神力初解》是修炼精神力的法门，理论上限值是炼精化气境界的中级阶段，等到我的精神力到了这一阶段之后，就得想办法再找一本修炼精神力的心法了……而《恶龙咆哮》则是精神力战技，主要是以精神力的各种变化来攻击敌人，只要精神力境界不断地提升，恶龙咆哮的威力，也会不断地提升。"

林北辰在内心里忍不住夸赞了自己一句："你看，我真的是一个聪明英俊的小可爱。这阅读理解的能力，完爆那些学渣。"

"小机小机，帮我将今日在图书馆中扫描的那几份战技秘籍，都转化为修炼APP，下载到手机桌面中……"

"好的，主人。"

"如果所有APP同时运行的话，100%电量能够续航多长时间？"

"会死机。"

"啊？"

"手机系统升级之前，无法同时兼容8个以上的修炼APP运转。"

林北辰想了想，道："那就同时运行高等玄气凝练术、无相剑骨完整版、射月剑法、云中飞羽、花前月下剑、偷香窃玉步、精神力初解和恶龙咆哮吧。"

"好的呢，主人。"

手机修炼设定完毕。

接下来的几天，林北辰依旧每天按时按点地去课堂上呼呼大睡，教习们也无可奈何。

时间飞逝，转眼就到了试剑之约的当天。

这一日白天，天气出奇的好，天空蔚蓝如洗，没有一丝云朵。一种只有云梦城中大人物们才能够感受到的奇异气氛，在空气里弥漫着。

林北辰再一次在课堂上睡到下课的时候，班花林雪吟悄悄靠近，用手指轻轻地捅了捅他，道："林同学，有人找你。"

林北辰迷迷糊糊地抬头，扭头，看到教室门口站着一个一米五的小萝莉，正在冲着自己招手。

"这谁家孩子啊？"他一时没反应过来。

教室门口的白嫩雲，一张娇憨的小脸当时就有点儿黑。她虽然不自恋，但自问好歹也是学院的风云人物之一，眼见林北辰对自己竟然是毫无印象，顿时也一阵无语。

"今日试剑之约，楚主任已经提前出发前往城主府了，临行前让我和你结伴一起去。"她面无表情地道。

"哦？"林北辰揉了揉眼睛，这才记起来，这小萝莉是一年级第一名白嵚雲，当日磨剑馆中，拼死接下了一张请帖，也得到了前往试剑之约宴会的资格。

"走。"他擦了擦口水，走出教室。

片刻后，马车呼啸着从第三学院疾驰而出。

林北辰趴在车厢里，来了个回笼觉，迷迷瞪瞪又快睡着了。

白嵚雲气鼓鼓在坐在一边，她好几次搭话，都被林北辰支支吾吾地敷衍过去，明显看得出来，这位第三学院的第一风云人物并不想和自己有过多的接触。

"难道我长得不漂亮吗？"

"还是说，腿不够长？"

"不对啊，除了个头矮，我其他地方都不差啊。"

她心里怨念十足，暗暗吐槽。

听说这个林北辰曾经是个败类纨绔，好色如命，今天和自己一个车厢，竟然对自己不闻不问，一点儿搭讪或者是调戏的意思都没有，这让素来自信地自诩为小美人的白嵚雲小萝莉，觉得自己仿佛受到了巨大的侮辱。

冰雪小萝莉的眼神里，闪烁着一种冒险的疯狂光芒，正在犹豫着是不是要主动出击验证一下自己魅力的时候，马车突然停了下来。

"到了。"外面传来了车夫的声音。

林北辰瞬间清醒，推开车门钻出来。

城主府就在眼前，这还是他穿越以来第一次来到城主府，不免好奇地仔细打量。

很大，很气派，故宫似的。正门口两侧，都有武士值岗。

卫士检查了请帖之后，一位早就候在一边的青衣仆人，迎上来，带着两人入府。

城主府占地面积极大，府内的建筑美轮美奂，有亭台楼阁、假山花木，亦有喷泉水池，古色古香，典雅秀丽，当年修建的时候，显然是请了高人设计景观。

林北辰行走在这样的园林之中，本想说几句有文化的话，但想来想去有点儿词穷，于是他只好在内心里暗暗说了一句：牛！

试剑之约宴会的准确地址，在城主府后花园中。

顺着墙边的长廊来到后花园时，这里已经气氛浓烈，到来的人数不少。虽然距离大戏开始还有大约半个时辰的样子，但大部分嘉宾都已经早早到来，以示尊重。

三十六张请帖，分为三大类，分别是城中权贵、剑道大师和剑道天才，随便一个人拎出来，都是云梦城中有名有姓的人物，或者神态威严，或者气势逼人，或者英姿勃发，三三两两聚集在一起，低声地议论着什么。

"呵呵，这位便是第三学院的林北辰同学吧，你终于来了。"一个突兀的笑声传来。

说话的是一位看起来只有十六七岁的少年，他小麦肤色，身着紫色锦衣，额头箍着一块拇指大小的白色椭圆美玉，倒也算是英姿勃发。他站在水塘边的一个凉亭口，主动朝着林北辰招了招手，道："林同学，还愣着干什么？快过来拜见白云城的曹师兄，也算是我云梦城中走出去的天骄呢。"

凉亭中，曹破天端坐在圆桌的主位上，神态随意，英俊的脸上带着淡然的笑。

又有九名同龄人或坐或站，都是英气不凡，各有气势，算是云梦城年青一代中的佼佼者了，却众星拱月一般地围在曹破天的身边，姿态颇为恭敬，脸上的笑意哪怕是小心掩饰，也终究难免流露出对于这位白云城天骄的敬畏和尊崇。

紫色锦衣少年一开口，顿时凉亭里所有人的目光，一下子都落在了林北辰的身上。

和诸多普通学员不一样，有资格出现在这里的少年，都是各大学院的天才，在各自的学院或者是势力中地位极高，消息灵通，早就知道了这一次二年级预选赛中发生的事情，因此对于林北辰自然是无比注意。

其中一些天才，更是将林北辰当作是今夜试剑的假想敌，所以他们看着林北辰的目光，都带着审视，仿佛几把严苛的尺子，不乏敌意。

曹破天更是面带三分讥诮，手中还把玩着一个白玉酒杯，似笑非笑地看着林北辰。

林北辰扫了凉亭一眼，没有搭理，转而在人群中寻找丁三石。先找到老教习，问问情况表示关心，很有必要。

紫衣少年见状，面色有点尴尬，再一次开口道："林北辰，和你说话呢，听到没？这亭子里坐着的，可是帝国剑道圣地白云城中的天骄曹破天师兄，乃是我云梦城所有剑道少年的偶像，你还不赶紧过来拜见？"

林北辰依旧没有理会，他的目光在周围来回扫视，继续寻找老教习。

这下，紫衣少年可就真的恼了。

"姓林的，你聋了吗？"他直接冲过来，盯着林北辰，道，"我命令你，现在立刻到凉亭里，去给曹师兄赔礼道歉。"

林北辰无奈地揉了揉额头。这个世界上，为什么有这么多的贱人，自己做狗也就罢了，还要强迫别人和自己一起做狗？

"忙着呢，滚一边去，别自找不痛快。"他毫不客气地道。

紫衣少年大怒："你竟敢对我这么说话？"

"你谁啊？"林北辰无语地道。

"我是国立皇家初级学员三年级的夏侯冲……"紫衣少年一脸倨傲道，"现在、立刻，向我道歉，然后去凉亭中拜见曹破天师兄，否则……"

"否则怎样？"林北辰漫不经心道。

他还在找人。

"否则我就向你提出决斗。"夏侯冲咄咄逼人道。

林北辰颇为惊讶："试剑之夜也可以允许私人决斗？"

凉亭里另外一个紫衣少年走出来，用看乡巴佬的眼神看着林北辰，一脸鄙夷道："少见多怪，当然是可以的，少年舞剑争锋，以娱诸位前辈，这是试剑之约的宗旨之一，只要不伤及性命，年青一代的决斗，不但不被禁止，还是被鼓励的。"

"呃，你又是谁？"林北辰扭头道。

"我？呵呵，我的名字，你还不配知道，等你击败了夏侯冲再说吧。"紫衣少年昂着下巴道。

"哈哈哈。"夏侯冲直接摘剑在手，大笑了起来，"林北辰，决斗吧。呵呵呵，说实话，在我们这些真正的年青一代剑道精英的眼中，你只不过是一个恬不知耻的败类人渣而已，你用卑鄙无耻的手段从预选赛中晋级，已经是侥幸了，我要是你，就老老实实把自己藏起来，没想到你在第三学院中还以英雄自居，招摇撞骗……我真是替第三初级学院感到悲哀。"

夏侯冲字字如刀。

林北辰一愣，卑鄙的手段？难道这个货，知道自己有百度地图这种东西了？

不可能啊。这时，突然——

"请收回你刚才的话。"一直都默默地站在林北辰身后的冰雪小萝莉白嵌云开口了。她原本还在喜滋滋地看热闹，但一听涉及了第三学院的名声，顿时忍不住了。

"夏侯冲是吧？我不管你和林北辰之间有什么陈年恩怨，也不管你所说的卑鄙手段是什么，那是你们之间的私事。但是，请你注意自己的言辞，不要牵扯到第三学院，你虽然是国立皇家初级学院的天才，但向一个省级公立学院泼脏水的罪名，你也是承担不起的。"白嵚雲一字一句道。

她将第三初级学院视作是自己的家一样，绝对不允许任何人，在任何时候，任何地点，污蔑第三初级学院。这是小萝莉的底线。

林北辰讶然地回头看了看。这小萝莉突然就从吃瓜小白兔变成了炸毛的小母鸡？第三初级学院的真爱粉吗？

而对面的夏侯冲，被一个小萝莉用这种口吻教训，顿时有点儿下不来台。污蔑一个省级公立学院的罪名，他的确是承担不起。这一顶帽子扣下来，让他又羞又怒。

"呵呵，小丫头，你怕是还不知道，林北辰是怎么晋级的吧？"夏侯冲恼羞成怒地道，"他利用自己的外貌，花言巧语，无耻下作，魅惑了云梦城的第一天骄凌晨小姐，从涉世未深的凌晨小姐的手中，骗取了整整八十枚星辰徽章……"

话音未落，周围顿时一片哗然，无数道怪异的目光，都投射向林北辰。本已经在关注这边动静的许多剑道大师、城中权贵们，脸上都露出了古怪的神色。

林北辰的外貌，的确是英俊到了妖孽祸水的级别。一个男人，被人用"魅惑"两个字来形容，可见其外貌之出色。

而且他一直以来就是一个渣男、一个败类，仗着英俊的外貌和战天侯府的权势，在云梦城中为所欲为，勾搭无知少女这种事做了不知道多少，可以说是又有条件又有经验。

夏侯冲的话一说出来，立刻就有很多人信了大半。

白嵚雲精致得像是冰娃娃一样的小脸蛋上，眉毛皱起，道："证据呢？"

小萝莉想起自己在马车里数度搭讪，都被林北辰无视的情景，不由得心中大恨。

"证据？"夏侯冲大笑了起来，道，"这种事情，还需要证据吗？林北辰在预选赛中，无耻拍卖兜售星辰徽章，所有参加了预选赛的学员，都知道。"

"兜售星辰徽章？"白嵚雲一愣，觉得自己的世界观好像是有点儿裂开了。

这是人干的事？她扭头看向林北辰，后者耸耸肩："没错，是我做的。规则之内，又不犯法。"

"你终于承认了吧？呵呵，就凭你那可怜的实力，怎么可能一个人就找到八十枚徽章？你一定是欺骗了凌晨小姐的感情，利用她的善良，为你寻找徽章……"夏侯冲冷笑道。

林北辰双眼上翻，故作恍然大悟的样子，道："对啊，你说的这个，的确是个好办法啊，当时我怎么就没有想到呢？我这么帅气的脸庞，不好好利用，实在是可惜了，啧啧啧，谢谢你提醒，下次我就这么做。"

周围一片寂静。冰雪萝莉白嵌雲瞪大了眼睛，诸多权贵、长辈们，也都无语了。就连夏侯冲自己，也都呆了呆。

人不要脸，天下无敌。自己唾沫横飞说了这么多，奈何林北辰这个垃圾根本就不要脸。

这怎么办？

"林北辰，你简直就是我云梦城之耻，你这种垃圾败类，根本就不配出现在这里，和你说这么多，简直就是白费口舌……"夏侯冲决定不闲扯了，抽剑大喝道，"来吧，拔剑，决斗！你要是不敢与我决斗，那就老老实实地滚回去，别在这里丢人现眼，败坏了我云梦城年青一代的名声。"

林北辰摸了摸下巴。不如搞个大事情？闹出动静的话，丁三石教习一定会现身的吧。

"夏侯冲是吧？"林北辰反手握住青鸟剑的剑柄，道，"决斗就决斗，呵呵，你这种莫名优越的废物，我一只手可以打十个。来吧，我给你首先出剑的机会，你要是能够在我的剑下，撑住三招，就算我输。"

嚣张！

这话一出，周围顿时一片哗然，凉亭里的天骄们都冷笑了起来。

"狂妄。"

"不知死活。"

"如此废物，竟敢狂吠？"

"夏侯兄，不要和这种废物再啰唆了，败了他。"

有人迫不及待地想要看到林北辰败倒吐血的画面了。这样的狂徒，真的是该狠狠地教训一下，让他知道这云梦城中真正的天骄，是什么样子的。

"你这是自取其辱。"夏侯冲冷笑，"我会让你永远记住今天。"

咻！

他直接出剑。

第二十二章

力战群少

暗红色的剑光，仿佛是一抹暗夜烟火，武士境十级的力量，配合着流火冲剑的一星剑技，威力展现得淋漓尽致。

夏侯冲的骄傲，是有底气支撑的。一剑既出，万山无阻。

冰雪小萝莉白嵚雲，面色也是微微变了变，下意识地想要后退。如今的她，实力距离武士境十级还有些距离，但在即将迈腿的瞬间，却生生地掐死了这样的念头，死死钉在原地。

"这一剑的威力，很可怕，我不能退……林北辰他能不能接下？"这个念头，瞬间在白嵚雲的脑海里浮现。

也就是在这时——林北辰的手掌，也按在了腰间青鸟剑的剑柄上。

咻！

一抹青色剑光，在虚空之中一闪。暗红色剑光瞬间支离破碎，化作星星点点，消散在空气里。

然后——

"啊……"一声惨叫从夏侯冲的口中发出。他如遭电击，面色惨白地踉跄后退，一抹嫣红的血箭，在手腕中喷出来。

"你……"夏侯冲的剑坠落在地上，疼得额头直冒冷汗。

他一脸的难以置信，颤抖着，惊骇莫名地怒道："林北辰，你竟敢点断我的手筋，你也太狠毒了？"

"废物。"林北辰不屑地道，"我还没有用力，你就败了，简直是垃圾一个。"

夏侯冲又羞又气，浑身冰凉，眼前发黑。他好歹也是国立皇家初级学院三年级的天才之一，结果一招败北。这样的惨败结果，是他做梦都没有想到的。林北辰的实力，竟是比传说之中的强很多。

而林北辰一击得手，心中也兴奋了起来。连续十多日的手机APP练功，让他不仅将射月剑法、花前月下剑、云中飞羽、偷香窃玉步等武道战技，都修炼到了"炉火纯青"的阶段，更是将自身的玄气强度修炼到了武师境，无相剑骨也更进一步。

此时他哪怕是不催动玄气，单纯肉身的力量，就足足有千斤。而夏侯冲不过是武士境十级而已，玄气爆发力堪堪千斤，单纯肉身之力不足三百斤。

不论是玄气，还是肉身之力，林北辰都完全碾压夏侯冲，何况他刚才施展的，还是剑道战技射月剑法。这种感觉，像是做了很多攻略之后游戏通关，很爽。

"你刚才口口声声说我实力不够，现在还有什么话说？"林北辰往前一步，毫不留情地挖苦道，"道听途说，没有丝毫的证据，就在这里污我名声，还侮辱我第三学院。夏侯冲，你的所作所为，和跳梁小丑没有什么区别，还口口声声说自己代表云梦城的精英，呵呵，你配吗？"

"你……"夏侯冲咬牙切齿地道，"我……刚才是我没有注意，你……"

林北辰冷笑一声："死鸭子嘴硬。"

扑棱。

飞鸟振翅的声音响起。

他直接以云中飞羽身法，瞬间就到了近前，反手几巴掌抽出。

啪啪啪！耳光响亮。夏侯冲只觉得脸颊像被铁锤砸中一样，眼冒金星，直接就被抽得蒙了。

嘭！

林北辰又一脚踢出，骂道："嘴巴不干净，我帮你消消毒……污蔑我倒也罢了，还污蔑凌晨小姐，你当云梦城第一天骄是什么？无脑花痴女吗？随随便便就能被人迷惑……你这个垃圾，不是蠢就是坏，才能说出这样的话。"

夏侯冲惨叫飞出，跌落在了凉亭外面。整个过程，兔起鹘落，瞬息之间，周围一些人都还没有反应过来。

冰雪萝莉白嵌雲娇艳的唇瓣张成了O形。

阁楼中。

"咦？"一直看到这里，秦兰书的脸上，才露出一丝意外之色。

"夫人可是感到意外？"城主凌君玄眯着眼睛笑嘻嘻地道。

"没想到云梦城第一纨绔败类，竟然能够说出这样的话，的确是让我意外。"她指的是林北辰最后一脚踢出时说的那句话。

她和丈夫一直都在阁楼上，静静地观察后花园中的动静。夏侯冲的说辞，让秦兰书非常震怒，虽然夏侯家的这个小少爷是在指责林北辰，但连带着将她宝贝闺女也带上了。

按照夏侯冲的说法，凌晨岂不是一个无脑花痴、不辨是非的蠢货？她已经下了心思，事后要好好敲打一下夏侯家，更是要好好收拾林北辰。

但没想到，这个纨绔败类不但实力惊人，而且还能说出这样明智的话，不由得让秦兰书对其刮目相看。

"呵呵，我早就说了，这个小家伙，没有别人说的那么差。"城主大人笑嘻嘻道，"而且，老爷子似乎也很看好他呢。"

"再优秀，也没有用。"秦兰书绝美的脸上，表情逐渐趋于平静，看向自己的丈夫，严肃地说，"我劝你们两个，还是收起那些没有用的心思吧。晨儿是我的女儿，我对她的爱，并不比你们少丝毫，她只能履行婚约，嫁给卫名臣，这是我的底线。"

终于，凉亭中，有人按捺不住了。

"原来你在预选赛时，隐藏了实力。"凉亭中的紫衣少年走出来。

林北辰的目光，落在此人的身上，心中想的却是：看来这动静闹得还不够大啊，丁教习竟然依旧不现身。

紫衣少年目光好像是两柄锋利的刀子，冷笑道："年纪轻轻，心机不小，一肚子的阴谋诡计。呵呵，怪不得可以算计那么多人，投机取巧地晋级正赛。"

"废什么话？"林北辰手中的长剑一指，对着紫衣少年，还有凉亭中除曹破天之外的所有人说道，"乱七八糟找这么多的理由，不就是想打架吗？来吧，废物们，一起出手，我要打十个。"

凉亭中的骄傲少年们，一下子都暴怒了。

"你这是找死。"

"狂得没边儿了。"

"和你战斗，简直是脏了我的剑。"

"我一个人，就可以打得你满地找牙。"

少年们纷纷都站了起来。

"诸位，冷静，不要被这狂徒的激将法套路了。"紫衣少年伸手一拦，自信地说道，"这个败类，自知不是我的对手，所以才故意用这种狂语，来激怒我们，想要让我们一起出手，这样一来，他就算是落败了，也可以用寡不敌众的借口为自己开脱，还会倒打一耙，说我们以多欺少……"

"嗯？言之有理。"

"这个败类，还真是诡计多端，差点儿上当了。"

"夏侯师兄，不要留情，让他知道厉害。"

其他少年们，纷纷恍然大悟地，又坐了回去。

"呵呵，林北辰，你的诡计破产了，现在，我来领教你的剑法，你现在配知道我的名字了，记好了，我的名字叫作夏侯……"紫衣少年一脸自信十足的戏谑笑容。

"呸。"林北辰直接打断，"你这种自作聪明的废物，不配被我知道名字，看剑！"

他直接出手。

谁稀罕知道你的名字，吹牛界有一条铁律：两个同样致力于吹牛的人，只有胜者才有资格说出自己的名字。

他施展的依旧是射月剑法，青鸟剑在他的手中绽放出连续不断的青色寒光。

射月剑法的精髓，在一个"射"字上，每一剑刺出，都像是强弓硬弩飙射一样。

嗤嗤嗤！

破空之声不绝于耳。

一瞬间，林北辰一式月夜引弓，刺出七剑。紫衣少年只觉得眼前寒光如星辰乱坠一般袭来，仓促之间，只能挥剑抵挡。

叮叮叮！

急速的金属交击声炸响。

只是第三声撞击之后，紫衣少年只觉得手腕一凉，接着剧痛传来，长剑便再也握不住。

噗！

血肉被刺破的声音又响起，殷红的血迹飘射。

"啊……"紫衣少年手中的长剑掉落在地上，发出惨叫。他右手腕的手筋同样被点断，鲜血从他护着手腕的左手指缝里涌出。

"哦，依旧是不堪一击。"林北辰收剑，"根本不配让我知道你的名字，滚吧。"

他的玄气强度，达到了武师境，但因为还未觉醒玄气属性，因此只能算是"伪武师境"。

不过，因为他的肉身强度可怕，两相叠加的话，实际的战斗力，比一级武师只高不低。

而这紫衣少年，比夏侯冲强一些，达到了武士境十级高阶，却依旧不是林北辰的一合之敌。听到林北辰的话，他气得浑身颤抖，一口牙齿几乎咬碎。

一个全城闻名的败家子，在预选赛中投机取巧脱颖而出，本以为是个跳梁小丑，没想到竟然有这么强的实力。

凉亭中的少年们，此时也有点蒙。就算是再迟钝，他们也已经意识到，林北辰的实力，比自己想象中的更加恐怖。

夏侯冲被一剑击败，倒还好说，毕竟只是刚刚进入武士境第十级而已，但其兄夏侯昂，可是货真价实的武士境十级巅峰，却依旧在林北辰一招之间就败退。难道这个败类的实力，竟然已经是武师境了吗？

那也不对啊。他分明未曾玄气属性觉醒，玄气没有外放色彩，不可能是武师境。

一时间，他们对于林北辰实力的判断，都有些捉摸不定，暗自心惊。

"来呀，你们刚才不是很嚣张吗？"

林北辰勾了勾手指，道："滚出来接剑。"

"太嚣张了。"

"忍不住了。"

"看剑。"

少年毕竟是少年，血气方刚，受不得激，几个身影从凉亭中蹿出来，各自出手，剑光闪烁，直取林北辰。

"来得好。"林北辰大笑，施展云中飞羽。身影仿佛是一根飘飞在云端的羽毛一样，忽快忽慢，忽左忽右，忽上忽下，飘忽不定，节奏不一，令人难以捕捉。

同时，手中青鸟剑，以射月剑法的招式，不断地刺出。

嗤嗤嗤！

剑尖刺破空气，发出气啸之音。

每一剑刺出，便有一名少年，痛呼着倒飞出去。转眼之间，五六名出手的少年，都捂着手腕，弃剑后退，鲜血从指缝里溢出。

"啧啧啧，这就是自命为云梦城年青一代精英的天才啊，弱小得简直令我尿急。"林北辰收剑摇头，"难道今晚所谓的试剑之约，收到其他少年组剑道天才请帖的人，都是这些货色？那云梦城中的天才，还真的是拿不出手。"

少年们又羞又气，却无力反驳。林北辰的强大，只有在真正面对他的时候，才能真切地体会到。那飘忽的身法和诡异的剑式，令他们连招架都来不及，刚才基本上是五六个人联手围攻了，结果却在几个照面之间，就全都败了。

双方的差距，犹如天堑。

"还有谁？"林北辰大喝。

凉亭中，还未出手的其他几位少年，面色唯唯诺诺，熄灭了强行出头的打算。

曹破天将手中的白玉酒杯，轻轻地放在桌上，淡淡地说道："一个臭名昭著的纨绔，竟能笑傲试剑之夜，还真的是……蔺兄，你今天带来的这些所谓天才们，好像不太行啊。"

坐在他身边，唯一一个颇有分庭抗礼气势的明黄色锦袍少年，微微一笑道："我这些小兄弟们，平日里都很傲气。我曾告诫他们，天外有天，人外有人，他们却也只是表面听从，内心里不以为意，还觉得我这个当大哥的，过于小心翼翼。"

明黄色锦袍少年说这话的时候，夏侯冲、夏侯昂等战败少年，纷纷低头，面露愧色。

"今日有人让我这些兄弟收收傲气，反而是一件好事。"

明黄色锦袍少年给曹破天的白玉酒杯中，倒了一杯酒，然后又给自己面前的杯子里斟了一杯，道："云梦城的大泽酿，口味甘烈，入口如烈火，后劲无穷，最能激发剑士的意志，曹兄请稍等，我去去就来。"

说着，他起身来到凉亭外。

"谢谢你替我教育了我这几名兄弟。"他对林北辰拱拱手，道，"但是，你还是得败。我的名字，叫作东方战，你记住这个名字，因为接下来你的余生之中，这三个字都将是你追赶的、无法超越的目标。"

他缓缓伸手，旁边一位少年就递上一柄剑，一柄很普通的剑。

用这种剑，足见东方战对于自己实力的自信。

长剑出鞘。

"我给你机会，你先出手。"东方战淡淡地笑着道。

林北辰也笑了起来，这耍酷的姿态，倒是比之前的夏侯冲等人强了数倍。

但是，论耍酷，年青一代中，林北辰还未怕过谁。

"看剑。"林北辰直接出手。

青鸟剑刺出，依旧是射月剑法。剑刃破空，犹如攻城弩箭一般，蕴含巨力，令剑刃两侧的空气齐刷刷地翻滚开去，形成了肉眼可见的气流旋涡。

"呵呵，好。"东方战静止不动，待青鸟剑尖就要刺在自己身上时，手中长剑猛地一震，嗡的一声，幻出一道银亮剑光，刺在了青鸟剑的剑刃之上，荡开了林北辰这一剑。

林北辰骤觉一股大力涌来。

"至少有千斤之力。"他心中瞬间做出判断。

这个力量范畴，那就绝对属于武士境十级了，但下一刻，林北辰就知道，自己误判了。

因为——

呼！

一抹淡红的光焰，从东方战的剑刃上，弥漫开来，空气中，骤现高温。

火焰属性的玄气。

玄气觉醒！

这个东方战，竟然是武师境。

下一刻，就见那淡红色火焰，附着在青鸟剑上，朝着林北辰的手掌蔓延而来。

扑棱！

飞鸟振翅的声音。

　　林北辰施展云中飞羽身法，拉开距离，玄气一荡，就将青鸟剑上的火熄灭。他的脸上，浮现出兴奋之色，妈耶，终于见到活着的同龄武师境了。

　　"反应倒是挺快。"东方战淡淡地笑了笑，道，"不错，可以接住我一剑，有资格算是云梦城中的年青一代精英了。"

　　他左手并指，在剑刃上一抹。

　　呼啦。

　　普通的长剑上，一指宽的火光跳动。周围的少年人，顿时脸上都浮现出激动崇拜之色。

　　武师境！

　　对于十六岁以下的年青一代来说，这是一个惊艳向往的武道境界。

　　"我不为己胜，如果你现在认输，向我的那几个兄弟磕头道个歉，今天的事情，就算是结束了。"东方战道。

　　林北辰哪里肯听？他在地球的时候，是一个游戏宅，平日里怂得要死，在现实生活中修炼的是"从心大法"，但只要是在网络上，却是绝对的无所畏惧，尤其是在诸多网游中，更是行侠仗义，大侠风范显露无遗，有严重的网瘾，最喜欢的就是越关打BOSS。

　　今天的东方战，让林北辰找到了这种感觉。

　　"就当是一款网络游戏好了！之前打了夏侯冲这些小怪，现在轮到东方战这个关底BOSS了。不管打不打得过，先'刚'一波再说。"林北辰在内心里，悄悄地给自己鼓劲。

　　而且，他心中，还隐隐有一个危险的念头，快要压制不住——自己是被死神送到这个世界的，如果在这个世界死一次的话，是不是会回到地球去呢？

　　最不济，死了应该是可以见到死神吧？到时候，可以讨价还价一波？当然，这个尝试危险系数太大，不到万不得已，林北辰并不打算付诸行动。

　　所以面对东方战的居高临下，林北辰的回答也简单干脆——"你和你的狗腿子们，一起来跪下向我道个歉，今天我就放过你。"

　　"不知死活。"东方战的脸，也沉了下来。

　　然后他再度出手，薄薄的火焰，附着在长剑上，劈斩之时，空气里炙热大作。

　　林北辰运转全部的玄气，迎"男"而上。

阁楼二层。

数十位来自风语行省四大领诸城中的贵客们，正在临时休憩寒暄。

这一次的试剑之约，原本只是在云梦城内部的一次小范围比试，却在白海琴的授意和操作之下，比上一次影响力更大，不仅仅是限定在云梦城，而是在风语行省的一些大城中，都有邀请人来。

一些真正具有影响力的人物，还有其他城的天才，都受到了邀请。

时间回到几日前，实际上，白嵚雲能够得到一张请帖，完全是意外。

那日，曹破天的确是冲着林北辰去的，因为林北辰疑似是丁三石看好的人选，曾经得到过德行之剑。

只不过是他耍酷过头，非要以那样的方式发帖，结果被白嵚雲拼死拿下一张请帖，导致他不得不拿出第二枚请帖，原本是打算等林北辰接不住，羞辱一番，再将请帖丢在林北辰的脸上，当作是怜悯。

谁知道林北辰以一种曹破天看不懂的方式，拿下了请帖，让他吃了两连闷亏，狼狈而回。

这些内幕，林北辰等人并不知道。

北海帝国共有九大行省。风语行省是其一，位于帝国东南，有广袤的海疆，下辖四大领，分别是新津、东明、大川和海安。四大领地之下，又有诸多大小不一的城市，云梦城则是海安领辖区中的一个小城市。

此时阁楼二层中的十多位大人物，都是老少组合，老的衣着不俗，气势威严，少的多为十五六七岁的样子，正是血气方刚、器宇轩昂的时候，皆腰间悬剑，眉宇之间锋芒毕露，都是各城中公认的剑道天才苗子。

"那就是云梦城的代表东方战吗？"一个一头血红色乱糟糟长发的方脸少年，站在窗前，看着下方的战斗，道，"堪堪武师境一级中阶，弱小得可怜啊，被他觉醒了火系属性，真的是浪费了。"

"血艳兄对于云梦城这种小地方的同龄人，要求未免太高了。"另一位一身棉布书生服的清秀少年道。

他双手搭在窗沿上，十指细长白皙，仿佛是女孩子的手掌一样，正津津有味地隔空观战，像是在看马戏一样。

"宋青峰，你难道不觉得，与这样的人一起，并称为试剑之约十二少年剑客，是一种耻辱吗？"血艳言辞很不客气，表达着自己的不满。

"非也，非也，最终的十二少年剑客名额，还未确定。"一个一身白色华贵锦衣、镶金佩玉的少年，手中握着一柄玉骨描金折扇，"骚包"的味道浓烈散发，故作潇洒道，"就算是血艳，到时候能不能进入十二人之列，都是悬念，何必在意他人，呵呵呵，可笑啊可笑。"

"林海棠，质疑我？你是不是要打架？"血艳瞬间像是一头狩猎的小豹子，浑身肌肉紧绷，就要出手。

"别光吵吵啊，不如你们打一架，打死一个算一个，那多有趣。"另一位叫作宋缺一的少年，一边嗑瓜子，一边大声地煽风点火，道，"反正今夜对于年青一代的决斗是放开的，快开打呀。"

血艳和林海棠顿时都怒视宋缺一。

阁楼中的少年，一共有十二人。

除了这几个相对活泼多话的人之外，另有几个，或是怀中抱剑冥想，或是束手低眉站在长辈身后一语不发，还有一个圆乎乎的小胖子则是一个劲儿往自己的嘴巴里塞零食，如松鼠一般咀嚼顾不上说话。

老一辈的人物，倒是彼此更加和气一些，相互交流着，说的都是一些少年们并不太感兴趣的陈年往事。

这时，脚步声传来，却是云梦城主凌君玄夫妇，从阁楼三层下来，向众人打招呼。

少年们对于这个滨海偏僻小城的城主，不怎么放在心上，加之之前众人被这小城之主夫妇晾在这里半天，都有怨气，因此对凌君玄两人，则是爱答不理。

但老一辈的人，却还都是各自在座位上站起来，纷纷回礼，没有怠慢，因为他们知道，凌氏一族不可小觑。

虽然凌君玄夫妇只是一个小小的云梦城的城主，但凌氏一族在帝国之中的地位，却不可小觑。尤其是真正有权势地位的人都知道，凌太虚、凌君玄父子可是具有最纯正的凌氏血脉，只不过是因为一些特殊的原因，所以才蛰伏在这云梦城中而已。

但即便如此，凌君玄的两个儿子，却是惊才绝艳级别的天才，在军中依旧有着重要的地位，被认为是帝国未来"十大名将"级别的将星，未来成就无可限量。

谁敢小看这对夫妇？

"呵呵，诸位远道而来，辛苦了，招待不周，还望海涵。"凌君玄满脸堆笑地拱手，不等众人回答，又道，"白海琴大师为试剑之约闭关，即将结束，诸位随我下楼，前去会场吧。"

在他带领下，众人朝着阁楼下走去。

"凌城主，听闻贵千金才是云梦城第一天骄，为何不见她现身一见？"叫作血艳的红发少年问道。

凌君玄哭笑不得。

自己家的小凤凰，因为被认作是仅次于昔日帝国天骄林听禅的天才，所以名扬风语行省，被很多人惦记，今日这些来自于各大城市的少年剑客们也不例外。

秦兰书淡淡地道："晨儿身体偶感不适，正在休息，不会参加这次试剑之约。"

血艳脑子没有转弯，当即道："身体不适？呵呵，听闻凌晨小姐曾经正面击败过一位入魔邪徒，实力已经是武师境了吧，竟然会生病？令人难以置信啊。不会是因为名不副实，怕被人揭破天才之名，所以装病不出吧。"

秦兰书柳叶眉一掀，也不看他，只是淡淡地说道："谁家的小东西，这么没有教养。"

"你……"血艳大怒，正要说什么。

啪。

他身边一个环髯朱衣老者，一巴掌拍在这红发方脸少年的头上，道："闭嘴，凌夫人面前，怎可如此无礼？"

血艳还想反驳，但又想到今日场合还有其他各城的大人物，于是悻悻收声，但面色已然极是不爽，憋了一肚子的气，就想要在一会儿的试剑大比中发泄一番了。

环髯朱衣老者又向秦兰书致歉道："我家小公子，有些口无遮拦，但并无恶意，请夫人勿要怪罪。"

秦兰书直接哼了一声，再不说话。

这一次，白海琴自作主张，将试剑之约的范围，扩大到整个风语行省，已经令她非常不满了，若是换作以前的她，这些受邀而来的所谓客人，如此无礼，早就被打断五肢丢出去了，但现在为了女儿，却是要忍让一些。

整个过程，大约也就不到十分钟的时间。

到了后花园时，林北辰与东方战的剑斗，竟然还是持续。

空气之中，炙热大作，仿佛是在后花园里点燃了一座火炉一样，隔着十多米远，都能够感觉到热浪扑面而来。

令众人颇为意外的是，林北辰非但没有输，反而是与东方战这个武师境的天才，战得有来有往，平分秋色，不分轩轾。

而后花园中的众人，却是都被这样一场精彩的战斗所吸引，都鸦雀无声地观战着。

"犁二哥。"秦兰书轻声道。

一道身影，迅速切入了战圈之中，长袖一甩。

噔噔！交战中的两个人影，就左右分开了。

林北辰稳住身形，浑身玄气激荡，仿佛是一锅烧开了的沸水一样，浑身力量正是燃烧到了巅峰的时候，如饮酒正酣，只觉得舒畅无比，想要战斗到地老天荒。

但一看出手的是犁落然，立刻就熄灭了继续战斗的打算。

预选赛时沈飞入魔，林北辰见过犁落然出手，是老牌的武师境强者，非常强大，林北辰自问不是对手。

这种老家伙，刚不过，所以不招惹为妙。

反正现在惹得犁落然这种城主府大管家都出手了，丁三石没道理注意不到自己，目的已经达成了。

倒是东方战，本以为自己出手，三两下就可以击败林北辰，结果变成了持久战，脸上早就挂不住，仓促间被人分开，看也不看，对着犁落然就是一剑刺出，火势狂卷。

犁落然面色如常，依旧是轻轻一甩长袖，也不见有什么骇人气势。

东方战闷哼一声，半空中飞出去，落地五六步，才勉强稳住身形，只觉得半个身体酸麻，再也没有出手的力气。

他这时候才发现，原来阻挠自己的人是谁。

"啊，犁管家……对不起，我一时冲动……"被吓了一跳的东方战，连忙道歉。

犁落然在城主府中，地位非比寻常，绝对算得上是云梦城中的大人物，别说是他，就算是他的父母长辈，也不敢在这位面前放肆。

犁落然面色如常，笑道："东方同学不必在意。"说完，身形后退，站在了凌氏夫妇身后。

凉亭中的曹破天，也起身出来，向凌氏夫妇行礼，态度倒也是恭敬。

此时，已是夜晚，整个云梦城都被一片清冷的银色月辉所笼罩。

银月照耀下的后花园，显得唯美而又迷人，四周的花草树木和建筑，蒙上了一层神秘的月之气息。

"诸位，试剑之约，即将开始，且先入席，宴会开始。"

周围有乐师弹奏舒缓乐曲，给整个后花园都注入了一种轻松惬意的气氛。

众人在小厮、侍女的引领之下，都找到了各自的座位，先后落座。

林北辰的座位，排位极为靠后，白嶔雲与林北辰相邻，两人孤零零地坐在最末。

"本仙女一定是被这个家伙给连累了。"冰雪萝莉瞥了一眼林北辰，心中愤愤地想到。

林北辰四下扫了一眼，眼睛猛地一亮，因为他看到了安然而坐的丁三石。

老教习的座位，仅次于凌君玄夫妇，就在主座的左侧，在从阁楼中走下来的诸多大人物们的上首。

而丁三石的对面，主座右侧，则是一位四十岁左右的中年人，面色红润，身形修长，左眉至鬓间，有一道暗红色的疤痕，让中年人的面容看起来，有一种奇特的邪异和煞气。

尾巴翘上天的曹破天，垂手站在这中年人的身后。

这中年人，估计就是传闻之中的白云城三大名剑之一白海琴，这场试剑之约的始作俑者。

就是这个人找丁三石的麻烦，但他的徒儿曹破天已经很是厉害，想必他的实力更高。

我要怎么帮助丁教习呢？

林北辰暗暗琢磨。

第二十三章 选剑比赛

"宴会开始。"凌君玄站起来，英姿伟岸，风采优雅，端着酒杯，道，"诸位，试剑之约乃是白云城的盛事。本次大会的一切事宜，皆是白海琴大师操持。诸位远道而来，实在是辛苦了，略备薄酒一杯，不成敬意，在比试开始之前，敬各位一杯，祝各位都能取得好成绩。"

"请。"

"多谢凌城主。"

"哈哈，请。"

众人都举杯。

饮罢，凌君玄又道："接下来的一切事宜，都按照约定的规章程序来，我凌府不会过多参与和干涉，诸位都是有名有姓的人物，想必也不会做出违背规则的事情，请了。"

说完，便坐了下来。他的姿态，明明确确地表达了对于白海琴扩大试剑之约规模的不满。少年们感受不到，但在座的许多老辈，却是心里明镜儿似的，不过也不以为意。

这一次来，除了见识一下白云城两大名剑的比武之外，就是希望自己提携的后辈，可以在少年试剑的环节，摘得魁首。

魁首的奖励倒也罢了，最关键的是，试剑之约的第一名，可以得到拜入白

322

云城中学艺的机会。这才是吸引他们来此的最大动力。

要是他们带来的天才小辈，可以拜入白云城，不仅可以得到名师指点，修为精进，更重要的是，可以得到无与伦比的人脉资源。

白云城多皇亲国戚，传闻就连当朝的皇太子、诸位皇孙等也都在白云城学艺，帝国中枢权贵子弟以及九大行省这些封疆大吏的子弟也很多。一旦进入白云城，哪怕是学艺不精，但只要能够与这些权贵子弟结交，未来之路也是一片坦途。

"多谢诸位前来捧场，我代表白云城，在此也敬诸位一杯酒。"白海琴端酒起身。

又是一片还礼之声。

按理来说，主人、主客先后敬酒，接下来便是坐在左侧主客位上的丁三石敬酒了，但老教习端坐稳如老狗，并未有丝毫起身的意思。

白海琴不以为意，放下酒杯，道："既然丁师兄不愿意多说，那就直接开始吧，这次试剑之约大会，分为两项，第一项是年轻人的竞技争夺时间，具体的规则，各位想必都已经明白……"

众人都是点头，规则他们都已经了解了。

"老夫再多说几句，少年比剑的第一名，可以得到直接拜入白云城的机会，第二名可以得到三星玄气修炼功法《白云聚气贴》，以及一部三星剑技《云出岫光剑》，第三名可得一柄白云剑，一枚白云牌……"白海琴提前宣布奖励。

这一下子，少年们的眼睛泛光，呼吸都急促了起来。

重奖啊。《白云聚气贴》和《云出岫光剑》，都是白云城的独门功法。

虽然只是二星，但却要比各大院校、私塾和帮派的三星武学，精妙了许多，是武师境最佳的修炼功法，号称北海帝国最适合武师境夯实基础和提升潜力的功法前三，人人艳羡。

但这两门功法，除了白云城在册弟子外，其他人只有经过白云城的认证同意，才可修炼，否则，会被万里追杀，因此哪怕是市面上有功法残篇流传，一般人也不敢修炼。

若是能够在这比剑中获得，便可以光明正大修炼了。

至于白云剑，虽然不及号称北海帝国铸剑之巅的三大圣地之一铸剑阁的玄天剑强，但也是帝国制式名剑之中排名第二的精品，比散人铸剑大师"范大师"的青鸟剑要强一些。而且向来以内供为主，极少外售，与白云城的功法一样，没有特许，一般人都不敢使用和佩戴。

而白云牌，更是具有在遇到危险的时候能够就近向白云城弟子求救的功能。

算上第一名拜入白云城的可以算得上是千载良机的奖励，再加上这两部功法、一剑一牌……这次试剑之约的奖励，还真的是史无前例的丰厚。

少年们都摩拳擦掌，跃跃欲试。

林北辰听了却非常淡然，这种修炼功法，对于他来说，没有什么意义呀。反正自己是个开挂的，什么样的功法都可以用APP修炼到极点，以后的机会还很多。

倒是坐在旁边的冰雪小萝莉白嵚雲，激动得脸色都变了，握着粉嫩的小拳头，一个劲儿地给自己打气。

她显然是非常想要得到这样的奖励。这不难理解，因为除了林北辰这个穿越而来的挂王外，修剑之风盛行的北海帝国，所有的少年剑客们，都会对白云城这样的剑道圣地有着狂热的向往和崇拜。

须臾，比剑正式开始。

城主府的卫士，在宴席之前的空地中，摆开了十二个正方形石桌。

然后，受邀而来的十二名老辈起身，到了方桌之前，各自在上面摆上了数量不等的剑，其中就包括来自第三初级学院的楚痕。

"咦？等等，有点儿不对呀，今日这场试剑之约，看起来规格相当高，就连国立皇家初级学院的教习，都没有能够有资格出席，为何三流学院的年级主任楚痕，竟然是受邀者之一？"

林北辰猛地意识到这个细节，不由得陷入了沉思，他下意识地去用中指去扶眼镜，但戳到眉心才猛地意识到，穿越之后自己已经不是四体不勤的游戏废宅，早就不戴眼镜了。于是在旁边的小萝莉白嵚雲奇怪的眼神中，他不慌不忙地用中指揉了揉自己的眉心，假装在思考。

"一个真正的剑客，必须要有一把适合自己的好剑。但什么样的剑，才适合自己呢？每个人，都有不同的答案。剑，不仅仅是工具，更是剑客的伴侣，比亲人还亲的伴侣。"

"所以，比试的第一个环节，非常简单，考验的是诸位挑选剑的眼光和感觉，所有收到请帖的小剑客们，你们眼前的石桌上，有不同的长辈精心准备的长剑，共二十把，你们各自前往石桌前，选取一柄属于自己剑，限时一炷香时间。"

城主府大管家犁落然宣布比赛规则。

十多位少男少女起身，都朝着石桌走去。冰雪萝莉白嵌雲跳了起来，像是小兔子一样跑了几步，回头看着林北辰，道："愣着干什么，快去选剑啊。"

林北辰慢慢悠悠不慌不忙地起身走去。他扫了一眼，发现本该是十二张请帖十二名少年剑客，结果出现在石桌前的人数，足足有二十一人，其中包括曹破天。

这试剑之约难道是三流野鸡大学吗？还玩招生指标之外偷偷扩招这种鬼把戏？

正方形的石桌上，有的上面只摆着一柄剑，有的摆着数柄。每一柄剑的造型、剑鞘、剑柄和色泽等，都不一样。

有的是双手重剑，也有的是单手剑，还有软剑、细剑、短剑。

少男少女们围着方桌，仔细地挑选、甄别。按照规矩，只能用眼观察，不能上手，一旦伸手拿剑，就意味着选定。而有资格出来选剑的，必须是拿到请帖的人。

林北辰随意扫了一眼，发现之前在凉亭中围着曹破天的少年们，只有东方战才有资格过来选剑，而像是夏侯冲、夏侯昂等人，却只能在一边用艳羡的目光看着，不能加入其中。

"原来你们连选剑的资格都没有，是来混吃混喝的，刚才竟然还敢挑衅我？"林北辰逮住机会就嘲讽。

夏侯冲等人脸色发黑，却无力反驳，他们是东方战带着混进来见世面的。

"呵呵，最喜欢看你们气得要死却拿我没办法的样子。"林北辰又插了一刀。

夏侯冲等人快要吐血了，这个林北辰真的好贱啊。他们内心里疯狂哀嚎。

"别分心了，赶紧过来选剑。"白嵌雲一把将林北辰拉了过来。

少男少女们围着不同的方桌，眼珠子瞪得像是铜铃一样，盯着剑仔细观察。林北辰清晰地感觉到，数十道不同的精神力波动，在空气里悄无声息地蔓延。

看来这些天才们，果然是都修炼了精神力。

他看了一眼白嵌雲。小萝莉才入第三学院，显然是没有开启精神力修炼，乌溜溜的大眼珠子滴溜溜看来看去，一副母老虎吃天无处下爪的尴尬样子。

"这一环节的考题，莫非是与精神力有关？"林北辰内心里琢磨着。

他将自己的精神力释放出去，聚集在眼前方桌上的两柄剑上，感受到了两股淡淡的气息，一股炙热如火，一股温润如玉，截然不同，但都不是他喜欢的类型。

以精神力观察剑的气息，然后依照直觉的亲近程度来选？

"如果是这样的话……"他正想着，白嵌雲拽了拽他的衣角。

小萝莉踮起脚尖，勉强凑近了，压低声音道："喂，大色……呃，你选好了没有，为什么我觉得这些剑，除了样式不同，其他都差不多呢，这把也行，那把也不错，到底应该怎么选啊？"

林北辰笑吟吟地看向她。

小萝莉顿时道："你不要误会啊，我不是在求你，而是想要考考你，其实我早就选好了，就那把剑……"她指向一柄剑鞘带着金银双色镂空雕纹的细剑，道，"那把剑给我的感觉，就非常不错。"

林北辰扫了一眼，摇头道："恰恰相反，我觉得这柄剑才适合你。"

他指的是左侧方桌上，一柄宽五掌，长一米五，外观呈淡蓝色的双手重剑。

"你莫要骗我。"小萝莉的眼神里，充满了警惕和质疑，道，"这柄剑的剑刃，比我的脸还宽，比我的个头还长，可以当门板了，会适合我这样的小仙女？"

"喊。"林北辰道，"不信算了。"

说完，就不再理会这个傲娇小萝莉——接触的时间长了，林北辰发现这货就是一个想法疯狂的"逗比"，一点儿都不冰雪，反而是充满了傲娇气息，隐藏着中二属性。

他这样的姿态，反而是让白嵌雲双手抓在胸前，陷入了纠结之中。该不该听这个色狼的呢？

林北辰不再理会他，甚至连精神力都懒得释放。

视线扫过去，在左首第一个方桌上，随手拣起一把宽二十厘米，长一米六，剑脊最厚处足足十厘米的银色大剑，就算是选定了。

他对这把剑没有什么特殊的感觉，主要是够重够大，且银色的外观看起来更值钱一些，等到试剑之约结束后拿出去卖，应该可以换回更多的金币。

作为第一个完成了选择的人，他的举动一下子引起了很多人的注意。

老一辈的面色表情各不相同，楚痕的神色，错愕多于赞同。因为一直以来，林北辰使用的长剑，都是标准的制式长剑，从未使用过如此重量的巨型双手大剑……这小子，不会是随便选的吧？还是说在憋着什么坏呢？

双手握着大银剑，挥舞了几下，重量手感还可以，又用手指叩了叩剑身，的确是银质，看起来和银币差不多。林北辰满意地笑了笑。

他倒拖着剑，任凭剑刃在地面上发出刺耳的摩擦声，一路火花带闪电，无视其他人的目光，笑嘻嘻地凑到了丁三石的跟前，道："教习，刚才白海琴大师称呼您为师兄，莫非您竟然是从白云城中出师的不成？"

丁三石看了他一眼，冷冷回应："您是谁，我们两个很熟吗？"

林北辰嘿嘿笑了笑，道："得了吧，您这表情很浮夸哎，这个时候装不熟，有用吗？您的德行之剑都赠与我了，而且还传授了我基础剑术近身三连的隐藏杀招，学院里面人人皆知……嘿嘿，不想连累我？现在切割已经有点晚了。"

丁三石的冷漠瞬间就崩塌了，他气恼道："就你聪明，非要来作死，非要接下那请帖，你死不死啊你。"

"我比您还怕麻烦呢，如果可以，我一定老老实实地缩在学院里装死，这不是说服不了自己的内心嘛。虽然我是全城闻名的败家子人渣，但我也知道什么叫作滴水之恩，涌泉相报。"林北辰翻着白眼道。

他当然不想惹麻烦，老老实实苟起来，找机会回地球就完事了，但知恩不报的事情，林北辰做不出来。

而且也许是因为前世在网络世界之中，当键盘侠撑天撑地网络执法习惯了，所以性格里还有点儿小小的爱管闲事因子。这从他当初冒险将那闯红灯的"死神"从呼啸而过的大货车前拉回来就可以看出。

林北辰本来想混在试剑之约宴会上看看，如果丁三石自己搞得定，不需要人帮忙的话，那他就老老实实"龟"起来，当作是不认识老丁即可。

但是，当天看到白海琴的背后站着曹破天，其他老辈的身后，各自都站着一位血气方刚的少年，而唯有丁三石略显苍老的身影孤零零地坐在主客位上，背后空空如也的时候，不知道为什么，林北辰内心深处，那一种连他自己也搞不清楚的情绪，就一下子爆发了。

所以，他选择在所有人的注视之下，主动凑到了丁三石的身前。

哪怕他知道，白海琴和曹破天等人，甚至是今晚这个试剑之约，都很有可能是冲着丁三石一个人而来，和他沾染上关系，并不是一件明智之举，他依旧凑了过来。

"一日为师，终生为父。"全城闻名的败家子，笑得很欠打，道，"至少在今夜，我还是您的学生。"

丁三石盯着林北辰的脸，看了足足十息。

"我曾经很容易相信人，却被背叛过很多次。"他看向远处还在正方形石桌前面挑选佩剑的少男少女们，道，"你刚才不是问我，是不是也出身于白云城吗？"

林北辰点点头："请说出您的故事。"

丁三石一窒，旋即狠狠地拍了林北辰的脑袋一把，道："你这个小浑蛋，就不能正经一点吗？我刚刚营造出来的伤感气氛，都被你给粉碎了。"

林北辰贱兮兮地笑着，道："过去的事情，就当是过去了，好好说事就行了，不用沉浸其中，一位伟大的文……剑道大师曾经说过，真正的勇士，敢于直面惨淡的人生，敢于正视淋漓的鲜血。"

丁三石疑惑道："我怎么没有听过这句话？不过，能够说出这样话的人，应当是一位真正的大师。"

林北辰用中指揉了揉眉心，道："继续说，老丁，您真的是来自于白云城吗？"

丁三石从座位上站了起来，道："你跟我来。"

他朝着后花园的水塘边走去。

林北辰拖着大银剑，剑尖摩擦石板，火光四射，一路火花带闪电，来到了水池边。

丁三石一脸无语地看了看他。

林北辰笑了笑，干脆将大银剑插在了一边。

"其实，在十六年之前，白云城有五大名剑，而不是现在的三大名剑。"丁三石道，"只不过后来因为一些变故，这五大名剑之中，有一人身死，另一人被逐出白云城，虽未被革出名册，但也只能在外漂泊，有生之年都不能再回白云城。"

"那个人，就是老丁您？"林北辰问道。

丁三石点点头："你这么快就猜出来了。"

废话，林北辰内心里吐槽道，电视剧里都这么演的。

"我的师尊，是当代白云城的七大传人之一——白云剑仙莫有乾，本来是白云城中的第一顺位接班人，但为了保住我，主动放弃了城主之位。我在帝国境内漂泊，最终定居在云梦城。按照当年的约定，只有当我培养出一个足够媲美当年死去的五大名剑大师兄的剑道天才时，才有资格返回白云城，再次见到师尊。"丁三石简单地叙说前因。

"当年五大名剑的大师兄，是因您而死？"林北辰问。

丁三石道："事情很复杂，但若说因我而死，也不算错。"

林北辰内心深处，一颗八卦之心，蠢蠢欲动，但一想到此时表现得太过于好奇，难免对老丁不尊重，只好说："您很爱戴你的大师兄？"

丁三石点了点头，深有感慨地道："五大名剑之所以能够在白云城中脱颖而出，名震北海帝国，便是因为大师兄。他才是最璀璨的那个，也是最骄傲的那个，更是一直都教导我们、鞭策我们的那个，没有他，就没有我们。对于我们四人来说，大师兄不只是兄长，更是半个师父，半个父亲。"

"哦。"不知道为什么，林北辰的脑海里，猛地浮现出了沈飞的影子。

那个少年，曾经也被国立皇家初级学员双璧当作是半师半兄长的存在，信任有加，哪怕是在沈飞明确入魔之后，也克服心中的恐惧，前去搀扶他，结果却被入魔的沈飞吞噬血肉，吃了个干干净净，更是连累陶、李两家，此时只怕是已经家破人亡了。

至于当年具体的前因后果，林北辰就没有再问了。他虽然很好奇，但显然并不希望自己的追问，就像是一只表面善意实则恶毒的手一样，将丁三石那经历了岁月沧桑勉强结痂的疤痕，再粗暴地掀开撕裂，令隐藏在下面那痛彻心扉的伤痕，再度裸露出来。

"我听楚痕主任说，曹破天是您昔日的弟子？"林北辰好奇地问道，"当年你选择他，就是希望将他培养成可以媲美那位大师兄的天才，借此重回白云城？"

丁三石道："是的，楚痕这个大嘴巴，倒是什么都和你说。"

顿了顿，丁三石又道："当年师父竭尽全力保下了我，但其他三位师弟却不能原谅我，定下了每隔三年的试剑之约，会带着自己的传人来云梦城检测我的成果，其中以白师弟最为恨我。因为当初他最崇拜大师兄，将大师兄当成是自己的偶像，更当成是自己的亲哥哥一样，所以每次的试剑之约，白师弟最积极……"

原来是这样啊，林北辰恍然大悟。

"三年之前，白师弟来到云梦城，见到曹破天，也被其天赋所动，于是以利相诱，使得破天选择拜入他的门下，成为白云城的一员。"丁三石简述了三年之前的事情。

林北辰习惯性地用中指揉了揉眉心，道："白海琴的择徒眼光也太差了吧，那曹破天看着就不是什么好鸟啊，能够因为利益背叛老丁您，那以后也会因为利益背叛他，甚至背叛白云城。"

丁三石没有回答这个问题，他看着池水中倒映着的天上月，思绪仿佛又回到了曾经的岁月。他伸手从怀中掏出一个小儿拳头大小的木雕，是一位慈眉善目、仙风道骨的老人家，身着简简单单的白色云纹道袍，体貌清癯，面带三分笑，白色长眉及肩，一看就有一种世外高人的气势。

"这就是老丁您那位舍弃权势保你的师父吗？"林北辰随口问道。

丁三石点点头："是他老人家。"

林北辰下意识道："他老人家叫作莫有乾？啧啧啧，看起来的确是不太有钱的样子。"

啪。

丁三石抬手就给了林北辰一个"爆炒栗子"，道："怎可妄言师祖？"

林北辰捂着脑袋委屈地道："您不是说我俩不熟吗？"

"你不是说一日为师终身为父吗？"

"我现在后悔了，你这个师父，什么拜师礼都没有给过我。"

"呵呵，踏上我这艘贼船了，船舱都给你焊死了，你还想下船？"

"哈哈，咦？师父，我看你怀里，好像还有一尊雕像，那是谁？是大师伯吗？"

"不是……呸，瞎说，哪里还有雕像了，没有了没有了。"

"我明明看见……"

啪！

"哎哟，说不过就打人啊你。"

在林北辰刻意地调侃之下，气氛逐渐活泼了起来，丁三石的心情也好了很多。

也就是在这个时候，少年们挑选佩剑的环节终于结束，其他的人，也都挑选好了属于自己的佩剑。

林北辰倒拖着大银剑，一路火花带闪电地回到自己座位上的时候，白嵌雲也已经坐回到了自己的位置上。

"你还真的挑了这把剑？"林北辰看到傲娇小萝莉将那柄淡蓝色双手重剑选回来，顿时大为惊讶。

"你什么意思？"白嵚雲顿时像是炸了毛的兔子一样，"是你说，这把剑适合我的。"

"呃……"林北辰本来想要说我其实就是随便开个玩笑，但看到傲娇小萝莉这么激动的样子，要是真的说出来，怕是这货要抢剑砍人了，于是很明智地改口道，"是呀，这把剑就是适合你呀，我很仔细地看过了，没错的，你放心好了。"

白嵚雲的表情于是才转阴为晴。

林北辰在心里悄悄地嘀咕："不对啊，这个小傲娇，什么时候变得这么听我的话了？"

不过，有一点他倒不是在开玩笑，之前他的确是用精神力扫描过蓝色双手重剑，从气息上来说，这把剑与白嵚雲的气息相近。所以，傲娇小萝莉选择这把剑，也许并不是错误？

其他诸位天才少年，此时也都在仔细观摩自己选择的佩剑。其中东方战选择了一柄暗红色的单面锯齿剑，气息与他的火焰元气相近，血艳选择了一把殷红如血的细剑，宋青峰选择的是一柄三刃剑，林海棠选的剑金骨玉刃，与他的衣着极为相配，而宋缺一选择的是一柄橘黄色短剑……

林北辰特意看了一眼曹破天，这位白云城天才，选择的是一柄淡金色的宽刃阔口剑。

"好了，诸位既然选剑完毕，相信对于自己的选择，也都极为满意。接下来的环节，是为自己的剑命名，现场的贵宾中有范大师的亲传弟子范祖昂大师，可以为诸位的剑铭刻其名，从此之后，这柄剑就彻底属于你们自己了。"犁落然道。

声音清晰地落在了所有人的耳中，老辈们都是面带微笑，拭目以待。选了剑的小辈们，则或成竹在胸，或凝眉思索。

为剑赋名，听起来似乎是一件很简单的事情，但实际上，剑名即己志。对于一名剑客来说，胸怀什么样的壮志，心藏什么样的抱负，就会给自己的剑，取什么样的名字。

所以，这个环节，考验的是少年剑客们的心意。

"我给它取名为不惧。"东方战将自己的血色单面锯齿剑，递给了铸剑大师范祖昂。

老辈们闻言，也都微微点头。

惧，通锯。这把剑本身带着锯，取名为不惧，直指心意，且与东方战的性格，倒也颇为契合。

他复姓东方，单名一个战字。战者，无惧也。人无惧，剑名不惧，可谓是人剑相通。

这个名字，起得不错。

范祖昂是一个看起来二十六七岁左右的年轻人，面如冠玉，颇为英俊，点头道："不错的名字。"

说着，运转玄气，以指为笔，在血色锯齿剑上，凌空写下"不惧"二字。指尖有璀璨光华闪烁，显然是某种铸器秘术。

写罢，就看剑脊之上，暗光浮现，正是"不惧"二字，不但没有损伤剑身，反而像是给这把剑赋予了某种灵性一样，使得它越发神异不凡。

东方战一看，顿时欣喜异常。

其他人也都暗暗佩服。

楚痕也是面露惊叹之色，开口道："范兄刚才施展的，莫非就是传闻之中的赋剑魂之术？当真是神奇莫测啊，钦佩至极。"

北海帝国有三大剑道圣地，分别是白云城、弄剑阁和小劫剑渊，都有铸剑之术，其中以弄剑阁的铸剑术首屈一指，独霸帝国，其次是白云城，而小劫剑渊乃是培养各种刺客、死士、间谍的剑道圣地，所以排名第三的铸剑流派，就是范大师了。

这位铸剑大宗师，一生铸剑无数，分别有悲、欢、离、合四大剑系，不只驰名北海帝国，在极光帝国及海外岛邦，都享有盛誉。像林北辰佩戴的青鸟剑，也是一个旁支剑系的制式产品，在市面上非常受欢迎。

传闻范大师一身铸剑手段，高深莫测，更具有传奇性的是他的一门绝技，称之为赋剑魂。

可以通过在剑身上铸印铭文，赋予一柄剑灵性，使之有成长的空间，可以在主人的精心培育之下，不断地提升品质。

这一门秘术，乃是范大师开宗立派的震世绝学，就连白云城、铸剑阁都有所不如。

范祖昂向楚痕点头，微笑道："楚主任谬赞了，赋剑魂之术，高深莫测，非天人境不能修，我修为不够，还不能修炼，刚才施展的，是从这门秘术上脱胎演化而来的赋剑灵之术，其威力不足赋剑魂之术的十分之一，只是勉强可以为此剑注入一丝灵性而已。"

众人皆面露恍然之色。

楚痕赞道："即便是如此，也堪称是当世奇术了，为剑赋灵，当算是神明之技了。"

老辈们也都纷纷称赞，就连凌君玄、秦兰书夫妇，也都暗暗点头。

少男少女们，更是兴奋异常。今夜能够得到选剑的机会，得到一把契合自身的佩剑，已经是一份不小的收获了，没想到还能让范大师的亲传弟子，以如此秘术，为剑赋灵，这可真的是平日里求都求不来的机缘啊。

这时，血艳往前一步，大刺刺地递上自己的剑，迫不及待道："我想要叫他……刺魔。"

大陆生灵的共敌，是天外邪魔，以"刺魔"为名，虽然略显普通，但却也符合这少年的性格与志向。

男儿当携剑，诛魔三外天，很常见的志向，但也是最为崇高的志向。

范祖昂点头，以赋剑灵秘术，为其铭印剑名。

"我这柄剑，名为缺一……"

"我这柄剑，想叫他为斩天。"

"英雄剑。"

"无双。"

少男少女们一个个地说出自己的名字。

林北辰在一边没心没肺地笑着，有些人，还真的是起名无能症患者啊，都是一些什么破名字啊。

"你笑什么？"傲娇萝莉白嵌雲凑过来，狐疑地问道，"难道你想出了什么好名字？"

林北辰看了她一眼。又问我？莫非这个小傲娇也是一个起名无能症患者？

"你想好了吗？"他反问道。

白嵌雲立刻骄傲地点点头，道："想好了，就叫大宝剑，简单直接，形象通俗，像他们那些什么刺魔啊，什么诛天啊，什么英雄剑啊，太普通了，一点儿特色都没有。我这个名字，大道至简，返璞归真，与众不同……"

林北辰瞠目结舌，丫头，你不但是起名无能症患者，还兼带脑回路异常啊。

"很好。"他竖起了一个大拇指，道，"学妹之才，我自叹不如也。"

白嫩雲顿时也非常开心，她越想也越觉得大宝剑这个名字，非常之不错。

"对了，你想好剑名了吗？"她问道。

贱名？林北辰额头一排黑线，道："没有。"

他的心思，根本就不在起名字上，而是……他看向了远处的正方形石桌，上面还剩下六柄剑。

啧啧啧。这不浪费了吗这不？这都是钱啊。

心中一动，林北辰毫不扭捏地突然站起来，道："白大师、凌城主，我有一个疑问，想要请教一下。"

无数目光，瞬间集中到了林北辰的身上。

凌君玄道："哦，林同学有什么疑问？"

林北辰嘿嘿一笑，一脸纯良天真地说道："其实我不但可以右手用剑，也可以用左手剑，还可以施展双手剑，所以选一把剑，对于我来说，有点儿不太公平，不知道可不可以多选一把？"

霎时间，众人的表情，就有点儿精彩。这也太不要脸了吧，一把不够，还想要第二把？

见过蹭吃蹭喝蹭世面的，还真没有见过蹭剑的。

但秦兰书的表情，却是瞬间一变。

"左手剑？"她起身，目光紧紧地盯着林北辰，道，"你确定？"

凌君玄和犁落然的表情，也有些严肃。

林北辰早就想好了一个合理的解释，笑着道："确定呀，其实在这一次的预选赛中，看到凌晨小姐使用左手剑之后，我就觉得其实……"

"好了，别说了，你可以再选一把。"秦兰书直接打断了他的话，表情严厉地说道，"不过，你要在接下来的环节中，证明自己也擅长左手剑，否则的话，就是欺骗在场的所有前辈，到时候，直接剥夺你参加后续比赛的资格，逐出城主府。"

"呃……"林北辰用中指揉了揉眉心，"好。"

然后，在所有目光的注视之下，他又走到了石桌前，挑选了一柄正常大小的单手银剑——为什么又是银剑？因为其他的剑都是黑色或者是铜色，看着不怎么值钱。

不过，这并不算结束，因为林北辰犹豫了一下，又选了一把薄刃的淡银色短剑，反正就是和银剑过不去了。

他拿着新选的两把剑，大摇大摆地回到了座位上。

"你选了三柄剑？"东方战看不下去了，道，"难道你有三只手？"

林北辰嘿嘿一笑，道："你这种土鳖懂什么？嘿嘿，我不但可以施展双剑，还精通一门秘术叫作三剑流，可以同时施展三柄剑，所以，当然要选择三把剑了。"

"你……"东方战简直无语了。

其他少男少女们也都快看不下去了，简直无耻啊。

曹破天淡淡一笑，语气中不无讥诮地道："你好歹也是丁教习选中的传人，竟然连一柄好点儿的剑都没有吗？沦落到在这里骗剑？呵呵，不知道是你太废物呢，还是丁教习太穷酸？"

林北辰直接撑回去："你懂个屁。"

"你……"曹破天也被气到了。

一般打嘴炮讲的是委婉和技术含量，像是林北辰这种一张口便是粗俗之语的人，还真的没法交流。

白海琴一摆手，曹破天躬身闭嘴。

"丁师兄，三年之前破天为什么离开你，看来你还没有想明白。"白海琴看向丁三石，后者沉默不语，如入定的老僧。

白海琴又微微一笑，道："既然林同学精通三剑流，那选三把剑也无不可。只是，你的师父传授不精，但老夫却是要提醒你一句，贪多嚼不烂，这是武道至理。每一把剑都有它的特性，想要一口气修炼三把剑，呵呵，我只能说志向不小，到最后，呵呵，怕是竹篮打水一场空。"

林北辰懒得理会这个阴阳怪气的家伙。

白海琴又看了丁三石一眼，才道："好了，赋名继续吧。"

之后又有天才，将自己的剑，递给范祖昂。

片刻后，轮到了曹破天，他将自己选择的宽刃阔口剑，递了过去，道："斩天。"

噗。

林北辰一口茶水喷出来，曹破天顿时怒目而视。

林北辰忍俊不禁地道："天生万物以养人，犹如万灵之父母，你这个人，还真的是惯于忘恩负义啊，起个名字叫作破天倒也罢了，选把剑，还要叫作斩天，你这是和天有多大仇啊？"

扑哧。

傲娇小萝莉白嵌雲一听，直接笑出声。她听出来了，林北辰这是在拐弯抹角、指桑骂槐地损曹破天背叛启蒙之师丁三石、转投白海琴的事情，说他是一个忘恩负义之徒。

这个大色狼，反应快、嘴巴毒。

"你知道什么？"曹破天冷笑道，"武道修炼，本就是一场逆行，我辈武士，勉励精进，以剑镇压诸天，就当心中无所畏惧，斩破这天，斩破这先天桎梏，才能超脱自我，才能领悟剑道真谛，这其中的大道奥义，岂是你这个人渣败类，所能体悟？"

"呵呵。"林北辰道，"你开心就好。"

曹破天气结。

"呵呵，曹少侠，言语之争无意义，这个名字，极为不错，斩天之志，豪气干云，赋灵已毕，请拿好你的剑。"范祖昂已经在金色宽刃阔口剑上施展了赋灵术，铭印上了"斩天"二字。

这把剑顿时散发出一种奇异的淡淡微光，其中的灵韵似是要满溢出来，多了一种罕见的活性，威力品秩当即提升了一筹不止，比之前其他人的赋名过程，要有效和奇异许多。

尤其是当曹破天将斩天剑拿到手中的时候，剑身直接嗡嗡嗡震动了起来，仿佛是在传递着一种抗争和不屈的意志，玄妙奇异到了极点。

"哈哈哈。"曹破天大笑，玄气注入其中。

一缕金铁交鸣的微音，从剑身中传出，剑刃顿时金光大作，一道道玄纹纹络亮起，在剑身上勾勒出一道道曼妙的光路，使得这柄剑沉睡其中的灵性逐渐被激活，焕发新生，更加与众不同。

"这纹路，有点儿像是……呃，电路图？"林北辰看着，觉得眼熟。

串联电路？并联电路？还有……这就是玄纹吗？

片刻，斩天剑恢复了正常。

"好剑。"范祖昂也赞不绝口，道，"这把剑与曹少侠自身修为的契合度，达到了六成以上，日后只需用心温养，可以飞速提升契合度，只要契合度达到百分之百，就可以提升一次品秩……呵呵，曹少侠选剑的眼光，当真是令人佩服。"

"哈哈哈。"曹破天脸上的笑意根本就藏不住，对于这柄剑满意到了极点，对于刚才制造出来的声势，也满意到了极点。

这足以证明，他才是真正的天才，选到了最好的剑。就连白海琴的脸上，也都露出一丝笑意。

白云城规矩森严，曹破天虽然是他的弟子，但境界不达标的情况下，依旧只能使用制式佩剑白云剑，品秩比普通人用的剑当然要好很多，但和一些精品比起来就差得远，这一次能够得到一柄契合自身的高品质佩剑，也是一个不小的收获。

曹破天示威地看了林北辰一眼，道："林北辰，到你了，你选的剑，可曾起好名字了？"

林北辰对小萝莉白嵚雲使了个眼色，后者立刻蹦跶出去，将自己的淡蓝色双手大剑呈上，道："我先来我先来，本仙子给它取名……大宝剑。"

范祖昂的表情呆了呆。

周围众人略微沉默之后，顿时都哈哈大笑。

大宝剑？这算什么鬼名字？

但白嵚雲显然已经被林北辰给洗脑了，对于这个名字，非常满意，昂着小天鹅一样曲线柔美的脖颈，大声地道："笑什么？我的剑，我想要叫什么都可以，这个名字很好……哼。"

林北辰低下了头。涉世未深的小萝莉啊，希望你以后知道了这三个字的谐音时，不会后悔。

范祖昂毕竟是见过世面的铸剑大师，收束心情，微微一笑，施展赋剑灵之术，给大剑铭印名字，很快完成。"大宝剑"三个字，在淡蓝色双手大剑之上闪烁。

白嵚雲双手握着剑柄，将自己的玄气，注入大剑之中。

嗡嗡嗡！剑身之中，竟是也涌起一种微微震动之音。

"咦？"范祖昂眼眸深处，闪过一丝惊讶之色。

随着白嵚雲玄气的注入，大宝剑竟是闪烁起蓝、黄二色，光焰流转不定，一阵若有若无的剑鸣之声，从大剑之中传出。

周围众人，面色都为之大变。

"契合度八成？"范祖昂无比惊讶。

这个数值，要比之前曹破天的斩天剑，还更高一些。曹破天脸上，闪过一丝阴霾。

"小友贵姓，出自哪个大城啊？"老辈中，一位身形瘦高，面色略显苍白的中年妇人，身形一闪，如一道幻影，直接从座位上就来到了白嵚雲的面前，眼睛里闪烁着光芒，盯着傲娇小萝莉，好似是看到了什么稀罕的宝贝一样。

林北辰认出来，这个中年妇人，便是之前将大宝剑呈放在方形石桌上的人。她，是这把剑的创造者。

"她叫白嵚雲，云梦城第三学院一年级的学员。"楚痕在宴席座位上起身，代为回答，然后又道，"吕会长，有什么不对吗？"

叫作吕会长的中年妇人道："噢，没事，只是没想到，竟能够遇到可以将我这柄剑唤醒到如此程度，能够与它如此契合的小辈，呵呵，是一颗好苗子。楚主任，等到试剑之约完毕，我想要去第三学院参观一番，不知道可方便？"

楚痕心中闪过数个念头，脸上笑着道："当然，您是堂堂千里行商会海安领总舵的会长，身份尊贵，能够去我第三学院参观，蓬荜生辉。"

"那就在此谢过了。"中年妇人又回到了宴席座位上。

白嵚雲唤醒长剑完毕，好像是得到了一个心爱的玩具一样，爱不释手，双手将比她身体还大的大宝剑，举过头顶，蹦蹦跶跶地回到了自己的座位上。

"该你了。"她对林北辰道。

第二十四章

以德服人

林北辰右手火花带闪电地拖着大银剑，左手提着中银剑，腰间别着小银剑，来到了范祖昂的身前，拱手行礼，道："麻烦范大师了，我这柄剑，就叫作……德吧。"

"德？"

范祖昂一怔，这是什么名字？

"切，一点儿都不好听。"白嶔雲在座位上，发出了失望的吐槽，"就叫作大银剑多好，咦，不对……不过，也很符合大色狼的身份和名声啊。唉，叫什么德嘛，这大色狼也不掂量掂量自己，浑身上下，那里有德？"

"曾有剑道大师说过，一个人，越缺什么，就会越是喜欢炫耀什么。"曹破天适时开口，道，"看来你也知道，自己无德，所以才会给剑，起这样一个不伦不类的名字。"

"呸，你懂个屁。"林北辰怼回去，道，"我是个文明人，从来都喜欢以德服人。"

白嶔雲愣住，周围众人也是一脸的愕然之色。

范祖昂哭笑不得道："所以你所谓的以德服人，就是用这把剑，把别人砍服？"

"有什么不对吗？"林北辰理所当然地反问。

范祖昂的嘴角略微抽搐了一下，他给很多剑赋过名字，但像是这么奇葩的名字，还有这么奇葩的主人，倒是第一次见到。没有再问太多，这位年轻的铸剑大师，施展赋剑灵之术，开始赋名。

与此同时，白海琴也不知道想到了什么，看似淡然的眼眸深处，一丝说不清道不明的精光，一闪而逝。

对面座位上的丁三石，也想起了一些事情，嘴角缓缓地勾勒出了一抹若有若无的弧度，心里骂了一句：这个小浑蛋。

就在这时，场中的范祖昂突然发出了一声惊呼。

众人闻声看去，只见这位年轻铸剑大师的额头，竟是有一层细细密密的汗珠沁出，他浑身涌动着强横的玄气波动，右手食指仿佛是一根烧红了的铁铅一样，绽放出橙红色的炙烈光芒，正在极为艰难地在大银剑的剑身上，缓缓地移动着。

一个简单的'德'字，此时竟是才写了第二笔。

"怎么会这样？"他的内心，掀起了惊涛骇浪。

当初，他的师父范大师传授赋剑灵之术时，曾经说过一则辛秘：当剑客的意志承接天地意志，当剑的名字与至道勾连之时，为剑赋名会遭遇极大的阻挠。每写下一笔，赋名者都会遭受巨大的反噬，每写下一笔，都会如负山岳而行。

难道这个云梦城中的少年，一个德字，竟然引动了天地之灵？心中无数个念头闪过，他抬头向林北辰喝道："配合我。"

"啊？"林北辰有点蒙："怎么配合？"

别人不需要配合，为啥到我这儿，就要搞特殊了？不要啊，我只想低调啊。

"握住剑，注入玄气。"范祖昂断喝道。

林北辰只好伸手握住大银剑的剑柄，将自己的玄气注入剑身之中。

这种级别的剑，乃是针对性特殊打造，内蕴玄纹阵法是肯定的，比起城内流行的制式大路货精品青鸟剑，导玄性自是高出很多，玄气注入非常通畅，很快剑身之内的玄纹阵法被催动，璀璨如月的银光绽放出来。

而也就是在这时，范祖昂只觉得手指落笔，突然变得顺畅无比。

指锋运转，一笔一画，在剑身上铭印下来。

也就是在这时，令所有人没有想到的事情发生了。

锵锵锵！

以林北辰为中心，方圆三十米之内，所有人的佩剑，都突然震动了起来，发出锵锵之音，仿佛是挣扎着要从剑鞘之中挣脱出来，朝着那柄即将完成赋剑名的大银剑飞射过去一样。

众人面色，皆是纷纷一变。

少年们伸手按住自己的剑柄。老辈则是以修为稍稍绽放，就将佩剑控制住。

锵锵锵！

剑鸣之声，依旧不止。

曹破天原本不以为意，但渐渐竟是无法以精神力压制斩天剑，只好伸手按在剑柄上，令其无法出鞘，但斩天剑在剑鞘之内依旧挣扎不已。

东方战则是双手按住剑柄，极为艰辛的样子，勉强将不惧剑控制在自己的身边。

其他少年，如血艳、宋缺一、宋青峰、林海棠等人，也都竭力控剑，才能使自己的剑不会飞出去。

白嵌云简直就像是挂在大剑上的布娃娃一样，竭力维持，一只手抓着剑柄，另一只手抓住旁边的石柱，才勉强没有被吸过去。

当然，也有如夏侯冲、夏侯昂等人，虽然竭力维持，最终难以控制住腰间佩剑，锵锵声之中，长剑飞出，朝着林北辰飞射而去。

咻咻咻！

如仙人御飞剑一样。

数十柄剑，破空而至，在距离林北辰约两米的地方，齐齐悬空，这让已欲出手的楚痕，松了一口气，按兵不动。

就在这时——

"成了。"范祖昂一声欣喜的大喝。

只见"德"字最后一笔落下，终于完整地完成了为剑赋名的整个过程。

他浑身大汗，面色潮红，仿佛是一场大病虚脱了一般，但是眼睛里的狂喜之色，却是怎么也掩饰不住。

遇到这种情况，赋名虽然艰难，但对于铸剑大师来说，却是罕见的机缘。在剑主人的配合下，完成赋剑灵的整个过程，就像是武士打破了修炼瓶颈一样，意味着从此之后，他的铸剑修为有了质的飞跃，也许用不了多久，就可以修炼赋剑魂之术了。

林北辰只觉得一股血脉相通的感觉，从德剑的剑柄传来。这柄双手大剑，仿佛是自己手臂的延伸一样，似是与己身合一，这比他之前握住任何一把剑时候的感觉，都要舒适。

每一个剑客，都要有属于自己的一把剑。果然是如此，他握剑随手一挥。

锵锵锵！

悬浮在半空中的十多把剑，瞬间齐齐断裂崩碎。

"啊？"林北辰这才注意到周围的不对劲，"你们……竟然趁我不注意偷袭我？"

脑子飞快运转，林北辰毫不犹豫地直接甩锅，道："太无耻了。不过，丑话说在前面啊，大家都看到了，我的'德'，刚才可没有触碰到你们的剑，所以这些破剑，我可不赔啊。"

林某人现在是一毛不拔的铁公鸡。想让他出钱？不可能的。

夏侯冲等人看到这一幕，则是一个个都哭丧着脸，欲哭无泪。他们的佩剑虽不是至宝，但也是千挑万选的利器，价值不菲，费了心思才得到的，结果就这么莫名其妙地断裂破毁，让他们的心都在滴血啊。

"契合度百分之百，一剑出，百剑毁，哈哈，恭喜小友，你得到了一柄合身之剑。"范祖昂眼眸深处，闪过震惊之色，小心掩饰，笑着拱手道。

合身之剑？

"那是什么？"林北辰瞪大了无知的大眼睛。

"呵呵，其中妙处，小友日后自知。"范祖昂也不解释，满脸微笑地道，"还有另外两柄剑，让我为小友继续赋剑名吧。"

这家伙，怎么突然变得这么热情？前后的态度变化，也太明显了吧？

心中狐疑着，林北辰将中银剑递了过去，道："它叫多兰。"

范祖昂一怔："多兰？"

"是啊，前期对线神器。"林北辰感慨地道。

前期对线？啥玩意？范祖昂一脸懵懂。

周围其他人也都愣住。

多兰剑？很奇怪的名字。多兰是谁？人名，还是地名？

"好吧，如你所愿。"范祖昂最终并未多问，而是履行自己铸剑大师的职责，以赋剑灵秘术，将"多兰"两个字，刻在了中银剑的剑身之上。

这一次，并未有百剑朝拜的画面。但当林北辰握住多兰剑时，一抹抹璀璨的亮银色玄纹闪烁，将剑身之内的阵法激活，这把新铸之剑被唤醒的时候，清越悠长的剑鸣之音，还是清晰地回荡在城主府中，比之前曹破天、白锬雲的动静更大。

众人皆尽变色，曹破天脸色很黑。

而范祖昂则惊呼道："又……又是百分百的契合度？"

又一把合身之剑？他盯着林北辰，内心里在琢磨，这个年轻人，不会是传说之中的纯正剑种吧？天生可与万剑契合？

不太可能。这种概率太低了。就算是在白云城，也未必有这种天才。

林北辰随手挥舞了几下多兰剑，感觉非常不错，有如臂指使，似是与身体合一一般。

不错不错。突然有点儿舍不得将它卖钱了呢。

他将小银剑，也就是那柄淡银色的短剑递给范祖昂，道："这把剑，就叫……呃……就叫郑伊吧。"

郑伊？这又是什么鬼名字？

范祖昂微笑的表情，逐渐凝固，其他人听到这个名字，也都愣住了。

傲娇小萝莉白嵚雲瞠目结舌地道："郑伊剑？"

林北辰回头看了一眼，道："你说什么？再说一遍。"

白嵚雲下意识地说："郑伊剑啊。"

"什么？"林北辰又问。

"郑——伊——剑！！！"白嵚雲发出了恶龙咆哮，"听清楚了吗？"

"哈哈哈，听清楚了。"林北辰很满意地回头一笑，道，"对，就是郑伊健。"

多么令人怀念的名字啊。来到这个世界，真的是各种孤单寂寞冷。能够再听到前世这样熟悉的名字，都觉得是一件幸福的事情啊。

他将中银剑取名为"多兰剑"，将小银剑取名为"郑伊剑"，并不是为了恶搞，也不是为了恶趣味，而是想要通过这种方式，时时刻刻都提醒自己：我是一个地球人，一定要想方设法地回到地球去。

因为，在地球上，还有亲朋好友在等待着自己。爸爸妈妈一定在发了疯一样地满世界找自己。他们是何等焦急和绝望？

所以，一定要回去。

林北辰很郑重地道："范大师，有劳了，就叫郑伊剑。"

范祖昂连续听了三个稀奇古怪的剑名，对于眼前这疑似纯剑种的少年，就有了一些兴趣，再加上之前林北辰配合他完成了德剑的赋剑灵，让他的修为体悟更上一层楼，因此对于林北辰，非常具有好感。

可以毫不夸张地说，今夜这么多少年剑客、年轻天才，他看得最顺眼的人，就是林北辰了。

他将"郑伊"两个字，刻在了剑身之上。说实话，一开始的时候，范祖昂还以为是"正义"这两个字呢。

林北辰握郑伊剑在手，随手挥舞。剑身泛光，很快就完全唤醒，依旧是契合度百分之百。

不过这一次，范祖昂就没有说出来了。他是在为林北辰考虑，避免过于惊世骇俗，引起一些别有用心之人的关注。

"哈哈，好，太好了，我非常喜欢。"林北辰大笑道。

其他诸人，看到这小子如此兴奋，不由心中有了很多的猜测。郑是姓氏，伊含有女性之"她"之意，一般用来形容女子。伊人指美丽的女子，多是指心上人，亦有女子用这个"伊"字来做名字……难道说，这柄剑的名字，其实就是林北辰心上人的名字？

呸！果然是一个人渣色狼。这种庄严神圣、表达剑士心志的时候，竟然还想着女人。

可耻。

林北辰手里右手拖着大银剑，左手提着中银剑，腰里别着小银剑，心满意足地回到了自己的座位上。

"唉，刚才冲动了，不应该起这么具有情感寄托的名字，现在这三把剑，一把都不想要卖掉了。"坐在座位上，林北辰心里后悔地哀嚎。

傲娇小萝莉白嵚雲眼神怪怪地看着林北辰，低声道："那个叫作郑伊的女孩子，很漂亮吗？"

噗！

林北辰一口茶水喷出来。

"很漂亮，非常漂亮，这个世界上，没有再比她更完美的女人了。"他很认真地道。

"哼。"白嵚雲昂起雪白的下巴，道，"渣男。"

这时，城主府的大管家犁落然再度开口了："诸位，第一轮的选剑比赛，已经结束，现在请范祖昂大师，来公布最终的结果吧。"

他将年轻铸剑大师，请到了中央位置上。在所有人目光的注视之下，范祖昂微微一笑，道："这一轮的比赛，林北辰获胜。"

虽然这个结果，似乎是早就已经没有了悬念，但亲耳听到范祖昂宣布，少男少女们还是感觉到一阵阵的失望，同时一下子就将林北辰当作是接下来最大的一个假想敌了。

整个少年品剑环节，总共才分为三个步骤。

这第一个步骤，林北辰胜出，意味着在总分中已经占了极大的权重。被一个臭名昭著的败家子，在第一轮就如此明显而又无可反驳的优势胜出，这是心高气傲的少年天才们所无法容忍的。

"接下来进行第二项。"犁落然大声宣布道，"剑术领悟比试。"

规则很简单，由一位被称作是"海老人"的剑道前辈，将自己精心开创的一门名为诸水剑法的剑术剑谱的二十份副本，摆放在正方形石桌上。参赛的少男少女们各取一份，有一炷香的时间，用来参悟修炼。

参悟结束之后，当场比试，比试过程中，只能使用诸水剑法。

赢者，便是本轮次的胜者。

"诸水剑术？"林北辰用右手中指揉了揉眉心，心中暗忖：这个海老人，不会是地球上的网络小说写手转世吧，听他名字就是一片汪洋，而研究出来的剑法，竟然是用来注水的？这是前世写小说注水成惯性了吧？

一头浅绿色长发眉毛的挂拐老人，将二十份确认无误的诸水剑法战技秘策，摆放完毕，转身微微一笑，道："孩子们，你们是风语行省最为出色的一批少年，你们未来的征途是星辰大海，开始吧，希望我开创的这门二星剑法，可以在你们的手中，发扬光大！"

说完，点燃了一炷香。

嗖嗖嗖！

人影闪烁，一些少年剑客纷纷窜过去，抓紧时间，各自选取了一本秘策。

曹破天微微一笑，不急不缓地走过去，拿起其中一本，缓缓地翻阅了起来。

"嗯，不错，镇定自若，有大剑客之风。"海老人点头夸赞了一句。

白嵚雲此时也已经抢到了一本，翻开一看，其内既有图像，又有文字注解，似乎是极为详尽翔实的样子，但认真一读，才发现文字晦涩，图案抽象，玄气运转路线、频率更是多有模糊之处，想要在短短一炷香的时间里，完全领悟，简直是难如登天。

她习惯性地扭头想要问一句，才发现到了这时，林北辰依旧不紧不慢地坐在位置上，优哉游哉的样子："还不快过来。"

她怒道："快别装模作样了，这剑法难度极大，小心把自己装进去。"

楚痕和丁三石的目光，也都看着林北辰。楚痕是希望这小子不管用什么办法，都可以再赢一局，这样最终夺魁的希望就非常大了；而丁三石想的则是，这个小浑蛋要入梦才能修炼，此时这种紧张激烈的场景，也不知道他能不能睡着？

海老人也看着林北辰，微笑着说道："林同学看起来自信十足的样子？"

林北辰做足了模样，这才来到石桌前，随便拣起一本册子，捏着第一页哗啦啦地在三息时间之内，将册子里的内容翻了一遍，然后又放了回去，道："好了。"

海老人一怔："好了是什么意思？"

东方战冷笑道："莫不是自知领悟力有限，所以用这种哗众取宠的方式，直接放弃了？"

"呵呵，这个败家子倒也有点儿自知之明，之前的选剑赋名环节，实际上充满了太多的不确定性，运气可以占很大的因素，所以某些人才可以浑水摸鱼，滥竽充数，但是领悟练剑的环节，考的却是实打实的个人能力，选择放弃，不会太丢脸。"红发方脸少年血艳道。

"知难而退，剑士不取也。"林海棠眼睛依旧在翻阅秘策，嘴上说道。

曹破天合上手中的书册，道："诸位，静心翻阅参阅剑术，不要被林北辰这种跳梁小丑耽误了参悟的时间和心境。"

众人于是都收回鄙夷的目光，将注意力重新放回到书册上。

林北辰抬手轻轻地拢了拢自己的秀发，仰天观月，感慨道："木秀于林，风必摧之，我林北辰，就是太过于优秀了，鹤立鸡群，所以才被你们这些愚蠢的庸才排挤……不要用你们那点儿可怜的脑容量，来揣测绝代风华的我……"

众人都无语。白嵌雲差点儿吐出来。

海老人面露一丝不悦，严肃道："少年人，不要开玩笑。就算是取胜无望，也当尽力而为，老夫开创武学不易，你当对前辈有敬畏之心。"

"呵呵，前辈误会了，我并无不敬之意，而是用量子波动速读法，将书的内容，全部都记在了脑子里，且已经参悟了三成。这一场比赛，我赢定了。"林北辰信心十足道，"如果不赢，我就直播一指禅单手倒立。"

"必赢？"曹破天看了林北辰一眼，道，"真是狂得没有边了。"

"哈哈，我以为我已经很狂了，没想到，这小小的云梦城中，竟然还有一个与我不相上下的狂徒。"红发方脸的少年血艳冷笑了起来。

东方战、宋缺一、宋青峰、明洛天、刘延伟、谢云荣等天才，也被这番奇葩的话语给惊到了。

"量子波动速读法？"海老人微微皱眉，道，"那是什么秘术？"

林北辰道："一种增强智慧的秘术。"反正在异世界，他不用担心科学家来打假。

"好吧。"海老人淡淡地道，"直播就算了，要启动玄纹音像实时传送网阵，耗费巨大，不论是你，还是我，都承担不起，何况也没有人想要看你倒立，呃……既然你夸下了海口，那老夫就等着你来证明吧，一炷香之后，就会知道你是不是尊重老夫了。"

"好。"林北辰转身回到了自己的座位上。不过他心里狐疑：难道这个世界上，还真的有直播这回事？

在众人注视之下，他给自己倒了一杯酒，满满饮下，然后咣当一声，姿势很夸张地趴在桌子上，一些人还未明白过来这是什么意思，下一刻，就听一阵鼾声，从林北辰的位置上传出。

他竟是……睡着了？吹完牛就睡觉？睡梦里什么都有？这是什么操作？

就连楚痕也有点儿蒙，别这么玩啊小混蛋。你现在代表的可是我第三学院的脸面，别说是装睡了，现在就算是装死也已经晚了呀。

倒是丁三石的眼睛里，闪烁出期待的目光，心里在狂呼：睡着了睡着了，这个小浑蛋睡着了！

梦中修炼！他竟然真的可以在这样的环境中睡着。不对，我为什么要怀疑？这本就该是理所当然的事情啊。睡觉对于这个小浑蛋来说，就像是别人练功一样吧。

海老人他心中已是不满至极，决定一会儿不管发生什么事情，都一定要狠狠地教训一下这个狂妄无礼的小辈。

白嵌雲本想去将林北辰叫醒，却被东方战等人不动声色地直接挡住。

"不得干扰其他学员修炼。"海老人也沉声道。

白嵌雲尝试数次都以失败告终，最终也只能无奈地放弃：大色狼，本仙女只能帮你到这个份儿上了，谁让你这么狂，把考官都给得罪了。

第二十五章 剑技比试

城主府。

听风别苑，花圃小楼，假山池水，环境极为幽静。

小楼有二层，造型雅致，宽敞，古色古香，红砖绿瓦。

一层肉眼勉强可见的玄纹阵法涟漪，微微闪烁，附着在小楼的门窗之上，将整个小楼都封印了。

"二姨，放我出去。"小楼里传出来凌晨的呼喊声。

国立皇家初级学院教习，也是城主夫人秦兰书的妹妹秦兰旖，坐在水池边的青竹椅子上，手持一根手指粗细的竹竿，聚精会神地垂钓，面色娴静，仿佛根本没有听到从小楼里传出来的呼喊声。

水面平滑如镜，一尾尾白头红尾的肥鱼，在活水小池里面优哉游哉地荡着尾巴。

"二姨，快放我出来。我就去看看热闹行不行啊。我也是一个剑客，去观摩试剑之约，对我有益呀。你们不就是担心我去纠缠林北辰嘛，嘻嘻，我保证，我绝对不主动和他说话，行不行？二姨，好二姨，你最疼我了。"凌晨站在门内，一会儿撒娇，一会儿讲理，一会儿祈求，一会儿威胁，使出了浑身解数。

从今天上午开始，她就被老娘封印在了这小阁楼中，不许参加试剑之约大会，这让表面高冷的凌晨，如何受得了？

但她不管怎么喊，秦兰旖就是没有任何的回答。到最后，凌晨真的是有些恼怒了，大声道："二姨，我受不了了，你再不放我出去，我我我……我可就要摘掉玉锁了啊。"

"胡闹！"秦兰旖这才动容，放下钓竿，转身来到门前，道，"晨儿，你自己的身体自己明白。今夜各大城的剑道大师云集于此，不乏一些厉害之辈，你娘将你禁足在这里，也是为你好。"

"为我好为我好，她说了一辈子为我好。"凌晨气恼道，"我知道她的担心，可是，我觉得她更应该相信自己的女儿，我已经不是个小孩子了。"

"在父母的眼里，你永远都是小孩子。"秦兰旖摇头。

话音未落，她突然似是察觉到了什么，猛地转身，道："谁？滚出来。"

一道人影，飘过院墙，似是一缕青烟，落在了水池边。是一个看起来十七八岁的年轻人，一身得体的北海帝国军服，身形修长笔直，小麦肤色充满了阳刚之气，英俊中带着儒雅，黑色长发，隐约与城主凌君玄有几分相似。

"嘻嘻，二姨，你怎么察觉到我的？"年轻人笑嘻嘻地开口。

"哥？"凌晨一声欢喜的惊呼，道，"你怎么回来了？什么时候回来的？"

秦兰旖面色也是瞬间柔和了下来，道："凌午，你不是在北方前线吗？怎么回来了？"

这个英俊阳刚的年轻人，正是城主夫妇的二儿子凌午，帝国军中新生代的新星，被认为是未来可以成长为十大名将之列的天才军人。

"执行军务。"凌午笑嘻嘻地走过来，道，"刚才我已经很小心了，二姨你怎么察觉到我的？"

秦兰旖道："只是一些江湖帮派的小手段而已，你这臭小子，回到家也不先去和你父母打招呼，就偷偷来看你妹妹了？"

"嘻嘻，二哥最疼我了。"凌晨兴奋地笑了起来。

在她的心中，大哥二哥一直都是她的偶像，是她最为崇拜的人，也是她奋斗的目标。

"小妹，你又犯什么错误了，被娘给禁足了？"凌午好奇地问道。

"呃……"刚才还蹦跶得很欢脱的凌晨，很认真地想了想，谨慎地组织了一下自己的语言，道，"可能是因为我最近谈了一个男朋友吧。"

"哦，也不是什么大事……什么？"凌午下意识地觉得没什么，猛地反应过来，整个人就像是突然被吓到了的猫咪一样，猛地蹿了起来，道，"你你你……男朋友？"

凌晨理所当然地道："是呀，我年龄也不小了，总不能像是你和大哥一样，一直都是单身狗，别说是谈恋爱了，长这么大，到现在连女孩子的手都没有拉过吧？"

"他是谁？"足足过了十几息，凌午才让自己剧烈起伏的胸膛舒缓了下来。

凌晨道："你认识。"

"我认识？"凌午的大脑开始搜索可能的名字。

他第一时间就直接就将云梦城中一群所谓的天才都排除了，因为他知道自己的妹妹眼高于顶，绝对看不上这些小池塘里的泥鳅，而是将整个风语行省几大天才的名字都过了一遍，狐疑地道："巴大嘴？不可能，这小子太能吃，像是个肥猪一样，卢风？明洛天？咦……等等。"

他突然想起来另外一件事情，道："小妹呀，你是不是忘记了，你还有一个指腹为婚的未婚夫？你竟然婚前出轨？这可是要浸猪笼沉海的呀。"

凌晨道："狗屁未婚夫，我不认。"

凌午也没有在这件事情上多计较，因为这么多年以来，他也很清楚，纵然卫名臣是风云行省第一天骄，更是拜入了白云城门下，但自己这个妹妹，却不知道为什么，对这个人品、家世、天赋、修为、样貌样样都堪称绝顶的五绝公子，没有丝毫的好感。

"那到底是谁？"他问道。

秦兰旖在一边直接公布了答案，道："林北辰。"

"林北辰？这是哪家的天才，我怎么没有听说过？"

凌午脑子里过了一遍，觉得这个名字陌生中带着一丝丝的熟悉，他咀嚼了一下，猛地反应过来，一脸愕然地道："不会是……战天侯家那位？"

秦兰旖点了点头："现在你明白为什么你娘要将晨儿禁足了吧？"

凌午看向凌晨，后者一脸的无所畏惧，道："没错，就是他，二哥，你想说什么？"

凌午还能说什么呢？他竖起大拇指，由衷地道："小妹，你这择偶标准，二哥我真的是……服了，话说，你这个小妖精，是害怕祸害别人，所以专门挑一个人渣来相互伤害，为那些天真纯良的少女们排雷吗？"

凌晨道："二哥，我可不允许你这么污蔑我的心上人啊。"

凌午："……"突然有一种心中空落落好像是失去了什么宝贵东西的感觉是怎么回事？想要把那个人渣拖出来乱刀砍死。

"不过话说回来，我曾经见过那个人……林北辰，单论长相的话，倒是不比五绝公子差，可惜就是没有五绝公子那种气势……小妹，你看上他哪一点了？"

凌晨哼了一声，道："一看你就没有谈过恋爱，活该你单身，喜欢一个人，需要理由吗？"

锵！

凌午感觉自己的心脏，被狠狠地插了一刀，溅血的那种。

"二哥，别说这么多了，你快放我出去。"凌晨焦急地拍了拍门，道："今夜是白云城三年一次的试剑之约，就在府内后花园中举行，林北辰也在。我要去看热闹，缺了我的试剑之约，那还算是天才云集吗？"

凌午若有所思地点了点头，道："这倒也是。"

说着，扭头对秦兰旖道："二姨，这件事情就交给我吧，放小妹出来，我盯着她，出了纰漏，我去向我娘说。"

秦兰旖略微犹豫，就答应了。

和凌晨这个状况百出的小魔女不一样，凌午可是凌家真正出色的英才，用一句"智勇双全"来形容，毫不夸张。

别看他刚才和凌晨说话的时候，好像是一个憨憨，那也只是因为他谈话的对手是自己最亲爱的妹妹而已，这世界上，也唯有家人，唯有凌晨，才能够让凌午、凌迟两兄弟，露出这样的一面。

若是其他人？他们见到的，永远只有两个最卓越冷静的铁血军人。

"啊，谢谢二哥。"凌晨冲上来，狠狠地给了凌午一个拥抱，然后道，"走，二哥，带你见世面去。"

凌午笑了笑，道："先换身衣服，乔装一下，否则刚进后花园，就被爹娘发现了，怕是你又得被关起来，到时候，我说话都不管用了。"

凌晨吐了吐粉嫩的小舌头，道："也是。"

很快，她换了一身男装，乔装成一个英俊少年郎，才和同样稍微遮掩了一下的凌午一起，来到了后花园中。

两人找了一个不显眼的位置猫下。

"人还真的挺多。"凌午扫了一眼，当场就认出了曹破天、东方战、血艳等人。

作为北海帝国北方战线第一精锐斥候营龙骧夜的天才队长，他对于风语行省诸多年青一代天才的了解，并不比对老对头极光帝国间谍组织黑龙台的少。

"不过，那个林北辰在哪里？"他四下打量。

"在那儿。"凌晨第一时间就发现了林北辰的位置，悄悄地指了指。

凌午顺着方向看去，看到了……一个趴在桌子上睡觉的酒鬼？

他扭头看向自己的亲妹妹，只见凌晨的眼睛里，闪烁着小星星，心里顿时咯噔了一下。

不会是玩真的吧？

就在这时——

"好了，时间到。"海老人开口道。

之前点燃的一炷香，此时正好刚刚燃烧完毕。少男少女们将手中的诸水剑术的战技秘策，都重新放了回去。

白钦雲蹦跶过去，气哼哼地直接将一壶酒都浇到了林北辰的脑袋上，后者才"迷迷糊糊"地爬起来，道："下雨了？"

"下你个头啊。"傲娇小萝莉气急败坏地道，"时间到了，完了，这一次，你要倒立了。"

林北辰伸了个懒腰，缓缓地站起来，道："这么快时间就到了，刚梦见洞房花烛，春宵一刻……"

少男少女们都来到了场地中央。

暗中的凌午，情不自禁地咦了一声：这个林北辰变化也太大了吧。

一年前他曾见过这个败家子一面，那是一个真正气色颓败的纨绔，身浮神虚，但眼前的林北辰，精神内敛，气血盯盛，隐隐更有一种锋锐不羁之意，颇有一些天才风采。最关键的是，长的是真帅啊。

怪不得自己天仙一样的妹妹，动了凡心。

一年时间，一个人的精气神，变化竟是如此之大？莫非真的是苦难令人成长？战天侯府被抄家，林北辰从一个脑残败类开始奋斗，所以才隐隐展露出天才之姿？

这让凌午感觉到有一些意外，他决定认真观察一下。

场中。

"各位，来抽签吧，决定比斗顺序。"海老人拿出一个签筒，里面有二十多根数字签。

少男少女们前后上前抽签，林北辰抽到了4号签。

总共有二十多人，两两一对，相互比斗，胜者继续，败者淘汰。

比剑的环节，无疑是高潮。按照顺序，最先出场的是叫作巴大嘴的小胖子和来自泽城的天才刘延伟。

"刘同学，请了。"小胖子往嘴巴里塞了一把兽肉干，亮出了自己的吃剑。

剑的名字，就是主人的志向。

小胖子的志向，就一个字——吃。

吃剑的造型，也是无比奇特。剑身只有手指粗细，但却有足足两米长，且剑身极软，乍一看就像是一条鞭子，仔细看，才能看到剑身细微的逆鳞以及略带倒刺的剑刃，通体造型像一条淡黄色的蟒蛇一样。

蛇贪吃，常吞下数倍于自己体积的猎物，这柄剑命名为吃剑，倒也是名副其实。

"请。"

刘延伟手中的剑，是一柄黑色剑身、金色剑刃的星月薄剑，名为月星。

两人相视行礼之后，同时出手，施展的都是诸水剑术。

同一种剑法剑技，由不同的人参悟、施展出来，给人截然不同的感觉。

这两人都是各自城市中首屈一指的天才小剑客，性格迥异，在短短一炷香的时间里，将二十一路诸水剑法领悟了不少，但也很快就分出了胜负。

小胖子的吃剑，以一式"水淹八荒"，将刘延伟的脖颈缠住，最终获胜。

"嘿嘿，刘同学，承让了。"小胖子撤剑，迫不及待地又往自己的嘴里塞了好几片果干。

众人见状，也是无语，真的是时时刻刻都离不开吃。

接下来出战的是卢风和琼林，一男一女两位天才的交锋，以女孩子琼林的胜出画上句号。

之后又有两组出战，获胜者分别是宋缺一和明洛天。

到了第五组的时候，傲娇小萝莉白嵌雲出战了，她的对手，恰好是曹破天。

这场战斗，没有任何的悬念。曹破天只是一招"天山雨水"，就将白嵌雲震飞十米，跌落在地上，嘴角溢出鲜血，手中的大宝剑更是飞旋出去，插在了林北辰身边的石柱上。

"不堪一击。"曹破天淡淡地笑了笑，转身回去。

周围一片惊呼声。谁都看得出来，双方之间的差距，太过于巨大。白嵚雲无疑是所有参赛者中修为最弱的一个，但却从刚才施展的半招诸水剑法来看，小萝莉的剑道悟性当是不弱。

尤其是刚才的起手式，就绝对是有个中三昧，单论对于诸水剑法的领悟，怕是并不比之前获胜的琼林逊色。

但曹破天更加妖孽，斩天剑一剑斩出，周身就已经有滔滔汪洋澎湃的潮声响起。一炷香时间而已，就将诸水剑术领悟到了这种程度，简直妖孽。战技修炼的五大阶段，显然曹破天已经到了第二个阶段——"登堂入室"了。

这有些不可思议。才一炷香而已，就将一门二星剑技，修炼到这种程度。要是给他一天的时间，岂不是直接就到了第四阶段"炉火纯青"？

这样的剑道领悟力，实在是太可怕了。

其他少男少女们，看向曹破天的眼神中，已经带着浓浓的忌惮之色，许多老一辈也难掩震惊。

白海琴脸上浮现出一抹满意的微笑。

曹破天的剑道天赋，堪称妖孽，否则当初他也不会想方设法将这少年从丁师兄的身边夺来，还煞费苦心地培养。

白海琴甚至还有心收集诸多资源，打算为曹破天伐毛洗髓，激发其血脉，培养出一个真正剑道无双的绝世天骄，可谓是寄予厚望。

白嵚雲一语不发，抬手擦掉了嘴边的血迹，回到了自己的座位上。

"喂，没事吧？"林北辰问了一句。

"没事。"傲娇小萝莉昂着雪白的下巴，气鼓鼓地说，"我知道你要说什么，哼，用不着安慰我，我又不是那种输不起的人，比他小了三岁，修炼的时间也晚，今天输了也是正常，我还年轻，等过几年，修为增进，我一定用大宝剑砍死他。"

哟？阿Q精神胜利法？看得倒是很开。不过，这样的心态很好。

"呵呵，姓林的，出来吧，轮到咱们俩了。"红发方脸的少年血艳，迫不及待地跳到场中，对着林北辰招了招手，道，"我已经等不及看你倒立了，哈哈哈，我的刺魔剑，已经饥渴难耐了。"

林北辰看了看自己的三把剑，最终，他选择了郑伊剑，来到了场中。

"呵呵，用短剑？"血艳咧着嘴笑了笑，露出雪白如匕的牙齿，道，"我可以给你一次机会，换回你那柄德剑，否则，这短短的小剑，撑不住我一招。"

林北辰道："一招。"

"什么？"血艳一怔。

林北辰道："一招之内，我不能败你，就算我输。"

血艳哈哈大笑，脸上的表情却是逐渐凌厉了起来，咧嘴道："小子，你激怒我了，不管你是谁，但你敢在我面前这么狂，你都死定了，我会让你知道，什么叫作夜郎自大，什么叫作坐井观天……"

"废话少说。"林北辰道，"出招吧。"

"浑蛋。"血艳气得大喝，一头红发根根竖起，手中的刺魔剑，一剑袭出。

空气中，顿时流水幻音浮现，甚至虚空中隐约还有水纹流动的影像隐现，剑芒更是有水光浮动。

"好。"老一辈中有人开口赞叹了一声。

血艳不愧是殷城的第一少年天才，一出手，便将诸水剑法二十一式中杀意最强的一招"水漫诸天"完整地呈现了出来。

林北辰精神松散，随意地站在原地，眼看着就要被水漫诸天击中，就在这时——

咻！

手中郑伊剑猛地刺出，一个很简单的动作，正是诸水剑法的起手式第一招。

轰！

似是江海大潮之声乍现。

叮！

金属交鸣之声响起。

"噗……"血艳直接倒飞出去，手中的刺魔剑脱手飞出。

嗡嗡嗡！

刺魔剑插在假山上，兀自高速震荡不休。

"哇……"血艳张口一股逆血喷出来，整个人的神色，看起来委顿了许多。

周围众人，皆是震惊。少男少女们难以置信地看看血艳，又看看林北辰，不敢相信这样的结果。

血艳很狂，嘴巴也很臭，人缘也不好。但是，他的实力、他的天赋，却不容置疑。哪怕是在今夜的少男少女之中，也可以说是排名前列，结果却被林北辰一剑击败。

刚才郑伊剑挥出的瞬间，似是大海潮声大作的幻影，此时犹在耳边。这个脑残败类，趴在桌子上睡了一觉，竟然能够将诸水剑法领悟到这种程度？

少男少女天才们，都无法理解，傲娇小萝莉白嵚雲粉嫩娇艳的唇瓣，张成了大大的O型。她提前打好的安慰林北辰的腹稿，不得不全部都收回去，难以理解地嘀咕：这个大色狼，不会是在作弊吧，喝醉睡了一觉，竟然就领悟到了这种程度？

假的吧？

在座的诸多长辈，连主考官海老人都面现惊诧之色。此事，未免太过于蹊跷。

远处。

"咦，还真是士别三日当刮目相看啊。"凌午颇为惊讶。

比试的规则，他刚才已经看明白了。林北辰睡了一炷香，他也知道了。但即便是如此，这个败类到最后，竟也是赢了。

怎么做到的？凌午心中的兴趣，更加强烈了。这个败家子，竟然可以赢得妹妹的芳心，看来还真的是有两把刷子啊。不过，这个过程也未免太过于离奇。

凌午见过很多的剑道天才，其中有一些出类拔萃之辈，在一炷香时间之内，参悟一部二星级剑技，达到"炉火纯青"阶段，也不是不可以，却从未见过，酣睡一炷香的时间，就可以睡出来剑道领悟的。

难道其中有诈？也许林北辰早就修炼过这部剑技？也不是没有这种可能。

"再仔细看看，如果这个败类真的是天纵奇才的话，倒也不妨让他见见殿下……"凌午心中，有了一些计较。

他扭头看了看凌晨，后者双手捧着下巴，正目泛桃花地看着林北辰。这让凌午心中，又是一阵不爽。自家的妹子啊，好像要……唉。

这时——

"我败了。"血艳大声地道。

他身形一动，如飞鸟一般掠过，将自己的刺魔剑从假山上抽回，落在地上，盯着林北辰，咬牙恶狠狠地道："不过，我不会就此认输的，等到试剑之约结束，我要挑战你，把我失去的，重新拿回来。"

林北辰懒得理会，直接转身回到了自己的座位上。

白嵚雲立刻凑近了，道："喂，你怎么做到的？"

这话，问出了很多人的心声。

林北辰淡淡地说："呵呵，这么简单的剑法，我随便看一眼，就彻底悟透了，有什么难的，你做不到，那是因为你太笨而已。"

白嵚雲瞬间有一种拿起酒壶将这个大色狼的脑袋打爆的冲动，其他人也是额头一排黑线缓缓地垂落。

比试继续，很快就又有一些人被淘汰。

第一轮结束之后，剩下了林北辰、曹破天、琼林、宋缺一、宋青峰、巴大嘴、明洛天、东方战、谢云荣和林海棠这十人。

在海老人的主持之下，进行第二轮抽签。越是往后，战斗就越是激烈，因为随着战斗的进行，天才们对于诸水剑法的领悟就越深。

除了自身的参悟和实践之外，还因为可以观摩别的天才施展剑术，增益自身。

曹破天的表现，已经强势无匹。

"你的剑名斩天，我的剑名亦为斩天。"他看着自己的对手谢云荣，道，"不如这一战定胜负，谁胜，谁拥有斩天剑，败者让出自己的剑，如何？"

谢云荣来自荣城，天赋非凡，自信十足，只是大多数时候，都不善言辞，沉默寡言，闻言道："好。"

锵！

两人交手。

三招，谢云荣吐血败退。

"我输了。"他艰难地将自己才刚刚选择的剑，交了出去，道，"此剑亦已有灵性，是不凡之品，还请破天公子善待之。"

曹破天淡漠地道："这剑，我不要。"

众人皆以为他要成人之美，将斩天剑归还谢云荣。

叮！

剑光一闪。

曹破天挥剑，将谢云荣的斩天剑，直接斩断毁掉。

"这世上，只能有一把斩天剑。"他淡淡地道。

"你……"谢云荣大怒。

让出自己好不容易选定赋名的剑，已经令他非常心痛，虽然持有的时间很短，但自从赋名的那一刻起，他就对这柄剑产生了感情，犹如新交的挚友一般，结果却眼睁睁地看着"挚友"被毁……

"你太过分了。"白嵚雲突然跳了起来，道，"刚才明明是谢云荣先给自己的剑赋名斩天剑，之后才是你。曹破天，总要有个先来后到吧，你却直接毁掉别人的赋名剑，实在是太蛮横了。"

被这个傲娇小萝莉一说，很多人也都回过神来。

的确，赋剑名的时候，谢云荣先想出了斩天二字。曹破天在明知道别人已经命名的前提下，还强行命名自己的剑为斩天，现在又仗势毁剑……

这样的行为，的确是有些过了。

但曹破天却连看都没有看白嵚雲一眼。

"要怪，就怪你太弱了。"曹破天看着谢云荣，淡淡地说，"一个不堪一击的弱者，不配拥有斩天之剑。"

谢云荣怒视许久，最终默默地后退。这位来自荣城的沉默少年天才，心中却是暗暗发誓，日后剑术大成之日，必定要再次挑战曹破天，哪怕对手是白云城的弟子，他也要为自己的斩天剑正名。

之后，战斗继续，众人陆续分出胜负。

小胖子巴大嘴的吃剑，威力不俗，竟是击败琼林，再度晋级。

林北辰第二轮的对手，是骚包的林海棠，他的表现依旧惊艳。郑伊剑只是一击，依旧是起手式第一招。

林海棠直接败退。

周围一片惊呼，海老人的目中闪烁奇光。

"我创造的这门剑法，明明只是第一次拿出来，绝对不可能被任何人提前看到，这个林北辰竟然能够领悟到如此娴熟的程度，而他之前明明是醉酒酣睡……嗯，莫非这小子之前只是装睡，其实是在暗中参悟剑术，但即便是如此，天赋也很骇人了，只怕是稍稍逊色曹破天一点，可以重点关注一下。"他心里琢磨。

很快，第二轮结束。

胜出者为林北辰、曹破天、宋缺一、明洛天和巴大嘴。

这一轮的抽签，巴大嘴轮空。林北辰对上了宋缺一，曹破天对上明洛天。

此时，剑术比斗才算是真正进入了重头戏。